# OEUVRES

## COMPLETES

### DE

# VOLTAIRE.

# OEUVRES

## COMPLETES

### DE

# VOLTAIRE.

TOME SOIXANTE-NEUVIEME.

DE L'IMPRIMERIE DE LA SOCIÉTÉ LITTÉRAIRE-
TYPOGRAPHIQUE.

1 7 8 5.

# LETTRES

## DE M. DE VOLTAIRE

### ET

## DE M. D'ALEMBERT.

### 1769 — 1778.

# LETTRES

## DE M. DE VOLTAIRE

### ET

## DE M. D'ALEMBERT.

## LETTRE PREMIERE.

### DE M. D'ALEMBERT.

A Paris, ce 2 de janvier.

Je ne fuis plus enrhumé, mon cher maître; mais je
me fers d'un fcribe pour ménager mes yeux qui font 1769.
très-faibles aux lumières. Je vous envoie mon difcours,
puifque vous lui faites l'honneur de vouloir le lire.
Je vous l'ai fait attendre quelques jours, et beaucoup
plus long-temps qu'il ne mérite, parce qu'il était à
courir le monde, et que je n'ai pu le ravoir qu'aujourd'hui; voulez-vous bien me le renvoyer fous
l'enveloppe de *Marin*? Il n'eft que trop vrai qu'un
certain gentilhomme a tenu au roi de Danemarck le
ridicule propos qu'on vous a dit. Vous verrez dans
mon difcours un petit mot de correction fraternelle
pour ce gentilhomme qui était préfent, et qui, à ce
que je crois, l'aura fentie; car je ne gâte pas ces

A 2

1769.

meſſieurs. Vous voyez, mon cher ami, ce qui en arrive quand on les flatte ; ils trouvent mauvais qu'on ſe moque des plats auteurs qu'ils protégent ; on s'ex-poſe à de tels reproches, quand on careſſe ceux qui les font. La critique de *Linguet* aurait pu être meilleure et de meilleur goût ; cependant, comme il a raiſon preſqu'en tout, elle a beaucoup chagriné ſon mauſſade adverſaire ; la liſte des phraſes tirées de la traduction eſt bien ridicule, et peut-être aurait ſuffi.

Vous devez des regrets au pauvre *Damilaville;* il vous était bien attaché. Je ſavais qu'il était marié, mais non par lui, car il ne me diſait rien de ſes affaires. J'ai vû ſa femme une ſeule fois, et d'après cette vue je doute fort qu'il ait été cocu ; mais ce qui me fâche le plus, c'eſt que cette vilaine mégère ( car c'en était une ) emporte tout le peu qu'il laiſſe, et qu'il ne reſtera pas même de quoi payer un excellent domeſtique qu'il avait.

Je n'ai point lu la collection des ouvrages de *Leibnitz;* je crois que c'eſt un fatras où il y a bien peu de choſes à apprendre.

Il eſt vrai que j'ai donné cette année deux gros volumes in-4° de géométrie ; ce ſeront vraiſembla-blement les derniers.

Notre ſecrétaire, toujours convaleſcent et aſſez faible, vous fait mille complimens. Quant à l'A, B, C, perſonne n'ignore qu'il eſt en effet traduit de l'anglais par un avocat. *Vale et me ama.*

# LETTRE II.

## DE M. DE VOLTAIRE.

13 de janvier.

JE vous renvoie, mon cher philofophe, votre chien danois; il eft beau, bien fait, hardi, vigoureux et vaut mieux que tous les petits chiens de manchon qui lèchent et qui jappent à Paris.

Votre difcours eft excellent; vous êtes prefque le feul qui n'alliez jamais ni en deçà ni en delà de votre penfée. Je vous avertis que j'en ai tiré copie.

Le *Mercure* devient bon. Il y a des extraits de livres fort bien faits. Pourquoi n'y pas inférer ce difcours dont le public a befoin. *La Bletterie* a juré à fon protecteur et à fa protectrice qu'il ne m'avait point eu en vue, et qu'il me permettait de ne me pas faire enterrer. Il dit auffi qu'il n'a point fongé à *Marmontel*, quand il a parlé de *Bélifaire*, ni au préfident *Hénault*, quand il a dit que *la précifion des dates eft le fublime des hiftoriens fans talens.* J'ai tourné le tout en plaifanterie.

A propos du préfident *Hénault*, le marquis de *Béleftat* m'a écrit enfin qu'il était très-fâché que j'euffe douté un moment que le portrait de *Sha-Abbas* et du préfident fuffent de lui, qu'ils font très-reffemblans, que tout le monde eft de fon avis, et qu'il n'en démordra pas. J'ai envoyé fa lettre à notre ami *Marin*. On a fait trois éditions de ce petit ouvrage en province, car la province penfe depuis quelques

——— années. Il s'eſt fait un prodigieux changement, par exemple, dans le parlement de Touloufe; la moitié eſt devenue philoſophe, et les vieilles têtes rongées de la teigne de la barbarie mourront bientôt.

Oui, ſans doute, j'ai regretté *Damilaville;* il avait l'enthouſiaſme de *Saul-Paul,* et n'en avait ni l'extravagance ni la fourberie : c'était un homme néceſſaire.

Oui, oui, l'A, B, C eſt d'un membre du parlement d'Angleterre, nommé *Huet,* parent de l'évêque d'Avranches, et connu par de pareils ouvrages. Le traducteur eſt un avocat nommé *la Baſtide;* ils ſont trois de ce nom-là : il eſt difficile qu'ils ſoient égorgés tous les trois par les aſſaſſins du chevalier de *la Barre.*

Vous n'avez point les bons livres à Paris, *le Militaire philoſophe, les Doutes, l'Impoſture ſacerdotale, le Poliſſoniſme dévoilé.* Il paraît tous les huit jours un livre dans ce goût en Hollande. *La Riforma d'Italia* qui n'eſt pourtant qu'une déclamation, a fait un prodigieux effet en Italie. Nous aurons bientôt de nouveaux cieux et une nouvelle terre, j'entends pour les honnêtes gens; car, pour la canaille, le plus ſot ciel et la plus ſotte terre eſt ce qu'il lui faut.

Je prends le ciel et la terre à témoin que je vous aime de tout mon cœur.

Pardieu vous êtes bien injuſte de me reprocher des ménagemens pour gens puiſſans, que je n'ai connus jadis que pour gens aimables à qui j'ai les dernières obligations, et qui même m'ont défendu contre les monſtres. En quoi puis-je me plaindre d'eux ? eſt-ce parce qu'ils m'écrivent pour me jurer que *la Bletterie* jure qu'il n'a pas penſé à moi? faudrait-il que je me

brûlaſſe toujours les pattes pour tirer les marons du
feu? Ce ſont les aſſaſſins que je ne ménage pas. Voyez
comme ils ſont fêtés tome I et tome IV du Siècle.

# LETTRE III.

## DE M. D'ALEMBERT.

A Paris, ce 19 de janvier.

VOUS aimez la raiſon et la liberté, mon cher et
illuſtre confrère, et on ne peut guère aimer l'un ſans
l'autre. Eh bien, voilà un digne philoſophe répu-
blicain que je vous préſente, et qui parlera avec
vous philoſophie et liberté; c'eſt M. *Jennings*, cham-
bellan du roi de Suède, homme du plus grand
mérite et de la plus grande réputation dans ſa patrie.
Il eſt digne de vous connaître, et par lui-même et
par le cas qu'il fait de vos ouvrages, qui ont tant
contribué à répandre ces deux ſentimens parmi ceux
qui ſont dignes de les éprouver. Il a d'ailleurs des
complimens à vous faire de la part de la reine de
Suède et du prince royal, qui protégent dans le Nord
la philoſophie ſi mal accueillie par les princes du
Midi. M. *Jennings* vous dira combien la raiſon fait
de progrès en Suède, ſous ces heureux auſpices. Les
prêtres n'ont garde d'y faire comme le roi, et d'offrir
aux peuples leur démiſſion; ils craindraient d'être
pris au mot. Adieu, mon cher et illuſtre confrère;
continuez à combattre, comme vous faites, *pro aris
et focis.* Pour moi, qui ai les mains liées par le

A 4

defpotifme miniftériel et facerdotal, je ne puis que faire comme *Moïfe*, les lever au ciel pendant que vous combattez. Je vous embraffe de tout mon cœur.

## LETTRE IV.

### *DE M. DE VOLTAIRE.*

15 de mars.

J'AI vu votre fuédois, mon cher ami; et quoique je ne reçoive plus perfonne, je l'ai accueilli comme un homme annoncé par vous méritait de l'être; c'eft un de vos bons difciples. Que le bon Dieu nous en donne beaucoup de cette efpèce. La vigne du Seigneur eft cultivée par-tout, mais nous n'avons encore à Paris que du vin de Surène.

Vous devez vous confoler actuellement avec M. *Turgot* que je crois à Paris; c'eft un homme d'un rare mérite. Quelle différence de lui à certains confeillers de grand'chambre? Il femble qu'il y ait des gens faits pour perpétuer la barbarie, et pour combattre le fens commun. Le parlement confifqua fous *Louis XI* 3 premiers livres imprimés qu'on apporta d'Allemagne, en prenant les imprimeurs pour des forciers; il a gravement condamné l'*Encyclopédie* et l'inoculation. Un jeune homme, qui ferait devenu un excellent officier, a été martyrifé pour n'avoir pas ôté fon chapeau, en temps de pluie, devant une proceffion de capucins. On doit m'envoyer fon portrait, je le mettrai au chevet de mon

lit, à côté de celui des *Calas*. Comment les peuples
fe laiffent-ils gouverner par de tels hommes? Du
moins je fuis loin de la ville qui a vu la Saint-
Barthelemi, et qui court au finge de *Nicolet* et au
*Siège de Calais*.

Je fuis devenu bien vieux et bien infirme; mais
fachez que mes derniers jours feraient perfécutés fans
la perfonne à qui je ne puis reprocher autre chofe,
finon de m'avoir affuré que *la Bletterie* n'avait pas
penfé à moi. J'envoie mon teftament à *Marin*
pour vous le donner; il eft dédié à *Boileau*. Je n'ai
pas befoin d'un codicille pour vous dire que je vous
aime autant que je vous eftime et que je vous révère.

# LETTRE V.

## *DE M. DE VOLTAIRE.*

24 de mai.

IL y a long-temps que le vieux folitaire n'a écrit à
fon grand et très-cher philofophe. On lui a mandé que
vous vous chargiez d'embellir une nouvelle édition
de l'*Encyclopédie* : voilà un travail de trois ou quatre
ans. *Carpent ea poma nepotes.*

Il eft bon, mon aimable fage, que vous fachiez
qu'un M. de *la Baflide*, l'un des enfans perdus de la
philofophie, a fait à Genève le petit livre ci-joint,
dans lequel il y a une lettre à vous adreffée, lettre
qui n'eft pas peut-être un chef-d'œuvre d'éloquence,
mais qui eft un monument de liberté. On débite

—— hardiment ce livre dans Genève, et les prêtres de
*Baal* n'osent parler. Il n'en est pas ainsi des prêtres
savoyards. Le petit-fils de mon maçon, devenu
évêque d'Annecy, n'a pas, comme vous savez, le
mortier liant : il joint aux fureurs du fanatisme
une mauvaise foi consommée, avec l'imbécillité
d'un théologien né pour faire des cheminées ou
pour les ramoner. Il a été porte-Dieu à Paris, décrété
de prise de corps, ensuite vicaire, puis évêque.
Ce saint évêque a mis dans sa tête de faire de
moi un martyr. Vous savez qu'il écrivit contre moi
au roi, l'année passée; mais ce que vous ne savez
pas, c'est qu'il écrivit aussi à *Pantalon-Rezzonico*, et
qu'il employa en même temps la plume d'un ex-jésuite
nommé *Nonotte*. Il y eut un bref du pape dans lequel
je suis très-clairement désigné, de sorte que je fus à la
fois exposé à une lettre de cachet et à une excom-
munication majeure; mais que peut la calomnie
contre l'innocence? la faire brûler quelquefois, me
direz-vous; oui, il y en a des exemples dans notre
sainte religion : mais n'ayant pas la vocation du
martyre, j'ai pris le parti de m'en tenir au rôle
de confesseur, après avoir été fort singulièrement
confessé.

Or, voyez, je vous prie, ce que c'est que les fraudes
pieuses. Je reçois dans mon lit le saint viatique que
m'apporte mon curé devant tous les coqs de ma
paroisse; je déclare, ayant DIEU dans ma bouche,
que l'évêque d'Annecy est un calomniateur, et j'en
passe acte par-devant notaire : voilà mon maçon
d'Annecy furieux, désespéré comme un damné,
menaçant mon bon curé, mon pieux confesseur et

món notaire. Que font-ils ? ils s'affemblent fecréte-
ment au bout de quinze jours, et ils dreffent un
acte dans lequel ils affurent par ferment qu'ils m'ont
entendu faire une profeffion de foi, non pas celle
du *vicaire favoyard*, mais celle de tous les curés de
Savoie ( elle eft en effet du ftyle d'un ramoneur ).
Ils envoient cet acte au maçon fans m'en rien dire,
et viennent enfuite me conjurer de ne les point
défavouer. Ils conviennent qu'ils ont fait un faux
ferment pour tirer leur épingle du jeu. Je leur
remontre qu'ils fe damnent, je leur donne pour
boire, et ils font contens.

Cependant ce poliffon de *Biord*, à qui je n'ai pas
donné pour boire, jure toujours comme un diable
qu'il me fera brûler dans ce monde-ci et dans l'autre.
Je mets tout cela aux pieds de mon crucifix ; et, pour
n'être point brûlé, je fais provifion d'eau bénite. Il
prétend m'accufer juridiquement d'avoir écrit deux
livres brûlables, l'un qui eft publiquement reconnu
en Angleterre pour être de milord *Bolingbroke*, l'autre
la *Théologie portative* que vous connaiffez, ouvrage, à
mon gré, très-plaifant, auquel je n'ai affurément nulle
part, ouvrage que je ferais très-fâché d'avoir fait, et
que je voudrais bien avoir été capable de faire.

Quoique cet énergumène foit favoyard et moi
français, cependant il peut me nuire beaucoup, et
je ne puis que le rendre odieux et ridicule : ce n'eft
pas jouer à un jeu égal. Toutefois j'efpère que je ne
perdrai pas la partie ; car heureufement nous fommes
au dix-huitième fiècle, et le maroufle croit être au
quatorzième. Vous avez encore à Paris des gens de
ce temps-là ; c'eft fur quoi nous gémiffons. Il eft dur

1769.

d'être borné aux gémiffemens; mais il faut au moins qu'ils fe faffent entendre, et que le bœuf-tigre frémiffe. On ne peut élever trop haut fa voix en faveur de l'innocence opprimée.

On dit que nous aurons bientôt des chofes très-curieufes qui pourront faire beaucoup de bien, et auxquelles il faudra que tous les gens de lettres s'intéreffent; j'entends les gens de lettres qui méritent ce nom. Vous qui êtes à leur tête, mon cher ami, priez DIEU que le diable foit écrafé, et mettez, autant que la prudence le permet, votre puiffante main à ce très-faint œuvre. Je vous embraffe bien tendrement, et je ne me confole point de finir ma vie fans vous revoir.

# LETTRE VI.

## DE M. DE VOLTAIRE.

4 de juin.

MON très-cher philofophe, je crois connaître beaucoup M. de *Schomberg*, quoique je ne l'aye jamais vu; je fais que c'eft un homme de tous les pays, qui aime la vérité et qui la dit hardiment. S'il paffe dans mes déferts, il faut qu'il regarde ma maifon comme la fienne, il en fera le maître; j'aurai l'honneur de le voir dans les momens de liberté que mes fouffrances continuelles pourront me donner. C'eft ainfi qu'en ufaient avec moi les philofophes efpagnols duc de *Villa-Hermofa* et comte de *Mora*. Un être véritablement penfant me confole de ma vieilleffe, de mes maladies,

des fripons et des fots. Vous n'avez pu recevoir encore,
par M. de *Rochefort*, un paquet que je lui donnai pour
vous, il y a environ trois femaines; il contient un
petit livre d'un jeune homme nommé *la Baftide*, et
dans ce livre étrange il y a une plus étrange lettre
que vous adreffe un citoyen de Genève. L'auteur
vous y prie de vouloir bien établir le déifme fur les
ruines de la fuperftition. Il s'imagine qu'un citoyen
de Paris, quand il eft fupérieur par fon efprit à fa
nation, peut changer fa nation. Il ne fait pas qu'un
capucin prêchant à Saint-Roch a plus de crédit fur
le peuple que tous ces gens de bon fens n'en auront
jamais. Il ne fait pas que les philofophes ne font faits
que pour être perfécutés par les cuiftres et par les
fous-tyrans.

Le marquis d'*Argence de Dirac*, et non pas le prétendu marquis d'*Argens Boyer*, n'a pas trop bien fait
d'imprimer la lettre à M. le comte de *Périgord;* mais
il faut que vous fachiez que *Patouillet* eft l'archevêque
d'Auch. Son archevêché vaut cinquante mille écus
de rente, et par conféquent lui donne un très-grand
crédit dans la province, tout imbécille qu'il eft. Il
avait donné un mandement fcandaleux quand fon
voifin le marquis d'*Argence* écrivit cette lettre. Ce fut
*Patouillet* qui aida à faire contre moi ce mandement
qui fut brûlé par le parlement de Bordeaux et par
celui de Touloufe, ainfi qu'une lettre du grand
*Pompignan*, évêque du Puy. Vous ne favez pas, vous
autres Parifiens, combien de mitres, de robes, de
bonnets carrés, fe font ligués dans les provinces
contre le fens commun. Ce *Nonotte*, dont le nom feul
eft un ridicule, eft un prédicateur fanatique, et

—— capable de tout. Il écrivit lettre fur lettre au pape
1769. *Rezzonico* contre moi, et en obtint un bref que j'ai
entre les mains. L'évêque d'Annecy, foi-difant prince
de Genève, a voulu non-feulement me damner
dans l'autre monde, mais me perdre dans celui-ci.
Il m'a calomnié auprès du roi; il a conjuré fa
Majefté très-chrétienne de me chaffer de la terre
que je défriche; il a employé contre moi fa truelle,
fa croix, fa croffe, fa plume et tout l'excès de fon
abfurde méchanceté. C'eft le calomniateur le plus
bête qui foit dans l'Eglife de DIEU. Je n'ai pu le
chaffer d'Annecy comme les Génevois ont chaffé fes
prédéceffeurs de Genève, parce que je n'ai pas douze
mille hommes à mon fervice. Je n'ai pu combattre
l'excès de fon infolence et de fa bêtife qu'avec les
armes défenfives dont je me fuis fervi. Je n'ai fait
que ce qui m'a été confeillé par deux avocats et par
un magiftrat très-accrédité du parlement de Dijon,
dans le reffort duquel je fuis. En un mot, on ne me
traitera pas comme le chevalier de *la Barre.* J'ai agi
en citoyen, en fujet du roi, qui doit être de la
religion de fon prince, et je braverai les fcélérats
perfécuteurs jufqu'à mon dernier moment.

Je vous ai demandé, mon cher ami, mon cher
philofophe, fi vous travaillez en effet à la nouvelle
*Encyclopédie.* Les éditeurs de Paris ont paru craindre
un rival dans un apoftat italien nommé *Felice.* C'eft
un poliffon plus impofteur encore qu'apoftat, qui
demeure dans un cloaque du pays de Vaud. Ce
fripon, qui a été prêtre autrefois, et qui en était digne,
qui ne fait ni le français ni l'italien, prétend qu'il a
quatre mille foufcriptions, et il n'en a pas une feule;

il veut tromper *Panckoucke*. J'ai peur que la librairie ne foit devenue un brigandage; pour la philofophie, elle n'eft qu'une efclave. Vous êtes né avec le génie le plus mâle et le plus ferme ; mais vous n'êtes libre qu'avec vos amis, quand les portes font fermées.

Je vous renvoie à la lettre que M. de *Rochefort* doit vous rendre, pour que vous foyez inftruit des petites friponneries eccléfiaftiques qui font en ufage depuis plus de dix-fept cents ans.

Adieu, mon cher philofophe ; je fecoue la fange dont je fuis entouré, et je me lave dans les eaux d'Hippocrène, pour vous embraffer avec des mains pures.

# L E T T R E  V I I.

## DE M. DE VOLTAIRE.

9 de juillet.

MON cher philofophe, je vous envoie la copie d'une lettre que je fuis obligé d'écrire à l'auteur du *Mercure*. Je vois que cette Hiftoire du parlement qu'on m'impute, eft la fuite de ce petit écrit qui parut, il y a dix-huit mois, fous le nom du marquis de *Béleftat*, et qui fit tant de peine au préfident *Hénault*. C'eft le même ftyle ; mais je ne dois accufer perfonne, je dois me borner à me juftifier. Il me paraît abfurde de m'attribuer un ouvrage dans lequel il y a deux ou trois morceaux qui ne peuvent être tirés que d'un greffe poudreux, où je n'ai affurément pas mis le pied ; mais la calomnie n'y regarde pas de fi près.

Je vous demande en grâce d'employer toute votre éloquence et tous vos amis, pour détruire un bruit encore plus dangereux que ridicule. Ma pauvre fanté n'avait pas befoin de cette fecouffe. Je me recommande à votre amitié.

J'attends M. de *Schomberg*. Il voyage comme *Ulyffe* qui va voir des ombres. Mon ombre vous embraffe de tout fon cœur.

# LETTRE VIII.

## DE M. DE VOLTAIRE.

### Ce 23 de juillet.

LA Providence fait toujours du bien à fes ferviteurs, mon cher philofophe. J'ai beaucoup fouffert pour la bonne caufe ; j'ai été confeffeur, confeffé et prefque martyr ; mais le Dieu de miféricorde m'a envoyé un ange confolateur. Quoique cet envoyé foit du métier des exterminateurs, c'eft un des plus aimables hommes du monde : vous me l'aviez bien dit, il y en a peu dans la milice célefte qui lui foient comparables.

Je voudrais qu'il m'eût pris par le peu de cheveux qui me reftent, comme *Habacuc*, et qu'il m'eût tranfporté vers vous. Comme j'irai bientôt dans l'autre féjour de la gloire, je ferais très-fâché d'en aller prendre poffeffion fans vous avoir embraffé ; mais je vous promets mes prières et mes bénédictions.

Il

Il faut que je vous dife un mot de cette Hiſtoire du parlement qu'on m'attribue : voici ce que j'en **1769.** fais très-certainement. Des recherches fur l'hiſtoire de France ayant été volées, à bonne intention, on les a fait imprimer avec des erreurs et des fottifes. C'eſt une chofe très-défagréable, et fur laquelle il n'y a d'autre parti à prendre que celui de fouffrir et fe taire.

L'ombre du chevalier de *la Barre* apparut ces jours paſſés à un homme de votre connaiſſance ; il lui dit :

*Heu, fuge crudeles terras, fuge littus iniquum.*

Notre ami lui répondit :

. . . . . . . *Sed contrà audentior ibo.*

Il faudrait avoir établi une ville de philofophes, comme *Ticho-Brahé* fonda Uranibourg. Par quelle fatalité eſt-il plus aifé de raſſembler des laboureurs et des vignerons que des gens qui penfent ! Quoi qu'il en foit, je m'unis de loin à vous dans votre charité philofophique, dans le faint amour de la vérité, et dans l'horreur des cagots.

O mes philofophes ! il faudrait marcher ferrés comme la phalange macédonienne ; elle ne fut vaincue que parce qu'elle combattit difperfée. Ma confolation eſt que vous m'aimiez un peu ; moi je vous aime beaucoup et de toutes mes forces.

## LETTRE IX.

### DE M. D'ALEMBERT.

A Paris, ce 13 d'augufte.

MON cher et illuftre confrère, quelque fcrupule que je me faffe de troubler votre folitude, je ne puis me dif-penfer de recommander à vos bontés M. *Mathy* qui vous remettra cette lettre ; c'eft le fils d'un homme de mérite, que vous connaiffez furement au moins de réputation, et qui a long-temps travaillé à un très-bon ouvrage périodique, intitulé *Journal britannique*. Le fils eft digne de fon père, et digne d'être connu et bien reçu de vous. Il a l'efprit très-cultivé, et ce qui vaut encore mieux, très-droit et très-jufte, et furtout une franchife et une philofophie qui vous plairont. Je ne lui compte pas pour un mérite le défir qu'il a de vous connaître, car c'eft un mérite trop banal. Monfieur de *Schomberg* eft revenu de chez vous, pénétré de la réception que vous lui avez faite, et enchanté de votre perfonne. Je ne doute pas que M. *Mathy* n'en revienne avec les mêmes fentimens.

On ne parle plus, ce me femble, de l'Hiftoire du parlement, et il me femble que la fureur de vous l'attribuer eft calmée ; ainfi je crois que vous devez être tranquille à cet égard. On fe plaint de plufieurs inexactitudes qui vraifemblablement font des fautes d'impreffion. Par exemple, à la page 182, on dit que *Coligni* avait été affaffiné avant la Saint-Barthelemi, par *Montrevel* ; c'eft *Maurevert*, comme le difent le

président *Hénault* et beaucoup d'autres. Je ne vous
parle point des autres critiques qui, au fond, ne vous 1769.
intéreffent guère, et font d'ailleurs très-peu de chofe.
Adieu, mon cher et ancien ami ; je voudrais bien
avoir une fanté qui me permît d'aller vous embraffer ;
je vis pourtant toujours dans cette efpérance.

En attendant, je vous embraffe de tout mon cœur,
en efprit et en *Lucrèce. Vale et me ama.*

# LETTRE X.

## DE M. DE VOLTAIRE.

15 d'augufte.

DE cent brochures qu'on m'a envoyées, mon très-
cher philofophe, voici la feule qui m'a paru mériter
vos regards. Perfonne n'imaginait que *Saul-Paul* et
*Nicolas Mallebranche* approchaffent du fpinofifme ;
c'eft à vous d'en juger. Il faut que *Benoît Spinofa* ait
été un efprit bien conciliant ; car je vois que tout
le monde retombe malgré foi dans les idées de ce
mauvais juif. Dites-moi, je vous en prie, votre avis
fur cette petite brochure.

J'ai auffi à vous confulter fur un point de jurifprudence. Un gros cultivateur, nommé *Martin*, d'un
village du Barrois, reffortiffant au parlement de
Paris, eft accufé d'avoir affaffiné un de fes voifins.
Le juge confronte les fouliers de *Martin*, avec les
traces des pas auprès de la maifon du mort. On trouve
en effet que les veftiges des pas conviennent à peu-près

B 2

aux fouliers ; fur cette admirable preuve, *Martin* eft condamné à la roue ; il eft roué, et le lendemain le véritable meurtrier eft découvert. Je raconterai cette aventure au chevalier de *la Barre*, dès que j'aurai l'honneur de le voir, ce qui arrivera dans peu.

A propos, le cuiftre d'Annecy voulait m'intenter un procès criminel : il y a encore de belles ames dans le monde.

Dites beaucoup de bien des Guèbres, je vous en prie ; criez bien fort : il faut qu'on les joue, cela eft important pour la bonne caufe. Je vous embraffe tendrement. Adieu ; mes refpects au diable, car c'eft lui qui gouverne le monde.

## LETTRE XI.

### DE M. DE VOLTAIRE.

4 de feptembre.

MARTIN était un cultivateur établi à Bleurville, village du Barrois, bailliage de la Marche, chargé d'une nombreufe famille. On affaffina, il y a deux ans et huit mois, un homme fur le grand chemin auprès du village de Bleurville. Un praticien ayant remarqué fur le même chemin, entre la maifon de *Martin* et le lieu où s'était commis le meurtre, une empreinte de foulier, on faifit *Martin* fur cet indice ; on lui confronta fes fouliers qui cadraient affez avec les traces, et on lui donna la queftion. Après ce préliminaire, il parut un témoin qui avait vu le meurtrier s'enfuir ;

le témoin dépofe, on lui amène *Martin*, il dit qu'il ne reconnaît pas *Martin* pour le meurtrier; *Martin* s'écrie : *Dieu foit béni ! en voilà un qui ne m'a pas reconnu.*

Le juge, fort mauvais logicien, interprète ainfi ces paroles : *Dieu foit béni ! j'ai commis l'affaffinat, et je n'ai pas été reconnu par le témoin.*

Le juge, affifté de quelques gradués du village, condamne *Martin* à la roue, fur une amphibologie. Le procès eft envoyé à la tournelle de Paris ; le jugement eft confirmé ; *Martin* eft exécuté dans fon village. Quand on l'étendit fur la croix de Saint-André, il demanda permiffion au bailli et au bourreau de lever les bras au ciel, pour l'attefter de fon innocence, ne pouvant fe faire entendre de la multitude. On lui fit cette grâce, après quoi on lui brifa les bras, les cuiffes et les jambes, et on le laiffa expirer fur la roue.

Le 26 de juillet de cette année, un fcélérat ayant été exécuté dans le voifinage, déclara juridiquement, avant de mourir, que c'était lui qui avait commis l'affaffinat pour lequel *Martin* avait été roué. Cependant le petit bien de ce père de famille innocent eft confifqué et détruit; la famille eft difperfée depuis trois ans, et ne fait peut-être pas que l'on a reconnu enfin l'innocence de fon père.

Voilà ce qu'on mande de Neufchâteau en Lorraine; deux lettres confécutives confirment cet événement.

Que voulez-vous que je faffe, mon cher philofophe ? *Villars ne peut pas être par-tout.* Je ne peux que lever les mains au ciel comme *Martin*, et prendre DIEU à témoin de toutes les horreurs qui fe paffent

dans fon œuvre de la création. Je fuis affez embarraffé
avec la famille *Sirven*. Les filles font encore dans
mon voifinage. J'ai envoyé le père à Touloufe; fon
innocence eft démontrée comme une propofition
d'*Euclide*. La craffe ignorance d'un médecin de village,
et l'ignorance encore plus craffe d'un juge fubalterne,
jointe à la craffe du fanatifme, ont fait condamner
la famille entière, errante depuis fix ans, ruinée et
vivant d'aumônes.

Enfin j'efpère que le parlement de Touloufe fe
fera un honneur et un devoir de montrer à l'Europe
qu'il n'eft pas toujours féduit par les apparences, et
qu'il eft digne du miniftère dont il eft chargé. Cette
affaire me donne plus de foins et d'inquiétudes que
n'en peut fupporter un vieux malade; mais je ne
lâcherai prife que quand je ferai mort, car je fuis
têtu.

Heureufement on a fait, depuis environ dix ans,
dans ce parlement des recrues de jeunes gens qui ont
beaucoup d'efprit, qui ont bien lu et qui penfent
comme vous.

Je ne fuis pas étonné que votre projet fur les progrès
de la raifon ait échoué. Croyez-vous que les rivaux
du maréchal de *Saxe* euffent trouvé bon qu'il eût
fait foutenir une thèfe en leur préfence fur les progrès
de fon art militaire?

J'ai vu le fils du docteur *Mathy; dignus, dignus
eft intrare in nôftro philofophico corpore*. Je viens de
retrouver, dans mes paperaffes, une lettre de la main
de *Locke*, écrite la veille de fa mort à miladi *Péterboroug;*
elle eft d'un philofophe aimable.

Les affaires des Turcs vont mal. Je voudrais bien

que ces marauds-là fuſſent chaſſés du pays de *Périclès*
et de *Platon* : il eſt vrai qu'ils ne ſont pas perſécuteurs,
mais ils ſont abrutiſſeurs. Dieu nous défaſſe des uns
et des autres !

Tandis que je ſuis en train de faire des ſouhaits,
je demande la permiſſion au révérend père *Hayet* de
faire des vœux pour qu'il n'y ait plus de récolets au
capitole. Les *Scipions* et les *Cicérons* y figureraient un
peu mieux à mon avis. Tantôt je pleure, tantôt je
ris ſur le genre-humain. Pour vous, mon cher ami,
vous riez toujours, par conſéquent vous êtes plus
ſage que moi.

A propos, ſavez-vous que l'aventure du chevalier
de *la Barre* a été jugée abominable par les cent
quarante députés de la Ruſſie pour la confection des
lois ? Je crois qu'on en parlera dans le code comme
d'un monument de la plus horrible barbarie, et
qu'elle ſera long-temps citée dans toute l'Europe, à la
honte éternelle de notre nation.

# LETTRE XII.

### DE M. D'ALEMBERT.

A Paris, le 15 d'octobre.

J'AI reçu, mon cher et illuftre confrère, en arrivant de la campagne, les triftes éclairciffemens que vous m'avez envoyés fur l'aventure abominable du pauvre *Martin*. J'en ai déjà parlé à quelques-uns de *meffieurs*, qui font actuellement de la chambre des vacations ; ils prétendent qu'ils ne favent ce que c'eft, car ils n'enragent point pour mentir. Ils viennent de condamner un affaffin de Montrouge à être roué dans *la place la plus convenable* du village ; cela rappelle le bourreau d'armée qui était de Beauvais, et qui fefait des excufes à un maraudeur pendu, fon compatriote, de ce qu'il n'aurait pas *autant de commodités*, étant pendu à un arbre, qu'à une potence. Cette place *la plus convenable* pour rouer un homme doit être mife à côté *des coups de bâton* donnés à un crucifix, dont il était parlé dans le bel arrêt du malheureux chevalier de *la Barre*. Je fuis content que tout cela foit traité comme il le mérite dans le code de lois de la Ruffie, et que les Tartares apprennent aux Velches à être humains.

Je ne fais pas fi le parlement de Touloufe rendra juftice au pauvre *Sirven*; je le fouhaite pour fon honneur ( j'entends pour celui du parlement ). A

propos de *Sirven*, *Damilaville* avait un pauvre domeftique qui l'a logé pendant long-temps, et à qui fon
maître avait promis de lui procurer pour cette bonne
œuvre quelque gratification dont il a befoin, étant
chargé de famille. Madame *Denis* m'a promis de
vous en parler. Elle vous dira d'ailleurs que nous
continuons, comme de raifon, à la cour et à la ville,
à dire et faire beaucoup de fottifes; mais elle ne vous
dira furement pas affez combien je vous aime et
vous regrette, et combien j'aurais de défir de vous
embraffer encore une fois. En attendant, je vous
embraffe en efprit et en ame, de toutes mes forces et
de tout mon cœur.

Fefons notre devoir, et laiffons faire aux Dieux.

# LETTRE XIII.

## DE M. DE VOLTAIRE.

### 28 d'octobre.

M ADAME *Denis*, mon très-cher et très-grand
philofophe, m'apporte votre lettre du 15. J'aurais
encore mieux aimé caufer avec vous à Paris; mais
le trifte état où je fuis ne m'a pas permis de voyager,
et je crois entre nous que ni *meffieurs* ni les révérends
pères n'auront plus déformais de querelle avec moi.

Soyez très-fûr que l'hiftoire de *Martin* eft dans la
plus exacte vérité. *Martin* fut condamné, il y a environ
trois ans, à Paris, comme je vous l'ai mandé. Les
annales du pays ne m'ont point encore annoncé la

—— date de fa mort, mais je vous ai mandé celle de la
1769. déclaration que fit le coupable de l'innocence de
*Martin.* On a raffemblé la pauvre famille difperfée.
On fait un mémoire actuellement en fa faveur. Je
fuis bien fûr que vous ne me citerez pas, mais il eft
bien étrange qu'on craigne d'être cité quand il s'agit
de fecourir une malheureufe famille qui demande
juftice de la mort abominable de fon père.

Vous favez peut-être que *Panckoucke* m'a propofé
de travailler à la partie littéraire du fupplément de
l'*Encyclopédie.* Je m'en chargerai avec grand plaifir, fi
la nature m'en donne le temps et la force ; j'ai même
des matériaux affez curieux. Il fe vante que vous
travaillez à tout ce qui regarde les mathématiques et
la phyfique. Comment ferez-vous quand il faudra
combattre les molécules organiques, les générations
fans germe, et les anguilles de blé ergoté ? laiffera-t-on
fubfifter, dans l'*Encyclopédie*, les exclamations, *ô mon
cher ami Rouffeau* ? déshonorera-t-on un livre utile
par de pareilles pauvretés ? laiffera-t-on fubfifter cent
articles qui ne font que des déclamations infipides ?
et n'êtes-vous pas honteux de voir tant de fange à
côté de votre or pur ?

Je vous demanderais auffi de retrancher un petit
mot, à la fin d'un article, concernant *Maupertuis.* Il
n'eft pas bien fûr qu'il eut raifon, mais il eft très-fûr
qu'il a été fou et perfécuteur. Madame *Denis* m'a
bien étonné en m'apprenant le déplorable état où fe
font trouvées les affaires de *Damilaville* à fa mort. Je
plains beaucoup fon pauvre domeftique. Permettez
que je vous adreffe ce petit billet qui me coûte
beaucoup plus de peine à écrire qu'il ne coûte

d'argent ; car à peine puis-je à préfent me fervir de ma main.

Si je puis travailler à la partie littéraire , il faudra toujours que je dicte.

Vous m'avez fait un vrai plaifir, en réduifant dans plus d'un article l'infini à fa jufte valeur.

Voici une chofe plus intéreffante. *Grimm* affure que l'empereur eft des nôtres ; cela eft heureux , car la ducheffe de Parme , fa fœur , eft contre nous. *Sæpè premente Deo , fert Deus alter opem.*

*Fers mihi opem* quand vous m'écrivez. Ce n'eft pas feulement parce que je vous regarde comme le premier écrivain du fiècle, mais parce que je vous aime de tout mon cœur.


# LETTRE XIV.

## *DE M. D'ALEMBERT.*

A Paris , le 9 de novembre.

Q UE béni foit l'homme de DIEU, mon très-cher et très-illuftre maître , qui travaille à un mémoire pour la famille de ce malheureux ! J'efpère que ce mémoire ne fera pas déshonoré par la mauvaife rhétorique du palais, comme l'ont été ceux de *Calas.* J'attends qu'un de mes amis et de mes confrères à l'académie des fciences, M. *Dionis du Séjour* , homme vertueux et éclairé, confeiller de la cour, foit de retour de la campagne, pour tirer au clair cette

—— hiſtoire abominable qui doit achever de couvrir de
**1769.** honte ces juges du dixième ſiècle, ſi elle eſt avérée.

J'ai promis à *Panckoucke* de lui donner quelques
additions pour les articles de mathématiques, et pour
quelques-uns de phyſique. Les molécules organiques
et les anguilles de *Néedham* ont rapport à l'article
*Génération*, qui n'eſt pas de ma partie. Du reſte, je
ne crois pas plus à ces ſornettes que vous. Quant
aux déclamations et autres ſottiſes qui déshonorent
l'*Encyclopédie*, on fera bien de les ſupprimer; mais
je ne m'en mêlerai pas, ayant déclaré que je ne
voulais point être éditeur. Je me fais d'avance un
grand plaiſir de lire vos articles de belles-lettres.

Je ne ſais plus ce que j'ai dit de *Maupertuis;* ce que
je ſais, c'eſt qu'il faut que je ne l'aye pas trop flatté,
car il était mécontent, et nous étions très-froids
enſemble quand il eſt mort.

Je donnerai au domeſtique de *Damilaville*, qui doit
être à la campagne, le billet que vous m'envoyez
pour lui; c'eſt une œuvre de charité et de juſtice.
Son pauvre maître eſt mort banqueroutier.

Je ne ſais ſi l'empereur eſt des nôtres, mais je
m'accoutumerai difficilement à ne pas voir la maiſon
d'Autriche avec un vernis de ſuperſtition:

*Timéo Danaos et dona ferentes.*

Adieu, mon cher et illuſtre confrère; je vous
embraſſe de tout mon cœur.

## LETTRE XV.

### *DE M. D'ALEMBERT.*

A Paris, ce 11 de décembre.

JE vous dois, mon cher et illuftre maître, dès remercîmens pour la tragédie des Guèbres, que j'ai reçue il y a quelque temps de votre part. Je fouhaiterais fort que cette pièce pût être repréfentée ; elle achèverait peut-être, fur les efprits des Velches, l'ouvrage que la tragédie de Mahomet avait déjà commencé, celui d'infpirer l'horreur de l'intolérance et du fanatifme ; mais trop de gens, mon cher philofophe, font intéreffés à empêcher le progrès de la raifon. Toutes les fois qu'on veut aujourd'hui rendre ridicules ou odieux des prêtres de quelque fecte que ce foit, les nôtres regardent au dedans d'eux-mêmes, et fe difent en grinçant les dents : *Mutato nomine, de me fabula narratur.*

Quant à la préface de cette tragédie, je fuis depuis long-temps entièrement de votre avis fur Athalie. J'ai toujours regardé cette pièce comme un chef-d'œuvre de verfification, et comme une très-belle tragédie de collége. Je n'y trouve ni action ni intérêt ; on ne s'y foucie de perfonne, ni d'*Athalie* qui eft une méchante carogne, ni de *Joad* qui eft un prêtre infolent, féditieux et fanatique, ni de *Joas* même que *Racine* a eu la mal-adreffe de faire entrevoir, en deux endroits, comme un méchant garnement futur. Je fuis perfuadé que les idées de religion dont nous fommes imbus dès l'enfance, contribuent, fans que nous nous en apercevions, au peu d'intérêt qui foutient cette pièce; et que, fi on changeait les noms, et que *Joad* fût un prêtre de *Jupiter* ou d'*Ifis*, et *Athalie* une reine de Perfe ou d'Egypte, cette pièce ferait bien froide au théâtre. D'ailleurs, à quoi fert toute cette prophétie de *Joad*, qu'à faire languir l'action qui n'eft pas déjà trop animée? Je crois en général ( et je vais peut-être dire un blafphème ) que c'eft plutôt l'art de la verfification, que celui du théâtre qu'il faut apprendre chez *Racine.* J'en connais à qui je donnerais un plus grand éloge, mais ils n'ont pas l'honneur d'être morts.

On dit que vous êtes malade, mon cher ami; et on ajoute que vous avez du chagrin pour une caufe qui me paraît bien jufte. Je ne faurais croire que cette caufe foit réelle; fi par malheur elle l'était, elle me rappellerait la belle tirade de la péroraifon *Pro Milone,* qui commence par ces mots : *Hiccine vir patriæ natus*, &c.

Le contrôleur général eft, dit-on, bien embarraffé pour trouver de l'argent; Dieu le père n'en trouverait pas; *Hippocrate*, *Efculape*, et toute l'école de médecine ne rétabliraient pas un malade qui fe donnerait tous les jours, à dîner et à fouper, une indigeftion. Ce fera le cas de la France, tant qu'on n'y connaîtra pas l'économie. Adieu, mon cher maître; je vous embraffe de tout mon cœur. Mes refpects à madame *Denis.*

## LETTRE XVI.

### DE M. DE VOLTAIRE.

18 de janvier,

PREMIEREMENT, mon cher philofophe, il faut que je vous dife que j'ai vu, il y a quelque temps, une annonce intitulée, *Supplémens à l'Encyclopédie*, &c. Ce plan ou programme appelé *profpectus*, comme fi nous manquions de mots français, commence ainfi :

,, Des libraires affociés avaient projeté de refondre ,, entièrement l'immenfe *Dictionnaire de l'Encyclopédie*, ,, et d'en faire un ouvrage nouveau; mais on leur ,, a repréfenté, &c. ,,

Il manquait à cet édit la formule, *car tel eft notre plaifir*. Vous avez enrichi les libraires, et vous voyez qu'ils n'en font pas plus modeftes.

Il y a quelqu'un qui fait, dit-on, un petit fupplément pour fe réjouir; mais il ne fera aucune repréfentation à ces meffieurs.

J'ai lu un petit Avis aux gens de lettres, par M. de *Falbaire*, auteur de l'*Honnête criminel*; il ne traite pas ces defpotes avec tout le refpect poffible.

Je ne fais où en eft actuellement l'affaire de *Luneau de Boisgermain*; j'imagine qu'elle s'en ira en fumée comme toutes les affaires qui traînent.

Je fais à préfent qui vous a récité des vers fur *Michon* ou *Michault*; je fais qui vous a dit qu'ils étaient de moi. Il n'eft point du tout honnête qu'*Achille* ait

—— voulu combattre fous les armes de *Patrocle*. Heureu-
1770. fement il eft affez fage pour n'avoir point lâché fon
ouvrage dans le monde ; mais je ne dois pas être
content du procédé. Je lui pardonne, à condition
qu'il affommera un bœuf-tigre quand il en rencon-
trera ; mais je ne lui pardonne qu'à cette condition.

Je m'aperçois que je paffe ma vie à pardonner ;
mais ce n'eft pas à vous qui êtes mon vrai philofophe,
et qui rempliffez tous les devoirs de la fociété. Vos
théorèmes fur cet article font auffi bons que fur tout
le refte.

Eft-il vrai que l'abbé *Alary* foit encore plus vieux
et plus mal que moi ? je l'en défie, car je n'en
puis plus.

L'oncle et la nièce vous embraffent de tout leur
cœur.

## LETTRE XVII.

### DE M. D'ALEMBERT.

A Paris, ce 25 de janvier.

Mon cher confrère, mon cher maître, mon cher
ami, je vous prie d'en croire mon tendre attachement pour vous ; foyez sûr qu'on ne vous a pas dit
vrai fur la perfonne qu'on a accufée auprès de vous.
Il eft vrai qu'un de vos amis et des miens me dit,
il y a environ trois ou quatre mois, avoir entendu
quelques morceaux d'un poëme intitulé, *Michault et
Michel* ; mais il ne m'en dit pas un feul vers, et
n'ajouta

n'ajouta abſolument rien qui pût me faire connaître
ou même me faire ſoupçonner l'auteur. Il eſt d'ailleurs
trop de vos amis pour qu'il puiſſe jamais avoir à ſe
reprocher la moindre imprudence à votre égard, à
plus forte raiſon l'ombre même de la calomnie.
Perſonne ne vous rend juſtice avec plus de connaiſſance, et j'ajoute avec plus de courage ; il vous en
a donné des preuves publiques dans cette capitale
des Velches, où ceux même qui courent en foule
à vos pièces de théâtre n'oſent encore vous donner
la place que vous méritez, et on peut dire de lui :
*Repertus erat qui efferret quæ omnes animo agitabant.*

A cette occaſion, je veux vous faire part de ce que
je penſais, il y a quelques jours, en liſant vos vers,
et en les comparant à ceux de *Deſpréaux* et de *Racine.*
Je penſais donc qu'en liſant *Deſpréaux* on *conclut* et
on *ſent* que ſes vers lui ont coûté ; qu'en liſant *Racine*,
on le *conclut* ſans le *ſentir*, et qu'en vous liſant on
ne le *conclut* ni ne le *ſent ;* et je *concluais*, moi, que
j'aimerais mieux être vous, que les deux autres.

Je n'ai point lu le *plan* ou *proſpectus* des *Supplémens à l'Encyclopédie.* L'impertinence des libraires ne
m'étonne pas ; j'en dirai pourtant un mot à *Panckoucke ;*
et je vous invite auſſi à lui faire ſur ce ſujet une petite
correction fraternelle ou magiſtrale.

Je crois que l'affaire de *Luneau de Boisgermain* s'en
ira en fumée. On voudrait bien, je crois, donner
gain de cauſe aux libraires, mais on craint un peu
le cri des gens de lettres, et c'eſt quelque choſe que
ce cri retienne un peu les gens en place.

Avez-vous lu un ouvrage intitulé, *Dialogue ſur le
commerce des blés?* il excite ici une grande fermentation.

*Correſp. de d'Alembert*, &c.    Tome II.    C

———— Cet ouvrage pourrait être de meilleur goût à certains égards, mais il me paraît plein d'esprit et de philosophie. Je voudrais seulement que l'auteur fût moins favorable au despotisme ; car, depuis les premiers commis jusqu'aux libraires, j'ai presque autant d'aversion que vous pour les despotes.

Nous avons bien des confrères qui menacent ruine, l'abbé *Alary*, le président *Hénault*, *Paradis de Moncrif*, qui sera bientôt *Moncrif* de paradis. Ne vous avisez pas d'être leur compagnon de voyage, vous n'êtes pas fait pour cette compagnie ; attendez plutôt que nous partions ensemble : pour peu que vous soyez pressé, je crois que je ne vous ferai pas attendre : j'ai des étourdissemens et un affaiblissement de tête qui m'annoncent le détraquement de la machine. Je vais essayer de vivre en bête, pendant trois ou quatre mois ; car je ne connais de remède que le régime et le repos. Adieu, mon cher ami ; je vous embrasse de toute mon ame. Quand je me verrai prêt à mourir, je vous manderai, si je puis, le jour que j'aurai retenu ma place au coche.

# LETTRE XVIII.

## DE M. DE VOLTAIRE.

31 de janvier.

RÉTABLISSEZ votre santé, mon très-cher philosophe; j'en connais tout le prix, quoique je n'en aye jamais eu, *porrò unum est necessarium;* et sans ce nécessaire, adieu tout le plaisir qui est plus nécessaire encore.

Je vous avais bien dit que l'aventure de *Martin* était véritable. Le procureur général travaille actuellement à réhabiliter sa mémoire; mais comment réhabilitera-t-on les *Martins* qui l'ont condamné? Le pauvre homme a expiré sur la roue, et le tout par une méprise. Qu'on me dise à présent quel est l'homme qui est assuré de n'être pas roué!

Voici l'édit des libraires, tel que je l'ai reçu; c'est à vous à voir si vous l'enregistrerez. Pour moi, je déclare d'abord que je ne souffrirai pas que mon nom soit placé avant le vôtre et celui de M. *Diderot*, dans un ouvrage qui est tout à vous deux. Je déclare ensuite que mon nom ferait plus de tort que de bien à l'ouvrage, et ne manquerait pas de réveiller des ennemis qui croiraient trouver trop de liberté dans les articles les plus mesurés. Je déclare de plus qu'il faut rayer mon nom, pour l'intérêt même de l'entreprise.

Je déclare enfin que, si mes souffrances continuelles me permettent l'amusement du travail, je travaillerai

—————— fur un autre plan qui ne conviendra pas peut-être à
1770. la gravité d'un *Dictionnaire encyclopédique.*

Il vaut mieux, d'ailleurs, que je fois le panégyrifte
de cet ouvrage, que fi j'en étais le collaborateur.

Enfin ma dernière déclaration eft que, fi les entre-
preneurs veulent glisser dans l'ouvrage quelques-uns
des articles auxquels je m'amufe, ils en feront les
maîtres abfolus, quand mes fantaifies auront paru.
Alors ils pourront corriger, élaguer, retrancher,
amplifier, fupprimer tout ce que le public aura trouvé
mauvais ; je les en laifferai les maîtres.

Vous pourrez, mon très-cher philofophe, faire
part de ma réfolution à qui vous jugerez à propos ;
tout ce que vous ferez fera bien fait : mais furtout
portez-vous bien. Madame *Denis* vous fait fes complimens ; nous vous embraffons tous deux de tout
notre cœur.

## LETTRE XIX.

### DE M. D'ALEMBERT.

A Paris, ce 22 de février.

QUE vous êtes heureux, mon cher et illuftre maître, de pouvoir, à votre âge de foixante et feize ans, vous occuper encore plufieurs heures par jour! Pour moi, je fuis obligé depuis fix femaines de renoncer à toute efpèce de travail, grâce à une faibleffe de tête qui me permet à peine de vous écrire. Elle me tourne prefqu'autant qu'au nouveau contrôleur général, dont vous aurez appris les belles opérations, et aux pauvres libraires de l'*Encyclopédie*, dont vous aurez appris la déconfiture. Je voudrais bien aller partager votre folitude; mais je ne puis, dans l'état où je fuis, m'expofer à changer de place, quoique je ne me trouve pas trop bien à la mienne.

Vous n'êtes que trop bien informé de l'affaire de *Martin*; il eft très-vrai que le procureur général travaille à réhabiliter fa mémoire : cela fera grand bien au pauvre roué et à fa malheureufe famille difperfée et fans pain. En vérité, notre jurifprudence criminelle eft le chef-d'œuvre de l'atrocité et de la bêtife. A propos, on dit que les *Sirven* ont été déclarés innocens au parlement de Touloufe; on ajoute que la tragédie des Guèbres a été ou doit être repréfentée fur le théâtre de cette ville. C'eft ici le cas des poltrons révoltés, et on pourrait dire :

*Quid domini facient, audent cùm talia fures ?*

C 3

Connaiffez-vous le nouvel ouvrage de *la Harpe*, dont le fujet eft une autre atrocité arrivée, il y a deux ans, dans un couvent de Paris, grâce encore à l'humanité et à la fageffe de nos lois eccléfiaftiques, bien dignes de figurer avec nos lois criminelles? Cet ouvrage me paraît bien fupérieur à tout ce qu'il a fait jufqu'à préfent, et pourrait bien lui ouvrir inceffamment les portes de l'académie. Que dites-vous de la traduction des *Géorgiques* de l'abbé *de Lille*? je doute que celle de *Simon le Franc* foit meilleure. A propos de vers, je me confole dans mon inaction en lifant les vôtres, et je perfifte dans ce que je vous difais, il n'y a pas long-temps, que *Defpréaux* me paraît forger très-habilement les fiens, ou fi vous voulez, les travailler fort bien au tour, *Racine* les jeter parfaitement en moule, et vous les créer.

Vous ne m'avez rien répondu fur ce que je vous ai mandé pour juftifier un de vos plus zélés admirateurs, accufé très-injuftement auprès de vous? aurais-je eu le malheur de ne vous pas détromper? vous pouvez cependant être bien sûr que je vous ai dit la pure vérité.

Vous faites donc l'*Encyclopédie* à vous tout feul? Vous avez bien raifon de dire qu'on a employé trop de manœuvres à cet ouvrage, et qu'on y a trop mis de déclamations. En vérité, on eft bien bon d'en avoir tant de peur, et de ruiner par ce motif de pauvres libraires. C'eft un habit d'*Arlequin*, où il y a quelques morceaux de bonne étoffe, et trop de haillons. Bonjour, mon cher et illuftre maître; aimez-moi et portez-vous bien; mes refpects à madame *Denis*. Le chevalier de *la Tremblaye* eft en peine de favoir fi vous avez reçu, il y a quelques mois, les remercîmens qu'il vous a faits au fujet, je crois, de vos œuvres que vous lui avez envoyées.

# LETTRE XX.

## DE M. DE VOLTAIRE.

### 28 de février.

JE fuis bien étonné et bien affligé, mon cher philofophe, de ne pas recevoir de vos nouvelles. Vous avez dû voir, par ma dernière lettre, que j'avais befoin des vôtres.

*Panckoucke* m'écrit fon défaftre. Il s'imagine qu'on fait une petite *Encyclopédie;* il fe trompe, et je vous prie de le lui dire. On fait, par ordre alphabétique, un ouvrage qui n'a rien de commun avec le *Dictionnaire encyclopédique*, et dans lequel on rend à cet ouvrage immenfe la juftice qui lui eft due. On y parle de vous comme vous méritez qu'on en parle; ce font des médailles qu'on frappe à votre honneur.

Voilà de quoi il eft queftion. Vous devriez bien donner figne de vie à ceux qui ne vivent que pour vous témoigner leur zèle.

La ville de Genève n'eft plus focinienne, elle eft iroquoife; on s'y égorge, on y affaffine des femmes groffes, des vieillards de quatre-vingts ans; huit perfonnes ont été affaffinées, quatre en font mortes;

1770.

tout eſt en combuſtion, tout eſt en arme, et ce n'eſt pourtant pas au nom du Seigneur.

Tout capucin que je ſuis, j'étends ma miſéricorde juſque ſur Genève ; car vous ſavez peut-être que non-ſeulement j'ai reçu mes lettres patentes de frère *Amatus de Lamballa*, notre général, réſident à Rome, mais que je ſuis père temporel des capucins de mon petit pays. Je vous donne ma malédiction ſi vous ne m'écrivez pas, et ſi vous ne me mandez pas ce que vous ſavez de l'aſſemblée du clergé.

Avez-vous lu la Religieuſe de *la Harpe* ?

† *Frère V.*, capucin indigne.

# LETTRE XXI.

## DE M. DE VOLTAIRE.

3 de mars.

JE commence à être dans le cas de notre pauvre *Damilaville*, mon cher philoſophe, malgré mon cordon de Sᵗ *François*.

J'ai reçu votre lettre dans le temps même que je venais de me plaindre de vous ; elle m'a bien conſolé.

Vraiment je ſerai très-ſatisfait, pourvu qu'on ne m'impute pas ce qui n'eſt pas de moi. Vous ſavez bien que, dans les circonſtances où je ſuis, une telle accuſation me ſerait plus mortelle que la groſſeur qui me vient à la gorge. Je m'en rapporte à votre prudence, et je ſuis perſuadé que celui qui vous a confié ſon ouvrage le tiendra ſecret. Il ne ſervirait qu'à lui attirer la haine de deux cents perfonnes toujours très-redoutables quand elles font réunies : cela pourrait l'empêcher d'être de l'académie. Je l'aime, je l'eftime, je fuis fon partifan le plus déclaré et le plus invariable ; je compte fur fon amitié. Les philofophes doivent fe tenir ferrés comme la phalange macédonienne.

*Sirven* va prendre fes premiers juges à partie au parlement de Touloufe. On l'y protége hautement ; mais ce qui vous furprendra, c'eft que l'abbé *Audra*, parent et ami de l'abbé *Morellet*, docteur de forbonne comme lui, profeffeur d'hiftoire à Touloufe, enfeigne publiquement mon Hiftoire générale. Il a fait plus, il l'a fait imprimer à l'ufage des colléges, avec privilége. Un vicaire l'a brûlée devant fa porte ; le premier préfident l'a envoyé prendre par deux huiffiers, et l'a menacé du cachot en pleine audience. Prefque tout le parlement court aux leçons de l'abbé *Audra*. On ne reconnaît plus ce corps ; la philofophie commence à expier le fang des *Calas* : quel plaifir pour un pauvre capucin comme moi !

Voici la première feuille d'un ouvrage qu'on imprime en Hollande ; elle m'eft tombée entre les mains. Je me flatte, mon très-cher et très-véritable philofophe, que vous m'en direz votre avis. Je vous embraffe en S$^t$ *François* et en S$^t$ *Cucufin*.

# LETTRE XXII.

## DE M. D'ALEMBERT.

A Paris, ce 9 de mars.

Nos lettres se font croisées, mon cher et illustre maître. Vous avez dû voir par la mienne que, si je ne vous ai pas répondu plutôt, c'est que depuis six semaines j'ai l'honneur d'être imbécille; plaignez-moi donc et ne me grondez pas. Tous nos amis communs sont témoins de mon tendre attachement pour vous; aux sentimens de qui rendriez-vous justice, si vous ne la rendiez pas aux miens?

Je verrai *Panckoucke*, et je le tranquilliserai, si cependant un pauvre diable, qui a cent mille écus en papier sous un hangar à la bastille, peut être dûment tranquillisé. Je ne comprends pas, je vous l'avoue, pourquoi on veut empêcher de répandre dans le royaume et en Europe quatre mille exemplaires de l'*Encyclopédie*, lorsqu'il y en a déjà quatre mille de distribués.

On s'égorge donc dans Genève, Dieu merci, et ce n'est pas pour la consubstantialité ou consubstantiabilité du verbe. A quoi pense l'orateur *Vernet* de ne pas faire comme ce philosophe dont parle *Tacite*, d'aller se mettre entre les deux armées, *bona pacis et belli mala differens;* il y attraperait quelque coup de fusil ou de broche, et ce serait grand dommage.

Oui, vraiment, je sais que vous êtes devenu capucin, et je vous fais mon compliment sur cette nouvelle dignité féraphique. Ne vous avifez pas au moins de vous faire jéfuite, furtout en Bretagne, car ils y font actuellement très-mal menés, et on vient de les en chaffer pour prix des troubles qu'ils y excitent depuis trois à quatre ans. Le roi de Pruffe me mande qu'il eft le meilleur ami du cordelier pape, et que le fuccefleur de *Barjone* le regarde, tout hérétique qu'il eft, comme le foutien de fa garde prétorienne-ignatienne, que les autres majeftés très-chrétienne et très-catholique voudraient lui faire chaffer. Je ne doute point que le nouveau fujet de frère *Amatus de Lamballa* ne devienne bientôt auffi le meilleur ami de frère *Ganganelli*. Si vous allez jamais lui baifer les pieds et fervir fa meffe, avertiffez-moi, je vous prie, car je veux au moins l'aller fonner.

On eft bien plus occupé en ce moment du contrôleur général et de fes opérations ( vraiment chirurgicales ) que de l'affemblée du clergé. Je ne doute point que cette affemblée ne fe paffe comme toutes les autres, à payer, à clabauder, et à fe faire moquer d'elle. Quand on aura fon argent, on lui dira comme *Harpagon : Nous n'avons que faire de vos écritures;* et tout le monde s'en ira content.

Oui, j'ai lu la Religieufe de *la Harpe*, et je trouve qu'il n'a rien fait qui en approche. Ne penfez-vous pas de même? Adieu, mon cher et illuftre ami; croyez que je fuis et ferai toujours *tuus ex animo.*

Que dites-vous des *Géorgiques* de l'abbé *de Lille*, et du livre de l'abbé *Galiani?*

# LETTRE XXIII.

## *DE M. D'ALEMBERT.*

A Paris, ce 11 de mars.

Nos lettres vont toujours se croisant, mon cher et illustre confrère. J'ai reçu le cahier que vous m'avez envoyé. Je suis touché, comme je le dois, de votre confiance ; et je vous envoie, puisque vous le voulez, mes petites observations.

Page 7. Ce n'est point à la tête du troisième volume de l'*Encyclopédie*, mais à la tête du septième que se trouve l'éloge de *du Marsais*.

Page 8. Je crois cette digression déplacée pour plusieurs raisons. 1°. Parce que les secours dont il s'agit, si je suis bien instruit, ont été très-modiques, et si je ne me trompe, pour une seule personne, et de plus accordés de mauvaise grâce, et en déclarant qu'on n'aime point les gens de lettres ni les philosophes ; c'est en effet ce qu'on a prouvé en plus d'une occasion. 2°. Parce que je crois qu'un homme en place, qui aide les gens de lettres du *bien de l'Etat*, pense et agit plus noblement pour elles et pour l'Etat, que celui qui leur donne des secours de son propre bien, surtout s'ils sont donnés comme je viens de le dire. 3°. Parce que je crains que ces éloges, donnés dès le commencement d'un dictionnaire dans un article qui ne les amène pas, et à propos de la voyelle *a*, ne paraissent de l'adulation, et ne préviennent le lecteur contre un ouvrage d'ailleurs excellent.

Page 9. Les remarques fur l'orthographe de *françois* font très-juftes; mais on ferait peut-être bien d'ajouter que *français* ne repréfente guère mieux la pronon- ciation, et qu'on devrait écrire *francès*, comme *procès*. C'eft un autre abus de notre écriture que cet emploi d'*ai* pour *e*.

Page 12. Les *hiatus* font fans doute un défaut en général; mais, 1°. il y a des hiatus à chaque moment au milieu des mots, et ces hiatus ne choquent point; croit-on qu'*ilia*, inteftins, foit plus choquant qu'*il y a* dans notre langue? 2°. Ne devrait-on pas dire que c'eft une puérilité, et fouvent un défaut contraire à la fimplicité et à la naïveté du ftyle, que le foin minutieux d'éviter les hiatus dans la profe, comme le pratique l'abbé de *la Bletterie*? *Cicéron* fe moque dans fon *Orator* de l'hiftorien *Théopompe*, qui s'était trop occupé de ce foin ridicule. Il me femble qu'au mot *hiatus* ou *bâillement*, on pourrait faire à ce fujet un article plein de goût. 3°. Notre poëfie même me paraît ridicule fur ce point; on rejette, *j'ai vu mon père immolé à mes yeux*, et on admet, *j'ai vu ma mère immolée à mes yeux*, quoique l'*hiatus* du fecond vers foit beaucoup plus rude. 4°. Il *a Antoine* en aver- fion, n'eft point proprement le concours de deux *a*; parce que *an* eft une voyelle nafale très-différente de *a*. 5°. Pourquoi eft-ce un défaut qu'un verbe ne foit qu'une feule lettre; qu'importe qu'on y employe une feule lettre ou plufieurs? le feul défaut, c'eft l'identité de la prépofition *à* et du verbe *a*.

Page 13. Vers la fin, ne faut-il pas dire; *vous voyez très-rarement dans Virgile une voyelle fuivie du mot commençant* PAR LA MÊME *voyelle;* car rien n'eft

—————
1770.
plus commun ; ce me femble, dans *Virgile* et dans tous les poëtes qu'une rencontre de *deux voyelles différentes*. D'ailleurs il y a, ce me femble, dans *Virgile*, et affez fréquemment, des élifions encore plus rudes que *arma amens ;* comme, *multùm ille et terris*, &c. et mille autres femblables. Voilà bien du bavardage dont j'aurais dû me difpenfer, en fongeant au proverbe *ne fus Minervam*. L'auteur devrait bien confoler mon imbécillité ( qui dure toujours ) , en m'envoyant la fuite de l'ouvrage, fi elle lui tombe entre les mains. J'embraffe de tout mon cœur mon illuftre et refpectable confrère, et je lui fais mon compliment fur le fuccès de *Sirven*, dont l'humanité lui eft uniquement redevable. J'ai reçu, il y a quelque temps, par l'abbé *Audra* lui-même, l'*Hiftoire générale abrégée*, et je lui en ai écrit une lettre de remercîmens, de félicitation et d'encouragement.

# LETTRE XXIV.

## DE M. DE VOLTAIRE.

### 19 de mars.

Mon cher philofophe, mon cher ami, vous êtes affurément fort modefte, car vous traitez bien mal vos panégyriftes qui n'ont entrepris cet ouvrage que pour vous rendre hommage.

Si l'imprimeur a mis 3 pour 7, cela fe corrigera aifément.

Vous avez toujours fur le bout du nez un certain homme. Le contrôleur général vient de me prendre deux cents mille francs, feul bien libre que j'avais, et dont je puffe difpofer ; de forte que, s'il ne me les rend point, je n'ai pas de quoi récompenfer mes domeftiques après ma mort. L'autre, au contraire, m'a accordé fur le champ toutes les grâces que je lui ai demandées, places, argent, honneurs ; et je ne lui ai jamais rien demandé pour moi. Vous devriez me méprifer, fi je ne l'aimais pas.

Il me paraît que *français* doit avoir la préférence fur *francès*. 1°. Parce que dans plufieurs livres nouveaux on emploie *français* et non pas *francès*. 2°. Parce qu'on doit écrire je *fais*, tu *fais*, il *fait*, et non pas je *fès*, tu *fès*, il *fet*. 3°. Parce que la diphthongue *ai* indique bien plus furement la prononciation qu'un accent qu'on peut mettre de travers, qu'on peut oublier, et que les provinciaux prononcent toujours mal.

4°. Parce que la diphthongue *ai* a bien plus d'analogie avec tous les mots où elle eft employée.

5°. Parce qu'elle montre mieux l'étymologie. Je *fais*, *facio*, je *plais*, *placeo*, je *tais*, *taceo*. Vous voyez qu'il y a toujours un *a* dans le latin.

Je fais une grande différence entre les bâillemens des voyelles au milieu des mots, et les bâillemens entre les mots, parce que les fyllabes d'un mot fe prononcent tout de fuite, et qu'on doit très-fouvent, dans le difcours foutenu, féparer un peu les mots les uns des autres.

Je fais encore une grande différence entre le concours des voyelles et le heurtement des voyelles. *Il y a* long-temps que je vous aime: cet *il y a* eft fort doux; *il alla à Arles*, eft un heurtement affreux.

Nous avons voyelle qui entre et voyelle qui n'entre point. Je dirais hardiment dans une comédie de bas comique: *Il y a plus d'un mois que je ne vous ai vu.*

Je n'aime point un verbe en monofyllabes. Nos barbares de Velches ont fait *il a* d'*habet.*

*L'abbé Audra a à Touloufe un, &c.*

J'avoue qu'il y a un peu d'arbitraire dans mon euphonie; chacun a l'oreille faite comme il peut.

Un *e* ne me paraît point choquer un *e*, comme *a* choque un *a*.

*Immolée à mon père* n'écorche point mon gofier, parce que les deux *e* font une fyllabe longue. *Immolé à mon père* m'écorche, parce qu'*e* eft bref. Je peux avoir tort en voyelles et en confonnes; mais je crois que, fi les vers des *Quatre faifons* et de la Religieufe flattent mon oreille, et fi tant d'autres vers la déchirent, c'eft que MM. de *Saint-Lambert* et de *la Harpe* ont fenti comme je fens.

Je vous demande très-humblement pardon de

toutes

toutes ces pauvretés ; elles font au-deſſous de vous, je le ſais bien ; il ne faut pas parler d'a, b, c à *Newton*. J'eſpère qu'il y aura quelques articles plus amuſans pour votre imbécillité. Vous êtes imbécille, à ce que je vois, comme *Archimède* et *Tacite*, quand ils étaient las de travailler.

Ne m'oubliez pas auprès de M. de *Saint-Lambert*. Madame *Denis* et moi, nous vous embraſſons de tout notre cœur. *V.*

Vous me demandez ce que je penſe de la Religieuſe, des *Géorgiques* et de l'exportation des blés.

Je dis anathême à quiconque ne pleurera pas en liſant la Religieuſe.

A quiconque ne rira pas des facéties de *Galiani*, lequel pourrait bien avoir raiſon ſous le maſque.

Et à quiconque ne ſera pas charmé de voir *Virgile* traduit mot à mot avec élégance.

Puiſque je ſuis en train d'excommunier, et que c'eſt mon droit, en qualité de capucin, j'excommunie auſſi les gens ſans goût et ſans connaiſſance de la campagne, qui n'aiment pas les *Quatre ſaiſons* de M. de *Saint-Lambert*.

Bonſoir, mon cher philoſophe ; je ſuis bien malade, mais je prends cela *de la part d'où ça vient*.

# LETTRE XXV.

## DE M. D'ALEMBERT.

A Paris, le 26 de mars.

Mon cher et illuftre ami, je pourrais vous dire
comme *Agrippine* : *Non*, *non*, *mon intérêt ne me rend
point injufte*. Je fais que la perfonne dont vous me
parlez fait profeffion de haine pour la philofophie et
les lettres; je ne fais pas non plus fi l'Etat a plus à
s'en louer que la philofophie; mais je lui reconnais
des qualités très-louables, et je fais qu'en particulier
vous avez à vous en louer beaucoup. Je trouve feulement que fon éloge eût été mieux placé dans cent autres
endroits du *Dictionnaire*, qu'il ne l'eft à la première
page, et à propos de la lettre *A*. A l'égard du contrôleur général, que Dieu abfolve, il me fait auffi perdre
à moi environ cinq à fix cents livres, et c'eft le denier
de la veuve. Jufqu'à préfent, nous voyons comment
il fait prendre; le temps nous fera voir comment il
faura payer. Tout mis en balance, la perfonne que
vous louez me paraît en effet la plus louable de fes
femblables; vous en avez loué d'autres qui affurément
le méritaient moins, et dont vous n'avez pas eu
depuis à vous louer beaucoup.

A l'égard de notre petite controverfe poëtique et
grammaticale, je conviens d'abord que *françois* eft
abfurde, et que *français* eft plus raifonnable; mais
pourquoi employer deux lettres *ai*, pour marquer

un son simple comme celui de l'*e* dans *procès*? La raison de l'étymologie me paraît faible, car il y a mille autres mots où l'orthographe fait faux bond à l'étymologie, et avec raison, parce que la première règle, et la seule raisonnable, est d'écrire comme on prononce : les Italiens nous en donnent l'exemple, et nous devrions le suivre.

Mon oreille est assurément la très-humble servante de la vôtre ; mais *immolée à mes yeux* me paraît plus dur qu'*immolé à mes yeux*, par la raison même que vous apportez du contraire, celle de la prolongation de la voyelle. Croyez-vous d'ailleurs que *la hauteur*, *un héros*, *tout le camp ennemi*, *disperse tout son camp à l'aspect de Jéhu*, et mille autres heurtemens semblables ne soient pas plus écorchans qu'une simple rencontre de voyelles que nos règles interdisent ? Ces règles vous paraissent-elles bien conséquentes ? Je conviens qu'il *alla à Arles* est affreux ; mais je voudrais qu'on ne fît pas plus de grâce aux autres heurtemens que j'ai cités, et qui me paraissent comme ces grands seigneurs qui ne se font respecter qu'à force de morgue.

Vous ne savez donc pas que notre secrétaire *Duclos* est absent depuis trois semaines : on prétend qu'il est allé négocier avec M. de *la Chalotais;* on assure même que sa négociation n'a pas réussi : je n'en fais pas plus là-dessus que le public, qui pourrait bien n'en rien savoir.

Priez Dieu pour l'ame de l'archidiacre *Trublet*, mort à Saint-Malo le 14, après avoir porté l'aumusse pendant quatre ans avec grande édification. Son *Journal chrétien* a dû lui faire ouvrir les deux battans du paradis. J'espère que nous aurons *Saint-Lambert* à fa place, et qu'il pourra nous confoler de cette perte.

Priez Dieu furtout, mon cher ami, pour ma pauvre tête, car je n'en ai plus; il ne me refte qu'un cœur pour vous aimer, et une plume pour vous le dire.

## LETTRE XXVI.

### DE M. D'ALEMBERT.

A Paris, le 12 d'avril.

M. *Duclos* eft arrivé, il y a dix ou douze jours, mon cher et illuftre maître. Vous n'ignorez pas, fans doute, qu'il était allé à Saintes, pour négocier avec M. de *la Chalotais* qui n'a voulu entendre à rien, et qui ne demande qu'à être jugé et à retourner à fes fonctions. Voilà l'affaire de M. le duc d'*Aiguillon* entamée; elle pourrait devenir très-férieufe, mais elle pourrait bien auffi n'aboutir à rien, comme il n'arrive que trop dans ce drôle de pays.

Le libraire *Panckoucke*, qui voit toujours fes cent mille écus en l'air, par la déconfiture de l'*Encyclopédie*, fe propofe d'aller inceffamment vous rendre fes hommages. C'eft un honnête garçon dont je crois que vous ferez content, quoiqu'il ait fait, pendant quelque temps, comme vous le lui avez dit, la litière de maître *Aliboron*, qui même lui doit encore beaucoup d'argent.

Nous attendons de belles fêtes qui feront, à ce

qu'on dit, magnifiques; en attendant, nous n'avons
pas le fol ou le fou; nous danferons bien, et nous
rirons tant bien que mal, mais nous mourrons de
faim. Quant à moi, j'ai toujours affez peu d'envie
de rire, attendu mon imbécillité qui continue; mais
cette imbécillité ne m'empêchera pas de vous chérir
et de vous honorer comme je le dois.

# LETTRE XXVII.

## *DE M. DE VOLTAIRE.*

A Ferney, 27 d'avril.

IL n'y a pas d'apparence, mon cher philofophe,
mon cher ami, que ce foit à *Voltaire* vivant; ce fera
à *Voltaire* mourant, car je n'en puis plus; et depuis
quelques jours, je fens que je fuis au bout de mon
écheveau. Je me regarde dans votre entreprife illuftre
comme votre prête-nom. On veut dreffer un monument contre le fanatifme, contre la perfécution;
c'était vous, c'était *Diderot* qu'il fallait mettre là;
je me tiens pierre d'attente.

N'allez pas, au refte, y mettre une barbe de
capucin; car, tout capucin que je fuis, je n'en porte
point la barbe.

Il ne ferait pas mal que *Frédéric* fe mît au rang
des foufcripteurs; cela épargnerait de l'argent à des
gens de lettres trop généreux qui n'en ont guère. Il
me doit cette réparation, et vous êtes le feul qui
foyez à portée de lui propofer cette bonne œuvre

D 3

—— philofophique. Il vous a envoyé, fans doute, le petit
1770. ouvrage qu'il a compofé en dernier lieu, dans le
goût de *Marc-Aurèle*, pendant qu'il avait la goutte :
cela fent encore plus fon *Frédéric* que fon *Marc-
Aurèle*.

Adieu, mon digne et illuftre ami ; et fi mon mal
de poitrine augmente, adieu pour toujours.

# LETTRE XXVIII.

## DE M. D'ALEMBERT.

### A Paris, ce 30 de mai.

C'EST M. *Pigal* qui vous remettra lui-même cette
lettre, mon cher et illuftre maître. Vous favez déjà
pourquoi il vient à Ferney, et vous le recevrez comme
*Virgile* aurait reçu *Phidias*, fi *Phidias* avait vécu du
temps de *Virgile*, et qu'il eût été envoyé par les
Romains pour leur conferver les traits du plus illuftre
de leurs compatriotes. Avec quel tendre refpect la
poftérité n'aurait-elle pas vu un pareil monument,
s'il avait pu exifter ? Elle aura, mon cher et illuftre
maître, le même fentiment pour le vôtre. Vous avez
beau dire que vous n'avez plus de vifage à offrir à
M. *Pigal*, le génie, tant qu'il refpire, a toujours un
vifage, que le génie fon confrère fait bien trouver ;
et M. *Pigal* prendra, dans les deux efcarboucles dont
la nature vous a fait des yeux, le feu dont il animera
ceux de votre ftatue. Je ne faurais vous dire, mon
cher et refpectable confrère, combien M. *Pigal* eft

flatté du choix qui a été fait de lui pour ériger ce
monument à votre gloire, à la sienne et à celle de
la nation française. Ce sentiment seul le rend aussi
digne de votre amitié, qu'il l'est déjà de votre estime.
C'est le plus célèbre de nos artistes qui vient, avec
enthousiasme, pour transmettre aux siècles futurs la
physionomie et l'ame de l'homme le plus célèbre de
notre siècle; et, ce qui doit encore plus toucher votre
cœur, qui vient, de la part de vos admirateurs et de
vos amis, pour éternifer sur le marbre leur attachement et leur admiration pour vous. Avec tant de
titres pour être bien reçu, M. *Pigal* n'a pas besoin
de recommandation; cependant il a défiré que je lui
donnasse pour vous une lettre dont il est si fort en
droit de se passer; mais ce défir même est une preuve
de sa modestie, et par conséquent un nouveau titre
pour lui auprès de vous. Adieu, mon cher et illustre
et ancien ami; renvoyez-nous M. *Pigal* le plutôt que
vous pourrez, car nous sommes pressés de jouir de
son ouvrage. Je ne vous dis rien de moi, sinon que
je suis toujours imbécille; mais cet imbécille vous
aimera, vous respectera et vous admirera, tant qu'il
lui restera quelque faible étincelle de ce bon ou
mauvais présent appelé *raison*, que la nature nous a
fait. Je vous embrasse de tout mon cœur.

*P. S.* Un très-grand nombre de gens de lettres a
déjà contribué, et un plus grand nombre a promis
d'imiter leur exemple. M. le maréchal de *Richelieu* et
plusieurs personnes de la cour ont contribué aussi;
M. le duc de *Choiseul* et beaucoup d'autres promettent
de s'y joindre. Je ne doute pas que plus d'un prince

étranger n'en fît autant, fi vos compatriotes n'étaient jaloux d'être feuls ; cependant ils feraient volontiers à votre gloire le facrifice de leur délicateffe. Adieu, adieu.

# LETTRE XXIX.

## DE M. D'ALEMBERT.

A Paris, ce 8 de juin.

Mon cher et illuftre confrère, cette lettre vous fera remife par M. *Panckoucke* que vous connaiffez depuis long-temps, et dont vous m'avez fouvent parlé, dans vos lettres, avec eftime et avec intérêt. J'efpère que cet intérêt augmentera encore, s'il eft poffible, par celui que je prends à M. *Panckoucke*, et par la connaiffance que vous aurez de l'honnêteté de fon caractère, et des fentimens de refpect et d'attache-ment dont il eft rempli pour vous. Il va à Genève pour des affaires qui l'intéreffent, et je l'ai affuré que vous ne lui refuferiez pas vos bontés et vos confeils. Il vous contera tous les malheurs qu'a effuyé l'infor-tunée *Encyclopédie*, et le befoin qu'elle a que les honnêtes gens et les philofophes faffent un bataillon carré pour la foutenir. J'efpère qu'il m'apprendra en quel état eft l'ouvrage que vous avez entrepris, et qui fera fi utile à la perfection du nôtre. Je vous recommande le fuiffe de *Félice* et fes coopérateurs, au nombre defquels font quelques poliffons d'écri-vailleurs français, qui prétendent, à ce qu'on dit, élever autel contre autel. A en juger par les programmes ou *profpectus* qu'ils ont publiés, ce fera de la befogne bien faite ; et je ne doute pas que cette *fociété de gens de lettres*, foi-difant, ne renferme *plufieurs fuiffes de porte*, nouvellement arrivés de Zug ou d'Underwald. Quoi qu'il en foit, mon cher et illuftre maître, je vous demande vos bontés et votre amitié pour M. *Panckoucke*; et j'efpère que quand vous l'aurez vu, vous l'en trouverez digne, et que ma recommandation lui deviendra tout-à-fait inutile. Je vous embraffe de tout mon cœur.

## LETTRE XXX.

### *DE M. DE VOLTAIRE.*

#### 11 de juin.

M ON cher ami, mon cher philofophe, êtes-vous toujours bien imbécille à la manière de *Locke* et de *Newton* ? Prêtez-moi un peu de votre bêtife, j'en ai grand befoin. On dit que vous nous donnez pour confrère monfieur l'archevêque de Touloufe, qui paffe pour une bête de votre façon, très-bien difciplinée par vous. Savez-vous quand les bêtes d'une autre efpèce cefferont d'être affemblées? cela eft affez important pour ce pauvre *Panckoucke*.

Répondez, je vous prie, à une autre queftion. Le roi de Pruffe vous a envoyé, fans doute, fon petit écrit contre un livre imprimé cette année, intitulé *Effai fur les préjugés ;* ce roi a auffi les fiens

—— qu'il faut lui pardonner : on n'eft pas roi pour rien.

Mais je voudrais favoir quel eft l'auteur de cet *Effai* contre lequel fa majefté pruffienne s'amufe à écrire un peu durement. Serait-il de *Diderot* ? ferait-il de *Damilaville* ? ferait-il d'*Helvétius* ? peut-être ne le connaiffez-vous point ; je le crois imprimé en Hollande. L'auteur, quel qu'il foit, me paraît reffembler à *le Clerc de Montmerci ;* il a de la force, mais il fait trop de profe, comme l'autre fait trop de vers.

Il faut que je vous dife un mot de la plaifanterie de l'effigie. Le vieux magot que *Pigal* veut fculpter fous vos aufpices, a perdu toutes fes dents, et perd fes yeux ; il n'eft point du tout fculptable ; il eft dans un état à faire pitié. Confeillez, je vous en prie, à votre *Phidias* de s'en tenir à la petite figure de porcelaine faite à Sève, qui lui fervirait de modèle. J'aimerais bien mieux avoir votre bufte que tout autre.

Bonfoir, mon très-cher philofophe ; badinez avec la vie, elle n'eft bonne qu'à cela.

# LETTRE XXXI.

## DE M. DE VOLTAIRE.

21 de juin.

Vous qui, chez la belle Hippatie, (\*)
Tous les vendredis raisonnez
De vertu, de philosophie,
Et tant d'exemples en donnez,

Vous saurez que, dans ma retraite,
Aujourd'hui Phidias-Pigal
A dessiné l'original
De mon vieux et maigre squelette.

Chacun rit vers le mont Jura,
En voyant cet honneur insigne ;
Mais la France entière dira
Combien vous en étiez plus digne.

C'est un beau soufflet, mon cher et vrai philosophe, que vous donnez au fanatisme et aux lâches valets de ce monstre. Vous employez l'art du plus habile sculpteur de l'Europe, pour laisser un témoignage d'amitié à votre vieil enfant perdu, à l'ennemi des tyrans, des *Pompignans* et des *Frérons*, &c. Vous écrasez, sous ce marbre, la superstition qui levait encore la tête.

M. le duc de *Choiseul* se joint à vous, et c'est en qualité d'homme de lettres ; car je vous assure qu'il

(\*) Madame *Necker.*

fait des vers plus jolis que tous ceux qu'on lui adreſſe ; et ſoyez très-certain que, ſans *Paliſſot* fils de ſon avocat, et ſans *Fréron* qui a été ſon régent au collége des jéſuites, il aurait été votre meilleur ami : je le crois actuellement entièrement revenu.

Pour moi, je lui ai preſqu'autant d'obligation qu'à vous. Vous ſavez dans quel affreux déſordre eſt tombée cette malheureuſe petite république de Genève. Les ſociniens ſont devenus aſſaſſins. J'ai recueilli vingt familles émigrantes ; j'ai établi une manufacture de montres chez moi ; M. le duc de *Choiſeul* les a protégées, et a fait acheter par le roi pluſieurs de leurs ouvrages. Vous voyez ſi ſon nom ne doit pas être placé à côté du vôtre dans l'affaire de la ſtatue.

A l'égard de *Frédéric*, je crois qu'il eſt abſolument néceſſaire qu'il ſoit de la partie. Il me doit, ſans doute, une réparation comme roi, comme philoſophe et comme homme de lettres ; ce n'eſt pas à moi à la lui demander, c'eſt à vous à conſommer votre ouvrage. Il faut qu'il donne. Par quelque ſomme qu'il contribue, madame *Denis* donnera toujours vingt fois plus que lui ; elle eſt au rang des artiſtes les plus célèbres, en fait de croches et de doubles croches.

M. *Pigal* m'a fait parlant et penſant, quoique ma vieilleſſe et mes maladies m'aient un peu privé de la penſée et de la parole ; il m'a fait même ſourire : c'eſt apparemment de toutes les ſottiſes que l'on fait tous les jours dans votre grande ville, et ſurtout des miennes. Il eſt auſſi bon homme que bon artiſte, c'eſt la ſimplicité du vrai génie.

J'ai vu le deſſin du mauſólée du maréchal de *Saxe ;* ce ſera le plus grand et le plus beau morceau

de fculpture qui foit peut-être en Europe. Il m'a fait
l'honneur de me dire, avec fa naïveté dépouillée de
tout amour propre, qu'il avait conçu le deffein des
accompagnemens de la ftatue du roi qu'il a faite pour
Rheims, fur ces paroles qu'il avait lues dans le
Siècle de *Louis XIV* : *C'eft un ancien ufage des fculp-*
*teurs de mettre des efclaves aux pieds des ftatues des*
*rois; il vaudrait mieux y repréfenter des citoyens libres et*
*heureux.*

Il communiqua cette idée à M. *Bertin* qui, en
qualité de miniftre d'Etat, et plus encore de citoyen,
la faifit avec chaleur, et doubla fa récompenfe : ainfi
c'eft à lui que nous devons l'abolition de cette coutume barbare de fculpter l'efclavage aux pieds de la
royauté. Il faut efpérer du moins que cette lâcheté
infultante à la nature humaine ne reparaîtra plus ; il
faut efpérer auffi qu'en figurant des citoyens heureux
béniffant leurs maîtres, jamais les artiftes ne menti-
ront à la poftérité.

Adieu, mon grand philofophe, mon cher ami et
mon foutien.

# LETTRE XXXII.

## DE M. D'ALEMBERT.

A Paris, ce 30 de juin.

Vous avez dû, mon cher maître, recevoir une lettre de moi par M. *Pigal*, et une autre par monfieur *Panckoucke*; celle-ci ne fera pas longue, car, à mon imbécillité continue, s'eft joint, depuis quelques jours, une profonde mélancolie. Je crois que je ferai votre précurfeur dans l'autre monde, fi cela continue; je voudrais bien pourtant, après vous y avoir annoncé, ne pas vous y voir arriver de long-temps. Nous avons élu, lundi dernier, M. l'archevêque de Touloufe à la place du duc de *Villars*, et affurément nous ne perdons pas au change. Je crois cette acquifition une des meilleures que nous puiffions faire dans les circonftances préfentes. Il ne fera reçu qu'après l'af-femblée du clergé, qui finira dans les derniers jours d'auguste.

Oui, le roi de Pruffe m'a envoyé fon écrit contre l'*Effai fur les préjugés*. Je ne fuis point étonné que ce prince n'ait pas goûté l'ouvrage; je l'ai lu depuis cette réfutation, et il m'a paru bien long, bien monotone et trop amer. Il me femble que ce qu'il y a de bon dans ce livre, aurait pu et dû être noyé dans moins de pages; et je vois que vous en avez porté à peu-près le même jugement. Nous avons eu des nouvelles de l'arrivée de *Pigal*, et de la bonne réception que vous lui avez faite. Savez-vous que *Jean-Jacques*

*Rouffeau* m'a envoyé fa contribution, et que ce *Jean-Jacques* eft actuellement à Paris ? Adieu, mon cher maître ; je n'ai pas la force de vous en écrire davantage, mais je n'ai pas voulu tarder plus long-temps à répondre à vos queftions. Je vous embraffe et vous aime de tout mon cœur.

1770.

## LETTRE XXXIII.

### *DE M. D'ALEMBERT.*

A Paris, ce 2 de juillet.

Mon cher et illuftre ami, j'ai reçu à la fois, par *Marin*, deux de vos lettres, et je me hâte de répondre aux articles effentiels ; car je ne vous écrirai pas une longue lettre, étant toujours imbécille, trifte, et prefque entièrement privé de fommeil.

Je n'aime ni n'eftime la perfonne de *Jean-Jacques Rouffeau*, qui, par parenthèfe, eft actuellement à Paris ; j'ai fort à me plaindre de lui ; cependant je ne crois pas que ni vous ni vos amis deviez refufer fon offrande. Si cette offrande était indifpenfable pour l'érection de la ftatue, je conçois qu'on pourrait fe faire une peine de l'accepter ; mais qu'il foufcrive ou non, la ftatue n'en fera pas moins érigée ; ce n'eft plus qu'un hommage qu'il vous rend, et une efpèce de réparation qu'il vous fait. Voilà du moins comme je vois la chofe, et ceux de vos amis à qui j'ai fait part de votre répugnance me paraiffent penfer comme moi.

Quant à *la Beaumelle*, il n'en est pas de même ; c'est un homme décrié et déshonoré, ainsi que *Fréron* et *Palissot* ; il ne serait pas juste de mettre *Jean-Jacques Rousseau* dans la même classe : cependant si vous insistez, je verrai avec nos amis communs le parti qu'il faudra prendre. On ne pourrait lui rendre sa souscription que comme associé étranger, ce qui aurait un inconvénient, car alors comment y admettre le roi de Prusse ? *Rousseau* ne manquerait pas de jeter les hauts cris. Je vous invite donc à souffrir son offrande. A l'égard de *Frédéric*, je lui écrirai à ce sujet, puisque vous le désirez, et certainement je ne négligerai rien pour l'engager à se joindre à nous.

Je sais, mon cher maître, qu'on vous a écrit de Paris, pour tâcher d'empoisonner votre plaisir, que ce n'est point à l'auteur de la Henriade, de Zaïre, &c. que nous élevons ce monument, mais au destructeur de la religion. Ne croyez point cette calomnie ; et pour vous prouver, et à toute la France, combien elle est atroce, il est facile de graver sur la statue le titre de vos principaux ouvrages. Soyez sûr que madame *du Deffant*, qui vous a écrit cette noirceur, est bien moins votre amie que nous, qu'elle lit et applaudit les feuilles de *Fréron*, et qu'elle en cite avec éloge les méchancetés qui vous regardent ; c'est de quoi j'ai été témoin plus d'une fois. Ne la croyez donc pas dans les méchancetés qu'elle vous écrit. *Palissot* avait fait une comédie intitulée *le Satirique*, dans laquelle il se déchirait lui-même à belles dents pour pouvoir déchirer à son aise les philosophes. Comme il a su qu'on le soupçonnait d'être l'auteur

de

de la pièce, il a écrit les lettres les plus fortes pour
s'en disculper ; la pièce a été refusée à la police, 1770.
malgré la protection de votre ami M. de *Richelieu*,
et pour lors *Palissot* s'en est déclaré l'auteur. Adieu,
mon cher maître, je n'ai pas la force d'en écrire
davantage.

## LETTRE XXXIV.

### *DE M. DE VOLTAIRE.*

7 de juillet.

J'AI un petit moment pour répondre à la lettre
du 2 de juillet, par le courier de Lyon à Versoy. Il
me paraît que la littérature est comme ce monde, il
y a de l'or et de la fange. Vous êtes mon or, mon
cher ami.

Vous êtes ami de l'archevêque de Toulouse. Je
suis persuadé que vous l'avez mis au rang des sous-
cripteurs, puisqu'il est notre confrère ; mais ce n'est
pas assez, il faut qu'il soit au rang des vengeurs de
l'innocence. Toute la jeunesse du parlement de
Toulouse est devenue philosophe, et j'en reçois tous
les jours des témoignages évidens ; mais les vieux
sont encore des druides barbares.

Madame *Calas*, que j'embrassai hier avec tous ses
enfans, m'apprit que le procureur général *Riquet*
avait conclu à la faire pendre et à rouer un de ses
fils avec *Lavaisse*. Nous avons contre nous ce procureur général de *Belzebuth* dans l'affaire de *Sirven*.
Nous demandons des dédommagemens considérables,

—— et on nous les doit. *Riquet* s'y oppofe. Pouvez-vous
1770. nous donner la protection de l'archevêque ? Il faut
fe lier quelquefois avec fes anciens ennemis contre
des ennemis nouveaux.

Je fuis un peu en guerre avec Genève, pour
avoir recueilli chez moi une centaine de génevois, et
pour avoir établi fur le champ une manufacture
confidérable, rivale de la leur. Je fuis obligé de bâtir
plus de maifons que je n'ai fait de livres. M. le duc
de *Choifeul* me foutient de toutes fes forces, il fait
fon affaire de la mienne ; madame la ducheffe de
*Choifeul* l'encourage encore, et nous lui avons les
dernières obligations. La tolérance univerfelle eft
établie chez moi plus qu'à Venife.

Madame de *Choifeul* eft intime amie de madame
*du Deffant*.

Vous voyez d'un coup d'œil la fituation délicate
où je me trouve.

Elle l'eft bien davantage par rapport à votre
*Encyclopédie; Panckoucke* pourra vous en informer.

Voilà bien des fardeaux pour un malade de
foixante et feize ans.

Mandez-moi, s'il vous plaît, fi M. et madame de
*Choifeul* ont foufcrit, ou s'ils l'ont oublié ; il eft très-
néceffaire qu'ils foufcrivent.

Portez-vous bien, mon grand et véritable philofophe, et vivez pour faire refpecter la raifon et
l'efprit.

*N. B.* Je crois la Gréce entière libre, au moment
que je vous parle : voulez-vous que nous allions y
faire un tour ?

## LETTRE XXXV.

### *DE M. DE VOLTAIRE.*

16 de juillet.

M on très-cher philofophe, je vous prie de me dire ce que vous penfez du *Syftême de la nature;* il me paraît qu'il y a des chofes excellentes, une raifon forte et de l'éloquence mâle, et que par conféquent il fera un mal affreux à la philofophie. Il m'a paru qu'il y avait des longueurs, des répétitions et quelques inconféquences; mais il y a trop de bon pour qu'on n'éclate pas avec fureur contre ce livre. Si on garde le filence, ce fera une preuve du prodigieux progrès que la tolérance fait tous les jours. On s'arrache ce livre dans toute l'Europe.

Je perfifte dans la prière que je vous ai faite de faire rendre à *Jean-Jacques* fa mife; c'eft l'avis de M. de *Saint-Lambert.* Je ne peux voir cet homme dans la lifte à côté de vous et de M. le duc de *Choifeul;* mais je vous recommande toujours *Frédéric,* non pas parce qu'il eft roi, mais parce qu'il m'a fait du mal, et qu'il me doit une réparation.

Je vous prie inftamment, mon cher ami, de me mander fi vous lui avez écrit.

J'ai appris avec plaifir qu'on ne jouerait point cette infame pièce intitulée *le Satirique;* ceux qui l'ont protégée doivent rougir.

E 2

1770.

Si vous voyez monsieur l'archevêque de Touloufe, dites-lui, je vous en prie, qu'on lui deman-
dera fa protection pour les *Sirven*. Les *Sirven* plaident
hardiment pour avoir des dépens, dommages et
intérêts qu'on leur doit. La jeuneffe du parlement
eft pour nous ; mais nous avons contre nous un
procureur général qui, dans fes conclufions fur le
procès des *Calas*, requit qu'on pendît et qu'on
brûlât madame *Calas*. Cette bonne et vertueufe mère
me. vint voir ces jours paffés, je pleurai comme
un enfant.

Portez-vous bien, vivez pour enfeigner les fages
et pour réprimer les fous.

# LETTRE XXXVI.

## DE M. D'ALEMBERT.

### Ce 25 de juillet.

Vous voulez favoir, mon cher maître, ce que je
penfe du *Syflême de la nature*? je penfe comme vous
qu'il y a des longueurs, des répétitions, &c., mais
que c'eft un terrible livre ; cependant je vous avoue
que, fur l'exiftence de DIEU, l'auteur me paraît trop
ferme et trop dogmatique, et je ne vois en cette
matière que le fcepticifme de raifonnable. *Qu'en
favons - nous* eft, felon moi, la réponfe à prefque
toutes les queftions métaphyfiques ; et la réflexion
qu'il y faut joindre, c'eft que, puifque nous n'en
favons rien, il ne nous importe pas fans doute d'en
favoir davantage. Le roi de Pruffe vous a - t - il

1770.

envoyé une réfutation qu'il a faite de ce livre? A propos de ce prince , j'ai écrit, il y a quinze jours , et de la manière la plus preffante , et peut-être la plus efficace ; demandez à *Chabanon* et au comte de *Rochefort* s'ils font contens de ma lettre.

Quant à *Jean-Jacques Rouffeau* , je vous ai déjà répondu fur fa foufcription ; je vous invite de nouveau à vous détacher de cette idée que vos amis défapprouvent , quoiqu'ils ne veuillent rien faire qui vous déplaife.

Non , on ne jouera point cette infamie du *Satirique* , et je puis vous dire , fous le fecret , que c'eft à moi que la philofophie et les lettres ont cette obligation. J'ai fait parler à M. de *Sartine* par quelqu'un qui a du pouvoir fur fon efprit , et qui lui a parlé de manière à le convaincre. Il était temps , car la pièce devait être annoncée le foir même , pour être jouée le lendemain.

On écrira ou l'on fera écrire au procureur général *Riquet* , foyez tranquille. La perfonne à qui vous me priez de recommander cette affaire , m'a promis tout ce qui dépendra d'elle. Cette perfonne doit être chère à la philofophie , par fa manière de penfer ; elle prêche hautement la tolérance et les vœux à vingt-cinq ans.

Adieu , mon cher et illuftre maître ; nous avons déjà plus qu'il ne nous faut pour la ftatue , mais nous recevons toujours les foufcriptions , car bien d'honnêtes gens n'ont pas foufcrit encore. Etes-vous fûr que M. le duc de *Choifeul* ait foufcrit ? je fais que c'eft fon deffein , mais je doute qu'il l'ait encore exécuté. Adieu ; je vous embraffe de tout mon cœur.

# LETTRE XXXVII.

## DE M. DE VOLTAIRE.

27 de juillet.

PREMIEREMENT, mon cher philofophe, ayez foin de votre fanté. Vie de malingre, vie infupportable, mort continuelle avec des momens de réfurrection; j'en fais des nouvelles depuis plus de foixante ans.

2°. Vous avez fans doute l'écrit du roi de Pruffe contre le *Syftême de la nature*, ouvrage trop long à mon avis; il y a trop de répétitions, trop d'incorrections.

C'eft apparemment pour ne pas paraître écolier de *Spinofa* et de *Straton*, qu'il n'admet point une intelligence éternelle répandue, je ne fais comment, dans ce monde. Il me femble qu'il y a de l'abfurdité à faire naître des êtres intelligens du mouvement et de la matière qui ne le font pas; au moins le roi de Pruffe relève fort bien cette bizarrerie.

Voilà une guerre civile entre les incrédules. Je connais une autre réfutation qui va, dit-on, être imprimée. Nos ennemis diront que la difcorde eft dans le camp d'*Agramant*.

Toutefois il faut que les deux partis fe réuniffent. Je voudrais que vous fiffiez cette réconciliation, et que vous leur diffiez : Paffez-moi l'émétique, et je vous pafferai la faignée.

Le roi de Pruffe ne me parle pas plus de certaine ftatue, que de celle du Feftin de Pierre; ne lui avez-vous pas écrit? ne vous a-t-il pas répondu?

Il ne me fied pas d'en parler à *Catherine* l'héroïne. Ce ferait à *Protagoras - Diderot* d'en écrire à cette amazone ; mais furtout il faudrait dire qu'on ne recevra que peu : on doit ménager fa bourfe que *Mouſtapha* épuife. Je ménagerai certainement celle de *Jean - Jacques* , et je réprimerai l'orgueil de *Diogène*. Je ne connais point de plus méprifable charlatan : quelle différence de ces joueurs de gobelets à vous !

Je vous embraſſe bien fort, mon cher ami.

## LETTRE XXXVIII.

### *DE M. D'ALEMBERT.*

A Paris, ce 4 d'auguſte.

JE n'ai point encore de réponfe, mon cher et illuſtre maître, à la lettre très-preſſante que j'ai écrite au roi de Pruſſe, le 7 de juillet dernier ; il faut cependant qu'elle ait produit fon effet, car voici ce que M. de *Catt*, fon fecrétaire, m'écrit du 22 : *Le roi fouſcrira à ce que vous déſirez ; quand il vous fera fa réponfe, je vous l'enverrai.* Dès que j'aurai cette réponfe, je ne perdrai pas un moment pour vous en inftruire.

J'ai une autre nouvelle à vous apprendre, c'eſt que vraifemblablement j'aurai bientôt le plaifir de vous embraſſer. Tous mes amis me confeillent le voyage d'Italie, pour rétablir ma tête ; j'y fuis comme réfolu, et ce voyage me fera, comme vous croyez bien, paſſer par Ferney, foit en allant, foit en

E 4

revenant. La difficulté eſt d'avoir un compagnon de voyage ; car dans l'état où je ſuis, je ne voudrais pas aller ſeul. Une autre difficulté encore plus grande, c'eſt l'argent que je n'ai pas. Beaucoup d'amis m'en offrent, mais je ne ſerais pas en état de le rendre, et je ne veux l'aumône de perſonne. J'ai pris le parti d'écrire, il y a huit jours, au roi de Pruſſe, qui m'avait déjà offert, il y a ſept ans, quand j'étais chez lui, les ſecours néceſſaires pour ce voyage que je me propoſais alors de faire. J'attends ſa réponſe, ainſi que celle d'un ami à qui j'ai propoſé de m'accompagner, et pour lors je vous écrirai ma dernière réſolution.

Je vous ai déjà mandé mon ſentiment ſur le *Syſtême de la nature; non*, en métaphyſique, ne me paraît guère plus ſage que *oui; non liquet*, eſt la ſeule réponſe raiſonnable à preſque tout. D'ailleurs, indépendamment de l'incertitude de la matière, je ne ſais ſi on fait bien d'attaquer directement et ouvertement certains points auxquels il ſerait peut-être mieux de ne pas toucher. J'ai reçu l'écrit du roi de Pruſſe, et je lui ai fait part de mes réflexions ſur ces objets, *grands ou petits; grands* par l'idée que nous y attachons, *petits* par le peu d'utilité dont ils ſont pour nous, comme le prouve leur obſcurité même. L'eſſentiel ſerait de ſe bien porter, ſoit en ce monde, ſoit en l'autre ; mais *hoc opus, hic labor eſt*. Adieu, mon cher ami ; je me fais d'avance un plaiſir de l'eſpérance de vous embraſſer encore.

# LETTRE XXXIX.

## DE M. D'ALEMBERT.

A Paris, ce 9 augufte.

JE ne perds pas un moment, mon cher et illuftre
ami, pour vous apprendre que je reçois à l'inftant
même la réponfe du roi de Pruffe ; non feulement
il foufcrira et ne *refufera rien*, dit-il, *pour cette ftatue*,
mais la grâce qu'il y met eft mille fois plus flatteufe
pour vous que fa foufcription même ; la manière
dont il parle de vous, quoique jufte, mérite, j'ofe le
dire, toute votre reconnaiffance ; je voudrais que
cette lettre pût être gravée au bas de votre ftatue ; je
voudrais vous envoyer copie de cette lettre, ainfi que
de la mienne, bien entendu que ni l'une ni l'autre
ne fortiront de vos mains ; mais le courier preffe en
ce moment, et je ne veux pas différer votre plaifir.
Adieu, mon cher ami, j'efpère toujours vous embraffer
bientôt ; j'efpère auffi que le même prince qui foufcrit fi dignement et fi noblement pour votre ftatue,
me mettra en état de faire ce voyage d'Italie, fi indifpenfable pour ma fanté. Je vous embraffe de tout
mon cœur. Adieu, adieu ; il eft bien jufte que la
philofophie et les lettres aient quelques confolations
au milieu des perfécutions qu'elles fouffrent. *Vale,
vale. Tuus ex animo.*

# LETTRE XL.

## DE M. D'ALEMBERT.

A Paris, ce 11 d'auguſte.

JE ne pus, mon cher maître, vous envoyer par le dernier courier copie de ma lettre au roi de Pruſſe et de ſa réponſe. Je vous envoie l'une et l'autre par celui-ci (*). Perſonne au monde n'a copie de ces deux lettres que vous, très-peu de perſonnes même connaiſſent la mienne; mais je ferai lire celle du roi de Pruſſe à tout ce que je rencontrerai. Cependant je ferais très-fâché que cette lettre fût imprimée, le roi en ferait peut-être mécontent, et en vérité il ſe conduit trop dignement et trop noblement, en cette occaſion, pour lui donner ſujet de ſe plaindre. J'eſpère donc, mon cher et illuſtre ami, que vous vous contenterez de faire part de cette lettre à ceux qui déſireront de la voir, ſans ſouffrir qu'elle ſorte de vos mains. Je ferais infiniment affligé ſi elle paraiſ-fait ſans le conſentement du roi, et vous m'aimez trop pour vouloir me faire tant de mal. J'eſpère auſſi que vous ne manquerez pas d'écrire au roi de Pruſſe; ſon procédé me paraît digne de votre recon-naiſſance, de la mienne et de celle de tous les gens de lettres. Adieu, mon cher et ancien ami; je regarde comme un des plus heureux événemens de

(*) Voyez Mélanges Littéraires, tome II, page 199.

ma vie le bonheur que j'ai eu de réuffir dans cette
négociation.

J'efpère vous embraffer avant la fin de feptembre,
et vous dire encore une fois, avant que de mourir,
combien je vous aime, je vous admire et je vous
révère.

## LETTRE XLI.

### DE M. DE VOLTAIRE.

11 d'auguste.

M ON cher philofophe, mon cher ami, vous êtes
donc dégoûté de Paris; car affurément on ne fe porte
pas mieux fur les bords du Tibre que fur ceux de
la Seine. M. de *Fontenelle*, à qui vous tenez de fort
près, a vécu cent ans fans en avoir eu l'obligation
à Rome; mais enfin, *ogni uno faccia fecondo il fuo
cervello.*

Je fouhaite que *Denis* faffe ce que vous favez;
mais je doute que le viatique foit affez fort pour
vous procurer toutes les commodités et tous les
agrémens néceffaires pour un tel voyage; et fi vous
tombez malade en chemin, que deviendrez-vous?

Ma philofophie eft fenfible; je m'intéreffe tendrement à vous; je fuis bien fûr que vous ne ferez
rien fans avoir pris les mefures les plus juftes.

Un de mes amis, qui n'eft pas *Denis*, a fait
imprimer une réponfe fort honnête au *Syfême de
la nature*; je compte vous l'envoyer par la première
pofte. Il ne faudra vraiment pas l'envoyer à *Denis*,

—— il n'en ferait pas content, non-feulement parce qu'il en a fait une qui eft fans doute meilleure, mais par une autre raifon.

On me mande que le miniftère a donné quatre à cinq mille livres de rente à des gens de lettres fur l'évêché de *Fréron ;* cet homme qui ne devrait être qu'évêque des champs, a donc vingt-quatre mille livres de rente pour dire des fottifes !

> *Sæpè mihi dubiam traxit fententia mentem.*
> *Curarent Superi, terras an nullus inefſet*
> *Rector, et incerto fluerent mortalia cafu.*

Je vous embraffe du fond de mon cœur.

# LETTRE XLII.

## DE M. D'ALEMBERT.

A Paris, ce 12 d'augufte.

Tous les honneurs, mon cher maître, vous viennent à la fois, et j'en fuis ravi. Je lus hier à l'académie françaife la lettre du roi de Pruffe, et elle arrêta d'une voix unanime que cette lettre ferait inférée dans fes regiftres, comme un monument honorable pour vous et pour les lettres. Je donnerai à ce monument fi flatteur pour vous, et même pour nous tous, toute la publicité qui dépendra de moi, à l'impreffion près, que je vous prie furtout d'éviter, parce que le roi de Pruffe pourrait en être mécontent. Je me fouviens que la czarine me fit des reproches dans le temps d'avoir laiffé imprimer la lettre qu'elle

m'avait adreffée, et depuis ce temps j'ai fait vœu
d'être extrêmement circonfpect à cet égard.

A propos de la czarine, il faut, fi vous défirez
qu'elle foufcrive, que *Diderot* lui en écrive; car je
ne faurais m'en charger, parce que vraifemblablement je ne ferai pas à Paris dans un mois, et par
conféquent hors de portée d'avoir fa réponfe. Adieu,
mon cher maître; je vous embraffe de tout mon
cœur, et compte toujours vous embraffer bientôt en
réalité. Je ne doute pas que vous n'ayez déjà écrit
au roi de Pruffe, et je crois que vous devez auffi
un petit mot de remercîment à l'académie, que vous
adrefferez au fecrétaire.

## LETTRE XLIII.

### DE M. DE VOLTAIRE.

19 d'augufte.

DENIS a raifon, mon très-cher philofophe; c'eft
à vous qu'il en faut une. Après votre lettre, la fienne
eft celle dont je fuis le plus charmé. Je fais taire les
faveurs des vieilles maîtreffes avec qui je renoue.
Ce rapatriage ne durera pas long-temps, par la raifon
que je m'affaiblis tous les jours.

Vous partez, dit-on, avec M. de *Condorcet*; je
vous avertis que vous épargnez vingt-cinq lieues, en
paffant par Dijon et par chez nous. Vous aurez le
plaifir de voir en paffant Genève punie par la vengeance divine, et vous pourrez en faire votre cour
à frère *Ganganelli*.

——
**1770.**

Voici un petit morceau qui eſt à peu-près en faveur du maître dont il eſt vicaire. Je ne crois pas que *Denis* trouve bon que je chaſſe ſur ſes terres ; mais je ne crois pas non plus qu'il oſe paraître fâché. Quoi qu'il en ſoit , voici la drogue que je vous ai promiſe. Je vous prie ſurtout de lire mon aventure avec M. *Rouelle*. Mon petit cheval de trois pieds me paraît une démonſtration aſſez forte contre certain conte des *Mille et une nuits*.

Adieu , mon très-cher voyageur. Madame *Denis* ſe joint à moi pour vous·prier de paſſer par chez nous en allant voir le ſaint père , à qui vous ne manquerez pas de faire mes tendres complimens.

# LETTRE XLIV.

## DE M. DE VOLTAIRE.

20 d'auguſte.

Mon cher ami , vous mettez le comble à vos bontés. J'écris à M. *Duclos* une lettre pour l'académie, c'eſt bien tout ce que je puis faire , car je tombe dans un état qui ne me permettra pas de voir l'œuvre de *Pigal*. Vraiment , c'eſt bien autre choſe que la faibleſſe dont vous vous vantiez.

J'écris au ſouſcrivant (*) , comme de raiſon, mais tout cela n'eſt que *vanitas vanitatum*. quand la machine eſt épuiſée. C'eſt une plaiſante choſe que la penſée dépende abſolument de l'eſtomac , et que malgré

(*) Le roi de Pruſſe.

cela les meilleurs eftomacs ne foient pas les meilleurs penfeurs.

Si je fuis mort quand vous pafferez par Ferney,
madame *Denis* vous fera les honneurs de la maifon;
en attendant je vous embraffe comme je peux, mais
le plus tendrement du monde.

## LETTRE XLV.

### DE M. DE VOLTAIRE.

20 d'octobre.

MON cher et véritable philofophe, il y a d'étran-
ges rencontres. Le réquifitorien arrive à Ferney le
même jour que vous, et *Paliffot* arrive à Genève la
veille de votre départ. Il y eft encore; on dit qu'il
y fait imprimer un bel ouvrage contre la philofophie. Je n'ai eu l'honneur de voir ni l'ouvrage ni
l'auteur.

. On prétend qu'un jeune philofophe (*), avocat
général de Bordeaux, amoureux de la tolérance,
de la liberté et d'*Henri IV*, a été enlevé par lettre
de cachet, et conduit à Pierre-Encife. C'eft apparemment pour ces trois délits; mais *Paliffot* aura
probablement une place confidérable à fon retour
à Paris, et *Fréron* fera fait maître des requêtes.

Si vous pouvez vous arracher de Montpellier, où
il y a tant d'efprit et de connaiffances; fi vous allez
à Aix, comme c'était votre intention, on vous

(*) M. *Dupaty*.

——— recommandera une affaire auprès de M. de *Caſtillon*,
1770. qui penſe comme M. *Dupaty*, et qui cependant
n'habitera point, à ce que j'eſpère, le château de
Pierre-Enciſe; il vaudrait pourtant mieux y être que
d'avoir fait certain réquiſitoire.

J'ai peur que vous ne trouviez le requérant à
Montpellier; vous venez toujours après lui par-tout
où il va.

*Perſequitur pede pœna claudo.*

Bien des reſpects et des regrets à votre très-
aimable compagnon de voyage, autant à M. *Duché*,
à M. *Venel*, et à quiconque penſe. Madame *Denis*
vous fait les plus tendres complimens. Mon cœur eſt
à vous juſqu'au moment où j'irai trouver *Damilaville*.


# LETTRE XLVI.

## *DE M. DE VOLTAIRE.*

5 de novembre.

M on cher et grand philoſophe, mon cher ami,
je m'anéantis petit à petit ſans ſouffrir beaucoup.
Il faut encore remercier la nature, quand on finit
ſans ces maladies intolérables qui rendent la mort
de tant d'honnêtes gens ſi affreuſe.

J'ai reçu vos deux lettres de Montpellier, qui
m'ont ſervi de gouttes d'Angleterre. Il me paraît
indubitable que c'eſt vous qui, de manière ou
d'autre, m'avez joué le tour que me fait le roi de

Danemarck.

Danemarck. Si ce n'eſt pas vous qui lui avez écrit, 1770. c'eſt vous qui lui avez parlé quand il était à Paris, et c'eſt à vous que je dois ſa belle ſouſcription pour la ſtatue.

Nous avons pour nous, mon cher philoſophe, toutes les puiſſances du Nord; *ſed libera nos à domino meridiano.* Le midi eſt encore encroûté comme les ſoleils de *Deſcartes;* ce ne ſont pas des avocats généraux de nos provinces méridionales dont je parle ; vous allez d'un M. *Duché* à un M. de *Caſtillon.* Grenoble ſe vante de M. *Servan ;* il eſt impoſſible que la raiſon et la tolérance ne faſſent de très-grands progrès ſous de tels maîtres. Paris n'aura qu'à rougir. Je reſpecte fort ſon parlement, mais il n'a perſonne à mettre à côté des hommes éclairés et éloquens dont je vous parle.

Je ſerai très-vivement affligé, s'il eſt vrai que mon *Alcibiade*, dans ſa vieilleſſe, perſécute mon jeune *Socrate* de Bordeaux. Ou je ſuis bien trompé, ou mon *Socrate* eſt un philoſophe intrépide.

Vous me mandez qu'il eſt gai dans ſon château ; mais moi je m'attriſte en ſongeant qu'il ſuffit d'une demi-feuille de papier pour ôter la liberté à un magiſtrat plein de vertu et de mérite : mais comme il n'en a pas fallu davantage à M. l'abbé *Terrai* pour me ravir tout mon bien de patrimoine, j'admire le pouvoir de l'art d'écrire.

Je crois *Paliſſot* encore à Genève, et je ſuppoſe qu'il y fait imprimer un recueil de ſes ouvrages; il ſe pourrait bien faire que cette entrepriſe ne lui procurât ni gloire ni repos. Il veut à toute force ſe faire des ennemis célèbres, c'eſt un aſſez mauvais parti.

· M. de *Condorcet* m'a écrit une lettre comme vous
en écrivez, pleine d'esprit et d'agrément, et de
bonté pour moi.

Je vous expliquerai, dans quelque temps, l'affaire
dont il s'agit avec M. de *Caſtillon* ; elle peut être
très-glorieuſe pour lui, et ſurement vous vous y
intéreſſerez. Je ne puis actuellement entrer dans
aucun détail ; cela ferait peut-être un peu long, et
je ſuis trop malade.

Madame *Denis* vous préſente toujours ſes regrets
et à M. de *Condorcet* ; auſſi fais-je, et du fond de
mon cœur ; mais il n'eſt pas juſte que nous vous
poſſédions ſeuls, *oportet fruatur famâ ſui.*


# LETTRE XLVII.

## DE M. DE VOLTAIRE.

23 de novembre.

D e tous les malades, mon cher philoſophe, le
plus ambulant c'eſt vous, et le plus ſédentaire c'eſt
moi.

J'ai d'abord à vous dire que votre archevêque de
Touloufe, ſi tolérant, a fait mourir par ſon intolérance le pauvre abbé *Audra*, l'intime ami de l'abbé
*Mords-les* et le mien. Il a fait un mandement cruel
contre lui, et a ſollicité ſa deſtitution de ſa place
de profeſſeur en hiſtoire, qui lui valait plus de mille
écus par an. Cette aventure a donné la fièvre et le
tranſport au pauvre abbé ; il eſt mort au bout de

quatre jours : je viens d'en apprendre la nouvelle ; on me l'avait cachée pendant plus de fix femaines. Vous voyez, mon cher ami, que les philofophes n'ont pas beau jeu en France.

Voici une petite perfécution à la *Décius*, contre notre primitive Eglife ; mais nous avons pour nous l'empereur de la Chine, l'impératrice *Catherine II*, le roi de Pruffe, le roi de Danemarck, la reine de Suède et fon fils, beaucoup de princes de l'Empire, et toute l'Angleterre. DIEU aura toujours pitié de fon troupeau.

Je crois que vous feriez fort bien de donner pour fuccefleur à *Moncrif* M. *Gaillard*, au lieu d'un archevêque, à condition qu'il ne parlera pas des cantiques facrés que ce *Moncrif* fefait pour la reine. Ne m'oubliez pas auprès de votre compagnon de voyage ; et quand vous n'aurez rien à faire, mandez-moi fi vous êtes revenu en bonne fanté. Je vous embraffe le plus tendrement du monde.

# LETTRE XLVIII.

## DE M. D'ALEMBERT.

A Paris, ce 4 de décembre.

Il y a dix jours, mon cher maître, que je fuis ici ; j'y ai reçu trois de vos lettres, dont deux m'ont été renvoyées d'Aix et de Montpellier. J'y répondrai par ordre et en peu de mots, car il ne faut pas vous ennuyer de mon bavardage. Je ne doute point que *Paliffot* ne foit à Genève pour y faire imprimer quelque fatire contre la philofophie, et je lui dirai comme les gens du peuple, *j'en retiens part*, tant fes fatires me paraiffent redoutables.

M. *Dupaty* était encore au fecret, quand j'ai repaffé à Lyon ; j'appris hier qu'il était forti de Pierre-Encife, et exilé à Roanne en Forez. On n'en fera pas autant à l'homme que j'ai trouvé par-tout, à Lyon et à Montpellier, fans vouloir me rencontrer avec lui ; j'aurais pu lui dire, dans chaque ville où j'ai féjourné durant mon voyage :

> Quoi, Pyrrhus, je te rencontre encore !
> Trouverái-je par-tout un bavard que j'abhorre ?

On prétend que, dans fon difcours des mercuriales, il a chanté la palinodie, et fait réparation d'honneur aux gens de lettres ; mais perfonne n'eft tenté de l'en remercier.

Je ne chercherai point, mon cher ami, à me

faire valoir auprès de vous, en vous laiſſant croire
que j'ai écrit le premier au roi de Danemarck. Il
eſt très-vrai que ce prince m'a prévenu, ſans même
que je l'euſſe fait ſolliciter par perſonne ; mais il
ne l'eſt pas moins que, durant ſon ſéjour à Paris,
je lui ai parlé de vous avec les ſentimens que vous
m'avez depuis ſi long-temps inſpirés. Il eſt encore
plus vrai que je ne déſeſpère pas d'obtenir pour
cette ſtatue d'autres ſouſcriptions qui peut - être
vous flatteront encore davantage ; mais ce projet
n'eſt pas mûr encore, et je vous en rendrai compte
dans quelques mois, ſi, comme je l'eſpère, il vient
à bien. En attendant, ne parlez de ceci à perſonne.

J'ai prié un des amis intimes de l'archevêque de
Touloufe, et des miens, de lui écrire au ſujet des
plaintes que vous en faites. Je vous demande en
grâce, mon cher maître, de ne point précipiter
votre jugement, et d'attendre ſa réponſe, dont je
vous ferai part. Je gagerais cent contre un qu'on
vous en a impoſé, ou qu'on vous a du moins fort
exagéré ſes torts. Je connais trop ſa façon de penſer
pour n'être pas ſûr qu'il n'a fait en cette occaſion
que ce qu'il n'a pu abſolument ſe diſpenſer de faire,
et il y a ſûrement bien loin de là à être déclama-
teur, perſécuteur et aſſaſſin.

Nous avons, dites-vous, pour notre Egliſe l'empereur de la Chine, le roi de Pruſſe, la czarine,
le roi de Danemarck, &c. &c. Hélas ! mon cher
confrère, je vous répondrai par ces deux vers de
votre charmante épître au roi de la Chine :

Les biens ſont loin de nous, et les maux ſont ici, &c.

Mon compagnon de voyage, qui regarde le temps où il a été chez vous comme un des plus heureux de fa vie, vous embraffe et vous aime de tout fon cœur. Ma fanté eft paffable; j'efpère que l'exercice et le régime achèveront de la rétablir. *Vale et me ama*.

Il y a apparence que M. *Gaillard* fera notre confrère. Votre recommandation n'eft pas le moindre de fes titres.

## LETTRE XLIX.

### DE M. DE VOLTAIRE.

10 de décembre.

Mon cher philofophe, mon cher ami, il eft important que nous ayons, avec M. *Gaillard*, un littérateur, quel qu'il foit, attaché à l'académie, philofophe, et intrépide ennemi des cagots. On m'a parlé beaucoup de M. de *Malesherbes*.

On dit auffi que le préfident *Debroffes* fe préfente. Je fais qu'outre *les Fétiches* et *les Terres auftrales*, il a fait un livre fur les langues, dans lequel ce qu'il a pillé eft affez bon, et ce qui eft de lui déteftable.

Je lui ai d'ailleurs envoyé une confultation de neuf avocats, qui tous concluaient que je pouvais l'arguer de dol à fon propre parlement. Il a eu un procédé bien vilain avec moi, et j'ai encore la lettre dans laquelle il m'écrit en mots couverts que, fi je le pourfuis, il pourra me dénoncer comme auteur d'ouvrages fufpects que je n'ai certainement point faits. Je puis produire ces belles chofes à l'académie, **1770.** et je ne crois pas qu'un tel homme vous convienne.

J'ignore s'il fe préfente quelque évêque ou quelque balayeur du collége de forbonne. Si on veut un homme de lettres, il me femble qu'il en faut un qui puiffe fervir la littérature et l'académie. Je devine très-bien quelle eft la foufcription dont vous me parlez, cela ferait charmant.

L'aventure de l'archevêque de Touloufe n'eft que trop vraie, et vous ferez très-bien de favoir s'il a eu des ordres fupérieurs; c'eft un myftère qu'il faut abfo- lument éclaircir.

Permettez-moi d'embraffer **M.** de *Condorcet* et vos autres amis.

# L E T T R E  L.

## *DE  M.  D'ALEMBERT.*

A Paris, ce 12 de décembre.

Je vous ai déjà averti, il y a quelques jours, mon cher et illuftre maître, que le préfident *Debroffes* eft fur les rangs pour l'académie, et qu'il a des partifans. J'ai été depuis aux informations, et j'ai fu que le nombre de ces partifans eft en effet confidérable, et que nous fommes menacés de cette plate acquifition, fi nous ne fefons pas l'impoffible pour la parer. Or, vous faurez que le grand promoteur de ce plat pré- fident, eft le doucereux *Foncemagne*, qui peut-être

F 4

craindrait de vous défobliger, s'il favait que vous ferez offenfé d'un pareil choix. Je voudrais donc que vous en écriviffiez, fans dire de quelle part l'avis vous vient, à M. d'*Argental*, intime ami de *Foncemagne*, et que M. d'*Argental* parlât à *Foncemagne* de votre part. Vous auriez foin de mettre dans votre lettre quelque chofe d'honnête pour *Foncemagne* qui en ferait flatté, qui vraifemblablement aurait égard à ce que vous lui feriez dire, et qui ignore auffi vraifemblablement que vous avez à vous plaindre du préfident *Debroffes*. Il ferait bon auffi que vous en écriviffiez fortement à l'abbé de *Voifenon*, qui fans cela pourrait être favorable au préfident, étant gagné, à ce que je crois, par l'archevêque de Lyon, qui affure que nous ne pouvons faire un meilleur choix à la place du préfident *Hénault*.

Il paraît jufqu'à préfent que la place de *Moncrif* fera pour *Gaillard* ; encore ne faut-il pas trop dire l'intérêt que vous y prenez, car ce motif pourrait lui faire perdre des voix qu'il aurait eues. Pour *la Harpe*, je vois clairement qu'il n'y faut pas penfer en ce moment, et que nous ne réuffirions pas, fi ce n'eft peut-être à lui caffer le cou. Je ne vois que deux moyens pour nous fauver d'un mauvais choix, c'eft de prendre l'abbé *de Lille*, ou d'engager quelqu'un de la cour à fe préfenter. Je ne défefpère pas que nous ne réuffiffions à l'un ou à l'autre. Adieu, mon cher et illuftre maître ; écrivez à M. d'*Argental* et à l'abbé de *Voifenon*, et furtout ne dites pas que l'avis vous vienne de moi. Je vous embraffe de tout mon cœur, et ferai jufqu'à la fin *tuus ex animo*.

# LETTRE LI.

## *DE M. DE VOLTAIRE.*

**19 de décembre.**

JE fuis bien embarraffé, vrai ami, vrai philofophe. Si j'étais à Paris, je ferais le moulinet; mais des bords du lac Leman je ne peux rien. Vous favez ce que je vous ai écrit fur *Marin;* quels bons ouvrages a-t-il fait? dira-t-on. Je réponds qu'il n'a pas fait *les Fétiches,* et qu'il eft très-utile aux gens de lettres. Le préfident nafillonneur a fait les *Fétiches,* et même *les Terres auftrales,* et n'a jamais été utile à perfonne. Si j'écris au petit abbé, il fe mettra à rire, montrera ma lettre, comme cela lui eft arrivé plus d'une fois; fi j'écris à d'*Argental,* il n'en parlera pas à *Foncemagne,* parce qu'il ne s'agit pas là de comédie : la feule reffource eft *de Lille.* Sa traduction des *Géorgiques* de *Virgile* eft la meilleure qu'on fera jamais; on dit d'ailleurs que c'eft un honnête homme.

Si vous ne le prenez pas, ne pourriez-vous pas avoir quelque efpèce de grand feigneur ?

Vous avez bien remarqué fans doute, dans l'édit du roi contre le parlement, ce qu'on dit de l'efprit de fyftême. Il fe trouve que les philofophes ont gâté le parlement; on dit qu'ils font actuellement enchérir le pain, et qu'ils font l'unique caufe de la guerre entre l'Angleterre et l'Efpagne. N'eft-ce pas auffi la philofophie qui nous a pris nos refcriptions ? Par ma

—————
1770.

foi, il n'y a de plaifir à être philofophe que comme le roi de Pruffe, avec cent cinquante mille foldats.

Le roi philofophe de Danemarck a-t-il fait ce qu'il difait? *Laleu* prétend que non, mais c'eft que *Laleu* n'était pas encore apparemment au fait.

Parbleu je prends mon parti; vous pouvez faire lire habilement la déclaration ci-jointe à l'abbé de *Voifenon* et à tous les gens de lettres intéreffés à la chofe. (*)

## LETTRE LII.

### *DE M. DE VOLTAIRE.*

21 de décembre.

CHER et digne philofophe, c'eft pour vous dire que je fais part à *Thomas* de la petite menace de l'*infulatus* de province. Je fouhaite que cet auteur des *Fétiches*, petit perfécuteur nafillonneur, n'ait point la place due aux *la Harpe*, aux *de Lille*, aux *Caperonnier*, à *Marin* même qui peut rendre des fervices aux gens de lettres; mais tâchez que MM. *Duclos*, *Thomas*, *Marmontel*, *Saurin*, *Voifenon*, gardent le fecret. J'ai écrit à M. d'*Argental*, et l'ai prié de parler à *Foncemagne*, comme je vous l'ai mandé, et même j'écrirai encore. Je crains bien que l'*infulatus* ne le fache, et ne me joue un mauvais tour; mais il faut favoir mourir pour la liberté.

*Frédéric* m'a écrit des vers à faire mourir de rire, de la part du roi de la Chine.

(*) Il s'agit d'une déclaration par laquelle M. de *Voltaire* renonçait au titre d'académicien, fi on lui donnait le préfident *de Broffes* pour confrère.

Je vous prie de me mander ce que vous favez du roi de Danemarck.

Puifque je fuis en train de vous parler de rois, je vous avoue que *Catau* me néglige fort, et que le grand-turc ne m'a pas écrit un mot; vous voyez que je ne fuis pas glorieux.

Je vous prie, mon très-cher ami, quand vous n'aurez rien à faire, de m'écrire tout avec toute la liberté de votre fublime caractère. Envoyez vos lettres ( et pour caufe ) chez *Marin* fecrétaire de la librairie, rue des Filles-Saint-Thomas, et mettez fimplement pour adreffe, *à V, à Ferney.*

## LETTRE LIII.

### DE M. D'ALEMBERT.

A Paris, ce 21 de décembre.

J'ÉTAIS bien sûr, mon cher maître, que l'archevêque de Touloufe n'était pas à beaucoup près auffi coupable qu'on l'avait fait. Voici ce qu'il écrit à une perfonne de fes amis et des miens. Son mandement n'a que quatre petites pages; il ne parle que de l'ouvrage, et point du tout de l'auteur. L'abbé *Audra* aurait pu fe l'épargner; il avait d'abord donné de lui-même fa démiffion, et l'avait envoyée à l'archevêque qui l'avait acceptée; alors tout était fini, il n'y aurait eu ni mandement ni rien de femblable. Il a retiré cette démiffion; l'archevêque lui a rendu fa parole comme il l'avait reçue, fans même s'être preffé d'en faire ufage; car s'il fe fût preffé, l'abbé aurait pu avoir un fucceffeur avant fes regrets. Cependant tout le monde était après l'archevêque ; le parlement voulait brûler le livre. Si l'auteur n'eût pas été profeffeur, l'archevêque fe ferait tu malgré les clameurs. L'abbé a voulu refter profeffeur , il a prefque accufé un des grands-vicaires d'avoir approuvé le livre ; alors l'archevêque a été forcé de le condamner. L'abbé n'a pas mal pris le mandement, et a paru même fort content de n'y être ni nommé ni défigné. Quand l'archevêque a été de retour à Touloufe, il a vu l'abbé, et lui a dit qu'il était impoffible que l'auteur d'un livre condamné comme irréligieux, pût être profeffeur d'hiftoire et de religion ; qu'il lui confeillait de quitter , et qu'il tâcherait de lui procurer quelque dédommagement. L'abbé a refufé de quitter; il a répondu qu'il en appel- lerait au parlement, fi on l'y forçait. L'archevêque lui dit qu'il ne s'y oppofait pas, et qu'il s'en tiendrait là, fi le parlement le renvoyait dans fa chaire ; mais que l'abbé prît garde de s'expofer devant le parlement. Il y avait entre cette converfation et le mandement deux grands mois. Huit jours et plus fe font écoulés ; au bout de ces huit jours il lui a pris une fièvre maligne dont il eft mort. Il fe peut faire que le chagrin en foit la caufe ; mais vous voyez que l'archevêque a fait tout ce qui était en lui pour l'adoucir et le lui épargner en partie; il lui a même épargné dans le fait, à ce qu'il affure , d'autres défagrémens qu'on avait voulu lui donner. L'abbé a forcé l'archevêque à donner fon mandement , en manquant à fa parole , en retirant fa démiffion, en voulant compromettre un des grands- vicaires. L'archevêque, avant ce temps-là, avait réfifté pour lui pendant un an aux clameurs du parlement,

des évêques, de l'assemblée du clergé ; à la fin on lui
a forcé la main.

Vous voyez par ce détail , mon cher maître , que
l'archevêque de Touloufe n'a fait, à l'égard de l'abbé,
que ce qu'il n'a pu fe difpenfer de faire. Vous pouvez
être bien fûr qu'il ne perfécutera jamais perfonne ;
mais il eft dans une place et dans une pofition où il
n'eft pas toujours le maître de s'abandonner tout-à-
fait à fon caractère et à fes principes également tolé-
rans. Je l'avais vu moi-même avant qu'il partît pour
Touloufe , et je puis bien vous affurer qu'il n'était
rien moins que mal-intentionné pour l'abbé *Audra*.
Ne vous laiffez donc pas prévenir contre lui, et foyez
fûr, encore une fois , que jamais la raifon n'aura à
s'en plaindre. Nous avons en lui un très-bon confrère,
qui fera certainement utile aux lettres et à la philofophie , pourvu que la philofophie ne lui lie pas les
mains par un excès de licence , ou que le cri général
ne l'oblige d'agir contre fon gré.

Mais un confrère qu'il faut bien nous garder d'acquérir, c'eft ce plat et ridicule préfident *Debroffes*, dont
vous avez tant à vous plaindre. Vous feriez bien , je
crois, d'écrire à ceux de nos confrères qui connaiffent
les égards qu'on vous doit, combien vous feriez offenfé
d'un pareil choix.

Adieu mon cher maître ; priez DIEU *ne quid
refpublica detrimenti capiat* , et ne négligez pas au
moins d'écrire fur cet objet à tous les académiciens
que vous en croirez dignes; car il s'en faut de
beaucoup qu'ils le foient tous. *Vale et me ama.*

Le roi de Pruffe vient d'envoyer deux cents louis
pour la ftatue, je l'apprends dans ce moment.

# LETTRE LIV.

## *DE M. DE VOLTAIRE.*

28 de décembre.

A<small>H</small>! mon cher ami , mon cher philofophe, c'eſt une chofe bien cruelle, qu'un homme qui veut faire du bien foit obligé de faire du mal , parce qu'il eſt prêtre. Enfin l'abbé *Audra* en eſt mort , et c'eſt, je vous le jure, une très-grande perte pour les gens de bien ; perfonne n'avait plus de zèle que lui pour la bonne caufe.

Je paſſe le Rubicon, pour chaſſer le nafillonneur délateur et perſécuteur; et je déclare que je ferai obligé de renoncer à ma place, ſi on lui en donne une. J'ai ſi peu de temps à vivre, que je ne dois point craindre la guerre.

Vous me mandez que le roi de Pruſſe vient d'envoyer ſa noble quote part pour la ſtatue ; vous avez mis apparemment Pruſſe pour Danemarck. La ſtatue vous doit tout, à Copenhague comme à Berlin.

*Meſſieurs* ont donc réſolu de ne point obtempérer. Les meurtriers du chevalier de *la Barre* ont donc pleuré. On ne juge donc plus de procès? les plaideurs feront réduits à la dure néceſſité de s'accommoder fans frais? Cependant la moitié de la France manque de pain.

Il faudra quelque jour que je vous envoye une épître au roi de Danemarck , afin qu'il faſſe pendant avec le roi de la Chine. C'eſt un grand

foulagement, en temps de famine, de faire des vers
alexandrins.

Je vous prie, quand vous verrez madame *Necker*,
de lui dire combien je lui fuis attaché pour le refte
de ma vie.

Adieu, mon très-cher confrère.

## LETTRE LV.

### *DE M. DE VOLTAIRE.*

2 de février.

MON très-cher philofophe, avez-vous entendu
parler de ce nouveau légiflateur de la littérature,
nommé *Clément*, qui juge à mort M. de *Saint-Lambert*
et l'abbé *de Lille*? J'ai lu cet animal. J'admire
ce ton décifif que prennent aujourd'hui tous les gredins de la littérature. Ce poliffon qui juge fi impérieu-
fement fes maîtres, préfenta, il y a deux ans, une
tragédie aux comédiens qui ne purent en lire que
deux actes. Ne pouvant parvenir à l'honneur d'être
jugé, il s'eft mis à juger les autres : c'eft un petit
élève de *Fréron*.

On me mande que M. de *Mairan* eft fort malade;
voilà une quatrième place à donner bientôt. La
mienne fera la cinquième : mais ne me donnez le
nafillonneur ni pour confrère ni pour fucceffeur.

Ne croyez pas un mot de tout ce que je vous difais
dans mon dernier billet. Je parlais par économie,
(comme difent les pères de l'Eglife). Si l'abbé *de Lille*

eſt un homme ſociable, un philoſophe et un homme
ferme, ne pouvez-vous pas l'acquérir ? Il mérite par
ſon ouvrage cette réfutation de *Clément*; mais il eſt
de l'univerſité, et je crains toujours que ces gens-là
ne ſoient des *Ribalier*, des *Cogé*, des *Tamponet*.

Pleurons ſur Jéruſalem et ſoyons tranquilles. L'oncle et la nièce vous embraſſent bien tendrement.

# LETTRE LVI.

## *DE M. DE VOLTAIRE.*

### 4 de février.

JE vous ſuis infiniment obligé, mon cher ami, de
votre diſcours prononcé devant le roi de Danemarck.
Jamais vous n'avez rendu la philoſophie plus reſpectable. Ce diſcours eſt un bien beau monument.
Toutes les académies de l'Europe doivent vous en
remercier.

Je n'oſe encore vous envoyer ma facétie ſur la
liberté de la preſſe, que ce monarque établit ſi hardiment dans ſes Etats. Figurez-vous que je n'ai pas
encore eu le temps de la faire copier. Ma colonie,
qu'il faut ſoutenir malgré l'orage qui l'a preſque
renverſée, des occupations forcées, et mes maladies
continuelles, ne m'ont pas laiſſé un moment dont je
puiſſe diſpoſer.

Je m'attendais bien que le maréchal de *Richelieu*
ſe mettrait à la tête de la faction pour le naſil-
lonneur. Il m'avait fait entendre, dans une de ſes

lettres,

lettres, qu'il aimait mieux me fervir dans mes amours que dans mes averfions. Il a paffé fa vie à me faire des plaifirs et des niches, à me careffer d'une main et à me dévifager de l'autre ; c'eft fa façon avec les deux fexes. Il faut prendre les gens comme ils font. Je lui ai écrit pourtant, et j'avoue ma honte à M. *Gaillard*. J'efpère qu'après tout notre homme trouvera à qui parler. Il ne fera qu'en rire ; mais, tout en plaifantant, fa faction aura le deffous, et cela eft fort amufant. Si je vis, je dirai deux mots à l'ami *le Beau ;* chaque chofe vient en fon temps.

Adieu, mon cher philofophe ; adieu l'honneur des lettres. Madame *Denis* eft enchantée, comme moi, de votre difcours.

# LETTRE LVII.

## *DE M. DE VOLTAIRE.*

13 de février.

J E crois notre doyen converti, et je me flatte qu'il ne s'oppofera point à M. *Gaillard.*

Vous devez avoir reçu , mon cher philofophe , trois volumes l'un après l'autre. Je n'ai pu vous les envoyer plutôt, tout devient difficile.

J'ai peur que l'Epître au roi de Danemarck fur la liberté de la preffe ne paraiffe dans un temps bien peu favorable. J'ai pourtant grande envie que vous m'en difiez votre fentiment , mais je tremble toujours de la laiffer courir le monde.

Eſt-il bien vrai qu'on va reſtreindre le reſſort du parlement de Paris à l'île de France? ce pourrait être un grand bien : il eſt cruel de ſe ruiner pour aller plaider en dernier reſſort à plus de cent lieues de chez ſoi.

Je ne ſais comment je ſuis avec madame *Necker*, j'ai peur qu'elle ne m'ait entièrement oublié.

Ne comptez-vous pas un jour avoir parmi vos quarante M. le marquis de *Condorcet* ?

Je vous embraſſe bien tendrement mon très-cher philoſophe. Je ſuis bien malade. Eſt-il vrai que M. de *Mairan* ſe meure ?

Il faut paſſer dans ma barque.


# LETTRE LVIII.

## DE M. DE VOLTAIRE.

2 de mars.

Mon cher philoſophe ne m'a point répondu quand je lui ai demandé s'il avait reçu trois volumes par la voie de M. *Marin*, je le prie inſtamment de vouloir bien m'en informer. Je haſarde enfin de lui envoyer l'Epître au roi de Danemarck, avec un peu de proſe verſifiée adreſſée à lui-même. Ce n'eſt pas trop le temps de s'occuper de ces coïonneries, mais j'aime mieux m'égayer ſur les excrémens de la littérature, que ſur d'autres excrémens.

Je ſupplie mon cher philoſophe de ne donner aucune copie des fadaiſes à lui envoyées. Il peut les

lire tant qu'il voudra à ses amis, mais il ne faut pas
mettre le public dans sa confidence.

Voilà donc une quatrième place à remplir, donnez-
la à qui vous voudrez; pourvu que ce ne soit pas à
ce fripon de nasillonneur, je suis content. Demandez
à *Lalande*, qui est voisin de ses terres, s'il n'est pas
célèbre dans le pays par les rapines les plus odieuses.
M. de *Condorcet* pourrait-il succéder à M. de *Mairan*?
il n'a rien fait, dira-t-on; tant mieux: nous avons
plus besoin de gens qui jugent, que de gens qui
fassent.

Je n'ai rien à dire sur tout ce qui se passe aujour-
d'hui; tout ce que je puis me permettre, c'est de
détester du fond de mon cœur les assassins du chevalier
de *la Barre* jusqu'au dernier moment de ma vie.
C'est ainsi que je vous aimerai.

# LETTRE LIX.

## DE M. DE VOLTAIRE.

4 de mars.

JE m'aperçois, mon cher philosophe, que je ressemble à *le Clerc de Montmerci*, je fais trop de vers. Je
vois, à ma confusion, que j'ai parlé deux fois des
harpies, l'une dans l'Épître au roi de Danemarck,
l'autre dans votre épître. Il y a dans la danoise:

Qui vous rendit chez vous puissans sans être impies?
Qui sut de votre table, écartant les harpies,
Sauver le peuple et vous de leur voracité?
Qui sut donner une ame au public hébêté?

G 2

Je mettrai à la place, fi vous le trouvez bon :

Quelle main favorable à vos grandeurs fuprêmes
A du triple bandeau vengé cent diadèmes ?
Et qui, du fond du puits tirant la vérité,
A fu donner une ame au public hébêté ?

Faites-moi l'amitié, je vous en prie, de mettre ces quatre vers fur la danoife, fi mieux n'aimez en faire de meilleurs.

Voici une autre idée en profe dont vous ferez ce que vous croirez convenable ; je m'en remets à vous.

J'ai été extrêmement content de l'édit ; et, à deux petites phrafes près que j'ai trouvées un peu obfcures, le difcours de monfieur le chancelier m'a paru parfaitement beau.

# LETTRE LX.

## DE M. DE VOLTAIRE.

15 de mars.

On me mande, mon cher ami, qu'on a élu *le Mière*; en ce cas, vous avez fans doute rengainé ma lettre en faveur du traducteur de *Virgile*, que je ne connais point du tout. Je n'avais écrit que pour la décharge de ma confcience. Je vous avoue, par le même motif, que j'aurais donné ma voix à celui qui a mis par écrit l'édit du roi pour la création des fix parlemens

ou confeils nouveaux. Non-feulement les jugemens ———
en dernier reffort, au parlement de Paris, épuifaient 1771.
les pauvres plaideurs, obligés de faire cent cinquante
lieues pour fe ruiner ; mais les criminels qu'on tranf-
férait à Paris, du fond de l'Auvergne et du Limoufin,
coûtaient à l'Etat des fommes immenfes. En un mot,
cet édit me paraît jufqu'à préfent un fervice effentiel
rendu à la nation ; et puis d'ailleurs, vous favez fi
j'ai fur le cœur le fang du chevalier de *la Barre* et du
comte de *Lalli*.

## LETTRE LXI.

### DE M. DE VOLTAIRE.

18 de mars.

Mon très-cher philofophe, je penfe comme vous
que le fujet en quefti on ferait excellent pour l'académie de Zug ou de Schaffoufe. Je n'avais jamais vu
l'extrait baptiftère du traducteur des *Géorgiques*.
N'eft-il pas majeur ? Nous avions plus d'un confeiller
au parlement qui décidait de la fortune, de l'honneur
et de la vie des hommes à vingt-cinq ans ; et, puifque l'abbé *de Lille* a été en âge de traduire *Virgile*, il
me femble qu'il était affez âgé pour être auprès du
traducteur de *Milton*.

Je ne le connais point, encore une fois. Il ne faura
point mes bonnes intentions. Je me bornais à être
jufte ; mais il me paraît que je ne fuis qu'un franc
provincial qui ne connaît pas le monde.

G 3

J'apprends, par un autre provincial qui eſt à Paris, qu'on m'attribue une petite feuille qui paraît ſur le parlement de Paris et ſur les conſeils ſouverains. Elle eſt, Dieu merci, d'un jéſuite qui eſt en Piémont; c'eſt le même qui fit *Il eſt temps de parler*, et *Tout ſe dira*.

Vous ſavez que je n'ai point approuvé la conduite du parlement de Paris, et que j'approuve infiniment les ſix conſeils; mais aſſurément je ſuis bien loin de rien imprimer ſur de telles affaires. Je ſuis le prête-nom de quiconque veut écrire hardiment et ne ſe point commettre : cette ſituation eſt triſte.

Quant à votre triple bandeau, on a dû mettre :

Qui du triple bandeau vengea cent diadèmes.

et il m'a ſemblé qu'on diſait tous les jours la tiare pour le pape, et les diadèmes pour les rois. On venge le trône de l'autel; ſi je me trompe, je paſſe condamnation.

Voici une autre querelle. Madame *Necker* me fait ſes plaintes amères de ce que *Pigal* veut me faire abſolument nu. Voici ma réponſe : Décidez de mon effigie, c'eſt à vous que je la dois; c'eſt à vous de me donner un habit, ſi cela vous plaît. Soyez ſûr que vêtu ou non, je ſuis à vous juſqu'à ce que je ne ſois plus rien.

Adieu; je n'ai jamais été ſi malade; je ſuis aveugle et goutteux; il faut ſupporter tous les maux du corps et de l'ame. Pour me conſoler, je vous demande en grâce de m'envoyer vos deux diſcours. En vérité, vous ſoutenez ſeul l'honneur des lettres, et je ne ſais point d'homme plus néceſſaire que vous.

# LETTRE LXII.

## *DE M. DE VOLTAIRE.*

A Ferney, 8 d'avril.

Mon très-cher philosophe, je vous rends mille grâces des momens agréables que vous m'avez fait passer. J'ai entendu la lecture de vos deux discours, car il ne m'est pas permis de les lire. Nos neiges ont mis mes yeux dans un si triste état, que me voilà un petit *Tiréfie*, un petit *Oedipe* ; et j'ai bien la mine de rester aveugle pour le peu de temps que j'ai encore à vivre.

Je n'entendrai jamais rien dans les champs élyfées, où je compte bien aller, qui vaille votre dialogue entre *Defcartes* et *Chriftine*. Je ne fais rien de plus beau que votre éloge du roi de Pruffe. Il ne vous avouera pas tout le plaifir qu'il aura eu d'être si bien peint par vous dans l'académie des fciences, mais il le fentira de toutes les puiffances de fon ame. Non, perfonne n'a rendu la philofophie et la littérature plus refpectables. Il n'y a peut-être à préfent que notre cour qui n'en fente pas le prix ; mais je lui pardonne, fi elle établit en effet fix confeils pour rendre hardiment la juftice, et fi elle paye les frais que les pauvres diables de feigneurs de paroiffe font pour la rendre dans leurs taudis. Cela me paraît un des plus beaux règlemens du monde. Je ferai attaché jufqu'à mon dernier foupir à un miniftre qui m'a

G 4

——— fait beaucoup de bien. Je ne le ferai point du tout
1771. à des corps qui ont fait du mal ; et puis d'ailleurs,
comment aimer une compagnie ? on ne peut aimer
que fon ami ou fa maîtreffe.

Adieu, mon cher ami ; je vous recommande beaucoup de courage, et beaucoup de mépris pour le
genre-humain.

## LETTRE LXIII.

### DE M. DE VOLTAIRE.

22 d'avril.

SAGE digne d'un autre fiècle, mon cher ami,
vous voilà donc fecrétaire perpétuel ; c'eft un titre
que les fecrétaires d'Etat n'ont pas. Il me femble
qu'il y a une penfion fur la caffette, attachée à cette
place. M. de *Condorcet* m'apprend cette nouvelle. Je
vous pardonne de ne m'en avoir rien dit ; vous avez
dû être un peu occupé.

Vous ne mettrez point dans les archives de l'académie le petit conte que je vous envoie pour vous
égayer. On m'écrit que *Diderot* eft l'auteur d'un
libelle contre moi, intitulé : *Réflexions fur la jaloufie.*
Je n'en crois rien du tout ; je l'aime et l'eftime trop
pour le foupçonner un moment.

Comment va le commerce des lettres avec les rois ?
qui aurons-nous pour nouveaux confrères ? *La Harpe*
a donné, dans le *Mercure*, une differtation qui me
paraît un chef-d'œuvre.

Je compte que ma lettre eft pour vous et pour lui.
J'ai une peine infinie à écrire, je n'en puis plus. *Vale,* 1771.
*amice.*

## LETTRE LXIV.

### *DE M. DE VOLTAIRE.*

27 d'avril.

JE ne fais pas ce qui arrivera, mon cher ami ; mais
goûtons toujours le plaifir d'avoir vu chaffer les
jéfuites , &c. &c. *Et ego in interitu veflro ridebo vos et
fubfannabo,* dit la Sainte-Ecriture.

J'avais envoyé à la chambre fyndicale , avec
laquelle je n'ai pas grand commerce , trois volumes
d'un livre nouveau qui m'eft venu d'Hollande ,
intitulé : Queftions. fur l'Encyclopédie , adreffés à
M. *Briaffon,* pour les remettre à M. le marquis de
*Condorcet.* Je ne fais fi M. *Briaffon* m'a rendu ce petit
fervice ; cela pouvait paffer pourtant pour ma dernière volonté, car j'ai été très-malade. Je crois avoir
perdu entièrement les yeux , et que je ferai aveugle
jufqu'à ce que je fois mort tout-à-fait.

Je viens de voir , ou plutôt de me faire lire , dans
le *Journal encyclopédique,* l'Epître au roi de Danemarck,
non pas telle que vous l'avez , mais telle que je l'ai
envoyée à ce monarque, avec un petit bout de lettre
qui accompagnait l'envoi. Cela vient furement de
Copenhague ; le mal eft très-médiocre.

Pourriez-vous me dire quel eft l'auteur d'un éloge

de l'abbé *Trublet*, qui eſt dans le même *Journal ency-clopédique* d'avril? Ce journal-là ne vaut pas le *Dictionnaire encyclopédique*.

Savez-vous qu'on a déjà imprimé quatre tomes du *Dictionnaire* d'Yverdun, pluſieurs articles de M. de *Lalande* qui paraiſſent à la lettre *A*. Mon état ne m'a pas permis de les lire.

Voudriez-vous bien avoir la bonté de me mander ſi on a imprimé à Paris un recueil des ouvrages de M. de *Mairan*?

Je voulais écrire aujourd'hui à M. de *Saint-Lambert*, mais je ne ſais, ſi ma faibleſſe me le permettra.

Adieu, mon très-cher philoſophe; j'ai bien peur que la philoſophie n'ait pas plus beau jeu que l'ancien parlement de Paris. Les adeptes font fort bien de ſe tenir tranquilles. Vous ſavez que j'applaudis au choix qu'on a fait de M. l'abbé *Arnaud*. Si ce n'eſt pas à moi que l'abbé *de Lille* ſuccède quelque jour, j'applaudirai auſſi, car j'aime toujours les vers; on meurt comme on a vécu.

# LETTRE LXV.

## DE M. DE VOLTAIRE.

14 de juin.

JE ne fais plus, mon très-cher philofophe, comment faire pour vous envoyer le quatrième et le cinquième volume de ces Queſtions. Le paquet eſt tout prêt depuis près d'un mois ; mais plus d'une route qui m'était ouverte auparavant, m'eſt aujourd'hui bouchée.

Vous ne connaiſſiez pas, fans doute, la comédie de l'*Homme dangereux*, lorſque, fur fon titre, l'on empêcha qu'on ne la jouât. Si vous l'aviez lue, vous auriez follicité vivement fa repréſentation ; c'était le plus fûr moyen de dégoûter l'auteur du théâtre. Les trois volumes qu'il a fait imprimer à Genève avec vos louanges, celles de *Vernet*, et même les miennes, fe vendent aujourd'hui publiquement, et encore plus rarement. Ils pourront avoir plus de débit à Paris, attendu qu'il y a environ quatre cents perfonnes d'outragées ; ce qui peut fournir environ huit cents lecteurs. Il eſt fingulier que cet ouvrage foit permis, et que l'*Encyclopédie* foit défendue.

Si vous voyez M. de *Schomberg*, je vous prie de lui dire combien je lui fuis attaché, à lui et à fes ancieus amis. Mais, pour mes aſſaſſins, je leur foutiendrai toujours qu'ils ont tort ; et je crois que, dans le fond de fon cœur, il fera de mon avis.

—— J'ai pensé mourir hier ; c'est un état qui n'est pas
1771. si désagréable qu'on le croit ; je souffrais beaucoup
moins qu'à l'ordinaire. Portez-vous bien, mon cher
ami ; la vie est horrible sans la santé ; mais, lorsqu'à
la maladie il se joint une petite pointe de persécution,
cet état n'est point plaisant.

Ne m'oubliez pas auprès de M. de *Condorcet*. Soyez
sûr que, tant que je vivrai, ma faculté de penser et
de sentir, mon entéléchie sera entièrement à vous.

## LETTRE LXVI.

### DE M. DE VOLTAIRE.

8 de juillet.

COMME je suis quinze-vingt, mon cher philosophe, et que je n'ai pas grand soin de mes papiers,
j'ai perdu une lettre de M. de *Condorcet*, par laquelle
il me donnait une adresse pour lui envoyer les quatrième et cinquième volumes des Questions. Je vous
prie de rafraîchir la mémoire de cette adresse, car
ma mémoire ne vaut pas mieux que mes yeux.

Il est fort à présumer, mon cher ami, que la
philosophie sera peu respectée. Notre royaume n'est
pas de ce monde. Cependant il est sûr qu'on
tolérera votre grande *Encyclopédie* comme un objet
de commerce et de finances. Messieurs les auteurs
feront, dans cette occasion, protégés par messieurs
les libraires, et je crois que messieurs les libraires
donnent quelque argent à messieurs les commis de

la douane des penfées. Nous ne jouons pas un beau rôle. Notre confolation eft d'écrafer des pédans barbares qui nous ont perfécutés. Ils font plus maltraités que nous, mais c'eft la confolation des damnés. Portez-vous bien, et riez du monde entier, c'eft le parti le meilleur et le plus honnête.

Je vous embraffe, mon cher ami, mais je ne peux pas rire pour le préfent. *V.*

1771.

## LETTRE LXVII.

### *DE M. D'ALEMBERT.*

19 d'augufte.

MON cher ami, j'ai vu le defcendant du brave *Crillon*, qui eft venu avec le prince de *Salm*, tous deux inftruits et modeftes, tous deux très-aimables et dignes d'un meilleur fiècle.

Quel homme de lettres donnerez-vous pour fucceffeur à un prince du fang (\*) ? Il fe préfente beaucoup de poëtes : ne faut-il pas donner la préférence à M. de *la Harpe* ou à M. *de Lille* ?

Vous favez ce que c'eft qu'un banneret, qu'à Berne on appelle banderet. Or le banderet de la république de Neuchâtel, ayant joint à fa dignité celle d'imprimeur, fefait une très-belle édition du *Syftême de la nature*. Les dévotes de Neuchâtel, éprifes d'une fainte rage, font venues brûler fon édition.

_____

(\*) M. le comte de *Clermont*.

—— Le gonfalonier de la république a été obligé de fe
1771. démettre de fa charge ; mais on ne lui a point fait
d'autre mal ; il n'en aurait pas été quitte à fi bon
marché dans Abbeville.

On a déjà fix volumes de l'*Encyclopédie* d'Yverdun ;
perfonne ne la lit , mais on l'achète. Je doute fort
que celle de Genève entre de fitôt à Paris. Nous
revenons au temps où l'on agitait la queftion *de
mathematicis ab urbe expellendis.*

Je fuis tout étonné, moi malingre et aveugle, de
vous dire des nouvelles du fond de ma folitude et
de mon lit.

J'ai donné des paperaffes pour vous à monfieur
de *Crillon.*

Adieu, mon cher et grand philofophe, que j'aimerai jufqu'au dernier moment de ma vie.

## LETTRE LXVIII.

### DE M. DE VOLTAIRE.

13 de feptembre.

MON très-cher philofophe, tâchez que nous ayons
une douzaine de comtes de *Crillon* et de princes de
*Salm* à la cour de France , et quelques rois de Pruffe
à l'académie, alors tout ira bien.

Je vois qu'on réforme tous les parlemens , mais
je fuis sûr qu'aucun ne prêtera fon miniftère au
rappel des jéfuites. S'ils reparaiffaient, ce ne ferait
que pour être en horreur à la France ; et la philofophie y gagnerait , bien loin d'y perdre. Nous aurions

le plaifir de voir les loups et les renards fe mordre, et le petit troupeau des philofophes ferait en fureté.

On dit que vous avez prononcé à l'académie un difcours auffi agréable qu'inftructif. Ne permettrez-vous pas qu'on l'imprime dans les papiers publics ? Vous ne dites jamais que des vérités éloquentes ; il n'eft pas jufte que nous en foyons privés.

On m'a envoyé un imprimé d'un autre genre. C'eft une apparition de notre Seigneur *Jéfus-Chrift* dans une paroiffe de l'évêché de Tréguier en Baffe-Bretagne, et un difcours qu'il a prononcé devant monfieur l'évêque fur les péchés des Bas-Bretons ; le tout avec approbation et privilége. Cela eft bien confolant, et vaut affurément tous vos difcours académiques.

Adieu, mon cher et refpectable ami ; je fuis toujours fouffrant et aveugle. Si j'étais bas-breton, *Jéfus-Chrift* m'aurait guéri ; mais je vois bien qu'il ne fe foucie pas des Suiffes.

# LETTRE LXIX.

## DE M. DE VOLTAIRE.

28 de feptembre.

Mon cher ami, voici donc de quoi exercer la philofophie. *La Harpe* perfécuté pour avoir fait un chef-d'œuvre d'éloquence dans l'éloge de *Fénélon;* j'ai eu de la peine à croire cette aventure. Vous me direz que plus elle eft abfurde, plus je la dois croire, et que c'eft le cas du *credo quia abfurdum.* Cette extravagance aura-t-elle des fuites? l'académie agirat-elle? eft-ce à l'académie qu'on en veut? la chofe eft-elle férieufe, ou eft-ce une plaifanterie? Je vous demande en grâce de me mettre au fait, cela en vaut la peine.

Nous avons ici madame *Dixneufans* (*) dont vous êtes le médecin. Elle a perdu de fon embonpoint, mais elle a confervé fa beauté. Son mari nous a dit des chofes bien extraordinaires; tous deux font trèsaimables; ils méritent de profpérer, et ils profpèreront. Pour moi, je me meurs tout doucement. Bonfoir, mon très-cher et très-grand philofophe.

J'ajoute que *la Harpe* m'ayant preffé très-vivement d'écrire à monfieur le chancelier, j'ai pris cette liberté, quoique je la croye affez inutile; mais enfin je lui ai dit ce que je penfais fur les difcours académiques, fur la forbonne et fur l'*Encyclopédie.*

(*) Madame la comteffe de *Rochefort.*

LETTRE

# LETTRE LXX.

## DE M. D'ALEMBERT.

A Paris, ce 7 d'octobre.

IL n'eſt que trop vrai, mon cher maître, qu'il y a un arrêt du conſeil qui ſupprime le diſcours de *la Harpe*. Cet arrêt a été ſollicité par l'archevêque de Paris et par l'archevêque de Rheims. Ils voulaient d'abord faire condamner l'ouvrage par la ſorbonne, mais le ſyndic *Ribalier* s'y eſt oppoſé ; il ſe ſouvient de l'affaire de *Marmontel*. L'académie a fait ce qu'elle a pu pour empêcher cette ſuppreſſion, ou du moins qu'elle ne ſe fît par un arrêt du conſeil ; mais tout ce qu'elle a pu obtenir, encore avec beaucoup de peine, a été que l'arrêt ne ſerait ni crié ni affiché ; mais il eſt imprimé, et il a été donné à l'imprimerie royale à ceux qui l'ont demandé. Vous noterez que, de tous nos confrères de Verſailles, M. le prince *Louis* eſt le ſeul qui ait ſervi l'académie dans cette occaſion ; les autres, ou n'ont rien dit, ou peut-être ont tâché de nuire. Voilà où nous en ſommes. Cet arrêt nous enjoint de faire approuver déſormais, comme autre-fois, les diſcours des prix par deux docteurs de ſorbonne. Il y a quatre ans que nous avions ceſſé d'exiger cette approbation, par des raiſons très-rai-ſonnables. 1º. Parce que, lorſqu'on annonça, dans une aſſemblée publique, que l'éloge de *Charles V* devait être ainſi approuvé, le public nous rit au nez, et nous le méritions bien. 2°. Parce qu'il y a des éloges, comme celui de *Molière*, qui auraient rendu ridicule l'approbation de deux théologiens. 3°. Parce qu'il y en a, comme ceux de *Sulli*, de *Colbert*, où il faut parler d'autre chose que de théologie, et où l'approbation de deux docteurs de sorbonne ne mettrait point l'académie à couvert des tracasseries. 4°. Enfin, parce que ces docteurs abusaient scandaleusement du droit d'effacer ce qu'il leur plaisait; témoin l'éloge de *Charles V*, dans lequel ils avaient effacé tout ce qui était contraire aux prétentions ultramontaines, à l'inquisition, &c. Il faudra pourtant désormais se soumettre à ce joug; à la bonne heure. Je gémis et je me tais. Si on vous envoie l'arrêt du conseil, vous verrez aisément que ceux qui l'ont rédigé n'avaient pas pris la peine de lire le discours de *la Harpe*. Je sais que plus d'un évêque désapprouve fort cette condamnation; mais ils risqueraient trop à s'expliquer.

Adieu, mon cher ami; j'ai le cœur navré de douleur.

# LETTRE LXXI.

## *DE M. DE VOLTAIRE.*

19 d'octobre.

Mon cher et vrai philofophe, vous aviez grand befoin de cette philofophie qui confole le fage, qui rit des fots, qui méprife les fripons, et qui détefte les fanatiques. Je vois que, par tous les règlemens qu'on a faits fur les blés, on a prefque empêché les Velches de manger, et on s'efforce à préfent de nous empêcher de penfer. La perfécution va jufqu'au ridicule, et c'eft le partage des Velches que ce ridicule. Il·y a une ligue formée contre le bon fens, ainfi que contre la liberté. Que vous refte-t-il pour votre confolation? un petit nombre d'amis auxquels vous dites ce que vous penfez, quand les portes font fermées. Si vous aviez été en Ruffie, on vous y aurait vu honoré, refpecté et enrichi. Vous feriez, par-tout ailleurs qu'à Paris, l'ami des rois ou de ceux qui inftruifent les rois, et vous ferez chez vous en butte aux bêtifes d'un cuiftre·de forbonne, ou à l'infolence d'un commis. C'eft dans de telles circonftances que le ftoïcifme eft bon à quelque chofe :

> *Virtus, repulfæ nefcia fordidæ,*
> *Intaminatis fulget honoribus.*

Qui prendrez-vous donc pour fuccéder à notre confrère le prince du fang? Un philofophe nous ferait plus utile qu'un prince; mais où le trouver?

H 2

Gardez-vous bien de prendre un mauvais poëte; c'eſt la pire eſpèce de toutes et la plus mépriſable. Ne pourrez-vous trouver dans Paris un homme libre qui ait du goût, de la littérature, et ſurtout cette honnête fierté qui ne craint ni les prêtres ni les commis ?

Voici de petites affaires parlementaires que je vous envoie par un voyageur qui vous les rendra, pourvu qu'il ne ſoit pas fouillé aux portes.

Adieu, mon cher ami, mon cher philoſophe; je ne ſais comment vous envoyer le ſix et le ſeptième volume des Queſtions. Paris eſt une ville aſſiégée, où la nourriture de l'ame n'entre plus. Je finis comme Candide en cultivant mon jardin; c'eſt le ſeul parti qu'il y ait à prendre.

Je vous embraſſe bien tendrement.

## LETTRE LXXII.

### DE M. DE VOLTAIRE.

14 de novembre.

JE vous ai écrit, mon cher philoſophe, par monſieur *Bacon*, non pas *Bacon* de Vérulam, mais *Bacon* ſubſtitut du procureur général, et pourtant philoſophe.

J'ai demandé à *Marin* ſi je pouvais vous faire tenir par lui le ſix et ſeptième volume des rogatons alphabétiques, que je vous prie de mettre dans vôtre bibliothéque, ſans avoir l'ennui de les lire; il ne m'a pas répondu. Je vous les envoie par madame *le*

*Gendre*, sœur de M. *Hénin* notre réfident. Cela fera nombre parmi vos livres ; ce n'eft qu'un hommage que je mets à vos pieds.

Il paraît un ouvrage très-curieux et très-bien fait, intitulé l'*Hiftoire critique de Jéfus-Chrift*. Il n'eft pas difficile d'en avoir des exemplaires à Genève ; mais auffi il n'eft pas aifé d'en faire paffer en France. DIEU me préferve de fervir à répandre cet ouvrage abominable, capable de deffécher toutes les femences de la religion chrétienne dans les confciences les plus timorées ! Je ne l'ai lu qu'avec une fainte horreur, et en fefant des fignes de croix à chaque ligne.

Il paraît encore deux autres petits livres qui font des canons de douze livres de balle, tandis que l'*Hiftoire critique* eft une pièce de vingt-quatre. L'un eft l'*Examen des prophéties*, et l'autre l'*Efprit du judaïfme*. On nous en fait craindre encore plufieurs autres de mois en mois. *Belzébuth* ne fe laffe point de perfécuter les fidelles. Nous touchons aux derniers temps, fans doute.

L'expulfion des jéfuites annonce la fin du monde, et nous allons voir inceffamment paraître l'*Antechrift*. Je me prépare pour cette grande révolution, puifque nous en avons déjà vu tant d'autres. En attendant, je vous embraffe le plus tendrement du monde, avec vénération et amour.

# LETTRE LXXIII.

## DE M. D'ALEMBERT.

A Paris, ce 18 de novembre.

JE ne fais, mon cher maître, par quelle fatalité je n'ai reçu que depuis deux jours votre lettre du 19 d'octobre, et le paquet qui y était joint. J'ai lu le beau Discours d'*Anne du Bourg*, qui ne corrigera point les fanatiques, mais qui du moins rendra le fanatisme odieux ; les *Pourquoi* auxquels on ne répondra point, parce qu'il n'y a point de bonne réponse à y faire que de réformer les Velches qui resteront velches encore long-temps ; et la *Méprise d'Arras* qui me paraît bien modestement appelée *méprise*, et qui n'empêchera point que les successeurs de ces assassins, aussi fanatiques, plus ignorans et plus vils, ne fassent souvent des *méprises* pareilles, sans compter tout ce qui nous attend d'ailleurs. Quand je vois tout ce qui se passe dans ce bas monde, je voudrais aller tirer le père éternel par la barbe, et lui dire, comme dans une vieille farce de la passion : *Père éternel, quelle vergogne !* &c. Je suis navré et découragé. Je finirai, et je crois bientôt, par ne plus prendre aucun intérêt à toutes les sottises qui se disent, et à toutes les atrocités qui s'exercent de Pétersbourg à Lisbonne, et par trouver que tout ira bien quand j'aurai bien digéré et bien dormi. Je vous en souhaite autant, mon cher ami. Je fais du genre-humain deux parts, l'opprimante et l'opprimée ; je hais l'une et je méprise l'autre.

Que ne fuis-je au coin de votre feu pour épancher mon cœur dans le vôtre ! je fuis bien sûr que nous ferions d'accord fur tous les points.

· Il y a ici un abbé *du Vernet*, bon diable, zélé pour la bonne caufe, et votre admirateur enthoufiafte depuis long-temps, qui fe propofe d'élever à votre gloire, non pas une ftatue, comme *Pigal*, mais un monument littéraire, et qui vous a écrit pour cet objet. Il dit que vous l'invitez d'aller à Ferney. Je vous demande vos bontés pour lui, et j'efpère que vous l'en trouverez digne.

C'eft famedi prochain 23 que nous donnerons un fucceffeur à ce prince dont le nom a fi ftérilement chargé notre lifte. Je ne vous réponds pas que nous ayons un bon poëte ; nous en aurions un et même deux fi j'en étais cru ; mais je tâcherai du moins que nous ayons un homme de lettres honnête, et qui prenne intérêt à la caufe commune. C'eft à peu-près tout ce que nous pouvons faire dans les circonftances préfentes, et vous penferiez de même, fi vous voyiez de près l'état des chofes. Adieu, mon cher et illuftre maître ; je vous embraffe tendrement.

1771.

# LETTRE LXXIV.

## *DE M. DE VOLTAIRE.*

27 de novembre.

Mon cher philofophe, je vous envoie ce rogaton qui fort de la preffe. Il y a quelques articles qui pourront vous amufer. Vous n'avez pas été content de *Memnius*, car vous n'en dites mot. Il me paraît clair pourtant qu'il y a dans la nature une intelligence : et par les imperfections et les misères de cette nature, il me paraît que cette intelligence eft bornée : mais la mienne eft fi prodigieufement bornée, qu'elle craint toujours de ne favoir ce qu'elle dit ; elle refpecte infiniment la vôtre ; elle gémit comme vous fur bien des chofes ; elle vous eft tendrement attachée. *V.*

# LETTRE LXXV.

## DE M. D'ALEMBERT.

A Paris, ce 6 de mars.

I L y a un siècle, mon cher maître, que je ne vous ai rien dit. Je vous fais fort occupé, et je respecte votre temps, à condition que vous vous souviendrez toujours que vous avez en moi l'admirateur le plus constant, et l'ami le plus dévoué.

Vous ignorez peut-être qu'un polisson, nommé *Clément*, va de porte en porte lisant une mauvaise satire contre vous. Je ne l'ai point lue, quoiqu'on assure qu'elle est imprimée. On dit, et je le crois de reste, qu'elle ne vaut la peine ni d'être imprimée ni d'être lue. On ajoute que la plupart de vos amis y font maltraités; mais on ajoute encore, et on assure même que le grand prôneur de la pièce, le grand protecteur de l'auteur, est M. l'abbé de *Mably* qui mène M. *Clément* sur le poing de porte en porte, et qui le présente à toutes ses connaissances. Ce M. l'abbé de *Mably* est frère de l'abbé de *Condillac*, dont il n'a sûrement pas pris les conseils en cette occasion. La haine que ce protecteur de *Clément* affiche contre les philosophes est d'autant plus étrange, qu'assurément personne n'a plus affiché que lui, et dans ses discours et dans ses ouvrages, les maximes anti-religieuses et anti-despotiques qu'on reproche à tort ou à droit à la plupart de ceux que *Clément* attaque dans sa rapsodie. Voilà, mon cher confrère, ce qu'il est bon que

—— vous fachiez ; car enfin il eft bon de ne pas ignorer
1772. à qui l'on a affaire.

Je n'ajouterai rien à ce détail, finon que la littérature eft dans un état pire que jamais ; que je deviens
prefque imbécille de découragement et de triftefle ;
mais que cet imbécille vous aimera et vous admirera
toujours.

Adieu, mon cher ami ; je vous embraffe et vous
recommande les poliffons et leurs protecteurs.

## LETTRE LXXVI.

### DE M. DE VOLTAIRE.

12 de mars.

Mon très-cher philofophe, je conçois par votre
lettre, et par ce qu'on m'écrit d'ailleurs, que la
littérature et la philofophie font comme nos finances,
un peu fur le côté. Notre gouvernement a befoin
d'économie, et les philofophes de patience. C'était
dans ce temps-ci qu'il vous fallait voyager. Pour moi,
dans tous les temps il faut que je refte dans ma
retraite ; ma fanté s'affaiblit tous les jours. Il n'y a
pas d'apparence que je vienne vous faire une vifite à
Paris, et j'en fuis bien fâché.

Je n'ai point vu la *Clémentine* ; M. de *la Harpe*
m'en parle, M. de *Chabanon* auffi, et ils n'en difent
pas plus de bien que vous. S'il y a de bons vers, j'en
ferai mon profit ; car j'aime toujours les bons vers,
tout vieux que je fuis : mais on prétend que l'ouvrage
eft très-ennuyeux ; c'eft un grand mal. Une fatire doit

être piquante et gaie. J'ai peur que ce *Clément* ne foit un petit pédant, fort vain, fort fot, fort étourdi, de fort mauvaife humeur. Il fe flatte qu'à force d'aboyer contre d'honnêtes gens il fera entendu à la cour, et qu'il obtiendra une penfion, comme le favetier *Nuttelet* en eut une du clergé, pour avoir infulté des janféniftes dans la rue.

M. de *Condorcet* m'a parlé d'une tragédie des Druides, qui eft, dit-on, l'abolition de l'ancienne prêtraille. Il dit que la pièce eft philofophique ; c'eft peut-être pour cela qu'on ne la joue point. Il y a deux chofes que je voudrais voir à Paris, vous et l'opéra de Caftor et Pollux ; mais il faut que je renonce à tous les plaifirs.

Madame *Denis* et moi, nous vous embraffons, nous vous regrettons, nous vous aimons très-tendrement.

J'ai arrangé avec *Gabriel Cramer* la petite affaire avec l'enchanteur *Merlin*.

A l'égard de fes tomes de mélanges, il faut que vous fachiez que ce font bêtifes de typographie, tours de libraire, menfonges imprimés. Il a plu à *Gabriel* de débiter, fans me confulter, tous les rogatons qu'il a trouvés fous mon nom dans les *Mercures* et dans les feuilles de *Fréron*. Il en a même farci fon édition in-4°. Je l'ai grondé terriblement, il n'en a fait que rire ; il dit que cela fe vend toujours, que cela s'achète par les fots pendant un certain temps, qu'enfuite cela fe vend quatre fous et demi la livre aux épiciers, et qu'il y a peu à perdre pour lui. Je fuis une efpèce d'agonifant qui voit vendre fa garde-robe avant d'avoir rendu le dernier foûpir. Bonfoir ; mon agonie eft votre très-humble fervante.

## LETTRE LXXVII.

### *DE M. D'ALEMBERT.*

x de juillet.

„ J'EN appelle aux étrangers qui ont pouſſé les
„ hauts cris, qui ont répété, après des français, *que nous*
„ *étions une nation frivole qui ſavait rouèr et ne ſavait pas*
„ *combattre.* Qui a donné le plus grand ſcandale, ou un
„ enfant indiſcret, ou des juges qui le font périr dans
„ les plus affreux ſupplices ? La mort de l'infortuné
„ chevalier de *la Barre* eſt un bien plus grand crime
„ que celle de *Calas.* Au moins dans celle-ci, un juge
„ peut alléguer d'avoir été ſéduit par des préſomptions
„ et par le cri public; dans celle-là, c'eſt une indécence
„ punie comme le prétendu parricide de Toulouſe.

„ Obſcurs fanatiques, qui du fond de vos tanières,
„ où vous rongez les os et ſucez le ſang des ſages,
„ apprenez à l'univers que vous êtes les colonnes des
„ mœurs et du culte ; phraſeurs mitrés ou ſans mitres,
„ avec un capuchon ou ſans capuchon, quand ceſſerez-
„ vous de faire des homélies ſur là charité, pour
„ apprendre que c'eſt au ſavant d'inſtruire et non pas
„ au bourreau ? „

Voilà, mon cher philoſophe, ce qui a été prononcé
à Caſſel, le 8 d'avril, en préſence de monſieur le
landgrave, de ſix princes de l'Empire, et de la plus
nombreuſe aſſemblée, par un profeſſeur en hiſtoire, que
j'ai donné à monſeigneur le landgrave. J'eſpère qu'il
ne lui arrivera pas la même choſe qu'à l'abbé *Audra.*

On peut chez vous faire pendre des philosophes, mais la philosophie subsistera toujours.

*Virtutem videant, intabescantque relictam.*

M. *Marmontel* vous a-t-il montré les Systêmes? quel profane a si cruellement estropié les Cabales?

C'était un bizarre effet de la destinée qui préside au petit comme au grand, qu'on travaillât en même temps, à Paris et à Ferney, au sujet des Druides, sous des noms différens, et qu'on fît les mêmes difficultés à ces deux ouvrages.

Il faut que les Français écrivent, et que l'étranger les imprime.

Le parti est pris d'écraser les lettres.

Tenez-vous bien. Adieu, *Platon;* vivez chez vos barbares.

## LETTRE LXXVIII.

### DE M. DE VOLTAIRE.

13 de juillet.

MON très-cher ami, mon très-illustre philosophe, madame de *Saint-Julien*, qui veut bien se charger de ma lettre, me fournit la consolation et la liberté de vous écrire comme je pense.

Vous sentez combien j'ai dû être affligé et indigné de l'aventure des deux académiciens. Vous m'apprenez que celui qui devait être le soutien le plus intrépide

—— de l'académie en a voulu être le perfécuteur. Le
1772. préfent et le paffé me font une égale peine : je ne vois
que cabales, petiteffes et méchanceté. Je bénis tous
les jours les caufes fecondes ou premières qui me
retiennent dans la retraite. Il eft plus doux de faire
fes moiffons que de faire des tracafferies ; mais ma
folitude ne m'empêchera pas d'être toujours uni avec
les gens de bien, c'eft-à-dire avec vos amis, à qui
je vous fupplie de me bien recommander.

Votre *chût* eft fort bon ; mais il n'eft pas mal
d'ordonner, de la part de DIEU, à tous ceux qui voudraient être perfécuteurs, de rire et de fe tenir tranquilles.

Je vois qu'en effet on cherche à perfécuter tous les
gens de lettres, excepté peut-être quelques charlatans
heureux, et quelques faquins fans aucun mérite.
Il faut un terrible fonds de philofophie pour être
infenfible à tout cela ; mais vous favez qu'ainfi va le
monde.

Ce qui fe paffe dans le Nord n'eft pas plus agréable.
Votre Danemarck a fourni une fcène qui fait lever
les épaules et qui fait frémir. J'aime encore mieux
être français que danois, fuédois, polonais, ruffe,
pruffien ou turc ; mais je veux être français folitaire,
français éloigné de Paris, français fuiffe et libre.

Je m'intéreffe beaucoup à l'étrange procès de M. de
*Morangiés*. Mes premières liaifons ont été avec fa
famille. Je le crois exceffivement imprudent. Je penfe
qu'il a voulu emprunter de l'argent très-mal à propos,
et au hafard de ne point payer ; que dans l'ivreffe de fes
illufions et d'une conduite affez mauvaife, il a figné des
billets avant de recevoir l'argent. C'eft une abfurdité ;

mais toute cette affaire eſt abſurde comme bien d'autres.
Si vous voyez M. de *Rochefort*, je vous prie de lui dire
qu'il me faut beaucoup plus d'éclairciſſemens qu'on
ne m'en a donné. Les avocats ſe donnent tant de
démentis, les faits qui devaient être éclaircis le ſont
ſi peu, les raiſons plauſibles que chaque partie allégue
ſont tellement accompagnées de mauvaiſes raiſons,
qu'on eſt tenté de laiſſer tout là. Un traité de métaphyſique n'eſt pas plus obſcur : et j'aime autant les diſputes
de *Mallebranche* et d'*Arnaud*, que la querelle de *du
Jonquay*. C'eſt par-tout le cas de dire : *Tradidit mun-
dum diſputationi eorum.*

J'en reviens toujours à conclure qu'il faut cultiver
ſon jardin, et que *Candide* n'eut raiſon que ſur la fin
de ſa vie. Pour vous, il me paraît que vous avez
raiſon dans la force de votre âge. Portez-vous bien,
mon cher philoſophe ; c'eſt-là le grand point. Je m'affaiblis beaucoup ; et, ſi je ſuis quelquefois *Jean* qui
pleure et qui rit, j'ai bien peur d'être *Jean* qui radote ;
mais je ſuis ſurement *Jean* qui vous aime.

# LETTRE LXXIX.

## DE M. DE VOLTAIRE.

4 de septembre.

JE voudrais, mon très-cher et très-grand philosophe, qu'on donnât rarement des prix, afin qu'ils fussent plus forts et plus mérités. Je voudrais que l'académie fût toujours libre, afin qu'il y eût quelque chose de libre en France. Je voudrais que son secrétaire fût mieux renté, afin qu'il y eût justice dans ce monde.

Je voudrais .... je m'arrête dans le fort de mes je voudrais, je ne finirais point. Je voudrais seulement avoir la consolation de vous revoir avant que de mourir.

On m'a parlé des *Maximes du droit public français*. On m'a dit que cela est fort ; mais cela est-il fort bon ? et avons-nous un droit public, nous autres Velches ? il me semble que la nation ne s'assemble qu'au parterre. Si elle jugeait aussi mal dans les états généraux que dans le tripot de la comédie, on n'a pas mal fait d'abolir ces états. Je ne m'intéresse à aucune assemblée publique, qu'à celles de l'académie, puisque vous y parlez. On vous a cousu la moitié de la bouche ; mais ce qui vous en reste est si bon qu'on vous entendra toujours avec le plus grand plaisir.

Nous attendons une histoire détaillée de l'aventure du Danemarck ; on la dit très-curieuse ; on prétend même qu'elle est vraie : en ce cas, ce sera la première de cette espèce.

Le

1772.

Le roi de Pruffe me mande qu'il m'envoie un fervice de porcelaine; vous verrez qu'elle fe caffera en chemin. Il jouira bientôt de fa Pruffe polonaife; en digèrera-t-il mieux? en dormira-t-il mieux? en vivra-t-il plus long-temps?

J'ai à vous dire pour nouvelle que nous nous moquons ici de la foudre; que les conducteurs, les anti-tonnerres deviennent à la mode comme les dragées de *Keifer*. Si *Nicolas Boileau* avait vécu de notre temps, il n'aurait pas dit fi crûment :

Je crois l'ame immortelle, et que c'eft Dieu qui tonne.

Vivez *memor noftrî;* je fuis à vous paffionnément.

## LETTRE LXXX.

### *DE M. DE VOLTAIRE.*

16 de feptembre.

Mon cher philofophe, ce fiècle-ci ne vous paraît-il pas celui des révolutions, à commencer par les jéfuites, et à finir par la Suède, et peut-être à ne point finir? Voici une révolution qui m'arrive à moi. Vous avez fans doute entendu parler d'un abbé *Pinzo*, qui a écrit, ou laiffé écrire fous fon nom, une lettre à la *Jean-Jacques*, prodigieufement folle et infolente. On a imprimé cette lettre; l'imprimeur s'eft fervi de mon orthographe; les fots l'ont crue de moi, et un fripon l'a envoyée au pape: voilà où j'en fuis avec fa fainteté. Elle eft infaillible, mais je ne fais fi c'eft en fait de goût, et s'il démêlera que ce n'eſt pas là mon ſtyle.

Mandez-moi, je vous prie, ce que c'eſt que cet abbé *Pinzo*; et, au nom du grand Etre dont *Ganganelli* eſt le vicaire, *da mi conſiglio*.

Nous avons ici *le Kain*; il enchante tout Genève. Il a joué dans Adélaïde du Guesclin; il jouera *Mahomet* et *Ninias*, après quoi je vous le renverrai.

Voici mon petit remercîment au remercîment de M. *Vatelet*.

Je vous embraſſe de toutes mes forces.

# LETTRE LXXXI.

## *DE M. DE VOLTAIRE.*

### 13 de novembre.

Mon cher et grand philoſophe, mon véritable ami, j'ai reçu, par une voie détournée, une lettre que je n'ai pas cru d'abord être de vous, parce que voici la ſaiſon où je perds la vue ſelon mon uſage. Je ne ſavais pas d'ailleurs que vous fuſſiez l'ami de madame *Geoffrin*; je vous en félicite tous deux : mais mettez un D dorénavant au bas de vos lettres, car il y a quelques écritures qui reſſemblent un peu à la vôtre, et qui pourraient me tromper. Il eſt vrai que perſonne ne vous reſſemble; mais n'importe, mettez toujours un D.

Pour vous ſatisfaire ſur votre lettre, vous et madame *Geoffrin*, il faut d'abord vous dire que je brochai,

il y a un an, les Lois de Minos, que vous verrez siffler
inceſſamment. Dans ces Lois de Minos, le roi *Teucer* 1772.
dit au ſénateur *Mérione :*

Il faut changer de lois, il faut avoir un maître.

Le ſénateur lui répond :

Je vous offre mon bras, mes tréſors et mon ſang ;
Mais ſi vous abuſez de ce ſuprême rang,
Pour fouler à vos pieds les lois de la patrie,
Je la défends, Seigneur, au péril de ma vie, &c.

C'était le roi de Pologne qui devait jouer ce rôle
de *Teucer,* et il ſe trouve que c'eſt le roi de Suède
qui l'a joué.

Quoi qu'il arrive, je me trouve d'accord avec
madame *Geoffrin* dans ſon attachement pour le roi
de Pologne, et dans ſon eſtime pour M. le comte
d'*Heſſenſtein ;* mais je l'avertis que *Mérione* n'eſt qu'un
petit fanatique, et qu'il n'a pas la nobleſſe d'ame de
ſon ſuédois. J'admire *Guſtave III,* et j'aime ſurtout
paſſionnément ſa renonciation ſolennelle au pouvoir
arbitraire ; je n'eſtime pas moins la conduite noble et
les ſentimens de M. le comte d'*Heſſenſtein.* Le roi de
Suède lui a rendu juſtice ; la bonne compagnie de
Paris et les Velches même la lui rendront. Pour moi,
je commence par la lui rendre très-hardiment.

Je vous envoie, mon cher ami, l'épître à *Horace ;*
cette copie eſt un peu griffonnée, mais c'eſt la plus
correcte de toutes. Je deviens plus inſolent à meſure
que j'avance en âge. La canaille dira que je ſuis un
malin vieillard.

I 2

*André Ganganelli* a heureusement assez d'esprit pour ne point croire que la lettre de l'abbé *Pinzo* soit de moi ; un sot pape l'aurait cru et m'aurait excommunié. On ne connaît point cet abbé *Pinzo* à Rome. C'est apparemment quelque aventurier qui aura pris ce nom, et qui aura forgé cette aventure pour attraper de l'argent aux philosophes. Il m'a passé quelquefois de pareils croquans par les mains.

Le roi de Prusse vient de m'envoyer un service de porcelaine de Berlin, qui est fort au-dessus de la porcelaine de Saxe et de Sève ; je crois que Dantzick en payera la façon.

Adieu ; vous verrez un beau tapage le jour des Lois de Minos. Il y a encore des gens qui croient que c'est l'ancien parlement qu'on joue. Il faut laisser dire le monde. Les *Fréron* et les *la Beaumelle* auront beau jeu.

Bonsoir ; madame *Denis* vous fait les plus tendres complimens. Faites les miens, je vous prie, à M. le marquis de *Condorcet* ; et surtout dites à madame *Geoffrin* combien je lui suis attaché.

## LETTRE LXXXII.

### *DE M. DE VOLTAIRE.*

8 de décembre.

J'AI penſé, mon cher ami, qu'il faut un ſucceſſeur à *Thiriot* auprès du roi de Pruſſe. Je ſuppoſe que le prophète *Grimm* eſt déjà en fonction; mais ſi cela n'était pas, ſi ce grand prophète était employé ailleurs, il me ſemble que cette petite place conviendrait fort à frère *la Harpe*, et que le roi de Pruſſe ferait bien content d'avoir un correſpondant littéraire, auſſi rempli de goût et d'eſprit. Je crois que perſonne n'eſt plus en état que vous de lui procurer cette place; et ſi la choſe eſt praticable, vous y avez déjà ſongé. J'en ai écrit un petit mot au roi.

Voudriez-vous bien me mander où l'on en eſt ſur cette petite affaire.

Vous ſouvenez-vous d'un nommé d'*Etallonde*, fils de je ne ſais quel préſident d'Abbeville, à qui on devait pieuſement arracher la langue, couper la main droite, et appliquer tous les agrémens de la queſtion ordinaire et extraordinaire; après quoi, il devait être brûlé à petit feu, conjointement avec le chevalier de *la Barre*, petit-fils d'un lieutenant général des armées du roi; le tout pour avoir chanté une chanſon gaillarde, et n'avoir pas ôté ſon chapeau devant une proceſſion de capucins velches? Le roi de Pruſſe vient de donner une compagnie à ce petit d'*Etallonde*,

1772.

auquel il avait donné une lieutenance à l'âge de dix-
sept ans, âge auquel le sénateur *Pasquier* et d'autres
sages et doux sénateurs l'avaient condamné à la petite
réparation publique que d'*Etallonde* esquiva, et qui
fut prescrite au chevalier de *la Barre*, pour l'édification des fidelles.

Adieu, mon cher philosophe; je vous aime inu-
tilement, car je ne suis bon à rien dans ce monde;
mais je vous aime de tout mon cœur.

Madame *Denis* a été très-malade, et moi je le suis
toujours.

# LETTRE LXXXIII.

## DE M. D'ALEMBERT.

A Paris, ce 26 de décembre.

OUI, oui, assurément, mon cher et illustre ami,
je ferai lire à tout le monde, sans néanmoins en laisser prendre de copies, la charmante lettre que le roi de
Prusse vous a écrite. Cette lettre fait honneur, d'abord
au prince qui fait écrire ainsi, ensuite à vous qui n'en
avez pas trop besoin, et enfin aux lettres et à la philosophie, qui ont besoin de cette consolation, dans
l'état d'oppression où elles gémissent. Vous ne sauriez
croire à quelle fureur l'inquisition est portée. Les
commis à la douane des pensées, se disant *censeurs
royaux*, retranchent, des livres qu'on a la bonté de leur
soumettre, les mots de *superstition*, de *tyrannie*, de
*tolérance*, de *persécution*, et même de *Saint-Barthelemi*;

car foyez fûr qu'on voudrait en faire une de nous
tous.

Voilà les cuiftres de l'univerfité qui viennent
de fonner un nouveau tocfin. Dirigés par le recteur
*Cogépecus* qui eft à leur tête, ils viennent de propofer
pour le fujet d'éloquence latine qu'ils propofent tous
les ans pour prix à tous les autres cuiftres du royaume :
*Non magis* DEO *quàm regibus infenfa eft ifta quæ vocatur
hodie philofophia.* Admirez néanmoins avec quelle bêtife
cette belle queftion eft énoncée ; car ce beau latin,
traduit littéralement, veut dire que *la philofophie
n'eft pas plus ennemie de* DIEU *que des rois;* ce qui
fignifie, en bon français, qu'elle n'eft ennemie ni des
uns ni des autres. Voyez avec quel jugement ces
marauds favent rendre ce qu'ils veulent dire. Il me
femble que ce ferait bien le cas de répondre à leur
belle queftion, non en latin, mais en bel et bon
français, pour être lu par tout le monde. Il faudrait
que l'auteur fît femblant d'entendre l'affertion de ces
cuiftres dans le fens très-vrai et très-naturel qu'elle
préfente, mais qu'ils n'avaient pas intention d'y
donner.

Que de bonnes chofes à dire pour prouver que
la philofophie n'eft ennemie ni de DIEU ni des rois !
et quels coups de foudre on peut lancer à cette occafion fur fes ennemis, en rappelant les *Damiens*, les
*Ravaillac*, les *Alexandre VI*, et tous les monftres qui
leur ont reffemblé ! Ce ferait à vous, mon cher maître,
plus qu'à perfonne, à rendre ce fervice aux frères
perfécutés.

Vous ignorez vraifemblablement tous les libelles
dont on infecte la littérature, contre vous et vos amis.

I 4

——— Vous ignorez que *Cogépecus* a préfenté à l'archevêque
1772. de Paris, à l'archevêque de Rheims, et à *tutti quanti*,
comme un défenfeur précieux à la religion, un petit
gueux nommé *Sabatier*, venu de Caftres avec des
fabots, que j'ai chaffé de chez moi comme un laquais,
parce qu'il imprimait des impertinences contre ce que
nous avons de plus eftimable dans la littérature.

Ce petit maraud, en arrivant à Paris, eft entré, en
qualité de décrotteur bel efprit, chez un comte de
*Lautrec* qui avait des procès, écrivait lui-même fes
mémoires, et les donnait à *Sabatier* à mettre en français. Le comte de *Lautrec* s'aperçut que fa partie
adverfe était inftruite de fes moyens avant que fes
mémoires paruffent. Il alla chez fon avocat et fon
procureur qu'il traita de fripons. L'avocat et le procureur fe défendirent avec l'air et la force de l'innocence, et firent fi bien qu'ils découvrirent une lettre
de *Sabatier* aux gens d'affaires de la partie adverfe.
Le comte de *Lautrec* inftruit, fit venir *Sabatier*, lui
montra fa lettre, lui donna cent coups de bâton,
le chaffa de chez lui, en lui enjoignant néanmoins
de venir le lendemain, fous peine de nouveaux
coups de bâton, le remercier en préfence de fon
avocat et de fon procureur, qui feraient préfens, et
qui, par fa friponnerie, avaient été expofés à un
foupçon qu'ils ne méritaient pas ; et cela fut fait.
Voilà, mon cher ami, les canailles qu'on protége ;
ce n'eft pas de ces canailles, qui ne méritent que le
mépris, c'eft de leurs protecteurs qu'il faudrait faire
juftice.

Il faut que je vous dife encore un trait de *Cogépecus*.
Il y a déjà quelque temps qu'il alla trouver *Larcher*,

ayant à la main un livre où vous les avez attaqués
et bafoués tous deux, et excitant *Larcher* à se joindre
à lui pour demander vengeance. *Larcher* qui vous a
contredit sur je ne sais quelle sottise d'*Hérodote*, mais
qui au fond est un galant homme, tolérant, modéré,
modeste, et vrai philosophe dans ses sentimens et
dans sa conduite, du moins si j'en crois des amis
communs qui le connaissent et l'estiment ; *Larcher*
donc le pria de lire l'article qui les regardait, le
trouva fort plaisant, écrit avec beaucoup de grâces
et de sel, et lui dit qu'il se garderait bien de s'en
plaindre.

1772.

# LETTRE LXXXIV.

## *DE M. DE VOLTAIRE.*

1 de janvier.

M on cher et digne soutien de la raison expirante,
je pourrais vous dire : Si vous voulez voir un beau tour,
faites-le ; mais vous êtes nécessaire à la bonne cause,
vous êtes dans la fleur de l'âge, vous êtes secrétaire
de quarante gens pleins d'esprit ; je suis inutile, je
suis sur le bord de ma fosse, je n'ai rien à risquer ;
je ferai très-volontiers le chat qui tirera les marons du
feu. Le *non magis* m'a tant fait rire, tout malingre
que je suis, que je n'en ai pu dormir de la nuit, et
que j'ai passé les premières vingt-quatre heures de
l'année 1773, à me brûler la patte, en tirant vos
marons.

1773.

Tout ce que je crains, c'est que les pauvres diables ne se doutent de leur sottise, et ne changent leur *non magis* en *non minus*, ce qui rendrait ma nuit blanche absolument inutile.

Mandez-moi, je vous prie, tout ce que vous savez sur ces belles choses, et tout ce qui peut ranimer ma vieillesse ; car j'ai résolu de me moquer des gens jusqu'à mon dernier soupir. Je suis volontiers comme *Arlequin* condamné à la mort, à qui le juge demanda de quel genre de mort il voulait périr ? il choisit fort sensément de mourir de rire.

N'oubliez pas le charmant *Savatier*. Dites-moi, si vous le savez, le nom du procureur et de l'avocat ; car, après tout, il s'agit du salut de la république, et il ne faut rien négliger.

Vous ne me parlez point des Lois de Minos que M. de *Rochefort* doit vous avoir prêtées à vous seul. Je vous avertis, en honnête conjuré, que si ces Lois sont sifflées, les pattes du chat sont coupées. Je n'aurai point le prix de l'université, et la bonne cause ira à tous les diables.

On m'a envoyé un livre de maître *Pompignan*, évêque du Puy en Velay, contre le théisme, le déisme, l'athéisme et le janfénisme : cela m'a paru parfait en son genre. C'est, ou je me trompe fort, un chef-d'œuvre de bavarderie et de bêtise. DIEU nous conserve ce cher homme !

Vous ne m'avez point répondu sur la correspondance de *Luc*.

Adieu, mon très-cher ami ; mes respects à *Laurent* et à *Tartufe*, mais mille sincères et tendres amitiés à tous vos amis.

## LETTRE LXXXV.

### *DE M. DE VOLTAIRE.*

4 de janvier.

J'AI découvert, mon cher ami, que l'auteur du difcours pour les prix de l'univerfité s'appelle *Belleguier*, ancien avocat dans je ne fais plus quelle claffe du parlement. Son ftyle m'a paru médiocre, mais tous les faits qu'il rapporte font fi vrais et fi inconteftables, que je tremble pour lui.

Souvenez vous dans l'occafion de l'avocat *Belleguier*, et ne vous moquez pas trop de l'univerfité, de peur qu'elle ne fe rétracte.

La belle *Catau* m'a envoyé copie de la lettre qu'elle vous a répondue. J'aurais voulu qu'elle y eût joint la vôtre, Vous voyez qu'elle eft une bonne philofophe, et qu'elle eft bien loin d'envoyer en Sibérie des étourdis de velches qui font venus faire le coup de piftolet pour l'honneur des dames, dans un pays dont ils n'avaient nulle idée. Vous verrez qu'elle finira par les faire venir à fa cour, et par leur donner des fêtes, à moins qu'on n'envoye encore des nouveaux *Don-Quichotes* pour conquérir l'aimable royaume de Pologne. Pour moi, j'imagine que tout fe traitera paifiblement d'un bout de l'Europe à l'autre, et même qu'on payera nos rentes.

Je fuppofe que je dois une réponfe à M. de *Condorcet*, il ne figne point, et je prends quelquefois fon écriture pour une autre. Cette méprife même m'eft arrivée avec vous, mon cher philofophe. Je crois qu'il faudrait avoir l'attention de mettre au bas de ce qu'on écrit la première lettre de fon nom, ou quelque autre monogramme pour le foulagement de ceux qui ont mal aux yeux comme moi. Par exemple je figne *Raton*, et *Raton* aime *Bertrand* de tout fon cœur.

## LETTRE LXXXVI.

### DE M. DE VOLTAIRE.

#### Du 9 de janvier.

*R*AT0N tire les marons pour *Bertrand*, du meilleur de fon cœur ; il prie DIEU feulement qu'il n'ait que les pattes de brûlées. Il compte que, vous et M. de *Condorcet*, vous ferez taire les malins qui pourraient jeter des foupçons fur *Raton*; cela eft férieux au moins.

J'ai deux grâces à vous demander, mon cher et grand philofophe; la première, eft de vouloir bien me faire envoyer fur le champ, et fous l'enveloppe de *Marin*, ou fous quelque autre contre-feing, la differtation de M. de *la Harpe* fur *Racine*, qu'on dit un chef-d'œuvre.

La feconde, c'eft de me dire comment fe nommait le curé de Frefnes. Il y a une fameufe prière à DIEU d'un curé de Frefnes, du temps de M. d'*Aguesfeau*. Ce bon prêtre parle à DIEU, avec effufion de cœur, de la tolérance qu'on doit à toutes les religions, et qu'elles fe doivent toutes les unes aux autres, attendu qu'elles font tout-à-fait ridicules ; mais pénétré de l'amour de DIEU et des hommes, il chérit DIEU autant que *Damilaville* le haïffait. J'ai fon manufcrit, il eft cordial. Je voudrais favoir le nom de ce philo-fophe tondu.

M. le chevalier de *Châtellux*, qui devait être naturel-lement le feigneur de ce curé, fera *ma félicité*, s'il veut bien vous dire tout ce qu'il fait fur cet honnête pafteur. Rendez-moi donc ces deux bons offices qui preffent, et le tout pour le maintien de la bonne caufe. *Raton* embraffe *Bertrand* de tout fon cœur, et lui eft bien attaché pour le refte de fa fichue vie.

# LETTRE LXXXVII.

## DE M. D'ALEMBERT.

A Paris, ce 9 de janvier.

JE me hâte, mon cher maître, de vous tirer d'in-quiétude au fujet du plaifant *non magis*. N'ayez pas peur que ces cuiftres y changent rien ; ils prétendent même qu'il eft beaucoup plus latin de dire *non magis* DEO *quàm regibus*, &c., que *non minùs regibus quàm* DEO, &c. : c'eft-à-dire apparemment, felon cette canaille, que rien n'eft plus latin que de dire tout le contraire de ce qu'on veut dire. Ils ont mieux fait; ils ont figné eux-mêmes leur ineptie, en marquant bêtement la crainte qu'ils avaient qu'on ne les entendît à rebours. *Cogépecus* a écrit lui-même de fa main au-deffous de la propofition latine, dans le programme imprimé, cette traduction : *La prétendue philofophie* de nos jours n'eſt pas moins ennemie du trône que de l'autel, et j'ai ſous les yeux un de ces programmes. Voilà une caſcade de ſottiſes qui donnera beau jeu aux rieurs, et que je recommande à votre bonne humeur et à vos nuits blanches à force de rire. Tâchez pourtant, tout en riant, de dormir un peu.

J'ignore le nom du procureur et de l'avocat témoins des coups de bâton donnés au charmant *Savatier*.

Au reſte, la rapſodie de ce poliſſon n'eſt pas ſon ouvrage ; il n'eſt là que comme le bouc émiſſaire pour recevoir toutes les naſardes qu'on voudra lui donner. Cette infamie eſt l'ouvrage d'une *ſociété*, et dans le ſens le plus exact ; car je ſuis bien informé que les jéſuites y ont la plus grande part.

A propos de ces marauds-là, qui, par paren-thèſe, vont être détruits malgré la belle défenſe que fait *Ganganelli* pour les conſerver, vous ai-je dit ce que le roi de Pruſſe me mande dans une lettre du 8 de décembre : *J'ai reçu un ambaſſadeur du général des ignatiens, qui me preſſe pour me déclarer ouvertement le protecteur de cet ordre. Je lui ai répondu que, lorſque Louis XV avait jugé à propos de ſupprimer le régiment de Fitz-james, je n'avais pas cru devoir intercéder pour ce corps, et que le pape était bien le maître de faire chez lui telle réforme qu'il jugeait à propos, ſans que les héréti-ques s'en mêlaſſent.* J'ai donné copie de cet endroit de la lettre aux miniſtres de Naples et d'Eſpagne, qui partagent notre tendreſſe pour les jéſuites, et qui ont envoyé cet extrait à leurs cours *reſpectives*, comme dit la *Gazette d'Hollande*. J'eſpère que le roi d'Eſpagne en augmentera d'amour pour la ſociété, et que cette

petite circonſtance ſervira , comme dit *Tacite* , à ⸺
*impellere ruentes.* 1773.

Je n'ai point vu cette vilenie du Puy en Velay,
dont vous me parlez ; mais ce qui vous étonnera ,
c'eſt que dans le *Mandement* que l'archevêque de
Paris vient de donner au ſujet de l'incendie de
l'hôtel-Dieu , il n'y a pas un mot contre les philoſophes. Le prélat dit ſeulement que ce ſont *nos
crimes* qui ſont cauſe de ce malheur. Il n'en ordonne
pas moins des prières pour remercier DIEU de ce
qu'il n'y a eu que trois ou quatre cents de ces malheureux qui aient été brûlés. Je m'imagine que DIEU
répondra *qu'il n'y a pas de quoi.* Mais ce qui vaut
mieux que le *Mandement* , c'eſt qu'on va établir
dans le dioceſe une fête qui ſe célébrera tous les
ans , ſous le titre du *Triomphe de la foi* , et dans
laquelle il y aura un ſermon de fondation contre
les philoſophes , où on leur promet bien de les
dépeindre chacun en particulier , de manière qu'il
n'y aura que leur nom à ajouter au bas du portrait.
Je diſais l'autre jour à l'académie françaiſe , en préſence de *Tartuſe* et de *Laurent : Je ſuis bien étonné
que monſieur l'archevêque n'ait pas dit , dans ſon Mandement , que c'étaient les philoſophes qui avaient mis le feu
à l'hôtel-Dieu ; pendant qu'on eſt en train de bien dire ,
qu'eſt-ce que cela coûte ? d'autant plus* , ajoutais-je , *que
ces éloquentes ſorties ſont devenues ſtyle de notaire :* et
les philoſophes riaient , et *Tartuſe* et *Laurent* ne
diſaient mot.

Le roi de Pruſſe ne veut plus de correſpondant
littéraire , c'eſt du moins ce qu'il m'a mandé ; il
eſt trop dégoûté de nos rapſodies , et il a raiſon.

—— Je lui avais proposé M. *Suard*, avant que *la Harpe*
1773. y eût fongé, ou que vous y euffiez fongé pour lui.
N'êtes-vous pas enchanté de l'*Eloge* de *Racine* ? —

J'ai lu les Lois de Minos ; le fujet eft beau,
mais je crains pour le cinquième acte, et je trouve
de la langueur dans le fecond et une partie du
troifième ; je crains d'ailleurs que les amateurs de
l'ancien parlement, qui ne valait pourtant guère
mieux que le moderne, ne trouvent dans cette
pièce, dès le premier acte, et même dès les premiers
vers, des chofes qui leur déplairont ; et que l'auteur,
en fe mettant à la merci des fots, ne les ait pas
affez ménagés. Voilà mon avis qui, peut-être, n'a
pas le fens commun, mais que je donne bien pour
ce qu'il eft. Adieu, mon cher maître ; le ciel vous
tienne en joie ! Je vous embraffe et vous aime de
tout mon cœur ; tous nos amis en font autant.

LETTRE

# LETTRE LXXXVIII.

## DE M. D'ALEMBERT.

A Paris, ce 12 de janvier.

ENCORE une lettre, direz-vous, mon cher maître! oui vraiment, et c'est pour vous divertir d'une idée qui m'a passé par la tête. Je me suis avisé, après en avoir conféré avec quelques-uns de nos *frères* de l'académie, de proposer à l'assemblée de samedi dernier, 11 du mois, d'envoyer à monsieur l'archevêque de Paris 1200 livres, au nom de la compagnie, pour les pauvres de l'hôtel-Dieu. J'ai dit que je ne proposais pas une plus grande somme, parce qu'il fallait de toute nécessité qu'elle fût répartie également entre les quarante, et que plusieurs de nous n'étaient pas assez riches pour donner plus de trente livres. La proposition, comme vous croyez bien, a été unanimement acceptée : cependant *Laurent Batteux* aurait été récalcitrant, s'il l'avait osé ; mais il a dit que, pour faire cette aumône, il *se retrancherait de son nécessaire*. Vous noterez qu'il n'a que huit à neuf mille livres de rente, tout au moins. Les dévots de l'académie auraient bien voulu que cette idée ne fût pas venue à un philosophe encyclopédiste et damné comme moi ; mais enfin il faudra qu'ils l'avouent, et j'ai fait dire à monsieur l'archevêque, en lui envoyant, le lendemain dimanche, les douze cents livres, que c'était moi qui en avais fait la propofition. Il s'habillait, dans ce moment, pour aller à Saint-Roch dire la meffe de cette belle fête inftituée contre les philofophes ; et j'avais recommandé à mon commiffionnaire, qui eft intelligent, d'aller trouver monfieur l'archevêque dans la facriftie de Saint-Roch, s'il n'était pas chez lui, et de lui donner, dans cette facriftie même, l'argent des philofophes pour les pauvres ; dans le temps où il s'habillait pour les exorcifer.

Vous voyez par ce détail, mon cher maître, que votre contingent eft de trente livres ; vous me le ferez remettre quand vous voudrez ; j'ai écrit à tous les abfens. *Pompignan* fe fera peut-être prier ; mais laiffez-moi faire, il payera, ou il verra beau jeu. Le roi et l'archevêque feront très-exactement inftruits de tous ceux qui ne payeront pas. J'en fais mon affaire. Peut-être ne feriez-vous pas mal, mais je laiffe ceci à votre prudence, d'envoyer dix ou quinze louis, plus ou moins, à monfieur l'archevêque, indépendamment des trente livres qu'il faut me remettre. En ce cas, chargez-moi de les envoyer, je vous réponds que votre commiffion fera bien faite, et que les pierres même la fauront.

On vient de jouer un plaifant tour à *Cogépecus* et aux cuiftres fes confors, dans l'*Avant-coureur*. On a traduit littéralement fa belle propofition latine... *La philofophie....n'eft pas plus ennemie de* DIEU *que des rois*, et on ajoute que *ce fujet lui-même eft très-philofophique.* Je fais qu'on fe prépare à fe moquer de lui dans d'autres journaux, fans compter peut-être ce qui lui viendra d'ailleurs.

Le comte d'*Heffenftein*, pénétré de reconnaiffance

pour vous, a écrit à madame *Geoffrin* pour la prier
de faire inférer, dans le *Mercure* et dans le *Journal*
*encyclopédique*, l'un et l'autre fort lus dans le Nord,
l'extrait de la lettre que vous m'avez écrite à fon
fujet. J'ai répondu que je n'en ferais rien fans votre
aveu : ainfi réponfe à ce fujet, fi vous le voulez bien.
Pour que vous n'achetiez pas chat en poche , voici
ce que vous m'avez mandé , et que je ferais imprimer, fi vous le trouvez bon.

,, Je me trouve d'accord avec madame de \*\*\*
,, ( madame *Geoffrin* ) dans fon attachement pour le
,, roi de Pologne , et dans fon eftime pour M. le
,, comte d'*Heffenftein*...... J'admire *Guftave III* , et
,, j'aime furtout paffionnément fa renonciation
,, folennelle au pouvoir arbitraire : je n'eftime pas
,, moins la conduite noble et les fentimens de
,, M. le comte d'*Heffenftein*. Le roi de Suède lui a
,, rendu juftice ; la bonne compagnie de Paris , et
,, les Velches même la lui rendront : pour moi, je
,, commence par la lui rendre très-hardiment. ,,

Adieu , mon cher maître ; je vous embraffe de
tout mon cœur. Je travaille à la continuation de
l'*Hiftoire de l'académie française*. Il y eft fouvent
queftion de vous , et vous pouvez vous en rap-
porter à moi. *Vale*. Mes refpects à madame *Denis*;
j'efpère que fa fanté fera meilleure.

## LETTRE LXXXIX.

### DE M. DE VOLTAIRE.

15 de janvier.

Raton convient que *Bertrand* a raifon par fa lettre du 9 de janvier. *Bertrand* a mis le doigt fur la plaie ; mais il faut qu'il fache qu'on a retranché à *Raton* deux fcènes affez intéreffantes, auxquelles il a été obligé de fubftituer des longueurs. On ne fera jamais rien de paffable, et le commerce de l'efprit ira toujours en décadence, quand les commis à la phrafe retourneront vos poches à la douane des penfées.

C'eft dommage ; car le fujet était heureux, et il a donné lieu à des notes qui feront dreffer les cheveux à la tête des honnêtes gens, à moins qu'ils ne foient chauves.

M. *Belleguier* m'a écrit que vous auriez reçu fon difcours pour les prix de l'univerfité, il y a plus de huit jours, fi fes typographes n'avaient pas été fort inquiétés à Montpellier où fa drôlerie s'imprime. Ce M. *Belleguier* n'eft point plaifant, ou du moins il n'a pas cru que l'on dût plaifanter dans cette affaire. Il eft quelquefois un peu ironique ; mais il prouve tout ce qu'il dit par des faits authentiques auxquels il n'y a pas le petit mot à répondre. Je ne crois pas qu'il ait le prix, car ce n'eft pas la vérité qui le donne. La pauvre diableffe eft toujours au fond de fon puits, où elle crie : *Croyez cela et buvez de l'eau.*

Oui, vous m'avez dit, mon cher et grand philosophe, ce que *Luc* vous mandait au sujet des révérends pères, et vous m'aviez inftruit du bon ufage que vous aviez fait de fa lettre ; mais vous ne m'avez point parlé de celle de *Catau*.

C'eft une chofe infame que je n'aye pas lu l'*Eloge de Racine* ; je m'en fuis plaint à vous. Cet ouvrage m'était abfolument néceffaire ; il eft ridicule qu'on ne me l'ait point envoyé. Ce ferait une bien bonne affaire fi les Crétois pouvaient avoir une efpèce de petit fuccès, malgré la rigueur des temps et la dureté des commis. Je vous réponds que cela ferait du bien à la bonne caufe, vu les chofes utiles dont cette poliffonnerie eft accompagnée. DIEU veuille avoir pitié de nos bonnes intentions ! Je me recommande à lui ; je ne cefferai de le fervir en efprit et en vérité, jufqu'au dernier moment de ma pauvre vie ; mais je me recommande à vous davantage.

Je vous trouve bien hardi de m'écrire par la pofte en droiture. Eft-ce que vous ne favez pas que toutes les lettres font ouvertes, et qu'on connaît votre écriture comme votre ftyle ? que n'envoyez-vous vos lettres à *Marin* ? il les ferait paffer fous un contre-feing que la pofte refpecte.

Mille complimens à M. de *Condorcet* et à vos autres amis. Si jamais on me prend pour monfieur *Belleguier*, il eft de néceffité abfolue que vous rejetiez bien loin cette horrible méprife, et furtout que vous tâchiez de ne point rire.

Je vous embraffe bien tendrement.

*Raton.*

K 3

# LETTRE XC.

## *DE M. D'ALEMBERT.*

A Paris, ce 18 de janvier.

J'AI entendu parler, mon cher maître, de cet avocat *Belleguier ;* on m'a dit que c'eft un jeune homme qui promet beaucoup ; il a même écrit je ne fais quoi dans l'affaire des *Calas*, qui a fait plus de bien, dit-on, à la caufe de cette malheureufe famille, que toutes les bavardes déclamations des avocats *Loyfeau* et *Beaumont*, que DIEU faffe taire.

Encore une fois, n'ayez pas peur que l'univerfité fe rétracte. Je ne doute point que nous ne voyons ( ou voyions ) inceffamment, dans les feuilles d'*Aliboron*, une belle diatribe pour prouver qu'on ne pouvait pas dire en meilleur latin, que *la philofo-phie n'eft pas moins ennemie du trône que de l'autel.* Vous aurez vu, fans doute, le numéro 3 de la *Gazette litté-raire des Deux-Ponts* de cette année, où l'on traduit en bon français le beau latin de cette canaille, et où l'on félicite un corps auffi fage et auffi refpectable que l'univerfité de rendre un fi éclatant hommage à la philofophie, tandis que des pédans, des hypo-crites et des imbécilles déclament contre elle. Cet article a été lu famedi en pleine académie, en pré-fence de *Tartufe* et de *Laurent*, qui n'ont dit mot, tandis que tout le refte applaudiffait ; et j'ai conclu, après la lecture, que ce n'était pas le tout d'être fanatique, qu'il fallait tâcher encore de n'être pas

1773.

ridicule. Quoi qu'il en foit, j'attends avec impatience le plaidoyer de l'avocat *Belleguier*. Il me paraît qu'il a beau jeu pour prouver fa thèfe. Pour moi, fi j'avais l'honneur d'être fur les bancs, voici comme je plaiderais, en deux petits fyllogifmes, la caufe de la philofophie. 1°. Les deux plus grands ennemis de la divinité font la fuperftition et le fanatifme; or, les philofophes font les plus grands ennemis du fanatifme et de la fuperftition; donc, &c.

2°. Les plus grands ennemis des rois font ceux qui les affaffinent, et *poi* ceux qui les dépofent ou les veulent dépofer; or, *eft-il que Ravaillac*, *Grégoire VII* et confors, affaffins et *dépofeurs* ou *dépofiteurs* de rois, n'étaient brin philofophes, *ergo*, &c. Voilà les marons que *Bertrand* voit fous la cendre, et qui lui paraiffent très-bons à croquer; mais il a la patte trop lourde pour les tirer délicatement. Vous voyez bien qu'il eft néceffaire que *Raton* vienne au fecours de *Bertrand*; mais je puis bien vous répondre que *Bertrand* ne mangera pas les marons tout feul, et qu'il en laiffera même la meilleure part à *Raton*, pour fa peine de les avoir fi bien tirés.

Vous voyez que ce pauvre *Bertrand* n'eft pas heureux. Il avait demandé à la belle *Catau* de rendre la liberté à cinq ou fix pauvres étourdis de velches; il l'en avait conjurée au nom de la philofophie; il avait fait, au nom de cette malheureufe philofophie, le plus éloquent plaidoyer que de mémoire de finge on ait jamais fait; et *Catau* fait femblant de ne pas l'entendre; elle efquive la requête; elle répond que ces pauvres velches, dont on demandait la liberté, ne font pas fi malheureux qu'on l'a cru. Ne dites pourtant mot, d'ici à fix femaines, de la réponfe de *Catau;* car *Bertrand* ne s'en eft pas vanté, il ne l'a montrée à perfonne. Il a récrit une feconde lettre, le plus éloquent ouvrage qui foit jamais forti de la tête de *Bertrand;* il attend impatiemment l'effet de ce nouveau plaidoyer, et ne défefpère pas même du fuccès. *Raton* devrait bien fe joindre à *Bertrand*, et repréfenter à la belle *Catau* combien il ferait digne d'elle de donner cette confolation à la philofophie perfécutée : ce ferait un beau *poft-fcriptum* à ajouter au plaidoyer de l'avocat *Belleguier.*

Il eft inconcevable que vous n'ayez pas reçu l'*Eloge de Racine;* il y a plus de quinze jours que l'auteur vous l'a envoyé par *Marin.* Samedi dernier, fur mes repréfentations, il en a fait partir un nouveau par la même voie ; j'efpère que vous l'aurez enfin, et vous le trouverez tel qu'on vous l'a dit, très-beau. Le chevalier de *Châtellux* n'a jamais entendu parler de ce curé de Frefnes; mais il ira aux informations, et promptement, et vous en rendra compte lui-même, et fera charmé d'avoir ce prétexte pour vous écrire.

Savez-vous que l'archevêque de Paris n'a pas ofé aller officier à cette belle fête du *Triomphe de la foi?* Il s'habillait, dit-on, pour y aller; je ne fais qui eft venu lui dire qu'il fefait une fottife, et il a envoyé dire qu'il ne viendrait pas, au curé de Saint-Roch, qui en tombera malade.

*Bertrand.*

# LETTRE XCI.

## DE M. DE VOLTAIRE.

18 de janvier.

On ne peut faire une aumône de cinquante louis plus plaisamment; on ne peut se moquer d'un sot avec plus de noblesse. Ce trait, mon cher ami, figurera fort bien dans l'*Histoire de l'académie*, qui sera moins minutieuse que celle de *Pélisson*, et qui ne sera pas pédante comme celle de d'*Olivet*.

Je me garderai bien de rien offrir, en mon propre et privé nom, à *Christophe;* il me dirait : Que ton argent périsse avec toi! alors il jouerait le beau rôle, et j'en ferais pour mon ridicule.

En relisant ma lettre sur M. le comte de *Hessenstein*, je ne vois rien qui en doive empêcher l'impression. Nous verrons si le cuistre de sorbonne, qu'on a donné pour censeur aux journaux, sera plus difficile que moi. Je vous remercie de votre attention et de votre délicatesse sur ce petit point.

Je ne connais point cet *Avant-coureur ;* j'ignore quelle est la belle ame qui a si bien traduit le latin de *Cogépecus*.

L'avocat *Belleguier* est toujours persuadé qu'il aura un accessit le grand jour de la distribution des prix de l'université. Il voudrait vous avoir déjà confié son ouvrage; mais sûrement la semaine où nous entrons ne se passera pas sans qu'on vous en envoye quelques exemplaires, et vous en aurez de poste en

1773.

pofte : vous les pourrez faire circuler par l'homme intelligent qui fait fi bien les commiffions à la facriftie de Saint-Roch.

J'ai fait ce que j'ai pu auprès de M. *Belleguier*, pour l'engager à être un peu plus plaifant, et à moins tourner le poignard dans la plaie ; mais il n'eft pas poffible de donner de la gaieté et de la légéreté à un vieil avocat ; ces gens-là aiment trop l'ithos et le pathos. J'ai peur que ce M. *Belleguier* ne fe faffe des affaires ; mais je m'en lave les mains.

Que DIEU vous tienne en joie !

*Raton.*

# LETTRE XCII.

## DE M. DE VOLTAIRE.

25 de janvier.

OUI, mon illuftre *Bertrand*, j'ai lu l'annonce qui fe trouve dans la *Gazette littéraire des Deux - Ponts*, par M. de *Fontanelle*. Jamais M. de *Fontenelle* n'aurait ofé en dire autant. La diatribe de l'avocat *Belleguier* ne pourra partir, à ce qu'il m'a mandé, que mercredi prochain, 27 du mois. Ce pauvre avocat tremble ; il a les meilleures intentions du monde ; il n'a dit que la vérité, et c'eft pour cela même qu'il tremble. Il dit qu'il vous en enverra d'abord un petit nombre d'exemplaires pour fonder le terrain.

Il avait autrefois une adreffe pour M. de *Condorcet*, mais il ne s'en fouvient pas exactement ; il craint les fauffes démarches, il eft fur les épines ; il met fon fort entre vos mains.

Je fuis perfuadé que, s'il s'était agi d'autres prifonniers, *Catau* aurait fait fur le champ tout ce que vous auriez voulu ; mais elle prétendait , et avec très-grande raifon , ce me femble, qu'un homme fupérieur en dignité, qui peut-être n'eft pas philofophe , la prévînt fur cette affaire par quelque honnêteté : il ne l'a pas fait, et cela eft piquant. Si vous venez à bout d'obtenir ce que cet homme fupérieur n'a pas ofé demander , ce fera le plus beau triomphe de votre vie. J'attends la réponfe que vous fera *Catau*, avec la plus grande impatience.

Je ne fais pas précifément ce que c'eft que la fête du *Triomphe de la foi;* mais, en qualité de bon chrétien , ne pourriez-vous point nous faire favoir en quoi confifte cette fête, et quelle victime on y immole? Faites-moi favoir furtout comment ce pauvre avocat peut faire adreffer un paquet à M. de *Condorcet.*

Le pauvre *Raton*, qui eft très-malade , fe recommande à votre amitié.

*N. B.* Il n'eft pas encore bien sûr que M. *Belleguier* puiffe envoyer fa diatribe le 27, à caufe des petits troubles qui règnent encore dans la ville ; mais qu'elle fe mette en route le 27 ou le 29, il n'importe. Le grand point eft de foutenir qu'elle vient de *Belleguier* et non pas de *Raton.*

# LETTRE XCIII.

## DE M. D'ALEMBERT.

A Paris , ce 1 de février.

J'ATTENDS, mon cher maître, avec impatience, la diatribe de *Raton-Belleguier*, et je vous assure que *Bertrand* sent déjà de loin l'odeur des marons, et qu'il a bien envie, non-seulement de les croquer, mais de les faire croquer à tous les *Bertrands* et *Ratons* ses confrères.

*Bertrand-Condorcet* demeure rue de Louis-le-grand, vis-à-vis la rue d'Antin. Vous pouvez compter sur son zèle. Vous recevrez, dans le courant du mois, un ouvrage de sa façon, qui, je crois, ne vous déplaira pas. Ce sont les éloges des académiciens des sciences, morts avant le commencement du siècle, et que *Fontenelle* avait laissés à faire. Vous y trouverez, si je ne me trompe, beaucoup de savoir, de philosophie et de goût. J'espère que, si notre académie des sciences a le sens commun , elle le prendra pour secrétaire ; car il nous en faudra bientôt un autre.

*Bertrand* attend, avec impatience, la réponse de *Catau* ; mais il craint bien qu'elle ne soit plus polie que favorable. Il a peur que la philosophie ne soit dans le cas de dire des rois ce que le pêcheur de Zadig dit des poissons : *Ils se moquent de moi comme les hommes, je ne prends rien.* A tout événement, il vous informera sur le champ de ce qu'il aura pris ou manqué. Oh!

fi *Raton* voulait encore ici donner un coup de patte,
pour tirer du feu ces marons ruffes, *Bertrand* ne
douterait pas du fuccès; mais fi *Raton* ne fait pas
encore ce plaifir à *Bertrand*, j'ai bien peur que *Catau*
ne permette pas à *Bertrand* de tirer les marons tout
feul.

Tout ce que je puis vous dire fur cette belle fête
du *Triomphe de la foi*, c'eft qu'elle doit être célébrée
tous les ans à Saint-Roch, le dimanche dans l'octave
des Rois; que l'office en eft imprimé; qu'il eft plein,
comme vous le croyez bien, d'imprécations contre
les philofophes à fix fous la pièce; que les hymnes,
profe et autres rapfodies, font d'un petit cuiftre
ignoré du collége Mazarin, nommé *Charbonnet*; qu'il
y a pourtant une de ces hymnes dont l'auteur eft un
abbé *Pavé*, oncle de madame de *Rochefort*, et que je
croyais, fur ce qu'elle m'en a dit, à cent lieues du
fanatifme. Comme elle eft à Verfailles avec fon mari,
je ne puis favoir fi elle eft au fait; car j'ai peine à
croire qu'elle eût fouffert cette fottife, fi elle en eût
été confidente. Au refte, il eft certain que l'archevêque, bien confeillé, a refufé d'officier à cette belle
fête qui a été, par ce moyen, très-peu brillante et
nombreufe. Comme on comptait fur lui pour la meffe,
et que tous les prêtres du quartier avaient mangé
leur Dieu de bonne heure, on a été obligé de prendre
un curé de village qui paffait dans la rue, et qui heureufement s'eft trouvé à jeun. Le prédicateur, qui eft
un carme nommé le père *Villars*, a clabaudé beaucoup
l'après midi contre les philofophes; mais les clabau-
deries ont été *vox clamantis in deferto*.

Toutes réflexions faites, je trouve que *Raton* fait

fort bien de garder l'argent que *Bertrand* lui propofait de donner ; c'eft bien affez de tirer les marons,
fans les payer encore. Il en coûte à *Bertrand* vingt
écus, pour l'honneur qu'il a d'être de deux académies ; et il trouve que c'eft payer des marons d'Inde
tout ce qu'ils valent. Il ne lui refte plus qu'à embraffer
bien tendrement *Raton*, en l'exhortant beaucoup à
ne faire patte de velours que pour les *Bertrands*, et à
montrer la griffe et les dents aux chiens galeux, et
même aux chiens du grand collier.

On dit que vous réimprimez le Commentaire de
*Corneille* fort augmenté. Vous ferez bien. Je ne trouve
de tort que de n'en avoir pas affez dit. Les pièces de
*Corneille* me paraiffent de belles églifes gothiques.
*Vale et ama tuum Bertrand.*

## LETTRE XCIV.

### DE M. DE VOLTAIRE.

1 de février.

VOUS favez, mon cher *Bertrand*, la déconvenue
arrivée à *Raton*. Un fripon du tripot de la comédie
françaife, a vendu à un fripon de la librairie, nommé
*Valade*, une partie des lois et conftitutions de
*Minos*, et y a joint une autre partie de la façon de
quelque bonne ame fa complice. On débite cette
rapfodie hardiment fous mon nom : ainfi on vole les
comédiens, et on me rend ridicule. C'eft affurément
le plus petit malheur qui puiffe arriver ; cependant
je vous prie de dire à vos amis que je ne fuis pas

tout-à-fait auffi impertinent que *Valade* le prétend.
Il n'y aura que *Fréron* qui gagnera à tout cela; il
vendra cinq ou fix cents de fes feuilles de plus. J'ai
demandé juftice à M. de *Sartine* contre ce brigandage ; mais je n'ai pas l'honneur de le connaître,
et l'on fait toujours mal fes affaires de cent trente
lieues loin ; mais je compte fur la juftice que vous
et vos amis me rendront.

La littérature eft devenue un bois de voleurs ;
cela eft digne du fiècle. Soutenez ce malheureux
fiècle tant que vous pourrez, et aimez-moi.

*Raton.*

1773.

## LETTRE XCV.

### DE M. D'ALEMBERT.

4 de février.

*RATON-BELLEGUIER*, eft un faint homme de
chat, et le premier chat du monde pour tirer les
marons du feu fans fe brûler trop les pattes. Ces
marons ont été reçus, et *Bertrand* les a diftribués à
tous les *Bertrands* fes confrères, dignes de les manger.
Tous penfent unanimement que *Raton* a rendu un
précieux fervice à la caufe commune des *Bertrands*
et des *Ratons* : mais que *Raton* n'a rien à craindre
pour fes pattes, et qu'il n'y a pas de quoi *fouetter un
chat* dans la petite efpiéglerie qu'il vient de faire.
Les pauvres *rats d'églife* pourront être un peu mécontens, mais cette fois-ci, ils n'oferont pas trop fortir
de leurs trous ; il n'y aurait que des coups à gagner
pour eux.

**1773.** Pour remercier *Raton* de ses bons marons, *Bertrand* ne lui renvoie que des marons d'Inde. Il est impatient de savoir comment *Catau* aura trouvé le dernier maron du 31 décembre. *Raton* devrait bien écrire à *Catau* que ce maron est meilleur à manger qu'elle ne croit, et que si elle y fesait honneur, tous les *Ratons* et les *Bertrands* feraient pour elle des tours et des gambades. *Bertrand* et ses confrères embrassent et remercient *Raton-Belleguier* de tout leur cœur.

*N. B. Bertrand* répète à *Raton* que le secret sur les marons d'Inde est nécessaire jusqu'à ce que l'on sache comment les marons d'Inde du 31 décembre auront été accueillis par *Catau*. Il le prévient aussi que personne, excepté *Raton-Belleguier*, n'a de copie de ce qu'il lui envoie, et il prie *Raton* de la garder pour lui seul, mais tout seul.

# LETTRE XCVI.

## *DE M. D'ALEMBERT.*

9 de février.

*B*ERTRAND a reçu successivement, et avec une exactitude édifiante, tous les marons que *Raton* a si délicatement tirés. Tous les *Bertrands* les croquent avec délices, et répètent en les croquant : DIEU *bénisse Raton et ses pattes!* Les marmitons qui avaient enterré les marons, afin de les garder pour eux, voudraient bien étrangler *Raton*; mais *Raton* a tiré les marons si proprement, que les maîtres de la

maison

maison disent que *Raton* a bien fait, et se moquent
des marmitons, qui en feront pour leurs marons et
leurs juremens.

Il est venu à *Bertrand* une idée qu'il croit excellente, et qu'il soumet aux pattes de *Raton*. *Bertrand* a rêvé que je ne sais quelle académie ou université huguenotte du Nord, a proposé pour sujet d'un prix de philosophie, *non minus* D E O *quam regibus infensa est ista quæ vocatur hodiè theologia.* D'après ce programme, voici le nouveau thême que *Raton* pourrait essayer, et que *Bertrand* lui propose en toute humilité.

Première partie du thême. Cette, qu'on nomme aujourd'hui théologie, est ennemie des rois. *Raton* le prouvera, *sans se répéter*, en rappelant les histoires de *Grégoire VII*, d'*Alexandre III*, d'*Innocent IV*, de *Jean XXII* et compagnie. Cet article fera un excellent supplément au premier thême de *Raton*, qui n'a parlé des théologiens, dans sa diatribe, que comme assassins des rois, et qui les présenterait à présent comme voulant les priver de leurs couronnes.

Seconde partie du thême. Cette, qu'on nomme aujourd'hui théologie, est ennemie de D I E U, parce qu'elle en fait un être absurde, atroce, ridicule et odieux. Oh! le beau champ pour *Raton* que cette seconde partie, et les bons marons à tirer et à croquer!

Il ne faudrait pas oublier, si cela se pouvait faire délicatement, de joindre à la première partie un petit appendice ou postscript intéressant, sur le danger qu'il y a pour les Etats et les rois de souffrir que les prêtres fassent dans la nation un corps distingué, et qui ait le privilége de *s'assembler* régulièrement. Il

1773.

—— faudrait faire fentir que la nation françaife eſt la feule qui ait permis cet abus; qu'en Eſpagne, où les évêques font plus riches qu'en France, ils n'ont aucune influence fur les affaires publiques, parce qu'ils ne font point corps et n'ont point d'aſſemblées; et qu'il en eſt de même dans les autres Etats de l'Europe, excepté chez les Velches.

Allons, courage, mon cher *Raton*; je ne fais fi le cœur vous en dit comme à *Bertrand*; mais ce gourmand de *Bertrand* fent déjà de loin l'odeur des marons qui cuifent, comme M. *Guillaume fent qu'on apprête l'oie* que *Patelin* lui a promife.

Cependant, tout en croquant les marons déjà tirés, et tout en encourageant *Raton* à en tirer d'autres, *Bertrand* ferait prefque tenté de le gronder, de ce qu'il fait patte de velours au déteſtable marmiton *Alcibiade*, le vil et l'implacable ennemi des marons, des *Bertrands*, des *Ratons* et du *Raton* même qui ne devrait lui préfenter la patte que pour l'égratigner. Il eſt vrai que le marmiton *Alcibiade* a plus la rage que le pouvoir de nuire, grâce au profond mépris dont il eſt couvert parmi les marmitons même; mais c'eſt une raifon de plus pour que *Raton* ne lui laiſſe pas croire qu'on le craint, et encore moins pour qu'il le flatte. Après tout, *Raton* fert fi bien les *Bertrands*, qu'il faut bien lui pardonner quelques complaifances pour les marmitons; mais les *Bertrands* fe croient obligés d'avertir *Raton* que ces complaifances font en pure perte pour lui, et pour la caufe commune. Sur ce, *Bertrand* embraſſe et remercie *Raton* de tout fon cœur.

## LETTRE XCVII.

### DE M. DE VOLTAIRE.

12 février.

Monsieur *Bertrand* dans un très-éloquent difcours parle de fa tombe ; c'eft de trop bonne heure ; il m'a volé mon fujet, car je fuis attaqué actuellement d'une ftrangurie violente, qui pourrait bien mettre fin à tous mes tours de chat, tandis que vous ferez encore long-temps vos très-beaux tours de finge.

On nous annonce que *Fréron* vient de mourir. C'eft une terrible perte pour les belles lettres et pour la probité. On dit que tous les écrivains des charniers, et *Clément* à la tête, fe difputent cette belle place. Elle n'en était point une, elle l'eft devenue. La méchanceté l'a rendue très-lucrative. J'imagine qu'il ne ferait pas mal qu'on prévînt M. le chancelier : il ne voudra pas déshonorer à ce point la littérature. Je n'ofe lui en écrire, parce que je l'ai déjà importuné au fujet de cette infame édition du libraire *Valade*. Les gens en place n'aiment pas qu'on les fatigue. L'étoile du nord n'eft pas de ce caractère ; vous demandez fi bien et fi noblement, que probablement vous ne ferez pas refufé deux fois.

Vous croyez bien que j'ai vanté à cette étoile la nobleffe de votre ame et de votre procédé : j'avais bien beau jeu ; et vous favez bien encore qu'elle n'a

L 2

—— pas befoin qu'on lui faffe fentir tout ce qu'il y a de grand dans une telle démarche.

*Raton* a un extrême befoin de favoir fi *Bertrand* a reçu trois petits facs de marons, l'un venant de la cuifine de *Marin*, l'autre des officiers de M. d'*Ogny*, et le troifième de la buvette de monfieur le procureur-général. On en fait cuire de nouveaux fous la braife.

Je vous avais demandé fi on pourrait avoir une adreffe fûre pour M. de *Condorcet*, cela était nécef-faire, mais ce qui eft beaucoup plus néceffaire encore c'eft que ce pauvre *Raton* ne foit pas nommé. Vous ne fauriez croire à quel point fes pattes fentent le brûlé. Il eft bien trifte que ces deux bonnes gens ne puiffent fe trouver enfemble, et rire à leur aife du genre-humain.

*Raton.*

# LETTRE XCVIII.

## DE M. DE VOLTAIRE.

19 de février.

*Raton* a donné tout ce qu'il avait de marrons, et on n'en fera plus rôtir que dans une affez grande poêle, où l'on fait cuire, dit-on, des chofes de plus haut goût ; mais *Raton* n'a pas à préfent envie de rire. Il eft attaqué depuis quinze jours d'une ftrangurie avec la fièvre, et tous les ornemens poffibles qui décorent les gens dans cet état. Il eft très-affligé de l'aventure de la lettre lue fi indifcrétement devant mademoifelle *Raucourt*. Il faut rendre juftice. Celui à qui cette malheureufe lettre était écrite, la donnait à lire, ne fe fouvenant plus de ce qu'elle contenait. Quand on fut à cet article fatal du pucelage, il voulut faire arrêter ; mais il n'en était plus temps. Il me le manda lui-même avec candeur. Je lui ai fourni un moyen de réparer fa faute : je ne fais fi la multitude de fes occupations et de fes voyages lui en aura laiffé le temps.

Je fuis bien embarraffé ; c'eft une chofe refpectable qu'un attachement de plus de cinquante années, qui n'a jamais été refroidi un moment. Je lui dédiais même la véritable tragédie des Lois de Minos. Il était fait, fans doute, pour être le foutien des lettres ; fon nom feul, et fa qualité de doyen de l'académie fembaient l'y engager. Que voulez-vous ? il faut prendre

—— fes amis avec leurs défauts. Ce n'eft pas ainfi que je
1773. vous aime.

Bonfoir ; je crois, Dieu me pardonne, que je me
meurs véritablement. Je n'ai pas la force de répondre
à M. de *Condorcet*, mais je fuis enchanté d'une lettre
charmante qu'il m'a écrite.

*Raton couché dans fon trou.*

# LETTRE XCIX.

## DÈ M. D'ALEMBERT.

A Paris, ce 27 de février.

*B*ERTRAND a reçu tous les facs de marons que
*Raton* lui a envoyés ; mais quelque plaifir qu'il ait eu
à les manger, il n'a guère en ce moment plus d'envie
de rire que *Raton*. Cette ftrangurie maudite l'alarme
et l'inquiéte, et elle alarme avec lui tous les *Bertrands*
qui aimeraient bien mieux que *Raton* pifsât, que de
croquer tous les marons du monde. Ils ont beau
bénir la patte de *Raton*, ils ne tiennent rien, fi pendant ce temps *Raton* maudit fa veffie. Ils exhortent,
ils prient, ils conjurent *Raton* de ne plus fonger qu'à
piffer, et de laiffer là les marons dont l'odeur pourrait porter à fa veffie.

*Bertrand* ne fait pas précifément quels font les
auteurs des *Trois fiècles;* mais il eft fûr, et même
évident, en parcourant cette rapfodie, que plus d'un
poliffon y a travaillé, quoi qu'en dife le poliffon qui
a bien voulu barbouiller fon nom de toute l'ordure
des autres. *Bertrand* a entendu nommer *Clément*,

1773.

*Paliſſot*, *Linguet*, l'abbé *Bergier*, *Pompignan*, le jéſuite *Grou*, auteur d'une mauvaiſe traduction de *Platon*, auquel on ajoute beaucoup d'autres jéſuites ſans les nommer.

A l'égard de la lettre ſur mademoiſelle *Raucourt*, il s'en faut bien que l'hiſtoire de la lecture ſoit telle que la vieille poupée l'a mandé *avec candeur à Raton;* mais tant que *Raton* ne piſſera pas, *Bertrand* croirait être cruel de lui ôter ſa vieille poupée, et d'empêcher qu'il ne s'en amuſe, et qu'il ne la coiffe à ſa fantaiſie. C'eſt ſans doute par un juſte jugement de DIEU, que le libraire ou voleur *Valade* a imprimé ces Lois de Minos, pour empêcher qu'elles ne fuſſent dédiées à la vieille poupée de *Raton*, dont il écrivait, il n'y a pas long-temps, *qu'elle avait paſſé ſa vie à lui faire des niches et des careſſes.* Ce qu'il y a de ſûr, c'eſt que l'*Hiſtoire de l'académie* ne ſera pas dédiée à la vieille poupée, et qu'il y ſera fait mention d'elle comme elle le mérite.

*Raton* doit avoir reçu un ouvrage qui l'aura conſolé un moment de toutes les infamies qui aviliſſent la littérature ; ce ſont les éloges des anciens académiciens, par M. de *Condorcet*. Quelqu'un me demandait l'autre jour ce que je penſais de cet ouvrage ; je répondis en écrivant ſur le frontiſpice, *juſtice, juſteſſe, ſavoir, clarté, préciſion, goût, élégance et nobleſſe. Bertrand* ſe flatte que *Raton* aura été de ſon avis ; et ſur ce, il embraſſe tendrement *Raton*, et le conjure de piſſer et de ne faire autre choſe.

On aſſure que *Pompignan* eſt auteur, dans les *Trois ſiècles*, de l'article de *Raton*, que *Bertrand* n'a point lu, et, ce qui eſt plus plaiſant, de ſon propre article à

L 4

1773.

lui *Pompignan. Savatier* l'avait fait , et l'avait montré à *Simon le Franc. Simon le Franc* n'a pas été content , et a pris le parti de s'en charger.

## LETTRE C.

### DE M. DE VOLTAIRE.

1 de mars.

J'AI lu en mourant le petit livre de M. de *Condorcet ;* cela eft auffi bon en fon genre que les éloges de *Fontenelle ;* il y a une philofophie plus noble et plus modefte , quoique hardie. M. de *Condorcet* eft bien digne d'être votre ami. Le fiècle avait befoin de vous deux.

Je vous fupplie de vous efforcer de lire ma réponfe à l'avocat *Lacroix,* dans l'affaire de M. de *Morangiés.* Je me trouve , par une fatalité fingulière, partie au procès. Décidez fi je me fuis défendu en honnête homme et en homme modéré.

Je ferai mort ou guéri quand les Lois de Minos paraîtront. J'ofe croire que vous ne ferez pas mécontent de l'épître dédicatoire et du tour que j'ai pris.

Vous verrez que *Raton* y ronge quelques mailles pour *Bertrand.*

Soyez furtout bien fûr que *Raton* mourra digne de vous.

## LETTRE CI.

*DE M. DE VOLTAIRE.*

27 de mars.

Mon très-aimable *Bertrand* , votre lettre a bien attendri mon vieux cœur , qui pour être vieux n'en eſt pas plus dur. Je ne ſais pas bien poſitivement ſi je ſuis encore en' vie , mais en cas que j'exiſte , c'eſt pour vous aimer.

Le gros *Gabriel Cramer* , pendant ma maladie , a imprimé un petit recueil dans lequel vous trouverez d'abord les Lois de Minos , précédées d'une épître dédicatoire ; et ſi la page 8 de cette épître dédicatoire nè vous plaît pas , je ſerai bien attrapé.

Je ſais d'ailleurs que *Raton* aime *Bertrand* depuis trente ans , et que *Bertrand* pardonnera à une liaiſon de plus de cinquante.

Après la pièce ſont des notes que probablement on ne réimprimera pas dans Paris , tant elles contiennent de vérités. Vous trouverez dans ce recueil là ſeule bonne édition de l'épître à *Horace* , le diſcours de l'avocat *Belleguier* , des réflexions ſur le panégyrique de St *Louis* , prononcé par l'abbé *Mauri* , leſquelles ne ſont pas à l'avantage des croiſades.

Le Philoſophe par *du Marſais* , qui n'a jamais été imprimé juſqu'à préſent , ſe trouve dans ce recueil.

Il y a deux lettres très-importantes de l'impératrice de Ruſſie , ſur les deux puiſſances.

Le principal ornement de cette collection eſt

—— votre dialogue entre *Defcartes* et *Chriftine*. On y a
1773. fourré auffi la lettre du roi de Pruffe , dont l'original
eft confervé dans les archives de l'académie , et dont
*Cramer* prétend qu'on a trouvé une copie dans les
papiers de votre prédéceffeur *Duclos*.

Prefque toutes ces pièces font accompagnées de
remarques , dont quelques-unes font affez curieufes.

J'oubliais de vous dire que , dans l'épître dédicatoire , M. de *la Harpe* eft défigné comme le feul qui
peut foutenir le théâtre français , et qui n'a éprouvé
que perfécutions et injuftices , pour tout encouragement.

Comment m'y prendrai-je pour vous faire parvenir
ce petit paquet de facéties allobroges ? elles font de
contrebande et moi auffi.

Si j'ai encore quelque temps à vivre , je le pafferai
à cultiver mon jardin. Il faut finir comme *Candide* ,
j'ai affez vécu comme lui. Ma grande confolation eft
que vous foutenez l'honneur de nos pauvres Velches,
en quoi vous ferez bien fecondé par M. le marquis
de *Condorcet*.

Adieu , mon philofophe très-cher , et très-néceffaire.
Adieu ; vivez long-temps.

# LETTRE CII.

## DE M. D'ALEMBERT.

A Paris, ce 6 d'avril.

Mon cher et ancien et refpectable ami, j'ai fait part de votre lettre à tous ceux qui en font dignes ; ils en ont baifé les *facrés caractéres*, et fouhaitent de les *baifer long-temps;* et ils efpèrent que la Providence, quoique ce meilleur des mondes poffibles ait fi fouvent à s'en plaindre, ne les fruftrera pas de cette efpérance. Pour moi, elle fait toute ma confolation, et il ne me reftera quelque courage, que tant que les lettres et la philofophie vous conferveront.

J'attends, avec grande impatience, le recueil dont vous me parlez. Vous pourriez me le faire parvenir par une des voies dont vous vous êtes fervi pour m'envoyer les paquets de l'avocat *Belleguier.* Je fuis très-fâché que *Cramer* ait inféré dans cette collection mon dialogue de *Defcartes* et de *Chriftine :* c'eft mal connaître mes intérêts, que de me mettre à côté de vous. Ce qui me confole, c'eft qu'il eft queftion de vous dans ce dialogue ; car je ne fais par quelle fatalité vous vous trouvez toujours au bout de ma plume. Je n'ai prefque point fait d'article, dans mon *Hiftoire de l'académie*, où je n'aye eu occafion foit de parler de vous comme j'en penfe, foit de vous citer en matière de goût. Je ne fais fi cette rapfodie paraîtra jamais ; mais, comme je fuis très-réfolu d'y dire la vérité , fans attaquer d'ailleurs les fottifes reçues, je vous promets qu'elle ne fera pas imprimée en France. C'eft bien affez de me châtrer moi-même à moitié, fans qu'un commis à la douane des penfées vienne me châtrer tout-à-fait.

Je fuis perfuadé , fur votre parole , que je ferai content de la page 8 de votre épître dédicatoire des Lois de Minos. Cette page contient apparemment les confeils dont vous m'avez parlé dans une autre lettre ; mais je vous répondrai, mon cher maître , par un proverbe bien trivial , mais bien vrai , *qu'à laver la tête d'un mort* , ou *d'un maure* , *on y perd fa peine*. Ce que je puis vous affurer , c'eft que l'*Hiftoire de l'académie* , qui ne vaudra pas les Lois de Minos , ne fera pas dédiée à votre *Alcibiade* ou à votre *Childebrand*, comme vous voudrez l'appeler. Je lui pardonnerais , s'il vous payait ou vous obligeait ; mais j'entends dire qu'il ne fait ni l'un ni l'autre.

Je ferai fort aife de voir les deux lettres de l'impératrice de Ruffie fur *les deux puiffances ;* quoiqu'à vous dire le vrai , je me défie d'une lettre *fur les deux puiffances* , écrite par l'une des deux. Chacune veut, comme l'on dit encore , car je fuis en train de citer des maximes triviales , *tirer toute la couverture à foi.* L'intérêt de l'humanité demanderait , à la vérité, que la puiffance fpirituelle fût mife *nue comme la main*, mais il demanderait auffi que la puiffance temporelle ne fût qu'honnêtement vêtue , et non pas affublée de couvertures.

A propos de *Catau* , je n'ai point de réponfe à ma dernière lettre ; je n'en fuis pas trop furpris, car les circonftances ne font pas trop favorables pour obtenir

ce que je demande. Vous devriez bien lui repréfenter
quel fervice elle rendrait à la philofophie et aux lettres,
en ayant égard à mon humble requête. Que dites-
vous de tout ce qui fe paffe dans le Nord? ne croyez-
vous pas que la guerre va s'allumer de plus belle?
et ne trouvez-vous pas étrange que trois ou quatre
êtres, au fond du Nord, décident du malheur de
cinquante ou foixante millions d'hommes qui veulent bien le fouffrir? Ce phénomène-là eft plus difficile
à expliquer que la pefanteur ou le magnétifme.

.. Vous avez bien raifon fur le pauvre *la Harpe*. Il
y a bien long-temps que je lui ai rendu juftice pour
la première fois, et je fuis indigné comme vous des
perfécutions et des injuftices qu'il éprouve; mais la
littérature eft dans la plus déplorable fituation où
elle ait jamais été. Je ne faurais y penfer fans fiel,
et prefque fans fureur. Je vous le répète, mon cher
maître, il ne me reftera de courage que tant que
vous vivrez. Vivez donc long-temps, et aimez-moi
comme je vous aime.

*Bertrand.*

# LETTRE CIII.

## *DE M. DE VOLTAIRE.*

11 d'avril.

J'AI bien des chofes à vous dire, mon cher et vrai philofophe. Je commencerai par les deux puiffances. Figurez-vous que les évêques ruffes ne les connaiffent pas, et qu'ils regardent cette opinion comme la plus grande des héréfies, tandis que, chez vous autres, la couronne elle-même reconnaît les deux puiffances. A l'égard de la puiffance de *Catherine*, je crois qu'elle boude *Bertrand* et *Raton*, car elle ne répond ni à l'un ni à l'autre fur la belle propofition qu'on lui avait faite d'exercer fa puiffance bienfefante. Il faut qu'elle nous ait pris tous deux pour deux velches.

Je viens à votre grand grief. Vous ne connaiffez pas ma fituation. Vous ne favez pas que de bonnes ames, dans le goût de *Clément* et de *Savatier*, ont fait imprimer, fous mon nom, deux gros diables de volumes farcis de toutes les impiétés et de toutes les horreurs poffibles; que la chofe peut aller très-loin, et qu'à mon âge il eft dur d'être obligé de fe juftifier. Les fcélérats ont mêlé leurs propres ordures à des chofes indifférentes qui font en effet de moi; et, par ce mélange affez adroit, ils font croire que tout m'appartient. Cette nouvelle façon de nuire eft mife à la mode depuis quelques années par la canaille de la littérature. C'eft un brigandage affreux, c'eft le comble de l'opprobre. Ces malheureux-là trouvent

de la protection ; il faut bien que j'en cherche auffi. ———
Nommez-moi quelque autre qui puiffe me défendre 1773.
auprès du roi dans de pareilles circonftances ; et fi
je veux faire repréfenter les Lois de Minos, à qui
m'adrefferai-je ? Je me flatte que quand vous aurez
bien pefé les termes, vous ferez content.

Il eft bien plus difficile que vous ne le penfez,
de faire venir aujourd'hui par la pofte des livres
reliés. J'ai grand'peur que mon premier paquet ne
foit actuellement entre les mains du fyndic des
libraires, et de quelque exempt. On ne peut plus
ouvrir fon cœur à fes amis qu'en tremblant. Les
confolations de l'abfence nous font ôtées ; on empoi-
fonne tout ; mais, malgré cette trifte fituation, je vois
qu'on eft beaucoup plus malheureux en Pologne que
chez vous. Pour moi, tout ce que je demande, c'eft
qu'on me laiffe finir ma pauvre carrière fur les bords
de mon lac, au pied du mont Jura. Ma véritable
affliction eft d'être loin de vous. Je vous embraffe
bien tendrement, mon cher ami ; ma fanté eft encore
bien chancelante.

## LETTRE CIV.

### DE M. DE VOLTAIRE.

19 d'avril.

IL faut, mon cher et grand philosophe, que je vous faffe part d'une petite anecdote. Voici ce que la perfonne très-fingulière me mande : *J'ai reçu de lui une feconde et troifième lettre fur le même fujet ; l'éloquence n'y eft pas épargnée : mais que ne plaide-t-il auffi pour les Turcs et pour les Polonais ?... Il eft vrai que les vôtres ne font pas à Paris, mais auffi pourquoi l'ont-ils quitté ?... J'ai envie de répondre que j'ai befoin d'eux pour introduire les belles manières dans mes provinces.*

Je vous prie de me mander fi on vous a écrit en effet fur ce ton. Je fuis perfuadé que, dans toute autre circonftance, on aurait fait ce que vous avez voulu. Votre projet était admirable ; il vous aurait fait un honneur infini, à vous et à la fainte philofophie. Vous voyez bien que ce n'eft pas vous qu'on refufe, et que ce n'eft pas aux philofophes qu'on s'en prend ; au contraire, ce font les ennemis de la philofophie que l'on veut punir de leurs manœuvres. J'avais eu la même idée que vous, il y a long-temps. Je confultai des gens au fait, qui craignirent même de me répondre. Je craindrais auffi de vous écrire, fi la pureté de vos intentions et des miennes ne me raffurait contre le danger que courent aujourd'hui toutes les lettres. On ne verra jamais dans notre commerce que l'amour du bien public, et des fentimens

qui

qui doivent plaire à tous les honnêtes gens. Ce font-
là les vrais marons de *Bertrand* et de *Raton*.

Je vous ai mandé, mon cher et refpectable ami ,
qu'il était très-difficile actuellement de vous faire
parvenir le petit recueil où fe trouve le très-ingénieux
dialogue de *Chriſtine* et de *Defcartes*. On y a mis des
lettres de la perfonne qui veut qu'on enfeigne les
belles manières chez elle. Ces lettres ont alarmé des
gens qui ont de fort mauvaifes manières. Je trouverai
pourtant un moyen de vous faire parvenir ce petit
profcrit; mais fongez que j'ai l'honneur de l'être moi-
même , et de plus très-malade, très-embarraffé, très-
perfécuté, mais vous aimant de tout mon cœur, et
autant que je vous révère.

## LETTRE CV.

### *DE M. D'ALEMBERT.*

A Paris , ce 20 d'avril.

M ON cher et ancien ami, mon cher maître, mon
cher confrère, fi je ne vous ai point écrit depuis quelques femaines, ce n'eft pas faute d'avoir été occupé
de vous, c'eft au contraire parce que je l'étais trop
douloureufement. Je croyais faire bien mon devoir
de vous aimer; mais jamais je n'ai mieux fenti qu'en
ce moment combien vous êtes cher et néceffaire à
mon cœur. J'ai écrit deux lettres à madame *Denis* pour
favoir de vos nouvelles , elle ne m'en a point encore
donné; mais je me flatte qu'elle vous aura bien dit

1773.

—— le tendre intérêt que je prends à votre état. On nous assure que vous êtes beaucoup mieux, mais très-faible; confervez-vous, mon cher maître; ménagez-vous, et fongez que vous ne pouvez faire aux fots et aux fripons un meilleur tour que de vivre, et de vous bien porter. Ne m'écrivez point; quelque chères que me foient vos lettres, elles vous fatigueraient; mais faites-moi donner en détail de vos nouvelles. Tous nos confrères de l'académie, aux *Tartufe* et *Laurent* près, font auffi tendrement occupés que moi de votre fanté et de votre confervation. J'ai reçu votre nouvelle défenfe de M. de *Morangiés*, et je l'ai lue avec plaifir; mais laiffez là tous les *Morangiés* du monde, et portez-vous bien. Dédiez les Lois de Minos à qui vous voudrez, et portez-vous bien.

Vous avez bien raifon dans tout ce que vous me dites de l'ouvrage de M. de *Condorcet* : le fuccès en a été unanime; il y a long-temps que le fot public n'a été fi jufte. L'académie des fciences vient de lui donner l'adjonction et la furvivance à la place de fecrétaire.

Adieu, mon cher et illuftre ami; portez-vous bien, portez-vous bien, portez-vous bien : voilà tout ce que je défire de vous. J'embraffe *Raton* de tout mon cœur.

*Bertrand.*

# LETTRE CVI.

## DE M. D'ALEMBERT.

A Paris, ce 27 d'avril.

Mon cher maître, mon cher ami, je répondrai à ce que vous me mandez de *Catau* :

Seigneur, s'il eſt ainſi, votre faveur eſt vaine.

Je doutais fort, malgré toute l'éloquence de *Bertrand*, qu'il obtînt d'elle la délivrance des rats qui ſe ſont allés jeter, aſſez mal à propos, dans ſa ratière. Les circonſtances ne permettent peut-être pas que *Catau* leur donne la clef des champs, et *Bertrand*, tout philoſophe qu'il eſt, eſt en même temps raiſonnable ; mais *Bertrand* pouvait au moins, et devait même s'attendre à une réponſe honnête et raiſonnable, et non au perſiflage que vous lui tranſcrivez. Voilà une nouvelle note à ajouter à toutes celles que j'ai déjà ſur les *Catau* et compagnie. Je ne ſais de qui la philoſophie a le plus à ſe plaindre en ce moment, ou de ſes vils ennemis, ou de ſes ſoi-diſant protecteurs. Je ſais du moins, et j'apprends tous les jours davantage, et à mon grand regret, qu'elle doit prendre pour ſa deviſe, *ne t'attends qu'à toi ſeule ;* bien entendu que ceux qui la perſiflent n'attendront non plus d'elle que la juſtice et la vérité. Quoi qu'il en ſoit, je déſirerais au moins de la perſonne que vous appelez *ſingulière*, et qui pourrait mériter un plus beau nom ſi elle le voulait, une réponſe *quelconque*,

honnête ou non, philofophique ou *impériale*, grave
fi elle le veut, ou plaifante fi elle le peut ; je la joindrai
à mes deux lettres, et je mettrai au bas ces deux mots
de *Tacite*, *per amicos oppreffi*, qui me paraiffent fi bien
convenir aux malheureux philofophes.

Quant à *Childebrand*, je fouhaite qu'il vous foit
utile, et à cette condition je vous pardonnerais de
l'amadouer, je vous y exhorterais même.

> Qu'importe de quel bras Dieu daigne fe fervir.

Mais j'ai peur que vous n'en foyez pour vos
careffes, et que *Childebrand* ne fe moque de vous. Il eft
trop vil pour ofer élever fa voix, dans le pays du menfonge, en faveur du génie calomnié et perfécuté.

Quoi qu'il en foit, mon cher ami, *ô et præfidium et
dulce decus meum*, j'attends avec impatience le recueil
profcrit que vous m'annoncez du bel efprit génevois ;
j'y verrai la lettre fur les deux puiffances, et je fouhaite d'être convaincu, après cette lecture, que la
puiffance temporelle n'a rien à fe reprocher. *Ainfi
foit-il !* Mais ce que je défire bien davantage, c'eft
de vous favoir en meilleure fanté, et de pouvoir dire
aux ennemis de la philofophie qui me demanderont
de vos nouvelles, *il fe porte trop bien pour vous*. Adieu,
mon cher maître ; confervez-vous et aimez-moi
comme je vous aime.

# LETTRE CVII.

## *DE M. DE VOLTAIRE.*

8 de mai.

Mon très-cher et très-intrépide philofophe, Dieu veuille que cette fois-ci ma petite offrande arrive à votre autel. Il y a trois volumes de rapfodies, l'un pour vous, l'autre pour M. le marquis de *Condorcet*, et un troifième dans lequel M. de *la Harpe* eft intéreffé à la page 10.

Ce qu'il y a de meilleur affurément dans ce recueil que le gros *Cramer* s'eft avifé de faire pendant ma maladie, eft un certain dialogue entre l'illuftre fou de la matière fubtile, et la cruelle folle qui affaffina *Monadelfchi.*

Que vous dirai-je fur une perfonne plus illuftre et qui n'eft point folle ? elle garde fans doute fes reclus dans un pays qui fut grec autrefois, pour en faire un beau préfent aux Velches, quand elle fe fera raccommodée avec eux. Elle a penfé, fans doute, que vous aviez pénétré ce deffein ; et je la crois très-embarraffée à vous faire réponfe, d'autant plus que vous êtes à Paris, et que toutes les lettres font ouvertes.

Vous êtes trop jufte pour être mécontent des confeils honnêtes que je donne vers la page 8. Vous êtes trop éclairé pour ne pas voir dans quel efprit on fit les Lois de Minos, qui n'ont pas, en vérité, coûté plus de huit jours pour le travail, dans le temps qu'on profcrivait les Druides. Le déteftable *Valade* par fa friponnerie, et un autre homme par fes vers encore plus déteftables, ont empêché la promulgation de ces Lois fur le théâtre. On eft expofé à mille contre-temps quand on eft loin de Paris. Je n'avais pas befoin de ces nouvelles anicroches pour être fâché de mourir fans vous embraffer. La vie eft pleine de misères, on le fait bien; mais peu de gens favent qu'une des plus grandes eft de mourir loin de fes amis. Je ne reçois aucune des vifites qu'on me fait, mais j'aurais voulu vous en faire une. Je fuis réduit à vous embraffer de loin, et c'eft avec tous les fentimens que je vous ai voués.

# LETTRE CVIII.

## DE M. D'ALEMBERT.

A Paris, ce 13 de mai, je ne voudrais pas dater du 14.

JE me hâte, mon cher et illuftre ami, de vous faire part d'une nouvelle qui ne peut manquer de vous être agréable. M. le duc d'*Albe*, un des plus grands feigneurs d'Efpagne, homme de beaucoup d'efprit, et le même qui a été ambaffadeur en France, fous le nom de duc d'*Huefcar*, vient de m'envoyer vingt louis pour votre ftatue. La lettre qu'il m'écrit à ce fujet eft pleine des chofes les plus honnêtes pour vous. *Condamné*, me dit-il, *à cultiver en fecret ma raifon, je faifirai avec tranfport cette occafion de donner un témoignage public de ma gratitude et de mon admiration au grand-homme qui le premier m'en a montré le chemin.*

M. le chevalier de *Magallon*, qui eft ici chargé des affaires d'Efpagne, m'a mandé, en m'envoyant la foufcription de M. le duc d'*Albe*, que cet amateur éclairé des lettres et de la philofophie me priait d'être auprès de vous l'interprète de tous fes fentimens. Vous ne feriez pas mal, mon cher maître, d'écrire un mot de remercîment à M. le duc d'*Albe*, à Madrid. Vous pourriez lui parler, dans votre réponfe, d'une traduction efpagnole de *Salluſte*, faite par l'infant don *Gabriel*, que peut-être l'infant vous aura déjà envoyée, et qui eft, à ce que difent les Efpagnols, très-bien écrite. On dit ce jeune prince fort inftruit et paf-fionné pour les lettres. Elles ont grand befoin de trouver quelques princes qui les aiment ; il s'en faut bien que tous penfent ainfi.

Votre *Childebrand* ( car je ne puis me réfoudre à lui donner un autre nom ) n'en agit pas à votre égard comme M. le duc d'*Albe*, qui aurait mieux mérité que lui la dédicace des Lois de Minos. Il a demandé à *le Kain* ( le fait n'eft que trop vrai, et M. d'*Argental* pourra vous l'affurer, fi vous en doutez ) une lifte de douze tragédies, pour être jouées aux fêtes de la cour et à Fontainebleau. *Le Kain* lui a porté cette lifte, dans laquelle il avait mis, comme de raifon, quatre ou cinq de vos pièces, entre autres Rome fauvée et Orefte. *Childebrand* les a effacées toutes, à l'exception de l'Orphelin de la Chine, qu'il a eu la bonté de conferver : mais devinez ce qu'il a mis à la place de Rome fauvée et d'Orefte ; Catilina et Electre de *Crébillon*. Je vous laiffe, mon cher maître, faire vos réflexions fur ce fujet, et je vous invite à dédier à cet *amateur* des lettres votre première tragédie.

1773. ——— Vous voyez qu'il a bien profité des leçons que vous lui avez données. Vous pourrez au moins lui faire vos remercîmens du zèle qu'il témoigne pour vous fervir.

En vérité, mon cher maître, je fuis navré que vous foyez dupe à ce point, et que vous le foyez d'un homme fi vil. Si vous cherchez de l'appui à la cour, vous avez cent perfonnes à choifir, dont la moindre aura plus de crédit et de confidération que lui. Vous vous dégoûteriez de votre confiance, fi vous pouviez voir à quel point il eft méprifé, même de fes valets. C'eft pour l'acquit de ma confcience, et par un effet de mon tendre attachement pour vous, que je crois devoir vous inftruire de ce qui vous inté- reffe, agréable ou fâcheux ; car *intereft cognofci malos.* Plus je relis l'extrait que vous m'avez envoyé de la lettre de Pétersbourg, plus j'en fuis affligé. Il était fi facile à cette perfonne de faire une réponfe honnête, fatisfefante, et flatteufe pour la philofophie, fans fe compromettre en aucune manière, et fans accorder ce qu'on lui demandait, comme j'imagine aifément que les circonftances peuvent l'en empêcher. Je vous aurais, mon cher ami, la plus grande obligation de me procurer cette réponfe que je défire. Vous voyez par vous-même combien la caufe commune en a befoin. Le déchaînement contre la raifon et les lettres eft plus violent que jamais. Faudra-t-il donc que la philofophie dife à la perfonne dont elle fe croyait aimée: *Tu quoque, Brute !* Adieu, mon cher maître ; la plume me tombe des mains, de douleur du mal qu'on lui fait en moi, et d'indignation des trahifons qu'elle éprouve en vous. *Interim tamen vale et nos ama.*

## LETTRE CIX.

### DE M. DE VOLTAIRE.

19 de mai.

S'IL eſt coupable de la petite infamie dont vous me parlez, j'avoue que je ſuis une grande dupe ; mais, vous qui parlez, vous l'auriez été tout comme moi. Si vous ſaviez tout ce qui s'eſt paſſé, vous ſeriez bien étonné. Un jeune homme n'a jamais été trahi plus indignement par ſa maîtreſſe. On dit que c'eſt l'uſage du pays. Comme il y a environ trente ans que j'y ai renoncé, il m'eſt pardonnable d'en avoir oublié la langue. Je devais me ſouvenir que, dans ce jargon, *je vous aime*, ſignifiait *je vous hais*, et que, *je vous ſervirai*, voulait dire poſitivement *je vous perdrai*.

Il ſe peut encore que l'on ait été choqué des conſeils qui, au fond, ne ſont que des reproches.

Il ſe peut auſſi qu'un certain hiſtrion ait fait ce qu'on impute à un autre, car il y a bien des hiſtrions. Quand on eſt à cent lieues de Paris, il eſt difficile de prévoir et de parer les effets des petites cabales, des petites intrigues, des petites méchancetés qu'on y ourdit ſans ceſſe pour s'amuſer.

Le ſeul fruit que je tirerai de ma duperie ſera de n'avoir plus aucune eſpérance ; mais on dit que c'eſt le fort des damnés.

Il faut, mon cher philoſophe, que je me ſois trompé en tout ; car j'ai cru que ces conſeils, aſſez délicatement apprêtés, auraient dû vous plaire, attendu qu'un confeil qui n'a pas été fuivi eft un reproche, et que c'était au fond lui dire à lui-même ce que vous dites de lui.

Je dois vous faire à vous-même un reproche que vous méritez, c'eft que vous traitez de déferteur le martyr de la philofophie. *Bertrand* doit employer *Raton*, mais il ne faut pas qu'il lui morde les doigts.

Au bout du compte, je fuis fenfible, et je vous avouerai que la perfidie dont vous m'inftruifez m'af-flige beaucoup, parce qu'elle tient à des chofes que je fuis obligé de taire, et qui pèfent fur le cœur.

Je m'aperçois que ma lettre eft une énigme ; mais vous en déchiffrerez la plus grande partie. Soyez bien sûr que le mot de l'énigme eft mon fincère attache-ment pour vous, et mon dégoût pour tout ce qui n'eft que vanité, faux air, affectation de protéger, plaifir fecret d'humilier et de nuire, orgueil et mau-vaife foi. Je vois qu'actuellement nous ne devons être contens ni des Efclavons ni des Velches, et qu'il faut fe rejeter du côté des Ibères. J'écrirai donc en Ibérie ; mais ce que j'ai de mieux à faire, c'eft de m'arranger pour l'autre monde, et de ne pas laiffer périr ma colonie, quand il faudra la quitter.

Jugez de toutes mes tribulations par celle que je vais vous confier, qui eft affurément la plus petite de toutes.

Ma colonie avait fourni des montres garnies de diamans pour le mariage de monfieur le dauphin ; elles n'ont point été payées, et cela retombe fur moi. Il me paraît qu'en Efpagne on eft plus généreux. Ce que j'éprouve des beaux meffieurs de Paris, en ce genre, eft inconcevable. Ces beaux meffieurs ont bien

raifon de détefter la philofophie qui les condamne
et qui les méprife.

Adieu; je ne vous dis pas la vingtième partie des
chofes que je voudrais vous dire; mais, encore une
fois, que *Bertrand* ne gronde point *Raton;* que
*Bertrand* au contraire encourage *Raton* à s'endurcir
les pattes fur la cendre chaude; que plufieurs
*Bertrands* et plufieurs *Ratons* faffent un petit bataillon
carré, bien ferré et bien uni.

## LETTRE CX.

### DE M. DE VOLTAIRE.

A Ferney, 20 de mai.

C E que vous m'avez mandé, mon cher ami, eft
très-vrai, et beaucoup plus fort qu'on ne vous
l'avait dit. Ces confeils et ces fouhaits ont été regardés comme une injure. Il vaudrait beaucoup mieux
fe corriger que de fe fâcher. Il arrive fort fouvent
que ce qui devrait faire du bien ne produit que
du mal. Que vous dirai-je, mon cher philofophe?

> Monfieur l'abbé et monfieur fon valet
> Sont faits égaux tous deux comme de cire.

Il n'y a d'autre parti à prendre que celui de cultiver librement les lettres et fon jardin, et furtout
l'amitié d'un cœur auffi bon que le vôtre, et d'un
efprit auffi éclairé.

Je ris des folies des hommes et des miennes.

1773.

A propos de folies, on m'a mandé que la moitié de Paris croyait fermement que, ouï le rapport de M. de *Lalande*, une comète pafferait aujourd'hui, 20 de mai, au bord de notre globule, et le mettrait en miettes. Il y a bien long-temps que les hommes font ce qu'ils peuvent pour le détruire, et ils n'ont pu en venir à bout. Je vous avoue que je foupçonne un peu de ridicule dans l'idée de *Newton*, que la comète de 1680 avait acquis, en paffant à un demi-diamètre du foleil, un embrafement deux mille fois plus fort que celui du fer ardent.

Il me femble d'ailleurs que meffieurs de Paris jugent de toutes chofes comme de la prétendue comète que M. de *Lalande* n'a point annoncée.

Je vous prie, quand vous le verrez, de lui faire mes très-fincères complimens fur le gain de fon procès contre l'ami *Cogé*. Ce *Cogé* n'a pas fait grand bien, à ce que je vois, au *pecus* de l'univerfité.

Je fuis toujours bien malade : j'égaie mes maux par les fottifes du genre-humain. Je vous aime et vous révère.

Mon cher ami, mon cher philofophe, vous n'aviez pas pu foupçonner le motif de cette méchanceté ; mais vous avez fort bien connu le caractère de la perfonne. Vous connaiffez auffi celui de fon maître ; donc il faut cultiver fon jardin et fe taire.

## LETTRE CXI.

### DE M. DE VOLTAIRE.

2 de juin.

JE fuis tenté, mon très-cher philofophe, de croire, avec meffieurs de l'antiquité, qu'il y a des jours, des mois et des années malheureux. Mon étoile eft en effet très-défaftreufe cette année. Je ne fais pas ce que font devenus les quatre exemplaires que je vous annonçais ; mais j'ai reçu un ordre, en forme de confeil, de ne plus en envoyer par la voie que j'avais choifie, et qui feule me reftait.

Mon étoile s'eft encore chargée de la fingulière ingratitude d'un homme de qui je devais attendre de bons offices ; il m'avait tout promis, et vous favez ce qu'il m'a tenu. Vous ne favez pas tout, je ne puis dire tout. Mon étoile eft devenue une comète qui annonce un peu ma deftruction. S'il eft vrai qu'une comète puiffe incendier la terre, je ferai furement un des premiers brûlés.

Le maraud qui s'eft avifé de vous écrire, eft un fripon de normand, formé autrefois par l'abbé *Desfontaines*, autre normand. Je ne fais qui des deux était le plus impudent, je crois pourtant que c'était l'abbé *Desfontaines*, parce qu'il était prêtre. J'ai eu la bêtife de lui faire des aumônes très-confidérables, dont j'ai même les reçus. Il reffemble comme deux gouttes d'eau à *Nonotte*, qui voulait me vendre fon

libelle deux mille écus. Voilà comme la baffe littérature eft faite. Le malheureux dont vous me parlez
vend du baume dans les pays étrangers, et m'arrache de l'argent par toutes fortes de moyens.

Pour les vendeurs ou vendeufes d'orviétan, qui
tantôt vous préviennent, et tantôt font les difficiles,
il eft bien clair qu'ils ne valent pas mieux que nos
fripons fubalternes. Que faire à cela? encore une
fois, fe cacher dans un antre, et cultiver les laitues
qui croiffent dans fon hermitage. Tous ces fléaux
du genre-humain mourront comme nous; c'eft une
petite confolation.

Je n'aime point du tout *Ovide de Ponto*, mais
j'eftime affez *Chéréas*. J'eftime encore plus ceux qui
daignent inftruire les hommes et leur plaire; c'eft
votre lot. Celui de *Raton* eft d'aimer *Bertrand* de tout
fon cœur.

## LETTRE CXII.

### *DE M. DE VOLTAIRE.*

7 de juin.

Il me mande, mon cher ami, que c'eft un mal-
entendu et un menfonge infame, débité par un
hiftrion. Il y a d'ailleurs, dans cette affaire, de petits
fecrets très-intéreffans pour ce pauvre vieillard qui
vous aime de tout fon cœur.

Je vous ai déjà dit que je devais me taire, et je
me tais.

La grande femme eft très-irritée contre certains prifonniers qui ont dit d'elle des chofes affreufes. Ils font courageux , mais ils ne font pas difcrets. Voilà tout ce qu'elle me fait entendre fur cette affaire qui aurait fait un honneur infini à la philofophie et à vous.

Le jugement de ce pauvre *Morangiés* me paraît une de ces contradictions dont le monde eft plein. S'il n'était pas fuborneur de témoins , pourquoi le mettre en prifon ? Si les juges font affez romanefques pour croire qu'il a reçu les cent mille écus , pourquoi ne l'ont-ils pas condamné comme calomniateur, et comme ayant voulu faire pendre ceux dont il a volé l'argent ? Le feu et l'eau , dont les comètes nous menacent , ne font pas plus contradictoires.

Encore une fois , il faut cultiver fon jardin. Ce monde eft un chaos d'abfurdités et d'horreurs , j'en ai des preuves. Je tâche au moins de ne me point contredire dans ma manière de penfer. Soyez fûr que je ne me contredirai jamais dans ma tendre amitié pour vous , et dans ma vénération pour vos grands talens et pour votre caractère ferme et inébranlable.

Mes complimens , je vous en prie , à ceux qui fe fouviennent de moi dans l'académie. J'efpère trouver un moyen d'envoyer des Crétois.

# LETTRE CXIII.

## DE M. DE VOLTAIRE.

16 de juin.

MAIS pourtant, mon cher philosophe, vous m'avouerez que je dois être un peu embarraffé, et que vous ne devez point l'être du tout. Vous conviendrez que je fuis dans une pofition gênante. Je cultive mon jardin, mais le fils de mon maître maçon, devenu évêque, a voulu m'en chaffer. *Jean-Jacques*, décrété de prife de corps, eft tranquille à Paris, en qualité de charlatan étranger, et moi je fuis dans le pays où il devrait être. Quatre ou cinq abbés m'ont maudit dans leurs livres, pour avoir des bénéfices ; et ces malédictions, portées aux oreilles de l'arrière petit-fils d'*Henri IV*, ont été un peu funeftes au chantre d'*Henri IV*. Mes penfions, qu'on ne me paye point, et dont je ne me foucie guère, en font une preuve. J'abrége la kyrielle, pour ne vous pas ennuyer.

Je fupporte affez gaiement toutes ces tribulations attachées à mon métier ; mais je vous avoue qu'il faudrait plus de force que je n'en ai pour être infenfible à la trahifon d'une amitié de plus de cinquante années, dans le temps même qu'on me témoignait la confiance la plus intime. On nie fortement cette trahifon. Je n'ai point le mot de cette énigme. Puis-je faire autre chofe que de mettre toutes mes angoiffes aux pieds de mon crucifix ?

On

On dit qu'il y a dans l'Inde une caste toujours perfécutée par les autres ; c'eft apparemment la cafte des philofophes.

Vous avez fans doute le livre pofthume d'*Helvétius*, que M. le prince *Gallitzin* vient de faire imprimer en Hollande. Cela reffemble un peu au *Teftament de Jean Meftier*, qui débute par dire naïvement qu'il n'a voulu être brûlé qu'après fa mort. Ce livre m'a paru du fatras, et j'en fuis bien fâché. Il faut faire de grands efforts pour le lire , mais il y a de beaux éclairs.

Que vous dirai-je ? cela m'a femblé audacieux , curieux en certains endroits, et en général ennuyeux. Voilà peut-être le plus grand coup porté contre la philofophie. Si les gens en place ont le temps et la patience de lire cet ouvrage , ils ne nous pardonneront jamais. Nous fommes comme les apôtres , fuivis par le petit nombre, et perfécutés par le grand. Vous voyez qu'on arrive au même but par des chemins contraires.

Bonfoir , mon cher ami ; foutenez *pufillum gregem.* Je ne fuis plus de ce monde ; je m'en vas , ou je m'en vais. Reftez long-temps pour inftruire ceux qui en font dignes , et pour faire rougir tant de fripons perfécuteurs de la vérité , à laquelle ils rendent hommage au fond de leur cœur.

A propos , *Helvétius* cite un nommé *Robinet* comme auteur du *Syftême de la nature* , page 161 ; du moins il attribue à *Robinet* des paroles qui ne fe trouvent que dans ce *Syftême*, à l'article *Déiftes*. Ce *Robinet* eft encore du fatras. Je ne connais que *Spinofa* qui ait bien raifonné , mais perfonne ne le

1773.

peut lire. Ce n'eſt point par de la métaphyſique qu'on détrompera les hommes ; il faut prouver la vérité par les faits. Nous avons quantité de bons livres en ce genre depuis environ trente ans : ils font néceſſairement beaucoup de bien. Le progrès de la raiſon eſt rapide dans nos cantons ; mais dans votre pays, et dans l'Eſpagne, et dans l'Italie, les gens vous répondent : Nous avons cent mille écus de rentes et des honneurs, nous ne voulons pas les perdre pour vous faire plaiſir : nous ſommes de votre avis ; mais nous vous ferons brûler à la première occaſion, pour vous apprendre à dire votre avis.

Adieu, encore une fois, mon cher ami.

## LETTRE CXIV.

### DE M. DE VOLTAIRE.

3 de juillet.

Voici, mon cher et grand philoſophe, ma réponſe à l'abbé philoſophe.

N'êtes-vous pas bien content de ces petits mots d'*Helvétius*, tome I, page 107 ?

,, Nous ſommes étonnés de l'abſurdité de la reli-
,, gion païenne ; celle de la religion papiſte étonnera
,, bien davantage la poſtérité.

Et page 102 : ,, Pourquoi faire de DIEU un tyran
,, oriental ? pourquoi mettre ainſi le nom de la
,, Divinité au bas du portrait du diable ? ce ſont les
,, méchans qui peignent DIEU méchant. Qu'eſt-ce
,, que leur dévotion ? un voile à leurs crimes. ,,

1773.

C'eſt dommage que ce ne ſoit pas un bon livre ; mais il y a de très-bonnes choſes : c'eſt une arme qui tiendra ſon rang dans l'arſénal où nous avons déjà tant de canons qui menacent le fanatiſme. Il eſt vrai que les ennemis ont auſſi leurs armes : elles ſont d'une autre eſpèce, elles ont tué le chevalier de *la Barré*, elles ont bleſſé à mort *Helvétius* ; mais le ſang de nos martyrs fait des proſélytes. Le troupeau des ſages groſſit à la ſourdine.

Bonſoir, mon ſage ; bonſoir, mon cher *Bertrand* ; il ne me reſte plus qu'un doigt pour tirer les marons du feu, mais il eſt à votre ſervice.

## LETTRE CXV.

### *DE M. DE VOLTAIRE.*

14 de juillet.

Je trouve une occaſion, mon cher ami, de vous faire parvenir, s'il eſt poſſible, trois exemplaires d'un petit recueil dont un de vos petits ouvrages fait tout l'ornement. Il me ſemble que nous n'en avons point donné à M. *Saurin*, à qui je dois cet hommage plus qu'à perſonne.

Il n'y a plus de correſpondance, plus de confiance, plus de conſolation ; tout eſt perdu ; nous ſommes entre les mains des barbares. Je vous ai écrit deux lettres concernant l'œuvre poſthume d'*Helvétius*, imprimée par les ſoins du prince *Gallitzin*. Je tremble qu'elles ne vous ſoient pas parvenues. Les *curioſi*

—— font en grand nombre ; ils furent les précurseurs
des inquifiteurs, comme vous favez.

*Catau* a bien autre chofe à faire qu'à nous répondre. Je me flatte pourtant que les bruits qui courent
ne font pas vrais, et qu'elle n'ira point paffer le
carnaval à Venife avec *Diderot*.

Il faut cultiver les lettres ou fon jardin.

A propos, plus j'y penfe, et plus j'ofe trouver
que le calcul de la denfité des planètes, la comète
deux mille fois plus chaude qu'un fer rouge, l'élaf-
ticité d'une matière déliée qui ferait la caufe de la
gravitation, la création expliquée en rendant l'efpace folide, et le commentaire fur l'*Apocalypfe*, font
à peu-près de même efpèce. *Magis magnos clericos non
funt magis magnos fapientes.*

Ne m'oubliez pas, je vous en prie, auprès de
M. de *Condorcet* et de vos autres amis qui foutiennent
tout doucement la bonne caufe.

1773.

## LETTRE CXVI.

### DE M. DE VOLTAIRE.

24 de juillet.

*R*aton fera toujours prêt à tirer les marons du feu pour le déjeûner des *Bertrands*. *Raton* ne craint point de brûler fes pattes. Le temps approche où il n'aura bientôt ni pieds ni pattes ; il faut qu'il s'en ferve jufqu'au dernier moment pour l'édification du prochain. Donnez donc, mon cher ami, cette lettre à *Marmontel-Bertrand*, fecond du nom. Il faut abfolument que j'aye la correfpondance du bienheureux abbé *Sabatier*. En attendant, priez DIEU pour moi.

*Le vieux Raton.*

## LETTRE CXVII.

### DE M. DE VOLTAIRE,

26 de juillet.

L'oeuvre pofthume de ce pauvre *Helvétius*, ou plutôt de ce riche *Helvétius*, eft-elle, ou eft-il parvenu jufqu'à vous, mon très - cher philofophe ? M. le prince *Gallitzin*, qui en eft l'éditeur, veut le dédier à la fublime *Catau*. Il eft bon de la mettre en commerce avec les morts ; car elle ne répond point

N 3

aux vivans. Je m'imagine que les impératrices n'aiment pas plus les confeils que les généraux d'armée et les gouverneurs de province ne les aiment.

*Dulcis inexpertis cultura potentis amici.*

Quoi qu'il en foit, on fera fort étonné, fi on lit ce livre, de voir le papifme traité de religion abominable qui ne peut fe foutenir que par des bourreaux, le defpotifme traité à peu-près comme le papifme, et le tout dédié à la puiffance la plus defpotique qui foit fur la terre.

Je ne fais plus comment faire pour vous envoyer de ces petits recueils dont le principal mérite eft dans le dialogue de *René* et de *Chriftine*. Les commis à la douane des penfées font impitoyables.

Ne m'oubliez pas, je vous en prie, auprès de l'éloquent M. *Thomas*, que je préfère fans contredit à *Thomas* d'Aquin, et furtout à *Thomas Didyme*, comme je vous préfère à tous les charlatans qui réuffiffent dans les cours, et qui même réuffiffent pour un temps auprès d'un public ignorant et fans goût.

Adieu, mon cher philofophe; confolons-nous tous deux du fiècle.

# LETTRE CXVIII.

## DE M. DE VOLTAIRE.

2 d'augufte.

JE crois, mon cher et illuftre *Bertrand*, qu'il faudra bientôt vous pourvoir d'un autre *Raton*. Vous n'en trouverez guère dont les pattes vous foient plus dévouées et plus faites pour être conduites par votre génie.

J'ai reçu M. de *Saint-Remi* avec la cordialité d'un frère rofe-croix. Il eft encore chez moi. Je jouis de fa converfation, dans les intervalles de mes fouffrances; quelquefois même je foupe avec lui, ou je fais femblant de fouper.

Vous favez fans doute quelle foule de princes et de princeffes de Savoie et de Lorraine eft venue à Laufane et à Genève, les uns pour *Tiffot*, les autres pour fe promener. Les évêques, ne fachant que faire dans leurs diocèfes, y viennent auffi. L'évêque de Noyon loge à Laufane dans une maifon que j'avais achetée, et que j'ai revendue; il y donne à fouper aux miniftres du faint évangile et aux dames. (*)

On fait actuellement à la Haie une feconde édition de l'ouvrage pofthume d'*Helvétius*. Elle eft dédiée à l'impératrice de toutes les Ruffies; cela eft curieux.

Je vous embraffe bien tendrement, mon cher ami.

(*) Voyez des vers de M. de *Voltaire* à cette occafion, dans une lettre à M. *d'Argental* du 19 de juillet 1773, tome onzième de la Correfpondance générale.

N 4

# LETTRE CXIX.

## *DE M. DE VOLTAIRE.*

1 d'octobre.

MON cher et grand philofophe, il faut mourir en fervant la raifon et la vertu, et en les vengeant des abbés *Sabatier.* Je me flatte que fi ce petit ouvrage peut parvenir à l'évêque protecteur d'un *Sabatier*, il connaîtra du moins le perfonnage, et il eft bien néceffaire que ce coquin foit connu. Faites paffer, je vous prie, un exemplaire à M. *Saurin*, et mettez les autres dans d'auffi bonnes mains. Si vous jugez que le petit écrit puiffe faire du bien, on vous en fera tenir dans l'occafion.

Il y a de très-honnêtes athées, d'accord; mais un *Sabatier*, ennemi de Dieu et des hommes, ne doit point être ménagé. *Raton* tire hardiment les marons du feu en cette occafion. *Raton* recommande fes pattes à fon cher et illuftre *Bertrand*, qu'il aimera tendrement jufqu'au dernier moment de fa vie.

## LETTRE CXX.

### *DE M. DE VOLTAIRE.*

19 de novembre.

Mon cher philofophe, auffi intrépide que circonfpect, et qui avez grande raifon d'être l'un et
l'autre, voici une petite affiette de marons que *Raton*
envoie à fon *Bertrand*. Je les avais adreffés à M. de
*Condorcet;* mais je crois qu'il eft toujours à la campagne, et je vous les fais parvenir en droiture. Ces
marons font comme les livres de *mon libraire Caille*,
ils ne valent rien qui vaille; mais il eft jufte que
je vous faffe lire ma fatire contre M. de *Guibert*, qui
m'a d'ailleurs paru un homme plein de génie, et,
ce qui n'eft pas moins rare, un homme très-aimable.
Je m'intéreffe à fon Connétable de Bourbon, d'autant plus que ce grand-homme paffa par Ferney en
fe réfugiant chez les Efpagnols. Tous les jéfuites
aujourd'hui, qui ne font pas de fi grands-hommes,
veulent fe réfugier en Siléfie et dans la Pruffe
polonaife, chez le révérend père *Frédéric*. Riez donc,
et riez bien fort.

La dédicace d'une églife catholique a été faite,
comme vous favez, à Berlin. Je ne fais fi les foci-
niens en obtiendront une.

Ne croyez-vous pas lire les *Mille et une nuits*, quand
vous voyez combien de millions *Catherine II* donne
aux princeffes de *Darmftadt* et au comte *Panin*? où
prend-elle tant d'argent, après quatre ans d'une

1773.

guerre fi vive et fi difpendieufe , tandis que monfieur l'abbé *Terrai* ne me paye pas , après dix ans de paix , un pauvre petit argent qu'il m'avait pris chez M. *Magon.*

Mon cher philofophe, vous feriez actuellement auffi riche que M. *Necker*, fi vous aviez été en Ruffie. C'était à la cour de France de récompenfer dignement votre noble défintéreffement ; mais vous en êtes dédommagé par les bontés de l'abbé *Sabatier :* c'eft toujours quelque chofe.

Je ne fais où eft *Diderot ;* il était tombé malade à Duisbourg , en partant de la Haie pour aller chez l'impératrice des *Mille et une nuits.*

Nous avons actuellement à Ferney l'ancien empereur *Schouvalof ;* c'eft un des hommes les plus polis et les plus aimables que j'aye jamais vus. Tout ce que je vois de ruffes, me perfuade toujours qu'*Attila* était un homme charmant, et que la fœur d'*Honorius* fit très-bien de partir en pofte pour aller l'époufer. Si malheureufement elle ne s'était pas fait faire en chemin un enfant par un de fes valets de chambre, nous pourrions avoir aujourd'hui de la race d'*Attila* fur quelque trône de l'Europe , et peut-être fur la chaire de S^t *Pierre.*

Bonfoir , mon très-cher et très-illuftre *Bertrand.*

*Le vieux malingre Raton.*

# LETTRE CXXI.

## DE M. DE VOLTAIRE.

5 de décembre.

Votre lettre, mon cher philofophe, vaut beaucoup mieux que ma Tactique. Nous en avons bien ri, madame *Denis* et moi. *Raton* avale fans aucune répugnance la pilule que lui préfente *Bertrand*. Ce n'eft point une pilule, c'eft une dragée du bon feféur; et fur le champ nous fefons venir les deux tomes, pour lire au plus vîte la page 101; c'eft du moins une confolation. Il y a certaines petites ingratitudes, certains petits caprices, certaines niches qu'il faut favoir fupporter en filence, furtout lorfqu'on a quatre-vingts ans; et lorfqu'on n'a pas vécu toujours tranquille, il faut tâcher au moins de mourir tranquille.

J'écris à M. de *Condorcet*, et je le fupplie de vouloir bien m'envoyer fon *Fontaine*; car en vérité je trouve qu'il eft le feul qui écrive comme vous, qui employe toujours le mot propre, et qui ait toujours le ftyle de fon fujet.

Madame *Necker* dit qu'elle craint que le roi de Pruffe ne foit mécontent de ce que je le donne au diable; et à qui donc veut-elle que je le donne? et puis, s'il vous plaît, peut-on donner quelqu'un au diable plus honnêtement?

J'ai un autre fcrupule que je vous prie de me lever. Je ne fais fi j'ai reçu une lettre de M. le chevalier de *Châtellux*, et je ne fais fi je lui ai répondu. Je n'ai pas un grand ordre dans mes paperaffes. Si j'avais manqué de répondre à M. de *Châtellux*, je ferais bien fâché contre moi ; c'eft un des hommes que j'eftime le plus. J'aime à voir un brave officier qui ne croit pas que fon métier foit abfolument le plus propre à faire la *félicité publique.* J'apprends que fon ouvrage n'eft pas auffi connu à Paris qu'il devrait l'être. Je penfe en favoir la raifon, c'eft qu'il eft au-deffus de fon fiècle.

A propos, je ne vous ai pas envoyé une copie correcte de ma petite Tactique ; mais qu'importe ? J'ai envie de l'envoyer à votre *Rominagrobis*, pour voir s'il fe fâchera que je l'envoye où il doit aller. Il n'a rien fait de fi plaifant en fa vie que de fe déclarer général des jéfuites. Il faudrait, pour lui répondre, que le pape fe déclarât huguenot. Je ne défefpère pas de voir cette facétie, et celle que vous propofez entre *Diderot* et *Catau.*

Adieu, mon très-cher fecrétaire perpétuel, qui vivrez perpétuellement.

# LETTRE CXXII.

## DE M. DE VOLTAIRE.

15 de décembre.

VRAIMENT *Raton* s'eſt brûlé les pattes juſqu'aux os. L'auteur de la page 101 dit préciſément les mêmes choſes que moi, et il les répète encore à la page 105. Cher *Bertrand*, ayez pitié de *Raton*; vous ſentez qu'il eſt dans une poſition critique. Il a tant tiré de marons du feu, que les maîtres des marons, dont il a plus d'une fois gâté le ſouper, ont juré de l'exterminer à la première occaſion; et il n'y a point de chat que ces drôles-là ne ſe promettent de prendre, fût-il réfugié dans la cuiſine ou dans le grenier. Il faut donc abſolument que *Raton* faſſe patte de velours.

Je trouve la manière dont on traite *la Harpe* bien injuſte et bien dure. Il a du génie, et il eſt, à mon gré, le ſeul qui pourrait ſoutenir le théâtre tragique.

J'ai ſupplié M. le marquis de *Condorcet* de vouloir bien m'envoyer l'*Eloge de Fontaine*, en cas que ma demande ne ſoit pas indiſcrète. M. de *Condorcet* me paraît bien au-deſſus de tous ceux dont il fait l'éloge.

N'eſt-ce pas vous, mon illuſtre *Bertrand*, qui m'avez adreſſé M. *Deliſle*, capitaine de dragons; en ce cas, il faut que je vous en remercie, car il a

——— bien de l'efprit, bien du goût, et il eft de plus un
1773. des meilleurs cacouacs que nous ayons.

La nouvelle édition de l'*Encyclopédie* va paraître
à Genève.

On y imprime in-4° un *Corneille*, avec un commentaire de *Raton*. Ce commentaire eft plus ample
de moitié. On fe profterne devant les belles tirades,
à qui on doit d'autant plus de refpect que ce font
des beautés dont on n'avait pas d'idée dans notre
langue ; mais on donne des coups de griffe épou-
vantables à tout le refte. On ne doit de refpect qu'à
ce qui eft beau. C'eft fe moquer du monde que de
dire : Admirez des fottifes, parce que l'auteur a fait
autrefois de bonnes chofes.

Je vous embraffe bien tendrement.

*Miaau.*

# LETTRE CXXIII.

## DE M. D'ALEMBERT.

A Paris, ce 12 de février.

——— Il y a long-temps, mon cher et illuftre maître,
1774. que je n'ai entendu parler de vous, et que, de mon
côté, je ne vous ai donné figne de vie. Je veux pourtant vous dire un mot, mais un mot feulement, et
ce mot eft que je vous aime toujours. Je vous crois
fort occupé ; tant mieux pour moi, et tant pis pour
d'autres. On m'a dit que vous aviez été malade, mais
on m'a depuis raffuré. Sophonisbe n'a pas vécu auffi

long-temps que les chefs-d'œuvre de Régulus et
d'Orphanis. Qu'on dife à préfent que le parterre n'eft 1774.
pas connaiffeur. A propos d'Orphanis, avez-vous lu
le terrible extrait que *la Harpe* vient d'en faire dans
le *Mercure?* Ce jeune homme eft bien digne, par fes
talens, fon bon goût et fon courage, de l'intérêt que
vous prenez à lui; mais il aura une rude carrière à
parcourir, bien fémée d'épines et de chauffe-trapes
par fes ennemis. Je fuis vraiment affligé de le voir
fans fortune. On dit que vous avez du crédit auprès
du contrôleur général, qui fe ferait un plaifir de
vous obliger, ne fût-ce que par vanité. Vous devriez
l'engager à faire quelque chofe pour ce jeune homme
qui trouve tant de portes fermées, et qui ne par-
viendra que tard à les brifer et à les renverfer par
fes fuccès.

Que dites-vous de *Sémiramis-Catau?* Il me femble
que les Turcs commencent à fe moquer d'elle. Quand
on fe laiffe battre par ces marabous, il ne faut pas
perfifler la philofophie. Rira bien qui rira le dernier.
Cette *Sémiramis* m'avait mandé que les prifonniers
français, faits à Cracovie, étaient très-bien traités.
M. de *Choify*, un de ces prifonniers, qui eft ici, affure
qu'ils ont été traités indignement. Vous devriez bien
écrire à cette grande princeffe que *Sémiramis* eft bien
mal obéie, et *Catau* bien mal inftruite. Adieu, mon
cher maître; je vous aime plus que toutes les *Sémiramis*,
et même que toutes les *Catau*. Dites-moi un mot de
votre fanté, et fongez au pauvre *la Harpe*. Mes refpects à madame *Denis*.

# LETTRE CXXIV.

## *DE M. DE VOLTAIRE.*

25 de février.

MON très-cher philofophe, la nature donne furieufement fur les doigts, à la fin de chaque hiver, aux vieilles pattes de *Raton*. Il a reçu ces jours-ci un avertiffement très-férieux ; c'eft une des raifons péremptoires qui l'ont empêché de vous écrire ; et, fi après cette raifon, il pouvait en exifter encore une, la voici : M. le marquis de *Condorcet* m'avait averti qu'il ne voulait plus recevoir de lettres par les bons offices d'un homme qui était foupçonné de les ouvrir, foupçonné d'être efpion, foupçonné d'être, d'être, &c. On s'eft trop aperçu enfin que cette défiance de M. de *Condorcet* était très-fondée. Il n'était pas étonnant que *Raton* eût les pattes un peu brûlées, puifqu'il marchait depuis fi long-temps fur des charbons ardens. Quel homme je vous avais recommandé ! quel préfent je vous aurais fait ! j'en tremble encore... Mes lettres fort inutiles ont été lues par des perfonnes qui.... Voilà autant de points que *Beaumarchais* en reproche à madame *Goezmann*. Toute cette algèbre vous développera l'inconnue ; et cette inconnue eft que nous fommes très-connus. Je n'en fuis pas moins occupé de vous plaire. Κε μετὰ τὸν μων θανατον : *aliquid de tuo amico videbis quod ejus memoriam menti tuæ revocabit.*

Où diable ce jeune homme, qui porte le nom de

l'inftrument

l'inftrument d'un roi juif, a-t-il pêché que j'étais fort
gracieufement traité par milord grand tréforier ? **1774.**
*Tutto al contrario l'hiftoria converte. Amice*, je ne compte
ni fur aucun fatrape, ni fur aucun monarque de
l'Orient, non plus que vous ne comptez fur les
puiffances du Nord.

Si vous voyez M. de *Rochefort*, je vous demande
en grâce de lui dire les raifons qui me forcent à ne
lui point écrire. Je ne lui en fuis pas moins attaché ;
et je lui demande en grâce, à lui et à madame fa
femme, de paffer par chez nous, quand ils iront voir
leur mère.

Ma confolation ferait de vous revoir encore dans
ma chaumière, auprès de Lyon, vous et monfieur
de *Condorcet ;* mais ni vous ni lui n'avez de mère dans
le Gévaudan.

La mort de ce pauvre *la Condamine*, qui croyait
avoir exactement mefuré un arc du méridien, m'a-
vertit qu'il faut que je faffe mon paquet. Je fuis un
peu fourd comme lui, et de plus aveugle. Les cinq
fens dénichent l'un après l'autre ; et puis refte zéro.

De tous les ouvrages dont on régale le public, le
feul qui m'ait plu eft le quaterne de *Beaumarchais.*
Quel homme ! il réunit tout, la plaifanterie, le
férieux, la raifon, la gaieté, la force, le touchant,
tous les genres d'éloquence, et il n'en recherche
aucun, et il confond tous fes adverfaires, et il donne
des leçons à fes juges. Sa naïveté m'enchante ; je lui
pardonne fes imprudences et fes pétulances.

Je ne vous dis rien de votre *Childebrand*. J'efpère
que vous me pardonnerez d'avoir refpecté un ancien
attachement. Je m'enveloppe, autant que je le puis,

1774.

du manteau de la philofophie; mais ce manteau eſt
ſi étriqué, ſi percé de trous, que la biſe y entre de
tous les côtés. Adieu, mon très-cher philoſophe,
dont le manteau eſt d'un bien meilleur drap que le
mien. Vivant ou mourant, *tuus ſum*

*Raton.*

## LETTRE CXXV.

### DE M. D'ALEMBERT.

A Paris, ce 26 de février.

JE viens de lire, mon cher maître, avec le plus
grand plaiſir, une ſuite de l'*Hiſtoire de l'Inde*, avec
quelques douceurs pour *Nonotte* et conſors. J'avais
déjà la première partie, et je voudrais bien avoir la
ſeconde; je me recommande bien vivement à
l'auteur.

Tandis qu'il s'égaie aux dépens des *Nonotte* et des
*Patouillet*, il ne ſait peut-être pas ce qui ſe paſſe au
ſujet de la canaille dont ils feſaient partie. Cette
canaille, quoique coupée en mille morceaux par les
ſouverains et par le pape, cherche à ſe réunir, et ne
déſeſpère pas d'y réuſſir. Il y a actuellement un projet
de les rétablir en France, ſous un autre nom; et j'ai
appris, avec douleur, que l'archevêque de Touloufe,
qui, comme je le lui ai cent fois entendu dire à lui-
même, n'aime ni n'eſtime ces marauds, et les connaît
bien pour ce qu'ils ſont, eſt à la tête de ce beau projet,
parce qu'il en eſpère apparemment ou le cordon
bleu, où le chapeau, ou la feuille des bénéfices, ou

l'archevêché de Paris. Heureufement le pape y eft, jufqu'à préfent, fort oppofé, et le roi d'Efpagne encore plus ; et il faut efpérer que le roi de France trouvera des ferviteurs fidelles , qui lui feront fentir que cette vermine ne lui pardonnera jamais de l'avoir écrafée , et ne fe croira pas dédommagée par le confentement qu'il pourrait donner à leur nouvelle exiftence ; et qu'ainfi il y aurait le plus grand rifque pour lui à les laiffer reffufciter, fous quelque forme que ce puiffe être.

Voici le projet de la nouvelle forme qu'on prétend leur donner. Ils formeront une communauté de prêtres, qui n'aura point de général à Rome , mais qui fera des vœux, excepté celui de pauvreté, afin qu'ils foient fufceptibles de bénéfices. On recevra , dans cette communauté, d'autres prêtres que les ex-jéfuites, et même ces prêtres feuls auront l'adminiftration des biens. De plus , l'étude de la théologie fera interdite dans cette congrégation, et ils ne pourront jamais diriger les féminaires ; mais ils ferviront de pépinière pour donner des maîtres aux colléges de provinces, fans néanmoins être membres de l'univerfité.

Vous fentez, mon cher maître, tout ce qu'il y a d'infidieux dans ce projet, et que, dès qu'une fois la canaille fera établie, elle fe mettra bientôt en poffeffion de tous les avantages auxquels elle feint de renoncer dans ce moment, pour ne pas trop effaroucher les contradicteurs. D'abord, les bénéfices dont ils font fufceptibles, leur donneront moyen d'entrer dans le clergé et de devenir évêques ; nouveau moyen de pouvoir qui manquait à la fociété défunte. Les prêtres féculiers, prétendus adminiſtrateurs des biens, feront bientôt culbutés par eux; dès qu'ils trouveront un peu de faveur ; et d'ailleurs ces prêtres, choifis par l'archevêque de Paris, feront leurs créatures et leurs valets. Ils ne tarderont pas à repréfenter qu'il eſt abfurde d'interdire à une communauté de prêtres l'étude de la théologie, et ils obtiendront ce point d'autant plus facilement que leur demande fera raifonnable. Ils repréfenteront de même qu'étant deftinés à peupler les colléges de provinces, il eſt impoſſible qu'ils y fuffifent, en n'ayant qu'une feule maifon dans Paris ( car le prétendu projet ne leur permet pas d'en avoir ailleurs.) ; et ils obtiendront de même fort aifément d'en avoir au moins dans les principales villes.

Enfin il eſt clair que ces marauds ne demandent rien, dans ce moment, que d'obtenir un fouffle de vie, qui deviendra bientôt, grâce à leurs intrigues, un état de vigueur et de fanté. Je vous avoue, mon cher ami, que j'ai le cœur navré, quand je vois la protection que le roi de Pruſſe accorde à cette canaille, et qui fervira peut-être d'exemple à d'autres fouverains, quoiqu'il y ait bien de la différence entre fouffrir des jéfuites en pays proteſtant, et les avoir en pays catholique.

Voilà, mon cher ami, un fujet bien intéreſſant, et qui mériterait bien autant d'exercer votre plume que les *Morangiés* et les *la Beaumelle*. Vous allez dire que je fais encore le *Bertrand*, et que j'ai toujours recours à *Raton* ; mais fongez donc que *Bertrand* a les ongles coupés. Ce que je défire et que j'attends de vous, ferait l'ouvrage d'un bon citoyen et d'un

bon français, attaché au roi et à l'Etat. Vous pouvez
répandre à pleines mains, fur ce projet, l'odieux et
le ridicule dont vous favez fi bien faire ufage. Vous
pouvez faire voir qu'il eft dangereux pour l'Etat, pour
l'Eglife, pour le pape et pour le roi, que les jéfuites
regarderont toujours comme leurs ennemis, et trai-
teront comme tels, s'ils le peuvent. Ce font les *Broglie*,
fi bien faits pour *brouiller* tout, qui, malgré leur
difgrâce, intriguent actuellement de toutes leurs
forces pour cet objet; mais j'efpère qu'ils trouveront
en leur chemin le duc d'*Aiguillon* et tous les honnêtes
gens du royaume, dont le cri va être univerfel. On
dit que votre *Catau* conferve auffi les jéfuites, à
l'exemple du roi de Pruffe.

# LETTRE CXXVI.

## DE M. DE VOLTAIRE.

5 de mars.

Oui, vraiment, M. *Bertrand*, ce que vous dites
là m'amuferait fort; mais croyez-vous que j'aye
encore des pattes? penfez-vous que ces marons
puiffent fe tirer gaiement? Si on n'amufe pas les
Velches, on ne tient rien. Voyez *Beaumarchais*, il
a fait rire dans une affaire férieufe, et il a eu tout
le monde pour lui. Je fuis d'ailleurs pieufement
occupé d'un ouvrage plus univerfel. Vous ne me
propofez que de battre un parti de houfards, quand
il faut combattre des armées entières. N'importe; il

n'y a rien que le pauvre *Raton* ne faffe pour fon cher *Bertrand*.

Je m'arrête, je fonge ; et, après avoir rêvé, je crois que ce n'eft pas ici le domaine du comique et du ridicule. Tout velches que font les Velches, il y a parmi eux des gens raifonnables, et c'eft à eux qu'il faut parler fans plaifanterie et fans humeur. Je vais voir quelle tournure on peut donner à cette affaire, et je vous en rendrai compte. Il faudra, s'il vous plaît, que vous m'aidiez un peu ; *nihil fine Thefeo*.

Vous n'aurez qu'à m'envoyer vos inftructions chez M. *Bacon*, fubftitut de monfieur le procureur général, place royale ; elles me parviendront furement. Il ferait plus convenable que nous nous viffions ; mais il eft plus plaifant que *Jean-Jacques* foit chez moi, et que je fois chez lui.

Je me fers aujourd'hui de mon ancienne adreffe. Ayez la bonté de me dire fi vous avez reçu le fatras de l'Inde, que j'envoie par le même canal avec cette lettre.

On me mande de Rome que M. *Tanucci* n'a point encore rendu Bénévent à St *Pierre ;* et je n'entends point dire qu'il foit en poffeffion d'Avignon. Toutes les affaires font longues, furtout quand il s'agit de rendre.

*Catau* n'eft point du tout embarraffée du nouveau mari qui fe préfente dans la province d'Orenbourg. Elle m'a écrit une lettre affez plaifante fur cette apparition. Elle paffe fa vie avec *Diderot ;* elle en eft enchantée. Je crois pourtant qu'il va revenir, et que vous avez très-bien fait de ne point paffer dix ans dans un climat fi dur, avec votre fanté délicate. Je vous aime mieux à Paris que par-tout ailleurs. Adieu, mon très-cher maître ; ne m'oubliez pas auprès de votre ami M. de *Condorcet*.

Encore un mot. Je ne suis point surpris de ce que vous me mandez d'un archevêque qui a fait mourir de chagrin ce pauvre abbé *Audra*.

Encore un autre mot. Voici l'esquiffe de la lettre que vous demandez ; tâchez de me la renvoyer contre-signée, et voyez si on en peut faire quelque chose.

Et puis un autre mot. Vous n'aurez point l'Inde cet ordinaire.

Pour dernier mot, écrivez-moi par M. *Bacon*.


# LETTRE CXXVII.

## *DE M. DE VOLTAIRE.*

21 de mars.

R*ATON* s'était trop pressé de servir *Bertrand*, et par conséquent il craint de l'avoir très-mal servi. Les typographes suisses ont plus mal servi encore, en donnant douze cents lieues carrées à l'empire de Russie, au lieu de douze cents mille. S'il n'y avait que cette faute, un zéro la corrigerait ; mais il trouve que la feuille, intitulée *Demande de l'extinction abso-lue*, &c., est une pièce beaucoup plus importante et plus décisive que tout ce qu'on pourrait écrire sur cette matière. Il faudrait que cette feuille fût entre les mains de tout le monde.

*Raton* est très-affligé qu'on débite dans Paris un

O 4

Taureau qui pourrait lui écraser ses vieilles pattes, et lui donner de terribles coups de cornes. Ces bœufs-là se mettent, depuis quelque temps, à frapper à droite et à gauche; les *Ratons* ne peuvent plus trouver de trous pour se cacher. Une strangurie, qui m'avait voulu tuer l'année passée, est revenue cette année; elle me tient au col, mais c'est à celui de la vessie: cela m'avertit de faire mon paquet, et de déloger incessamment.

Je suis tendrement attaché aux deux secrétaires, et je serai très-fâché de partir sans les avoir embrassés.

# LETTRE CXXVIII.

## DE M. D'ALEMBERT.

À Paris, ce 22 de mars.

*P ULCHRÈ, benè, rectè. Bertrand* a reçu trois ou quatre paquets de marons, qu'il a trouvés cuits très à propos et très-croquans; mais il reste encore sous la cendre de très-friands marons à tirer, que *Bertrand* recommande à la patte de *Raton*. Il ne s'agit plus aujourd'hui de rétablir hautement et impudemment cette vermine mal-fesante, comme l'appelait, il y a quatre ou cinq ans, le roi de Prusse dans les lettres qu'il écrivait à *Bertrand*, ce même roi qui depuis...., et qui ne protége aujourd'hui cette canaille que pour faire une niche de page à des souverains plus sages que lui. Le projet actuel, comme *Bertrand* l'a dit à *Raton*, c'est d'établir une communauté de prêtres, destinée à l'instruction de la jeunesse, qui, tout prêtres qu'ils seront, ne pourront étudier la théologie ni diriger les féminaires. Les jéfuites pourront être *affociés* ou du moins *affiliés* à cette communauté ( car on ne s'explique pas clairement fur cet objet ); bien entendu que, quand une fois ils y auront le pied, tout le corps fuivra bientôt, et qu'ils fauront bien fe faire rendre et l'étude de la théologie, et la direction des féminaires; car tout ce qu'ils défirent, tout ce que veulent leurs amis, c'eft de s'ouvrir un guichet de rentrée, qui deviendra bientôt porte cochère. Il faut que *Raton* infifte fur ce danger, fur celui qui en réfulterait pour l'Etat, où ces marauds mettraient le trouble plus que jamais; pour le roi, à qui ils ne pardonneront jamais d'avoir confenti à leur deftruction; pour les miniftres les plus attachés au roi, comme M. le duc d'*Aiguillon*, qu'ils feront repentir, s'ils le peuvent, d'avoir confommé cette deftruction fous fon miniftère. Le premier ufage qu'ils feront de leur crédit fera de fe venger, et il ne leur coûtera pas de mettre le feu pour cela aux quatre coins du royaume. D'ailleurs à quoi bon cette communauté de prêtres ? que fera-t-elle de mieux que les univerfités, et que les autres communautés déjà occupées de l'éducation? Ce ne font point des communautés nouvelles qu'il faudrait établir; il faudrait rendre plus utiles, pour l'éducation, les communautés qui s'en occupent, en réformant le plan de cette éducation qui en a tant de befoin, et en attachant aux univerfités plus d'argent et de confidération. Il y a tant d'hommes de mérite qui font fans fortune, et qui ne demanderaient pas mieux que de fe livrer à ce travail, s'ils y trouvaient une exiftence honnête, &c. Voilà, mon cher *Raton*, de bons marons de Lyon à cuire, fans compter ceux que *Raton* trouvera de lui-même dans fa poche. *Bertrand* lui recommande avec inftance cette nouvelle fournée. Peut-être même pourrait-il effayer un maron qui vaudrait mieux que tous les autres, c'eft l'inconvénient de mettre la jeuneffe entre les mains d'une communauté de prêtres quelconques, ultramontains par principes, et anti-citoyens par état; mais ce maron demande un feu couvert, et une patte auffi adroite que celle de *Raton*: et, fur ce, *Bertrand* baife bien tendrement les chères pattes de *Raton*.

## LETTRE CXXIX.

### *DE M. DE VOLTAIRE.*

15 de juin.

MON cher maître, le petit difcours patriotique de M. *Chambon* a réuffi chez tous les étrangers; c'eft le premier éloge vrai que j'ai jamais lu. Si *Louis XV* pouvait revivre, il le fignerait; mais il l'a figné, puif-qu'il dit précifément la même chofe dans fon tefta-ment.

Je vois que vous êtes mécontent de ces mots : *Ce que Louis XV a établi, et ce qu'il a détruit, mérite notre reconnaiffance :* mais ce qu'il a établi, c'eft l'école mili-taire; ce qu'il a détruit, c'eft la faction intolérable des jéfuites; j'ofe y ajouter la faction de MM. *Crépin, Quatrefous, Quatrehommes, Gilet, Poirau,* qui firent la guerre de la fronde, et leurs fucceffeurs qui ont fait la guerre aux beaux arts et à la raifon. Ce n'eft pas à vous de prendre le parti des éternels ennemis de ces arts et de cette raison, dont vous êtes le soutien.

Le feu roi ne voulait et ne pouvait vouloir que le bien, mais il s'y prenait mal. Son succeſſeur ſemble inſpiré par *Marc-Aurèle*; il veut le bien et il le fait. S'il continue, il verra ſon apothéoſe avant l'âge où les badauds ſont majeurs.

Je ſuis fâché de mourir avant d'avoir vu les prémices du beau règne dont vous allez jouir. Je ſens que je n'en ai que juſqu'à la chute des feuilles.

J'emploie mes derniers jours à faire réformer, ſi je puis, la plus grande injuſtice que l'ancien parlement ait jamais faite: ſi j'y réuſſiſſais, je mourrais content. La ſeule choſe dont *Raton* ſoit très-mécontent, c'eſt de partir ſans avoir embraſſé ſon cher *Bertrand*.

# LETTRE CXXX.

## *DE M. DE VOLTAIRE.*

17 d'auguſte.

MON très-cher *Bertrand*, le diſcours de M. *Suard* eſt hardi, mais ſage; il peut faire beaucoup de bien et nul mal.

S'il n'y avait pas, dans la *Lettre d'un théologien* à *Sabatier*, une douzaine de traits ſanglans et terribles, contre des gens puiſſans qui vont ſe venger, l'auteur de cette lettre, qui eſt aſſurément *Paſcal* ſecond du nom, ferait le bienfaiteur de tous les honnêtes gens; mais voilà une guerre affreuſe déclarée.

Si vous faviez ce qu'on entreprenait, ce qu'on demandait, ce qu'on était près d'obtenir, vous feriez fâché comme moi qu'on ait fait paraître, fi mal à propos, un fi excellent et fi funefte ouvrage.

Vous favez qu'un nommé *Chirol*, autrefois domeftique de *Cramer*, a reçu le manufcrit de Paris, qu'il l'a fait imprimer à Genève, qu'il a employé mon orthographe : il fait pourtant, auffi bien que vous, que je ne l'ai pas fait ; il l'avoue hautement, et il le dira juridiquement.

Les circonftances où cet admirable écrit paraît, me mettent dans la néceffité de publier combien je fuis incapable d'atteindre à ce genre d'éloquence. J'attends de la probité et de la candeur de l'auteur, qu'il fera au moins comme *Chirol*, et qu'il ne me laiffera pas accufer publiquement d'avoir rendu un fi dangereux fervice à la raifon. Il faut avoir cent mille hommes à fes ordres, pour faire de tels écrits.

*Coré* et *Dathan*, ne faites pas de moi le bouc émiffaire ; vous ne ferez pas engloutis, mais ne perdez pas un innocent.

Il eft bien étonnant qu'un gueux comme *Sabotier* devienne le prétexte d'une perfécution ou d'une révolution entière dans l'opinion des hommes.

# LETTRE CXXXI.

## DE M. DE VOLTAIRE.

27 d'augufte.

LA femme du frère de feu *Damilaville*, m'écrit, de Landerneau en Baffe-Bretagne, une lettre lamentable. Ils prétendent qu'on perfécute en eux le philofophe qui eft mort entre vos bras ; ils difent que, depuis fa mort, on a toujours cherché à les dépouiller d'un emploi qui les fefait vivre, et qu'on vient enfin de le leur ôter. Ils imaginent que M. *Turgot* peut donner à ce frère de *Damilaville* une place de fous-commiffaire de la marine. Ils paraiffent réduits à la dernière mifère, et ils ont des enfans.

C'eft à mon cher *Bertrand* et à M. de *Condorcet* à voir s'ils peuvent obtenir cette place de fous-commiffaire pour le frère d'un de leurs *Ratons*. Je ne connais point ce nouveau martyr, et je me trouve dans une fituation qui me rend bien inutile aux fidelles et à moi-même. Je ne parle point cette fois-ci de la *Lettre du théologien*, qu'on attribue à l'abbé du *Vernet*, et que je n'impute à perfonne.

J'ai vu dans ma retraite un grand vicaire de Touloufe, qui m'a paru très-inftruit et très-bien intentionné. Il dit que nos ennemis font plus acharnés que jamais. *Dans la tempête adorez l'écho*, difait *Pythagore*; et vous favez que cela veut dire, tenez-vous à la campagne loin des méchans ; mais auffi il eft bien trifte d'être loin de fes amis.

# LETTRE CXXXII.

## *DE M. DE VOLTAIRE.*

A Ferney, 10 de septembre.

Mon cher philofophe, *Cramer* s'eft avifé d'imprimer féparément cette petite diatribe qui était deftinée à une nouvelle édition affez curieufe des Queftions fur l'Encyclopédie, je vous l'envoie.

J'avais minuté deux lettres pour vous et pour M. de *Condorcet*, mais je ne vous les envoie point, parce que le roi de Pruffe eft en Siléfie. Vous me direz, quel rapport y a-t-il entre vos deux lettres, la Siléfie et le roi de Pruffe? vous le verrez quand vous les recevrez. Il s'agit d'une bonne œuvre. Puiffé-je vivre affez long-temps pour la voir accomplie! (\*)

(\*) C'était la révifion du procès des jeunes gens d'Abbeville. M. de *Voltaire* efpérait que le roi de Pruffe, protecteur du jeune d'*Etallonde*, qu'il avait pris à fon fervice, pourrait favorifer cette entreprife, et l'appuyer de fon crédit.

# LETTRE CXXXIII.

## *DE M. DE VOLTAIRE.*

28 de septembre.

OH, *Bertrands! Bertrands! Raton* a été près (je crois) de mourir de douleur et de vieillesse dans sa gouttière, à cent lieues de vous. Ne dites point qu'on ne m'attribuait pas à Compiègne la *Lettre du théologien;* on avait l'injustice de me l'imputer. Sans M. le chancelier, qui dans tous les temps a eu pour moi une extrême bienveillance, j'étais perdu, grâce à un prêtre de cour. D'ailleurs l'abbé de *Voisenon*, mon ami depuis quarante ans, très-injustement outragé dans cet ouvrage, puisqu'il n'a jamais rimé d'ordures, m'a mis dans la douloureuse nécessité de me justifier auprès de lui. Enfin, pour achever mon malheur, on avait envoyé ce fatal écrit de Paris à Genève ; c'était assurément trop prodiguer son éloquence contre un malheureux comme *Sabotier*.

J'ai vu à Ferney un grand vicaire de Toulouse, qui m'a dit que son archevêque avait chassé ce *Sabotier* parce qu'il volait dans les poches, et que sa langue, sa plume et ses mains sont également criminelles. Voilà donc nos ennemis.

Quoique je miaule toujours un peu contre vous, je vous confie une affaire plus intéressante, et je la mets sous votre protection.

Je ne crois pas que vous soyez pour le nouveau plus que pour l'ancien; mais j'ai des neveux dans le nouveau, qui frémiffent encore, comme vous et moi, qu'on ait fait couper le poing et la langue, élevé un grand bûcher de deux voies de bois, à un petit-fils d'un lieutenant général, âgé de 18 ans, et au fils d'un préfident, âgé de 17, le tout pour n'avoir pas falué une proceffion de capucins, et pour avoir récité l'ode de *Piron*, à qui, par parenthèfe, le feu roi fefait une penfion de douze cents livres fur fa caffette pour cette ode.

Le chevalier de *la Barre* fubit fon horrible fupplice en perfonne, et le fils du préfident d'*Etallonde* fut exécuté en effigie fous les yeux de fon père, qui demanda auffitôt pour lui la confifcation du bien que le jeune homme tenait de fa mère. Il garda ce bien, et n'a jamais affifté fon fils. Il y a de belles ames.

Ce martyr alla fe faire foldat à Véfel.

Rofe et Fabert ont ainfi commencé.

Le roi de Pruffe lui a donné une fous-lieutenance, et me l'a envoyé au mois d'avril dernier. Vous faurez que ce jeune homme eft le plus fage, le plus doux, le plus circonfpect que j'aye jamais vu ; ce qui prouve qu'il ne faut jamais couper la langue et le poing aux enfans, ni leur donner la queftion ordinaire et extraordinaire, ni les brûler à petit feu, parce qu'après tout ils peuvent fe corriger.

Je voulais d'abord lui faire obtenir fa grâce par la protection du feu roi, et même de madame *du Barri;* le roi mourut au mois de mai, et madame *du Barri* alla au Pont-aux-Dames.

Je m'adreffai au commencement du mois d'augufte (que les barbares nomment août) à M. le chancelier

de

de *Maupeou* qui me promit la grâce , qui arrangea
tout pour favoriser pleinement d'*Etallonde ;* et auſſitôt   1774.
il eſt parti pour Roncherolles.

Comme je vais partir bientôt pour l'autre monde ,
je vous lègue d'*Etallonde* , mais ſous le plus grand
ſecret ; parce que, ſi vous parlez , on me déterrera
pour me brûler avec lui.

Pouvez-vous faire réuſſir cette affaire , et ſecourir
l'humanité contre les cannibales ? la philoſophie peut-
elle réparer les maux affreux qu'a faits la ſuperſtition ?
Je vous enverrai le précis de ce que demande le jeune
d'*Etallonde.* Cette bonne œuvre eſt au-deſſus de celle
que je vous propoſais pour le frère de *Protagoras-
Damilaville.*

Je vais écrire au roi de Pruſſe. Il m'avait donné
permiſſion de dire qu'on lui ferait plaiſir de rendre
juſtice à ſon officier. Je vais lui écrire que c'eſt vous
qui êtes le protecteur de cet infortuné , et que je
le ſupplie de vous adreſſer un certificat ſigné et
ſcellé de lui, qui dépoſe de la ſageſſe et de la bonne
conduite de d'*Etallonde.* S'il vous envoie ce certificat , l'un des deux *Bertrands* eſt en droit de le
montrer au miniſtre des affaires étrangères , et de le
preſſer de faire plaiſir à un monarque dont quelque
jour on pourrait avoir beſoin. M. *Turgot* vous
appuiera de tout ſon pouvoir , et M. de *Miroménil*
ne refuſera pas de condeſcendre aux volontés de deux
miniſtres qui demanderont la choſe du monde la
plus juſte, et même la plus honorable , l'expiation
du crime abominable des *Pilates* d'Abbeville.

*Bertrands , Bertrands ,* cette négociation eſt digne
de vous et de votre courage.

Voilà, mon digne philosophe, ce que je vous écrivais. Vous attendrez *mollia fandi tempora*. Je garderai chez moi l'officier du roi de Prusse, et je vous le résigne-rai par mon testament.

Je viens de lire le chef-d'œuvre de M. *Turgot*, du 13 de septembre; il me semble que voilà de nouveaux cieux et une nouvelle terre.

Vivez, instruisez, faites du bien; ceci est pour vous et pour M. de *Condorcet*.

# LETTRE CXXXIV.

## *DE M. DE VOLTAIRE.*

29 d'octobre.

Mon cher et grand philosophe, je vous ai légué d'*Etallonde*, comme je ne sais quel grec donna en mourant sa fille à marier à je ne sais quel autre grec. Il s'agit de voir si on peut obtenir en France la grâce d'un brave officier prussien, accusé d'avoir chanté, à l'âge de seize ans, une vieille chanson de corps de garde, et d'avoir récité l'*Ode à Priape* de *Piron*, connu par cette seule ode à la cour, et récompensé par une pension du roi de douze cents livres sur la cassette. Certainement le poing coupé, la langue arrachée, la torture ordinaire et extraor-dinaire, la roue et le bûcher n'étaient pas en raison directe du crime.

J'avais supplié le roi de Prusse de vous envoyer ou un passe-port pour d'*Etallonde*, dit *Morival*, ou une

atteftation de fon général, qui fervira de ce qu'elle
pourra. Il me mande qu'il vous l'envoie, et peut-
être avez-vous déjà reçu cette pancarte. Vous en ferez,
après la Saint-Martin, l'ufage que votre bienfefance et
votre fageffe vous confeilleront; rien ne preffe. Ce
jeune homme refte toujours chez moi, et madame
*Denis* le gardera, fi je meurs avant que fon affaire
foit confommée.

Le roi de Pruffe me dit qu'il charge fon miniftre
de recommander d'*Etallonde* au garde des fceaux.
Madame la ducheffe d'*Enville* a déjà difpofé M. de
*Miroménil* à être favorable à d'*Etallonde*. Nous avons,
dans l'ancien parlement et dans le nouveau, des
hommes fages et juftes, qui m'ont donné parole de
faire réparer, autant qu'il fera en eux, l'arrêt des cannibales qui d'un trait de plume ont affaffiné *la Barre* en
perfonne, et d'*Etallonde* en peinture; arrêt qui, par
parenthèfe, ne paffa que de deux voix. (*)

Il refte à voir s'il faut, ou qu'il faffe juger fon
procès, ou qu'il demande des lettres honteufes de grâce.
Je fuis abfolument pour la révifion, parce que j'ai vu
les charges : une grâce n'eft que l'aveu d'un crime. Il
ferait bien beau à la philofophie de forcer l'ancienne
magiftrature à expier fes atrocités, ou d'obtenir de
la pauvre nouvelle compagnie une réparation folennelle des infamies puniffables de l'autre tripot. Ce
problème des deux corps eft auffi digne d'être réfolu
par vous que le problème des trois corps.

Nous en parlerons dans quelque temps. Je recommande aux deux *Bertrands* cette bonne œuvre; *Raton*
mourant n'eft plus bon à rien.

(*) J'avais cru et j'avais dit de cinq.

Ne voyez-vous pas quelquefois M. d'*Argental* ? il connaît cette affaire, il a un grand zèle.

Tout cela n'eſt pas trop académique, mais cela eſt humain et digne de vous. Ce n'eſt plus *Damilaville minor* dont je vous parle, j'eſpère qu'il ne vous importunera plus.

Adieu, digne homme.

*N. B.* Un fils du comte de *Romanzof* vient de faire des vers français, dont quelques-uns ſont encore plus étonnans que ceux du comte de *Schouvalof*. C'eſt un dialogue entre DIEU et le révérend père *Hayet*, auteur du *Journal chrétien*. DIEU lui recommande la tolérance, *Hayet* lui répond :

Ciel ! que viens-je d'entendre ! Ah ! ah ! je le vois bien
Que vous-même, Seigneur, vous ne valez plus rien.

Tout n'eſt pas de cette force.

## LETTRE CXXXV.

### *DE M. DE VOLTAIRE.*

7 de novembre.

Mon digne philofophe, auffi humain que fage, je viens encore de recevoir une lettre du roi de Pruffe fur l'affaire de ce jeune homme. *J'ai chargé*, dit-il, *le miniflre que j'ai en France, d'intercéder pour lui, fans trop compter fur le crédit que je puis avoir à cette cour.* Et moi, j'y compte beaucoup, et encore plus fur votre humanité et fur votre fageffe.

Vous favez bien qu'il ne fera pas à propos qu'une certaine compagnie fache que c'eft vous qui protégez un infortuné, livré à la fureur des hypocrites et des fanatiques. Je ne faurais trop vous répéter combien ce jeune homme mérite vos bontés. Il apprend à force fon métier d'ingénieur; il eft parvenu en très-peu de temps à lever des plans, et à deffiner parfaite-ment. Il fe rendra très-utile dans le fervice où il eft. Rien ne preffe encore pour fon affaire; il faut voir auparavant à quel parlement il devra s'adreffer. Mon avis eft toujours qu'il demande à faire juger fon procès. Je n'aime point qu'on demande grâce quand on doit demander juftice. Je m'en rapporterai à votre opinion et à celle de M. le marquis de *Condorcet.* C'eft à des philofophes tels que vous deux à détruire l'œuvre infernale du fanatifme, et à venger l'humanité, fans vous compromettre.

Si nous ne réuffiffons pas, je me flatte que le roi de

P 3

Pruſſe n'en fera que plus déterminé à favoriſer un bon ſujet, et qu'il l'avancera d'autant plus qu'il ſera ſecrétement offenſé du peu d'égard qu'on aura eu pour ſa recommandation.

Le miniſtère d'ailleurs paraît trop ſage pour refuſer à un roi, tel que celui de Pruſſe, une petite ſatisfaction qui n'intéreſſe en rien la politique.

Il eſt vrai, mon cher ami, que M. le maréchal de *Richelieu* ne m'a point payé depuis cinq ans la rente qu'il me doit; mais je n'impute cette négligence qu'à ſes grandes affaires, et non pas à un manque de bonne volonté. Cinquante ans d'intimité ſont une choſe ſi reſpectable, que je ne crois pas devoir me plaindre. Je me flatte que lui et d'autres grands ſeigneurs, entre les mains de qui j'avais mis ma fortune, ne me laiſſeront pas mourir ſans me mettre en état d'achever ce que j'ai commencé pour ce jeune homme ſi malheureux.

J'ai lu les mémoires de madame de *Saint-Vincent* et du major. Il me paraît clair qu'on a fait de faux billets. Cette affaire eſt très-grave pour madame de *Saint-Vincent*, et très-triſte pour M. de *Richelieu*.

Adieu, mon cher ami; les pattes toutes brûlées et toutes retirées du pauvre *Raton* embraſſent les mains des heureux *Bertrands*.

# LETTRE CXXXVI.

## DE M. DE VOLTAIRE.

A Ferney, 21 de novembre.

MESSIEURS les deux *Ajax*, qui combattez pour la raifon et pour l'humanité, voici le fait.

Je vous écrivis, au commencement du mois, une lettre très-intéreffante pour des cœurs comme les vôtres, et dans laquelle je vous priais hardiment de vous adreffer à M. *Turgot*, parce qu'il eft jufte et humain.

Un M. *Bacon*, ci-devant fubftitut du ci-devant procureur général, M. de *Fleuri*, était en poffeffion de fe charger de toutes mes lettres, que je lui envoyais fous l'enveloppe de monfieur le procureur général, et qu'il fefait paffer fidellement à leurs adreffes. Ma lettre arriva tout jufte dans le temps du voyage de M. de *Fleuri* à Maubeuge. Elle eft probablement fous le fcellé avec fes autres papiers. Voici, autant qu'il m'en fouvient, ce qu'elle contenait à peu-près.

Je vous difais que le jeune gentilhomme d'Abbeville, nommé d'*Etallonde*, ayant été condamné, à l'âge d'environ feize ans, avec le chevalier de *la Barre*, à la queftion ordinaire et extraordinaire, au fupplice de la langue arrachée avec des tenailles, de la main coupée, et du refte du corps jeté vivant dans le feu, comme accufé d'avoir mis fon chapeau devant des capucins pendant la pluie, d'avoir chanté une mauvaife chanfon, faite il y a cent ans, et d'avoir récité

P 4

—— à deux autres jeunes gens l'*Ode à Priape* de *Piron*,
1774. pour laquelle ce *Piron* avait obtenu une penfion de
douze cents francs fur la caffette; que ce jeune
d'*Etallonde*, dis-je, avait prévenu, par une prompte
fuite, l'exécution de fa fentence; que mourant de
faim, il s'était fait foldat à Véfel dans les troupes du
roi de Pruffe; qu'en ayant été informé par un officier
pruffien qui vint chez moi, et ayant fu que c'était
un enfant de très-bonnes mœurs, et qui rempliffait
tous fes triftes devoirs, je pris la liberté d'en inftruire
le roi fon maître, qui voulut bien le faire officier fur
le champ.

Je vous difais que le roi de Pruffe avait eu la bonté
de me l'envoyer, et de lui accorder un congé beaucoup plus long qu'il ne les donne ordinairement.

Je vous certifiais qu'il étudiait chez moi les mathématiques, qu'il apprenait les fortifications, qu'il levait
déjà des plans avec une facilité et une propreté fingulière; que fa fageffe, fa circonfpection, fon affiduité
au travail, et fon extrême politeffe, lui avaient gagné
les cœurs de tous ceux qui font à Fernéy, et le
nombre n'en eft pas petit.

Je vous avouais avec douleur que fon père, préfident d'Abbeville, avait obtenu la confifcation du
bien que cet enfant avait de fa mère, et ne lui en
fefait pas la plus légère part.

Je vous parlais du deffein de cet infortuné fi
eftimable, d'obtenir en France fa réhabilitation,
moins pour jouir de fon bien, qui eft très-peu de
chofe, que pour fe laver d'un arrêt que le fot peuple
appelle un opprobre, et qui n'eft un opprobre que
pour fes juges.

Je vous difais que j'avais une partie de la procédure, mais qu'il fallait que je l'euffe toute entière; que cette abominable affaire n'avait été que l'effet d'une tracafferie de province, entre un dévot d'Abbeville et madame de *Brou*, abbeffe de Villancourt, près d'Abbeville, tante de M. le chevalier de *la Barre*.

Je répondais que d'*Etallonde* n'était point chargé dans la partie du procès criminel qui m'a été remife.

Je vous expofais mon idée d'obtenir des lettres d'attribution au parlement de Paris, pour juger, en premier et dernier reffort, ce procès auffi exécrable que ridicule. Je penfais et je penfe qu'il vaut mieux purger la contumace au parlement, que de demander des lettres de grâce, parce que grâce fuppofe crime, et que certainement ce jeune homme d'un rare mérite, brave officier, et de mœurs irréprochables, n'a point commis de crime.

Enfin, je vous priais d'implorer pour lui la protection de M. *Turgot*, dans un moment de loifir, s'il peut en avoir; mais je ne pouvais ni ne voulais rien hafarder avant d'avoir vu toute la procédure que j'attends avec quelque impatience.

Voilà donc ce que je vous mandais, et probablement ce que vous n'avez pas reçu. Si ma lettre a été faifie dans les papiers de M. *Joly de Fleuri*, je ne vois pas qu'il y ait un grand rifque. On faura feulement que M. d'*Alembert* et M. le marquis de *Condorcet*, ont pitié d'un infortuné innocent. On verra qu'il faut proportionner les peines aux délits, et qu'il y a eu parmi nous des hommes beaucoup plus abfurdes et beaucoup plus cruels que les cannibales.

Plus je fais mon examen de confcience, et moins

—— je me fouviens d'avoir mis dans ma lettre un feul
1774. trait qui pût compromettre perfonne. J'efpère que
celle-ci fera plus heureufe.

Je fupplie M. d'*Alembert* de garder l'atteftation que
le roi de Pruffe lui a envoyée en faveur de d'*Etallonde*,
dit *Morival*, officier dans le régiment d'*Eickmann*, à
Véfel. Je le fupplie de ne point faire agir le miniftre
du roi de Pruffe, avant que nous fachions quelle route
nous devons tenir. Mais ce qui eft très-effentiel, et
ce qui eft bien dans le caractère de M. d'*Alembert*,
c'eft qu'il employe toute la fupériorité de fon efprit
à rendre cette affaire auffi intéreffante pour le roi de
Pruffe qu'elle l'eft pour nous. Il faut que ce prince y
mette fon honneur. Dès qu'il a fait une démarche,
il ne doit pas reculer. Il a affez affligé l'humanité; il
faut qu'il la confole. Il avait pris d'abord la chofe
un peu légèrement et en roi ; je veux qu'il la confomme
en philofophe et en homme fenfible, d'une manière
ou d'une autre. Je lui écris dans cette idée. Monfieur
d'*Alembert* fera beaucoup mieux et beaucoup plus
que moi.

*Raton* met fés vieilles petites pattes entre les mains
habiles des deux *Bertrands*; il remet tout à leur
généreufe amitié.

## LETTRE CXXXVII.

### DE M. DE VOLTAIRE.

9 de décembre.

Le vieux malade a reçu une lettre du 1 de décembre de M. *Bertrand*, le fecrétaire des fciences, et une du 3 de décembre de l'autre fecrétaire. Il n'importe à qui des deux *Bertrands* bienfefans le *Raton* aux pattes rouffies écrive. Tout ira bien, encore une fois, et rien ne preffe. Il faut laiffer paffer le froid mortel que nous éprouvons. Nous fommes entourés de neiges et de glaces, et perfécutés d'un vent du nord qui nous met en Sibérie. Nous ne nous occupons, au coin du feu, qu'à rendre grâce aux deux fages et généreux *Bertrands :* mais voyez ce que c'eft que de nous ! voyez, mon très-cher fage, dans quelle prodigieufe erreur vous êtes tombé ; dans quel tome des *Mille et une nuits* avez-vous pris *que je parais avoir envie d'employer dans cette affaire le crédit* d'un de nos académiciens ? il faudrait que la tête m'eût tourné, pour que j'euffe une telle envie. Je vous ai mandé que je devais refpecter une ancienne liaifon et d'anciens bons offices ; mais certainement il n'a jamais été ni dans ma penfée ni au bout de ma plume, que j'euffe deffein de me fervir de lui dans notre affaire. Je me flatte qu'avec votre fecours, et celui de l'autre *Bertrand*, elle réuffira d'une manière ou d'autre. Nous ne mettrons dans la confidence que les perfonnes qui y font déjà. Nous ne compromettrons qui que ce

puiffe être. On ne rejettera furement pas la demande
d'un grand prince. Madame la ducheffe d'*Enville* nous
appuiera de toute la chaleur qu'elle met dans fa
profeffion de faire du bien.

J'ignore lequel des deux *Bertrands* a le bonheur
d'être lié avec elle. Peut-être ont-ils tous deux cet
avantage, tant mieux. Il faut que tous les honnêtes
gens fe tiennent bien ferrés par la main. Ce que j'aime
de madame la ducheffe d'*Enville*, c'eft qu'elle a un
peu d'enthoufiafme dans fa vertu courageufe. Je fuis
comme cet autre qui difait, à ce qu'on prétend,
qu'il n'aimait pas les tièdes, et qu'il les vomiffait de
fa bouche. L'expreffion n'eft ni noble ni jufte, mais
cela lui arrive fouvent.

La perfonne qui veut bien avoir la bonté de vous
faire parvenir la lettre de *Raton*, a bien autre chofe
à faire qu'à la lire. Il a un furieux fardeau à porter,
mais il le portera toujours heureufement, ou je me
trompe fort.

Philofophez, réjouiffez-vous, aimez-moi comme
je vous aime.

*Raton.*

# LETTRE CXXXVIII.

## *DE M. DE VOLTAIRE.*

### 28 de janvier.

LE jeune écolier qui vous adreffe ce chiffon, mon cher philofophe, craint beaucoup de vous ennuyer. Cependant il y a dans ce fatras une petite pointe de vérité et de philofophie, qui pourra obtenir votre indulgence pour mon jeune étourdi.

Il fe fert d'abord de la permiffion que lui a donnée M. de *Rofni-Colbert-Turgot*, de lui adreffer de petits paquets pour vous et pour M. de *Condorcet*.

*N. B.* Je crois avoir découvert les manœuvres infernales dont fe fervit un dévot pour perdre madame l'abbeffe de Villancourt, le chevalier de *la Barre* et d'*Etallonde*. Si je vis encore fix mois, nous verrons beau jeu.

# LETTRE CXXXIX.

## *DE M. DE VOLTAIRE.*

### 8 de février.

UN fecrétaire de l'académie devrait bien avoir fes ports francs. Je fuis perfuadé, mon cher et vrai philofophe, qu'il vous en coûte par an, en lettres inutiles, beaucoup plus que votre fecrétariat ne vous

—— rapporte. Cependant il faut que je vous mande, par
la poste, que je suis très en peine d'un ministre à
qui j'ai adressé quatre paquets de rogatons pour
vous, parmi lesquels rogatons il y a quelques marons
de *Raton* pour les *Bertrands*.

Je m'aperçois, par une lettre de M. de *Condorcet*,
que ni vous ni lui n'avez reçu aucun de ces rogatons
académiques. Cependant la première chose qu'avait
faite le ministre, était de me dire : Envoyez-moi tous
les marons pour les *Bertrands*, et je les leur ferai
tenir. Je vois que vous ne tenez rien, et que vous
n'avez pas perdu grand'chose.

Dites donc à M. de *Condorcet* qu'il aille à l'office,
et qu'il se fasse rendre son plat et le vôtre ; car lorsque
je brûle mes pattes pour vous, je veux du moins
que vous mangiez un peu de mon plat.

Je ne doute pas que vous n'ayez écrit à *Luc*
beaucoup de bien de mon jeune homme que vous
ne connaissez pas, et que vous aimeriez si vous le
connaissiez ; car il est devenu un très-bon géomètre
praticien, et c'est assurément tout ce qu'il faut dans
son métier. On n'ouvre point une tranchée, on ne
bat point en brèche avec des $x$ $x$. Le maréchal de
*Vauban* n'aurait pas résolu le problème des trois corps,
mais *Euler* conduirait peut-être fort mal un siége.

*Ut ut est*, je ne quitte pas prise ; j'écris lettre sur
lettre à son maître *Luc*. Je ne démordrai de mon
entreprise qu'en mourant. Vous me direz que je
mourrai bientôt : cela est vrai ; donc il faut se hâter :
cela est conséquent.

*Raton* vous embrasse bien vivement, bien tendrement, du fond de son trou et du milieu de ses neiges.

# LETTRE CXL.

## DE M. DE VOLTAIRE.

26 de février.

CHER feigneur et maître, cher *Bertrand*, il y a long-temps que je n'ai pu vous dire combien je vous aime, combien je vous fuis obligé d'avoir écrit en faveur de mon jeune homme. J'ai été très-malade, je le fuis encore, et je crois que je pourrai bientôt laiffer une place vacante dans l'académie que vous rendez fi refpectable. On dit que vous avez *élogié* l'abbé de *Saint-Pierre* : c'eft l'expreffion des *Gazettes de Berne*, ma voifine. On dit que le prédicateur eft fort au-deffus de fon faint, et que votre difcours eft charmant. Vraiment je le crois bien. Vraiment vous avez reffufcité notre académie ; elle était morte fans vous. Voilà bientôt, ce me femble, le temps de fe paffer des docteurs de forbonne, qui ne font pas faits pour juger de la profe et des vers.

Croyez-vous que ce fût auffi le temps de donner, pour fujet des prix, non des éloges, dans lefquels il y a toujours de la déclamation, de l'exagération, et qui par-là ne pafferont jamais à la poftérité ; mais des difcours tels que vous en favez faire, des jugemens fur les grands-hommes, à la manière de *Plutarque* ? Rien ne ferait, ce me femble, plus inftructif ; rien ne formerait plus le jugement et le goût de nos jeunes écrivains.

Je vous envoie la feconde édition de Don Pèdre que je reçois dans le moment. Je vous prie de jeter un coup d'œil fur la note qui eft à la fin de la Tactique. Elle ne corrigera perfonne fur la rage de faire la guerre ; mais pourrons-nous corriger les monftres qui affaffinent gravement l'innocence en temps de paix ?

Le pauvre *Raton* vous embraffe comme il peut avec fes miférables pattes.

## LETTRE CXLI.

### DE M. DE VOLTAIRE.

8 d'avril.

*Raton à MM. Bertrands.*

R*ATON* a reçu la petite hiftoire de *Jean-Vincent-Antoine*, et remercie MM. *Bertrands*.

Mais *Raton* eft défefpéré qu'on lui impute, pour la troifième fois, depuis fi peu de temps, des marons qu'il n'a jamais tirés du feu, et qui peuvent caufer de terribles indigeftions.

La dernière aventure du chevalier de *Morton* et du comte de *Treffan* eft auffi ridicule que dangereufe. Il eft bien indécent que ce chevalier de *Morton* veuille fe cacher vifiblement fous la fourrure du vieux *Raton*. Il eft bien mal informé, quand il parle des petits foupers d'*Epicure-Staniflas* qui ne foupa jamais, et qui empêcha long-temps fes commenfaux de fouper.

Il

1775.

Il eſt bien extraordinaire que le comte de *Treſſan* ait attribué cette pièce à *Raton*, et lui ait répondu en conſéquence avec des notes.

Le grand référendaire, dont *Raton* a un beſoin extrême dans le moment préſent, doit réprouver cette brochure, et être très-piqué contre l'auteur indiſcret. Les paſtophores vont s'aſſembler, et tout eſt à craindre. Cette ſaillie, très-mal placée dans le temps où nous ſommes, peut ſurtout faire un tort irréparable au jeune homme à qui MM. *Bertrands* s'intéreſſent. *Raton* eſt très-affligé, et a grande raiſon de l'être.

On aurait bien dû empêcher M. de *Treſſan* de faire une ſi dangereuſe équipée. On eſt obligé de ſuſpendre tout dans l'affaire de notre jeune ingénieur, devenu aide de camp du roi ſon maître. Il faut ſe taire pendant quelque temps; mais ſurtout il eſt abſolument néceſſaire de rendre juſtice à *Raton*, et de ne lui point imputer un ouvrage ſi mal conçu, ſi mal rimé, dans lequel il y a quelques beaux vers, à la vérité, mais qui ſont abſolument hors de ſaiſon, et qui ne peuvent que gâter des affaires très-ſérieuſes.

*Raton* prie inſtamment MM. *Bertrands* de détourner de lui un calice ſi amer; ſes vieilles pattes ſont aſſez brûlées. Ils ſont conjurés de ne pas faire brûler le reſte de ſon maigre corps. Sa nièce eſt très-mal, et lui auſſi; il faut qu'il meure en paix.

# LETTRE CXLII.

## DE M. DE VOLTAIRE.

1 de mai.

*A messieurs les deux secrétaires.*

JE comptais envoyer aujourd'hui à l'un des *Bertrands* l'ouvrage très-utile sur le commerce des blés. Je ne conçois pas pourquoi on ne m'a pas envoyé encore l'imprimé.

L'un des *Bertrands* me mande qu'on ne sait point ce que c'est que ce *Jean-Vincent-Antoine.* Cependant j'ai reçu un mémoire concernant *Jean-Vincent-Antoine Ganganelli*, écrit de la même main, et envoyé sous le même contre-seing que l'écrit sur la liberté du commerce des blés. Mais certainement on ne fera nul usage de l'histoire de *Jean-Vincent-Antoine.*

On se confie entièrement au zèle généreux des *Bertrands*, au sujet de l'officier prussien. *D'Ornoi* s'obstine, pour disculper sa compagnie, à vouloir des lettres de grâce, que ce brave officier rejette avec horreur. Il manquerait d'ailleurs essentiellement au roi son maître, et il se déshonorerait s'il allait faire entériner à genoux ces lettres de grâce par ses bour- reaux, en portant l'habit uniforme des vainqueurs de Rosbac. La seule idée d'une telle infamie fait bondir le cœur. Il ne veut absolument qu'un mot de consultation. Trois avocats de Paris ne peuvent refuser ce mot en 1775, après que huit avocats ont

figné, en 1766, la même chofe que nous demandons.

Voilà l'unique point fur lequel nous infiftons. Il
ne s'agit que d'un oui ou d'un non , de la part de
ces avocats. S'ils refufent, il n'y aura autre chofe à
faire qu'à nous renvoyer le mémoire à confulter. On
pourra en adreffer un autre au roi très-chrétien en
perfonne , ou s'en tenir uniquement à ce qu'on doit
efpérer du roi fon maître.

Voilà tout ce qu'on peut dire fur cette exécrable
affaire.

A l'égard de celle du chevalier de *Morton* et du
comte de *Treffan* , elle eft très-ridicule et très-dange-
reufe dans les circonftances préfentes. Monfieur de
*Condorcet* eft très-inftamment fupplié d'impofer filence,
s'il le peut, à ceux qui expofent ainfi les fidelles à la
perfécution. On met *Raton* dans la cruelle néceffité
de montrer publiquement que ce *Morton* eft abfurde,
et ne fait pas la langue françaife. Il en faudra venir
néceffairement à ce fcandale , pour peu que la malheureufe épître de ce *Morton* foit connue. En vérité,
cette difparate eft la chofe la plus défefpérante. Il
ferait affreux d'immoler fon ami à la démangeaifon
d'imprimer des vers.

M. de *Treffan* n'a-t-il pas dû fentir que cet imprimé
ne pouvait faire qu'un effet affreux ?

Voici la lettre qu'on écrit au maître de ce malheureux officier perfécuté par le bœuf-tigre.

L'article *Monopole* fera envoyé le 3 de mai.

# LETTRE CXLIII.

## DE M. DE VOLTAIRE.

7 de juillet.

Vous n'avez probablement point reçu, mon cher philofophe, une lettre que je vous avais écrite il y a près d'un mois, fous l'enveloppe de M. de *Vaines*. Je vous priais de dire un petit mot au roi de Pruffe au fujet de M. d'*Etallonde de Morival*. Ce monarque vient de combler nos vœux et de furpaffer nos efpérances. Il appelle M. de *Morival* auprès de lui ; il le fait fon ingénieur et capitaine , il lui donne une penfion. Cela vaut mieux , ce me femble , que d'aller fe mettre à genoux à Paris devant *meffieurs*, et de leur avouer qu'on eft un impie qui vient faire entériner fa grâce.

Le roi de Pruffe, en fefant cette belle action, m'écrit la lettre la plus touchante et la plus philofophique.

Je vous envoie la requête au roi très-chrétien, par laquelle M. de *Morival* ne lui demande rien.

# LETTRE CXLIV.

## DE M. DE VOLTAIRE.

17 de juillet.

M ON cher ami, mon cher philofophe, je fuis bien
affligé. Votre lettre du 11 de juillet me pétrifie.
Vous me dites qu'il y a long-temps que vous n'avez
reçu de mes nouvelles. Je vois que mes paquets
envoyés à M. de *Vaines* n'ont point été rendus à leurs
adreffes. Il y en avait un pour vous, et un autre
pour M. de *Condorcet*.

Vous avez bien voulu vous intéreffer tous deux au
jeune homme qui a été fi long-temps victime. Je vous
mandais que fon maître l'appelait auprès de lui,
l'honorait d'une place diftinguée, et lui donnait une
penfion. Le paquet contenait furtout une efpèce de
requête à un autre maître, dans laquelle il ne demandait rien. Il fe contentait de démontrer la vérité, et
d'effayer de faire rougir fes perfécuteurs.

Il vaut mieux, fans doute, ne rien demander que
de folliciter fa grâce quand on n'eft point coupable;
mais peut-être que cette requête un peu fière ne ferait
pas bien reçue dans le moment préfent. Elle eft plus
faite pour être lue par des hommes éclairés et juftes
que par des gens de robe; et peut-être même ne faudrait-il pas qu'elle fût connue des gens d'Eglife:
c'eft un petit monument fecret qui doit refter dans
vos archives, ou je fuis bien trompé.

M. *Turgot* eft le feul homme d'Etat à qui on ait

Q 3

ofé en envoyer un exemplaire. Il n'aura pas le temps de le lire ; les édits qu'il prépare pour le bonheur de la nation, ne doivent pas lui laiffer de temps pour les affaires particulières.

Je vous demande en grâce de vous informer chez M. de *Vaines* des paquets que je lui ai envoyés pour vous, depuis plus d'un mois. Vous ne fauriez croire combien j'en fuis inquiet ; cela tire à conféquence.

J'ignore, fi M. de *Condorcet* eft à Paris ou en Picardie. Probablement mes lettres ne lui font pas parvenues plus qu'à vous. Je me trouve dans le même cas avec M. d'*Argental*. Me voilà comme un peftiféré à qui toute communication eft interdite.

*Luc* me paraît changé en bien. Madame *Denis* eft condamnée à un trifte régime, et moi à mourir bientôt.

D E O *confecratori* eft de la baffe latinité. On dit que *Jérôme* s'eft fervi le premier de ce mot. Vous pourriez charger M. *Melon* de ce jeton. Nous ferons bien mal les honneurs de Ferney à M. *Melon* et à fon anglais, mais ce fera de bon cœur. Le nom de *Melon* m'eft cher, c'eft une race de philofophes.

Je vous embraffe tendrement, mon illuftre ami. Tirez - moi d'inquiétude. Je ne fais plus où eft *Mords-les.*

# LETTRE CXLV.

### DE M. DE VOLTAIRE.

29 de juillet.

Vous ferez affurément une très-bonne action, mon cher philofophe, d'écrire au roi de Pruffe, et de lui donner cent coups d'encenfoir, qui feront cent coups d'étrivières pour les affaffins de nos deux jeunes gens. Soyez sûr que l'homme en queftion fera encouragé par vos éloges; il les regardera comme les récompénfes de la vertu, et il s'efforcera d'être vertueux, furtout quand il ne lui en coûtera rien, ou que du moins il n'en coûtera que très-peu de chofe. Il mettra fa gloire à réparer les crimes des fanatiques, et à faire voir qu'on eft plus humain dans le pays des Vandales que dans celui des Velches.

Le mémoire de d'*Etallonde* eft trop extra-judiciaire pour l'envoyer à tout le confeil; d'ailleurs on ne fera jamais rien pour lui en France, et il peut faire une fortune honnête en Pruffe. Il la fera, fi vous fortifiez le roi fon maître dans fes bons deffeins. Il eft comme *Alexandre* qui fefait tout pour être loué dans Athènes. Soyez perfuadé que ce fera à vous que mon pauvre jeune homme devra fon bien-être. Je le ferai partir pour Potfdam, dès que vous aurez écrit.

Je viens de lire *Le bon fens*. Il y a plus que du bon fens dans ce livre; il eft terrible. S'il fort de la boutique du *Syftême de la nature*, l'auteur s'eft bien perfectionné. Je ne fais fi de tels ouvrages conviennent

Q 4

dans le moment préfent, et s'ils ne donneront pas lieu à nos ennemis de dire : Voilà les fruits du nouveau miniftère.

Votre bon fens, mon cher ami , tire très-habilement fon épingle du jeu. Vous avez raifon de ne jamais vous compromettre. Il faut auffi que les deux *Bertrands* prennent toujours pitié des pattes de *Raton*. Il faut qu'on laiffe mourir le vieux *Raton* en paix. Il y a une chofe qu'il préfèrerait à cette paix , ce ferait de vous embraffer avant de quitter ce monde.

## LETTRE CXLVI.

### DE M. D'ALEMBERT.

Ce mardi, 15 d'augufte.

JE ne fais , mon cher et illuftre maître, par quelle fatalité je n'ai reçu que famedi au foir, 12 , votre lettre du 29. J'ai écrit dès le lendemain au roi de Pruffe une lettre telle que vous pouvez la défirer , et cette lettre a dû partir par le courier d'hier. Je fouhaite à cet honnête et intéreffant jeune homme tout le fuccès et le bonheur qu'il mérite, et je n'oublierai rien pour entretenir fon augufte protecteur dans les fentimens de bonté qu'il a pour lui. Voilà ce que j'ai fait à votre prière et à fa confidération , et dont je vous donne avis fans délai par le courier le plus prochain , afin que vous preniez vos mefures en conféquence. Etes-vous content de moi? c'eft au moins bien furement mon intention.

Vous l'êtes fans doute de ce que M. de *la Harpe* vient de remporter, pour la quatrième fois, le prix d'éloquence, et pour la quatrième fois encore le prix de poëfie, et pour la feconde fois les deux prix dans le même jour, et de plus encore le premier acceffit en vers. Le voilà comblé de gloire et fes ennemis de rage; auffi ne s'endorment-ils pas, et ils lui fufcitent, en ce même moment, une affaire défagréable pour un article du *Mercure*, où fa faute, s'il en a fait une, eft bien légère, mais fera bien groffie par l'envie et par la haine.

Je penfe comme vous fur ce *Bon fens* qui me paraît un bien plus terrible livre que le *Syftême de la nature*. Si on abrégeait encore ce livre ( ce qu'on pourrait aifément, fans y faire tort ), et qu'on le mît au point de ne coûter que dix fous, et de pouvoir être acheté et lu par les cuifinières, je ne fais comment s'en trouverait la cuifine du clergé, qui dans ce moment ferait bien des fottifes, fi quelques évêques raifonnables ne l'empêchaient. Adieu, mon cher maître; vous avez peut-être actuellement à Ferney madame la ducheffe de *Châtillon* et M. le comte d'*Anlezy*, à qui j'ai donné pour vous une lettre dont ils n'auront pas befoin quand vous les connaîtrez. Nous attendons mille bonnes chofes des miniftres vertueux qui entourent le trône, et nous efpérons de n'être pas trompés. *Vale iterùm.*

# LETTRE CXLVII.

## *DE M. D'ALEMBERT.*

A Paris, ce 18 d'augufte.

M. *François de Neufchâteau,* que je ne connàiffais pas, vint hier chez moi, mon cher et illuftre ami. Il me parut indigné de cette infamie que l'ombre de *la Beaumelle,* menée par le fquelette de *Fréron,* vient de publier contre la Henriade ; et il me dit qu'il avait fait un mémoire où il rendait plainte contre cette atrocité que je ne connais que par ce qu'il m'en a dit ; car je fais juftice de ces rapfodies, en n'en lifant jamais aucune. Il m'a dit vous avoir écrit pour vous prier de l'autorifer à pourfuivre cette canaille morte et vivante, et m'a prié de vous en écrire auffi. J'ai fort applaudi à l'honnêteté et au zèle de ce jeune homme, et je lui ai répondu de votre reconnaiffance, et de celle de tous les gens de lettres, dignes de porter ce nom. Il ferait temps, ce me femble, qu'on fît juftice de pareils marauds. A quoi fervirait-il d'avoir tant d'honnêtes gens dans le minif-tère, fi les gredins triomphaient encore ? M. de *Neufchâteau* attend, mon cher maître, une lettre de vous qui l'encourage, et dont il eft bien digne. Je défire beaucoup et la publication et le fuccès du mémoire qu'il prépare, et j'efpère que les Velches même, tout velches qu'ils font, y applaudiront pour le moins autant qu'à l'opéra comique. Adieu,

mon cher et illuftre maître; je vous embraffe, et vous
fouhaite autant de fanté et d'années que vous avez
de gloire.                          *Bertrand l'aîné.*

# LETTRE CXLVIII.

## *DE M. DE VOLTAIRE.*

24 d'augufte.

MON cher ami, mon cher foutien de la raifon
et du bon goût, mon cher philofophe, mon cher
*Bertrand*, le vieux *Raton*, quoique n'en pouvant plus,
a reçu de fon mieux M. d'*Anlezy* et madame la
ducheffe de *Châtillon*. Il a fait fon compliment à votre
aide de camp *la Harpe*, fur les deux batailles qu'il
vient de gagner. Il lève toujours les mains au Seigneur
pour le fuccès de la bonne caufe; mais il n'eft pas
heureux à la guerre. Il vient de perdre le procès de
douze mille agriculteurs néceffaires à l'Etat, contre
vingt moines inutiles au monde. Le parlement de
Befançon a condamné aux dépens et à la fervitude
douze mille fujets du roi, qui ne voulaient dépendre
que de lui, et non d'un couvent de moines. Nous
verrons comment M. *Turgot* et M. de *Malesherbes*
jugeront ce jugement de Befançon. Cette aventure
m'attrifte. Il faut paffer toute fa vie à combattre;
mais je ne combattrai point *Fréron;* il ne faut pas
attaquer à la fois toutes les puiffances.

Si vous voyez M. de *Neufchâteau*, dites-lui, je
vous en prie, combien je fuis touché de fon amitié
courageufe; mais détournez-le du deffein d'intenter

un procès qui ferait très-ridicule. Il fe peut très-bien que *Fréron* et *la Beaumelle* aient fait une Henriade meilleure que la mienne; rien n'eft plus aifé. Il n'y a pas moyen de préfenter requête au confeil pour obtenir qu'on préfère ma Henriade à celle de *Fréron :* cette démarche ferait d'ailleurs contre les principes de M. *Turgot* qui donne toute liberté aux marchands de livres comme aux marchands de blé.

Confidérez encore, s'il vous plaît, que la loi du talion eft en vigueur dans la république des lettres. Je me fuis tant moqué de l'ami *Fréron*, qu'il eft bien jufte qu'il me le rende. Si M. de *Neufchâteau* veut prendre mon parti, et combattre en ma faveur en champ clos, dans le *Mercure* ou dans quelque autre des mille et un journaux qui paraiffent toutes les femaines, cela pourra faire un très-grand effet fur l'efprit de trois ou quatre lecteurs défintéreffés, et je lui en témoignerai ma jufte reconnaiffance.

Je renvoie, ces jours-ci, au roi de Pruffe fon capitaine ingénieur, et je crois lui faire un très-bon préfent. Je vous remercie mille fois, mon cher ami, de la bonté que vous avez eue de recommander ce jeune homme ; c'eft une de vos bonnes actions. Le roi de Pruffe cherchera toujours à mériter votre fuffrage, et toutes les fois qu'il agira en prince généreux et bienfefant, c'eft à vous qu'on en aura l'obligation.

*La Harpe* me fuccédera bientôt dans votre académie. J'ai eu une nourrice qui difait à mon âge : Les *De profundis* me battent les feffes.

Je vous embraffe bien tendrement.

## LETTRE CXLIX.

### *DE M. DE VOLTAIRE.*

5 de novembre.

Vous devez être furchargé continuellement de lettres, mon cher et grand maître. Je n'augmenterai pas long-temps le fardeau. J'ai reçu, il y a quelque temps, un petit avertiffement de la nature qui m'a dit : *Difpone domi tuæ, cras enim morieris.*

M. d'*Argental* m'a envoyé de petits billets charmans de mademoifelle d'*Efpinaffe*. Je ne me fens pas la tête encore affez forte pour ofer la remercier de la part qu'elle a daigné prendre à ma petite province. Vous lui parlerez bien mieux que je ne lui écrirais. Dites-lui, je vous en prie, combien je fuis pénétré de fes bontés. Je ne veux pas mourir ingrat.

D'*Etallonde* eft actuellement à Potfdam ; le roi l'a très-bien accueilli, très-bien traité, très-encouragé, et lui a dit qu'il aurait foin de fa fortune. Le jeune homme s'eft conduit et a parlé avec la plus grande prudence. Il réuffira beaucoup, ou je fuis fort trompé. Cela fait voir qu'il ne faut pas tant fe preffer de couper le poing et la langue à un enfant, de lui donner la queftion ordinaire et extraordinaire, et de le jeter tout vivant dans un bûcher compofé d'une corde de bois et d'une grande charrette de fagots ; car on ne fait jamais ce qu'un enfant deviendra. Un homme qui eft aujourd'hui un miniftre d'Etat cher à la France, et qui paffe pour un des meilleurs généraux de l'Europe, commença par être camarade du père *Adam* dans la ville de Dole; et le prince *Eugène*, à dix-sept ans, s'enivrait avec *Dancourt*, et couchait avec le reste de la famille.

Vous savez que le roi de Prusse vient d'essuyer un terrible accès de goutte aux quatre membres, c'est actuellement la mode des grands-hommes. (*)

Le roi établit donc à l'académie des sciences un prix pour du salpêtre. J'avais, en vérité, gagné ce prix; car j'avais équipé pour ma part un vaisseau qui amenait du salpêtre du Bengale en France. Notre salpêtre a été fondu par l'eau de la mer qui est entrée dans le vaisseau, et je n'aurai point le prix. Je ne m'étonne point que les Chinois aient inventé la poudre quinze cents ans avant nous; leur terre est pleine d'un salpêtre excellent, et nous ne savons encore que gratter des caves.

On dit que des bonzes ont voulu depuis peu faire du mal aux disciples de *Confucius*, et que le jeune empereur *Kam-hi* (**) a tout apaisé avec une sagesse au-dessus de son âge : cela donne envie de vivre encore quelque temps ; cependant il faut bien s'aller rejoindre à l'Etre des êtres.

*Raton* embrasse avec révérence les deux *Bertrands* de ses deux petites pattes moitié grillées, moitié desséchées.

(*) M. *Turgot*.
(**) *Louis XVI*.

# LETTRE CL.

## *DE M. DE VOLTAIRE.*

6 de février.

J E vous avertis, illuftre fecrétaire de notre académie, que M. *Poncet*, l'un des plus célèbres fculpteurs
de Rome, vient exprès à Paris pour faire votre bufte
en marbre. Il s'eft, en paffant, effayé fur moi pour
arriver jufqu'à vous par degrés. Ce n'eft pas un
fimple artifte qui copie la nature ; c'eft un homme
de génie qui donne la vie et la parole.

Prêtez-lui votre vifage pour quelques heures , et
confervez votre amitié pour votre très-humble et
très-obéiffant ferviteur et confrère, *V.*

# LETTRE CLI.

## *DE M. DE VOLTAIRE.*

8 de février.

N OTRE maître à tous, notre grand *Bertrand*, vous
abandonnez votre vieux *Raton*, depuis que vous êtes
fecrétaire du clergé , fous le nom de fecrétaire de l'académie. Je ne fuis plus l'heureux *Raton* à qui vous
fefiez quelquefois tirer les marons du feu. Je ne tire
que les marons de mon petit pays de Gex ; et, dans
cette aventure, j'ai plus brûlé les griffes des fermiers

généraux que je n'ai brûlé mes pattes. Il eſt bien doux d'avoir délivré ma nouvelle petite patrie de la rapacité de ſoixante et dix-huit alguazils qui n'étaient que ſoixante et dix-huit voleurs de grand chemin, au nom du roi.

Vous ſouvenez-vous de celui qui diſait à *Jacques-Auguſte de Thou* : *Je travaille comme un diable, pour avoir quelque part dans votre hiſtoire ?* Je pourrais vous en dire autant, puiſque vous vous amuſez quelquefois à faire paſſer vos confrères à la poſtérité.

A propos de poſtérité, je vous avertis, mon cher philoſophe, que vous aurez bientôt un ſculpteur de Rome, qui vient exprès à Paris pour faire votre ſtatue en marbre. Je lui ai donné une lettre pour vous, et je vous préviens que je ne vous trompe pas dans cette lettre, quand je vous dis qu'il donne la vie et la parole.

Il aurait auſſi une grande envie de ſculpter monſieur *Turgot* : *Conſule Fabricio, dignumque numiſmate vultum.*

M. *Turgot* ſuccédera-t-il dans notre académie à M. le duc de *Saint-Aignan*, qui était, je penſe, ſon beau-frère ? et ſi vous ne choiſiſſez pas M. *Turgot*, prendrez-vous M. de *la Harpe* ? il nous faut un homme qui oſe penſer, ſoit miniſtre, ſoit poëte tragique.

Je ne peux pas vous dire au juſte quand ma place ſera vacante ; mais je vous confie qu'il y a quelques fanatiques d'un tripot remis en honneur, qui feront tout ce qu'ils pourront pour me rendre les mêmes honneurs qu'ils ont rendus au chevalier de *la Barre* et à d'*Etallonde*. Un miſérable libraire, nommé *Bardin*, s'eſt aviſé d'annoncer une édition en quarante volumes,

ſous

1776.

fous mon nom. Il ne fe contente pas de m'étouffer fous ce tas énorme de fottifes qu'il m'attribue, il veut encore me faire brûler avec elles. Le fcélérat m'impute hardiment tous les ouvrages de milord *Bolingbroke*, le Catéchumène de M. de *Bordes*, académicien de Lyon, le Dîner de *Boulainvilliers*, des extraits de *Boulanger* et de *Fréret*, et cent autres abominations de cette force. Ce procédé eft puniffable ; mais que faire à un libraire qui demeure dans une république où tout le monde eft ouvertement focinien, excepté ceux qui font anabaptiftes ou moraves ? Figurez-vous, mon cher ami, qu'il n'y a pas actuellement un chrétien de Genève à Berne : cela fait frémir. Il n'y a pas long-temps que les poliffons, qu'on nomme miniftres ou pafteurs, ont préfenté une requête aux poliffons de je ne fais quel confeil de Genève, pour obtenir une augmentation de leur penfion, et une diminution du nombre de leurs prêches, attendu, difaient-ils, que perfonne ne venait plus les entendre. Nous n'avons plus de défenfeurs de la religion que dans la forbonne et dans la grand'chambre ; mais auffi il ne faut pas que ces meffieurs perfécutent ceux que le libraire *Bardin* calomnie fi indignement. Je ne plaifante point ; je fens combien il eft dangereux d'être accufé, et combien il eft ridicule de fe juftifier. Je fens auffi qu'il ferait bien trifte, à mon âge de quatre-vingt deux ans, de chercher une nouvelle patrie comme d'*Etallonde*. J'aime fort la vérité, mais je n'aime point du tout le martyre.

Je vous embraffe très-tendrement ; confolez-moi, je vous prie, fi cela peut vous amufer quelques minutes.

*Correfp. de d'Alembert, &c.*     Tome II.     R

## LETTRE CLII.

### *DE M. DE VOLTAIRE.*

16 de mars.

Mon cher philofophe, il me paraît démontré par convenance, plus juftice, moins bavarderie et ennui, plus intérêt du corps, divifé par véritable efprit et véritable éloquence, qu'il faut abfolument que M. de *Condorcet* foit des nôtres, fans quoi notre académie fera un jour auffi méprifée que la forbonne. Nous avons été fi touchés fur notre frontière de Suiffe, des remontrances de votre parlement de Paris, que nous en avons fait auffi dans notre province ; je vous les envoie. Ces pauvretés amufent un moment; mais moi je vous relis toujours, et je vous aime de même. *V.*

Je reçois dans ce moment une lettre de votre digne ami, M. de *Condorcet*, du 10 mars. Voici le fiècle de *Marc-Aurèle*, ou je fuis bien trompé.

Mais que dites-vous de *meffieurs* ?

# LETTRE CLIII.

## DE M. D'ALEMBERT.

A Paris, ce 25 de mars.

*B*ERTRAND plaint très-fincèrement *Raton* de fe croire obligé de fe taire au fujet de *Roffinante-Childebrand*; pour *Bertrand* qui n'a jamais vu *Childebrand-Adonis*, qui ne l'a jamais cru *Mars*, mais tout au plus *Mercure*, il ne peut que fe réjouir, avec tous les honnêtes *Bertrands*, de voir *Childebrand* dans l'opprobre qu'il mérite.

*Chabanon* paffe fa vie à dire des injures de l'académie, et à défirer d'en être. Il réuffirait mieux avec moins d'injures et plus de bons ouvrages.

J'ai lu la lettre de *Raton* à *Cormoran*; cette lettre eft charmante, et *Bertrand* en fera l'ufage que *Raton* défire. Il aurait pu l'augmenter d'un article intéreffant; c'eft que *meffieurs* fe propofaient, il y a peu de temps, de faire revivre, par leurs arrêts, les principes fi raifonnables de la forbonne, au fujet de l'intérêt de l'argent: c'était à l'occafion d'une affaire où ils voulaient faire regarder M. *Turgot* comme *fauteur de l'ufure*. Vous jugez du fuccès qu'aurait eu cette adroite imputation. Heureufement on leur a impofé filence fur cette affaire, et on leur a épargné le ridicule dont ils allaient fe couvrir.

Le rêve de *Bailly* fur ce peuple ancien, qui nous a tout appris, excepté fon nom et fon exiftence, me paraît un des plus creux qu'on ait jamais eus; mais cela eſt bon à faire des phraſes, comme d'autres idées creuſes que nous connaiſſons, et qui font dire qu'on eſt *ſublime*. J'aime mieux dire avec *Boileau*, en philoſophie comme en poëſie : *Rien n'eſt beau que le vrai.*

Ce *Poncet* eſt venu chez moi avec une lettre de vous. Je lui ai demandé quels étaient les italiens, ſi jaloux d'avoir ma figure, qui déſiraient que je me ſoumiſſe encore à l'ennui de la faire modeler. Il m'a dit que c'était un *ſecret*. J'en ai conclu que ce grand ſculpteur était encore un plus grand hableur, et je l'ai remercié de ſa bonne volonté, en lui diſant qu'un ſculpteur célèbre de ce pays-ci venait de faire mon buſte, et qu'il pouvait le copier s'il le voulait. Adieu, mon cher et illuſtre maître, je crois que *la Harpe* va enfin être de l'académie ; nous en avons grand beſoin. Ce n'eſt pas que nous manquions de poſtulans pour s'enrôler, mais ils ne ſont pas de taille. *Vale et me ama.*

# LETTRE CLIV.

## *DE M. DE VOLTAIRE.*

12 d'avril.

Vous vous moquez toujours du poëte ignorant
Qui de tant de héros a choisi Childebrand.

Mais ce *Childebrand* a été vingt ans *Adonis;* il a été
*Mars.* Je lui ai eu, dans deux occasions de ma vie, les
plus grandes obligations. Je dois donc me taire. Je
souffre un peu de la disgrâce qu'il éprouve, car il
me doit de l'argent; seconde raison pour me taire.
Je lui avais conseillé de ménager des gens de lettres
qui sont écoutés dans Paris; ce conseil lui a déplu,
troisième raison pour me taire.

Vous savez, mon très-cher philosophe, que *Chabanon*
a la plus grande envie d'être des nôtres; mais, comme
les octogénaires de notre tripot ne sont pas encore
morts, ni moi non plus, j'attends pour vous en
parler que ma place soit vacante.

Je devrais me taire encore sur un homme qui
m'a fait du mal, et qui vous a fait un très-petit bien;
mais il faut que je vous en parle. J'apprends qu'il y
a quelques copies dans Paris d'une lettre que je lui
ai écrite; ces copies sont toutes défigurées, et c'est
ce qui arrive fort souvent. Je me crois obligé, en cons-
cience, de vous envoyer une copie très-fidelle, où il
n'y a pas un mot de changé, afin que, dans l'occasion,

R 3

———  mon cher *Bertrand* puiſſe rendre à *Raton* la juſtice
1776.  qui lui eſt due.

Je vous prie, quand vous ſerez de loiſir, de me
mander ſi vous croyez que les brachmanes aient autrefois reçu une aſtronomie complète d'un peuple qui
n'exiſte plus. M. *Bailly*, votre confrère, me paraît fort
attaché à cette opinion ; il a beaucoup d'eſprit et de
ſagacité ; ſon livre eſt un roman céleſte. Pour l'anneau
de *Saturne*, cela paſſe mes forces.

Ce qui ne paſſe pas ma portée, c'eſt de ſentir une
partie de votre mérite, de le révérer de loin, ce qui
me fâche beaucoup, et de vous aimer de tout mon
cœur, ce qui fait ma conſolation.

Vous ne m'avez point mandé ſi ce ſculpteur,
nommé *Poncet* ou *Poncetti*, avait obtenu de vous la
permiſſion de faire votre buſte. Son ambition était
de ſculpter M. *Turgot* et vous.

# LETTRE CLV.

## *DE M. DE VOLTAIRE.*

25 d'avril.

**M**on cher ami, on me mande que mademoiſelle
d'*Eſpinaſſe* eſt très-dangereuſement malade. J'en ſuis
très-affligé, car je la connais mieux que perſonne,
puiſque je la connais par l'eſtime et par l'amitié que
vous avez pour elle. Je vous prie, ſi vous avez le
temps d'écrire un mot, de vouloir bien m'informer
au plus vîte du retour de ſa ſanté.

Je vous embraſſe bien tendrement, mon très-cher
philoſophe. *V.*

# LETTRE CLVI.

## *DE M. DE VOLTAIRE.*

10 de juin.

C'EST pour le coup, mon cher ami, que la philofophie vous a été bien néceffaire. Je n'ai appris que
tard, et par d'autres que par vous, la perte que vous
avez faite. Voilà toute votre vie changée. Il fera bien
difficile que vous vous accoutumiez à une telle priva-
tion. On dit que le logement que vous habitez peut-
être déjà, eft trifte. Je crains pour votre fanté. Le
courage fert à combattre, mais il ne fert pas toujours
à rendre heureux.

Je ne vous parle point, dans votre perte particulière,
de la perte générale que nous avons faite d'un miniftre
digne de vous aimer, et qui n'était pas affez connu
chez les velches de Paris. Ce font à la fois deux
grands malheurs auxquels j'efpère que vous réfifterez.

Je n'ai point de nouvelles de M. de *Condorcet*. On le
dit non-feulement affligé, mais en colère. Lorfque
vous aurez arrangé toutes vos affaires, et fini votre
déménagement; lorfque vous aurez un moment de
loifir, mandez-moi, je vous prie, s'il y a quelque
chofe à craindre pour cette malheureufe philofophie
qui eft toujours menacée. Ah, que nous avons à
fouffrir de la nature, de la fortune, des méchans et
des fots! Je quitterai bientôt ce malheureux monde,
et ce fera avec le regret de n'avoir pu vivre avec vous.
Ménagez votre exiftence le plus long-temps que vous

R 4

pourrez. Vous êtes aimé et confidéré, c'eſt la plus grande des reſſources. Il eſt vrai qu'elle né tient pas lieu d'une amie intime ; mais elle eſt au-deſſus de tout le reſte.

Adieu, mon vrai philoſophe ; ſouvenez-vous quelquefois d'un pauvre vieillard mourant qui vous eſt auſſi tendrement dévoué qu'aucun de vos amis de Paris.

# LETTRE CLVII.

## DE M. D'ALEMBERT.

### Ce 24 de juin.

JE ne vous ai point appris mon malheur, mon très-cher et très-digne maître ; d'abord parce que je n'avais pas la force d'écrire, et enſuite parce que je n'ai pas douté que nos amis communs ne vous en inſtruiſiſſent. Je ne m'apercevrai du ſecours de la philoſophie, que lorſqu'elle aura pu réuſſir à me rendre le ſommeil et l'appétit que j'ai perdus. Ma vie et mon ame ſont dans le vide, et l'abyme de douleur où je ſuis me paraît ſans fond. J'eſſaie de me ſecouer et de me diſtraire, mais juſqu'à préſent ſans ſuccès. Je n'ai pu m'occuper, depuis un mois que j'ai eſſuyé cet affreux malheur, qu'à un éloge que j'ai lu à la réception de *la Harpe*, et dans lequel il y avait pluſieurs choſes relatives à ma ſituation, que le public a bien voulu ſentir et partager. Ce ſuccès n'a fait qu'augmenter mon affliction, puiſqu'il ſera ignoré pour jamais de la malheureuſe amie qu'il aurait intéreſſée.

Adieu, mon cher maître; quand ma pauvre ame
fera plus calme et moins flétrie, je vous parlerai des
autres chagrins que je partage avec vous, mais qui,
en ce moment, font étouffés par une douleur plus vive
et plus pénétrante. Confervez-vous, et aimez toujours *tuum ex animo*.

## LETTRE CLVIII.

### *DE M. DE VOLTAIRE.*

A Ferney, 26 de juillet.

SECRETAIRE du bon goût plus que de l'académie,
mon cher philofophe, mon cher ami, à mon fecours.
Lifez mon factum contre notre ennemi monfieur *le
Tourneur*. Faites-le lire à M. *Marmontel* et à M. de
*la Harpe*, qui y font intéreffés. Voyez fi vous pourrez,
et fi vous oferez m'écrire une lettre oftenfible, un
mot de votre fecrétairerie, en réponfe de ma requête.

Je fuis un peu indigné contre ce *le Tourneur;* mais
il faut retenir fa colère, quand on plaide devant fes
juges. On veut nous faire trop anglais, et je plaide
pour la France. J'ai dit exactement la vérité ; c'eft ce
qui fait que je m'adreffe à vous.

Je vous crois actuellement très-occupé des prix, mais
je vous demande un demi-quart d'heure d'audience.
Je fuis bien malheureux de vous la demander de cent
lieues loin. Confervez-moi un peu d'amitié ; elle eft la
confolation des derniers jours de ma vie. Je ne fais
fi la vôtre eft heureufe ; la mienne ferait moins déplorable, fi je pouvais vous embraffer.

# LETTRE CLIX.

## DE M. D'ALEMBERT.

A Paris, ce 4 d'augufte.

J'ai lu hier à l'académie, mon cher et illuftre confrère, l'excellent ouvrage que vous m'avez adreffé
pour elle. Elle l'a écouté avec le plaifir que lui fait
toujours ce qui vient de vous. Vos réflexions fur
*Shakefpeare* nous ont paru fi intéreffantes pour la littérature en général, et pour la littérature françaife en
particulier, fi utiles furtout au maintien du bon goût,
que nous fommes perfuadés que le public en enten-
drait la lecture avec la plus grande fatisfaction, dans la
féance du 25 de ce mois, où les prix doivent être diftribués. Mais, comme nous ne pouvons difpofer ainfi
de votre ouvrage fans votre agrément, la compagnie
m'a chargé de vous le demander, et je m'acquitte,
avec empreffement, d'une commiffion qui m'eft fi
agréable. Vous fentez cependant, mon cher et illuftre
confrère, que cet écrit, dans l'état où il eft, aurait
befoin de quelques légers changemens, finon pour
être imprimé, au moins pour être lu dans une affemblée publique. Il eft indifpenfable de taire le nom
du traducteur que vous attaquez, et de mettre feulement à la place le nom général de *traducteurs;* car
ils font en effet au nombre de trois. Il ferait convenable encore, même en ne nommant point ces traducteurs, de fupprimer tout ce qui pourrait avoir
l'air de perfonnalité offenfante. Il ferait néceffaire

enfin de retrancher, dans les citations de *Shakefpeare*, ⸺
quelques traits un peu trop libres pour être hafardés  1776.
dans une pareille lecture. L'académie défire donc,
mon cher et illuftre confrère, ou que vous nous
autorifiez à faire ces corrections, dans lefquelles
nous mettrons à la fois toute la fobriété et toute la
prudence poffible, ou, ce qui ferait mieux encore,
que vous fiffiez vous-même ces légers changemens,
l'ouvrage ne pouvant que gagner de toute manière à
être revu et corrigé par vous. J'attends inceffamment
votre réponfe à ce fujet, et vous renouvelle, du fond
de mon cœur, les affurances bien vives du tendre et
refpectueux attachement avec lequel je fuis, depuis
tant d'années, mon cher et illuftre confrère,

> votre très-humble et très-
> obéiffant ferviteur,
>
> D'ALEMBERT,
> *fecrétaire perpétuel de l'académie*
> *françaife, au louvre.*

*P. S.* Après vous avoir parlé au nom de l'académie, permettez-moi, mon cher maître, de vous
parler pour mon compte, et feulement entre vous et
moi. Votre ouvrage, excellent en lui-même, me
paraît plus excellent encore pour être lu dans une
affemblée publique de l'académie, comme une récla-
mation, au moins indirecte, de cette compagnie,
contre le mauvais goût qu'une certaine claffe de
littérateurs s'efforce d'accréditer. Je m'attends bien
que vous donnerez votre confentement à cette lecture,
et que vous m'écrirez une lettre honnête pour l'académie. Vous pourriez, au lieu des groffièretés ( inli-
fibles publiquement ) que vous citez de *Shakefpeare*,

—— y fubftituer quelques autres paffages ridicules et
1776. lifibles, qui ne vous manqueront pas. Vous pourriez
même ajouter à votre diatribe tout ce qui peut contribuer à la rendre piquante, quoiqu'elle le foit déjà
beaucoup. Par malheur, le temps nous preffe un
peu ; car notre affemblée publique eft d'aujourd'hui
en trois femaines, et il ferait bon que votre diatribe
corrigée me parvînt avant le lundi, 19 de ce mois.
Pour abréger le temps, envoyez-moi, fi vous voulez,
vos additions, en cas que vous en ayez à faire, et je
me chargerai des retranchemens qui ne font pas
difficiles, et qui ne feront rien perdre à l'ouvrage.
Au refte, fi vous confentez à la lecture publique,
comme je l'efpère, il fera bon que l'ouvrage ne foit
pas imprimé avant le 25, qui fera le jour de cette
lecture.

Réponfe, mon cher maître, fur tous ces points,
et la plus prompte qu'il fera poffible. Je vous embraffe
tendrement.

## LETTRE CLX.

### DE M. DE VOLTAIRE.

10 d'augufte.

Mon très-cher grand-homme, premièrement, je vous fupplie de préfenter mes remercîmens et mes profonds refpects à l'académie.

Souffrez à préfent que je vous dife que vous ne pouvez trop vous diffiper, et que ma guerre contre l'Angleterre vous amufera. Ceci devient férieux. *Le Tourneur* feul a fait toute la préface, dans laquelle il nous infulte avec toute l'infolence d'un pédant qui régente des écoliers. Voyez, mon cher ami, le ton de *le Tourneur*, qui eft auffi ennuyeux que l'auteur de l'*Année fainte*; et qui eft beaucoup plus impertinent. J'ai été inondé de lettres de Paris; tous les honnêtes gens font irrités contre cet homme; plufieurs ont retiré leurs foufcriptions. Il faudrait mettre au pilori du Parnaffe un faquin qui nous donne, d'un ton de maître, des *Gilles* anglais pour mettre à la place des *Corneille* et des *Racine*, et qui nous traite comme tout le monde doit le traiter.

Ayez donc la bonté de ne point prononcer fon vilain nom. A l'égard des turpitudes qu'il eft néceffaire de faire connaître au public, et de ces gros mots de la canaille anglaife qu'on ne doit pas faire entendre au louvre, ferait-il mal de s'arrêter à ces petits défilés, de paffer le mot en lifant, et de faire défirer au public qu'on le prononçât, afin de laiffer

—— voir le divin *Shakespeare* dans toute son horreur, et dans son incroyable bassesse ? Si c'est vous qui daignez lire, vous saurez bien vous tirer de cet embarras qui, après tout, est assez piquant. *Fils de p.....* est dans *Molière.* Quand vous le trouverez dans les additions que je vous envoie, il ne vous en coûtera pas beaucoup de le supprimer ; mais conservez, je vous en supplie, l'endroit où je demande justice à la reine ; je combats pour la nation. Je ressemble à M. *Roux* de Marseille, qui fit la guerre aux Anglais, en 1756, en son propre et privé nom. Donnez-moi permission d'aller en course ; cela s'appelle, je crois, des lettres de marque.

J'ignore si la séance commencera ou finira par cette bagatelle. Je souhaiterais qu'elle fût lue au début, et qu'on pelotât en attendant partie.

Adieu ; je me console de ma triste existence, en vous fournissant un moment pour vous amuser. Je me recommande à tous mes confrères qui voudront bien se ressouvenir de moi, et soutenir un français contre quelques velches.

## LETTRE CLXI.

### DE M. DE VOLTAIRE.

13 d'augufte.

Je fens bien, mon cher ami, que je n'ai pas affez travaillé ma déclaration de guerre à l'Angleterre ; elle ne peut réuffir que par votre art, très-peu connu, de faire valoir le médiocre, et d'efcamoter le mauvais par un mot heureufement fubftitué à un autre, par une phrafe heureufement accourcie, par une expreffion fous-entendue, enfin par tous les fecrets que vous avez.

Tout le plaifant de l'affaire confifte affurément dans le contrafte des morceaux admirables de *Corneille* et de *Racine*, avec les termes du bordel et de la halle que le divin *Shakefpeare* met continuellement dans la bouche de fes héros et de fes héroïnes. Je fuis toujours perfuadé que, quand vous avertirez l'académie qu'on ne peut pas prononcer au louvre ce que *Shakefpeare* prononçait fi familièrement devant la reine *Elifabeth*, l'auditeur qui vous faura bon gré de votre retenue, laiffera aller fon imagination beaucoup au-delà des infamies anglaifes qui refteront fur le bout de votre langue.

Le grand point, mon cher philofophe, eft d'infpirer à la nation le dégoût et l'horreur qu'elle doit avoir pour *Gilles-le-Tourneur*, préconifeur de *Gilles-Shakefpeare*, de retirer nos jeunes gens de l'abominable bourbier où ils fe précipitent, de conferver un peu notre honneur, s'il nous en refte. Je remets tout entre vos mains. Soyez aujourd'hui mon *Raton;* coupez, taillez, rognez, furtout effacez. Mais je vous conjure de laiffer fubfifter mon invocation à la reine et à nos princeffes. Il faut les engager à prendre notre parti. Je dois furtout prendre la reine pour ma protectrice, puifqu'elle a daigné renoncer à *le Kain*, pendant un mois, en ma faveur. Elle aime le théâtre tragique; elle diftingue le bon du mauvais, comme fi elle *mangeait du beurre et du miel;* elle fera le foutien du bon goût.

Je vous prierai de me renvoyer la diatribe, quand vous aurez daigné la lire et l'embellir. J'y retravaillerai encore; j'ai des matériaux, et je vous la renverrai par M. de *Vaines.* Je crois que c'eft au libraire de l'académie d'imprimer ce petit morceau. Il augmentera le nombre de mes ennemis; mais je dois mourir en combattant, quand vous êtes mon général.

LETTRE

# LETTRE CLXII.

## *DE M. D'ALEMBERT.*

A Paris, ce 20 d'auguste.

Vos ordres feront exécutés, mon cher et illuftre maître ; je vous lirai, à l'affemblée de dimanche prochain, et je vous lirai de mon mieux, quoique vos ouvrages n'aient pas befoin d'être aidés par le lecteur. Je regarde ce jour comme un jour de bataille, où il faut tâcher de n'être pas vaincus comme à Crécy et à Poitiers, et où le fous-lieutenant *Bertrand* fecondera, de fes faibles pattes, les griffes du feld-maréchal *Raton. Bertrand* eft feulement bien fâché qu'on ait été obligé de couper quelques-unes de ces griffes, par révérence pour les dames ; mais l'imprimeur les rétablira, et *Raton* eft prié de les aiguifer encore. Au refte, *Bertrand* ne penfe pas qu'en laiffant, comme de raifon, fubfifter ces griffes, la grave académie puiffe s'en charger, même à l'impreffion. Il vaudrait mieux imprimer l'ouvrage fans retranchemens, en fe contentant d'avertir qu'on en a retranché à la lecture publique, par refpect pour l'affemblée et pour le louvre, ce que le *divin Shakefpeare prononçait fi familièrement devant la reine Elifabeth.* Enfin, mon cher maître, voilà la bataille engagée, et le fignal donné. Il faut que *Shakefpeare* ou *Racine* demeure fur la place. Il faut faire voir à ces triftes et infolens Anglais que nos gens de lettres favent mieux fe battre contre eux que nos foldats et nos généraux.

1776.  Malheureufement il y a, parmi ces gens de lettres, bien des déferteurs et des faux-frères ; mais les déferteurs feront pris et pendus. Ce qui me fâche, c'eft que la graiffe de ces pendus ne fera bonne à rien ; car ils font bien fecs et bien maigres. Adieu, mon cher et illuftre ami ; je crierai dimanche, en allant à la charge : Vive *Saint-Denis-Voltaire*, et meure *George-Shakefpeare*.

## LETTRE CLXIII.

### *DE M. D'ALEMBERT.*

A Paris, ce 27 d'augufte.

M. le marquis de *Villevieille* a dû, mon cher et illuftre maître, partir pour Ferney hier de grand matin. Il fe propofait de crever quelques chevaux de pofte, pour avoir le plaifir de vous rendre compte le premier de votre fuccès. Il a été tel que vous pouviez le défirer. Vos réflexions ont fait très-grand plaifir, et ont été fort applaudies. Les citations de *Shakefpeare*, *la Chronique de Metz*, *le roi Borboduc*, &c. ont fort diverti l'affemblée. On m'en a fait répéter plufieurs endroits, et les gens de goût ont furtout écouté la fin avec beaucoup d'intérêt. Je n'ai pas befoin de vous dire que les anglais qui étaient là, font fortis mécontens, et même quelques français qui ne fe contentent pas d'être battus par eux fur terre et fur mer, et qui voudraient encore que nous le fuffions fur le théâtre. Ils reffemblent à la femme du

médecin malgré lui, *je veux qu'il me batte, moi;* mais
heureusement tous vos auditeurs n'étaient pas comme
cette femme et comme eux. Je vous ai lu avec tout
l'intérêt de l'amitié, et tout le zèle que donne la bonne
cause ; j'ajoute même avec l'intérêt de ma petite
vanité ; car j'avais fort à cœur de ne pas voir rater
ce canon, lorsque je m'étais chargé d'y mettre le feu.
J'ai eu bien regret aux petits retranchemens qu'il a
fallu faire, pour ne pas trop scandaliser les dévots et
les dames ; mais ce que j'avais pu conserver a beaucoup fait rire, et a fort contribué, comme je l'espé-
rais, au gain complet de la bataille. Je vais faire
mettre au net l'ouvrage tel que je l'ai lu, afin de vous
le renvoyer comme vous le désirez. Vous y ferez les
additions que vous jugerez à propos ; mais je vous
préviens qu'il sera nécessaire de retrancher les ordures
de *Shakespeare*, si vous voulez que l'académie fasse
imprimer l'ouvrage par son libraire ; et peut-être
l'ouvrage y perdra-t-il quelque chose. Au reste,
donnez-moi là-dessus vos ordres ; et quoique l'académie doive entrer en vacances le 1 de septembre,
je prendrai mes mesures auparavant pour que cette
impression puisse se faire de son aveu. Adieu, mon
cher maître ; je suis très-flatté que vous m'ayez choisi
pour sonner la charge sous vos ordres, et en vérité
assez content de la manière dont je m'en suis acquitté.
Je vous embrasse aussi tendrement que je vous aime.

# LETTRE CLXIV.

## DE M. DE VOLTAIRE.

3 de feptembre.

Mon général, mes troupes ne peuvent actuellement recevoir leurs ordres immédiatement de vous.
J'ai changé un peu mon ordre de bataille, et on
imprime actuellement la campagne que j'ai faite fans
vous. Je fuis toujours émerveillé qu'une nation, qui
a produit des génies pleins de goût, et même de
délicateffe, auffi-bien que des philofophes dignes de
vous, veuille encore tirer vanité de cet abominable
*Shakefpeare* qui n'eft, en vérité, qu'un *Gilles* de village,
et qui n'a pas écrit deux lignes honnêtes. Il y a, dans
cet acharnement de mauvais goût, une fureur nationale dont il eft difficile de rendre raifon.

Je vois que M. de *la Harpe* fait la guerre, de fon
côté, avec beaucoup de fuccès, contre meffieurs les
fefeurs de drames en profe. Il rend en cela un très-
grand fervice à la faine littérature, et je l'exhorte à
ne jamais mettre les armes bas. Mais quel fera le
brave chevalier qui nous délivrera des monftres chi-
mériques dont on accable la phyfique. Je vois des
folies pires que celles de la matière fubtile, et de la
matière rameufe, pires que les imaginations de
*Cyrano* de Bergerac et de M. *Oufle*, fe débiter avec le
plus grand fuccès, et marcher le front levé. Je vois
les auteurs de ces extravagances aller à la fortune
et à la gloire, comme s'ils avaient raifon. Chaque

genre a donc fon *Shakefpeare;* et on n'aura pas même
la liberté de fiffler ce qui eft fifflable. Prions DIEU  1776.
pour la réfurrection du fens commun. *Raton* fe met,
tant qu'il peut, fous la patte de fon cher et digne
*Bertrand. Raton* n'en peut plus; il eft bien malade, il
fera place bientôt à un nouveau quarantième.

## LETTRE CLXV.

### DE M. D'ALEMBERT.

A Paris, ce 1 d'octobre.

Si vous défirez, mon cher maître, des nouvelles
littéraires, j'en ai d'intéreffantes à vous apprendre.
*Moureau,* à qui j'ai donné votre lettre à l'académie,
comme vous m'en aviez chargé, l'a imprimée fur le
champ, ne doutant point qu'on ne lui accordât la
permiffion de la vendre. Monfieur le garde des fceaux
a refufé cette permiffion; *quod erat primum.*

Nous avions demandé au roi, notre protecteur,
quinze cents livres par an pour augmenter nos prix,
et exciter l'émulation des jeunes gens. Le roi nous a
refufé cette fomme; *quod erat fecundum.* On dit que
les dévots de Verfailles lui ont perfuadé que votre
morceau fur *Shakefpeare* était injurieux à la religion,
quoiqu'on ait retranché foigneufement à la lecture
publique tous les paffages indécens du tragique
anglais; *quod erat tertium.* Et, fur ce, je vous embraffe
tendrement, en gémiffant avec vous du crédit des
hypocrites calomniateurs; *quod erat quartum.* Et je fuis

S 3

fâché qu'ils nous empêchent d'apprendre aux gens de lettres que le roi défire de les encourager; *quod erat quintum.*

# LETTRE CLXVI.

## *DE M. DE VOLTAIRE.*

7 d'octobre.

Lᴇ vieux *Raton*, le malheureux *Raton* eſt tout ébaubi d'avoir cette fois-ci brûlé ſes pattes dans une occaſion ſi honnête. Il n'y entend rien ; il ſoupçonne que monſieur le traducteur ne ſachant comment ſe défendre, aura dit au haſard à l'homme dont il dépend : Monſeigneur, il y a là de l'héréſie, du déiſme, de l'athéiſme, car il y en a par-tout. On l'aura cru ſur ſa parole, ſans lire l'ouvrage ; car on ne lit point.

Je vois bien que ni vous ni vos amis vous n'avez reçu les exemplaires que je vous avais envoyés. Je ne ſais plus comment faire ; toute voie m'eſt interdite. La mauvaiſe volonté eſt plus forte que jamais. Je meurs déſagréablement, mais je mourrai en vous aimant, mon très-cher philoſophe. J'aurai vu mourir la littérature en France ; vivez pour la reſſuſciter.

J'avais projeté une ſeconde lettre plus intéreſ-ſante que la première, mais il ne m'appartient de faire aucun projet.

Je vous embraſſe douloureuſement.

## LETTRE CLXVII.

### *DE M. D'ALEMBERT.*

A Paris , 15 d'octobre.

IL faut que *Bertrand* raffure un peu *Raton*, qui ne fera pas abfolument brûlé , mais feulement pendu par la clémence des juges. On a levé apparemment la défenfe de rien dire contre le théâtre anglais, et contre *Shakefpeare;* car je vis, il y a quelques jours, la lettre expofée en vente aux Tuileries. Mais il n'eft pas moins vrai que l'imbécille calomnie a perfuadé à Verfailles que cette lettre était un ouvrage impie, et qu'en conféquence on nous a refufé l'augmentation des prix que nous demandions, pour avoir une occafion ( qui ne fe préfentera pas fitôt) de remercier et de louer le miniftère préfent, qui apparemment ne s'en foucie guère. Grand bien lui faffe! En attendant, je vais pouffer, comme je pourrai, le temps avec l'épaule, jufqu'au printemps où j'irai revoir votre ancien difciple, qui m'a écrit deux lettres charmantes fur la perte que j'ai faite, et qui mérite bien que j'aille l'en remercier. Je fuis à la veille de faire une autre perte qui m'eft bien fenfible, celle de madame *Geoffrin* , et d'autant plus fenfible que madame de *la Ferté-Imbault* fa fille, qui joue la dévotion, mais qui ne joue pas la fottife, a écarté du lit de fa mère tout ce qu'on appelle philofophes, et qui n'ont pas plus d'envie que de befoin de parler de religion à fa mère en l'état où elle eft. On peut dire

S 4

de la philofophie ce que *Defpréaux* difait de DIEU, en entendant déraifonner deux fots athées : *Vous avez là de fots ennemis.* Mais ces ennemis font auffi méchans que fots, et auffi dangereux par leurs calomnies que méprifables par leur imbécillité. Que le ciel nous affifte et les confonde! mais le ciel n'en fera rien; et je ferai comme l'abbé *Terraffon* fefait, à ce qu'il difait, de la Providence, *je m'en pafferai ;* et je vous exhorte, mon cher *Raton*, à vous en paffer auffi, et furtout à ne pas nous priver de votre feconde lettre, duffions-nous être condamnés à ne plus couronner de mauvaife profe et de mauvais vers. Adieu ; je baife bien tendrement vos pattes, et je les exhorte à ne fe laiffer ni brûler ni engourdir.

# LETTRE CLXVIII.

## DE M. DE VOLTAIRE.

22 d'octobre.

*R*ATON n'a plus ni pattes, ni griffes, ni barbe, ni dents. Le pauvre *Raton* eft plus malingre que jamais; il eft prefque dans l'état d'un contrôleur général. C'eft affez là le cas, comme vous dites, de fe paffer de la Providence. Madame *Geoffrin* eft réellement une perte. Je ne crois pas qu'elle foit de mon âge, mais la mort confulte rarement les extraits baptiftères.

Si je fuis encore en vie, mon cher philofophe, à votre retour de Berlin, n'oubliez pas, je vous en prie, votre vieux *Raton.*

Votre doyen m'avait vanté un livre intitulé *les*
*Erreurs et la vérité;* je l'ai fait venir pour mon malheur. Je ne crois pas qu'on ait jamais rien imprimé
de plus abfurde, de plus obfcur, de plus fou et de
plus fot. Comment un tel ouvrage a-t-il pu réuffir
auprès de monfieur le doyen? vous me le. direz.
Dites-moi auffi, je vous prie, quel eft le chrétien qui
a fait trois volumes de lettres à moi adreffées fous le
nom de trois juifs; tâchez de vous en informer. Je
viendrai à lui, quand j'aurai achevé d'étriller
*Shakefpeare.* Je fuis comme *Beaumarchais : A vous*
*M. Marin, à vous M. Bàculard.* Dieu merci, pour me
confoler, j'ai lu *Pafcal-Condorcet.* Cela doit tenir lieu
d'une bibliothéque entière. Rien n'eft plus propre à
inftruire ceux qui veulent penfer, à fortifier ceux
qui penfent, et à raffermir ceux qui chancellent. On
avait un grand befoin de cet ouvrage.

Adieu, mon cher ami ; fi vous m'écrivez, n'oubliez
pas de me dire des nouvelles de la fanté de monfieur
le contrôleur général de qui dépend, à ce que je
crois, la faveur de vos quinze cents francs, pour
encourager la jeuneffe. Dites-moi auffi quelque chofe
de M. de *Maurepas.* Je fuis honteux de paraître encore
m'intéreffer un peu à ce qui fe paffe dans le monde.

Je ne vous demande plus des nouvelles de la fanté
de M. de *Clugny,* attendu qu'il eft mort ; mais je vous
prie de me dire le nom d'un ancien recteur du collége
du Pleffis, auteur des trois volumes de lettres fous
le nom de quelques juifs. Cet homme eft un des plus
mauvais chrétiens, et des plus infolens qui foient dans
l'Eglife de DIEU.

Vous favez que les troupes du docteur *Franklin* ont

été battues par celles du roi d'Angleterre. Hélas ! on bat les philofophes par-tout. La raifon et la liberté font mal reçues dans ce monde. Allons ; courage, mon très-cher philofophe.

1776.

## LETTRE CLXIX.

### DE M. D'ALEMBERT.

A Paris, ce 5 de novembre.

LE trifte *Bertrand* au malingre *Raton*, falut. *Raton*, tout malingre qu'il eft, fera très-bien de continuer à égratigner *Gilles-Shakefpeare*, quoique les coups de patte qu'il lui a donnés aient fait couper les vivres à la *jeuneffe ftudieufe*, *ftudiofæ juventuti*. Il faut qu'au moins la philofophie et la raifon faffent juftice dans leur petit domaine, puifqu'elles font battues à la Nouvelle Yorck ; mais on aura beau faire, cette chienne de philofophie fera, comme le prince d'*Orange*, fouvent battue et jamais défaite.

Quand *Gilles-Shakefpeare* aura été dûment étrillé, *Raton* fera très-*chattement* d'en venir aux lettres des juifs portugais, qui ne valent pas les *Lettres portu-gaifes*, même pour de pauvres diables éreintés comme *Raton* et *Bertrand*. Le fecrétaire de ces juifs eft un pauvre chrétien, nommé *Guenée*, ci-devant profeffeur au collége du Pleffis, et aujourd'hui balayeur ou facriftain de la chapelle de Verfailles. On dit que fes lettres lui ont valu quelques *pour-boire* du cardinal de *la Roche-Aymon*, un des plus dignes prélats qui foient

dans l'Eglise de DIEU, et à qui il ne manque rien
que de favoir lire et écrire. On affure que ce faint
*Ambroife* qui, par humilité, a oublié d'apprendre
l'orthographe (ce qui nous a empêché de lui donner
un de nos fauteuils dont il avait grande envie, et
nous fort peu) ; on affure donc que ce *Chryfoftôme*
non lettré a repréfenté au gouvernement que, choifir
pour miniftre des finances un homme qui ne va pas
à la meffe, eft un crime qui tient de la *beftialité :* on lui
a répondu que fa remontrance tenait de la *bêtife*, et
on l'a renvoyé dire là meffe, et *Guenée* la fervir.

*Bertrand* reçoit journellement de l'ancien difciple
de *Raton* de la profe charmante, et des vers qui ne
valent pas tout-à-fait fa profe. Il me mande qu'il
m'attend à Berlin l'année prochaine ; et *Bertrand* ira
très-volontiers faire avec lui de la profe, et même
des vers fur tout ce qui fe paffe, depuis la Nouvelle
Yorck jufqu'au Kamshatka. En attendant, *Bertrand*
finit ici fa profe à *Raton*, et l'exhorte à faire main-
baffe, en vers et en profe, fur les fots dont ce meilleur
des mondes fourmille.

# LETTRE CLXX.

## DE M. DE VOLTAIRE.

8 de novembre.

VOUS ne vous vantez pas des faveurs de votre maîtreſſe, mais elle s'en vante. Le roi de Pruſſe, mon cher philoſophe, m'a envoyé la belle épître qu'il vous a adreſſée. Je ſuis, malgré vous, le confident de vos amours ; c'eſt le ſeul rôle que je puiſſe jouer à mon âge. Ce redoublement de coquetterie entre vous et *Frédéric*, me fait juger que vous l'irez voir au printemps, comme vous me l'avez mandé. J'eſpère, ſi je ſuis en vie, que Ferney ſera une de vos auberges dans votre voyage ; mais je ne vous réponds pas que ma vieille et frêle machine puiſſe durer juſqu'au printemps. Qui ſera notre ſécrétaire pendant votre abſence ? Il eût été bien néceſſaire que M. de *Condorcet* fût des nôtres. Je me flatte que, ſi je meurs cet hiver, j'aurai le plaiſir de le voir remplir ma place. Je veux même croire que la noble liberté avec laquelle il a écrit, ne lui fermerait pas la porte de l'académie.

*Raton* vous prie encore une fois de lui faire ſavoir le nom de ce docte janſéniſte qui a fait imprimer, chez *Moutard*, trois ſcientifiques volumes contre lui, ſous le nom de ſix juifs. Il me traite comme *Antiochus*, il me donne ſix *Machabées* à combattre. M. de *la Harpe*, qui a fait un petit extrait, ou plutôt qui a donné une ſimple notice de ſon livre, doit ſavoir le nom de l'auteur. Parlez-en, je vous en prie, à M. de *la Harpe*. Il eſt bon de ſavoir à qui l'on a à faire.

Je ſuis fâché que M. de *Vaines* quitte ſa place ; c'eſt une très-belle action, ſi elle eſt abſolument volontaire ; mais elle me paraît triſte pour la littérature. Reſtez-nous fidelle, mon cher ami :

> *Cum tu inter ſcabiem tantam et contagia lucri*
> *Nil parvi ſapias, et adhuc ſublimia cures.*

Souvenez-vous, au printemps, que Ferney eſt ſur votre route. *Raton* vous embraſſe bien tendrement de ſes pauvres pattes.

# LETTRE CLXXI.

## DE M. DE VOLTAIRE.

### 18 de novembre.

Mon très-cher philoſophe, on m'engage à vous prier de faire donner à M. l'abbé d'*Eſpagnac* la charge de panégyriſte de S<sup>t</sup> *Louis*, pour l'année prochaine. Si vous le pouvez, vous ferez une bonne action dont je vous ſerai très-obligé. S'il eſt vrai que vous ſoyez déjà engagé avec un autre concurrent, je retiens place pour l'année ſuivante. Ce jeune abbé d'*Eſpagnac* a eu les honneurs d'acceſſit à l'apothéoſe du maréchal de *Catinat*. Il a beaucoup d'eſprit, il eſt né éloquent ; car, à mon avis, il faut naître éloquent comme naître poëte. Son père eſt un homme d'un rare mérite ; il eſt de plus neveu d'un conſeiller

—— de grand'chambre, qui rabat quelquefois les coups
1776. que le fanatifme porte à cette philofophie tant perfécutée.

*Raton* joue actuellement avec la fouris nommée
*Guenée*, mais fes pattes font bien faibles. Je ne fais
fi ce combat du chat et du rat d'églife pourra amufer
les fpectateurs. Le parti du rat eft bien fort ; il eft
toujours prêt à étrangler *Raton*, et on viendrait le
prendre dans fa chatière, fi on ne difait pas quelquefois que ce n'eft pas la peine, et que *Raton* eft
mort, ou autant vaut.

J'ai lu les deux lettres bien étonnantes que vous
avez reçues d'un grand roi, plus étonnant encore.
Le petit billet du marquis de *Condorcet* à M. de *la
Harpe* rend la philofophie bien refpectable ; je ne
fais point de plus belle époque pour elle. En vérité,
il n'y a rien au-deffus de la confidération dont vous
jouiffez ; c'eft-là ce qui doit faire frémir le fanatifme :
il eft écrafé fous votre char de triomphe.

Une autre gloire pour la philofophie, c'eft que
M. de *Condorcet* paraît tranquille dans les révolutions
miniftérielles. Je voudrais bien favoir de vous ce
qu'il fait et ce qu'il penfe.

Je voudrais bien encore que M. de *Vaines* reftât
en place. Je voudrais bien auffi que vous me man-
daffiez votre avis fur tout cela, fi vous avez un
moment de loifir. Les pattes de *Raton* fe raniment
un moment pour vous embraffer le plus tendrement
du monde.

# LETTRE CLXXII.

## DE M. D'ALEMBERT.

A Paris, ce 23 de novembre.

Nos lettres, mon cher maître, se sont croisées sans doute. Vous avez dû recevoir, peut-être le même jour que vous m'avez écrit, celle où je vous apprenais le nom du pauvre chrétien devenu juif, qui voudrait vous faire circoncire bien plus que le prépuce, s'il en était le maître. Je vous ai dit qu'il se nomme *Guenée*, ci-devant professeur de basses classes dans un collége de Paris, et aujourd'hui sous-sacristain de je ne sais quelle chapelle à Versailles. Je vous apprenais aussi, dans ma lettre, les nouvelles galanteries du roi de Prusse, et les vers qu'il m'a adressés. Mon projet est bien en effet de l'aller voir au printemps prochain, et de passer l'été avec lui. En allant ou en revenant, j'irai vous embrasser. M. de *Condorcet* a lu, à la rentrée de la Saint-Martin, un éloge charmant du père *le Seur*, un des deux minimes commentateurs de *Newton*, et ami de notre pauvre père *Jacquier*. Vous savez le triste état où est madame *Geoffrin* depuis trois mois. Sa fille, madame de *la Ferté-Imbault*, vendue à la cabale dévote, dont elle est la servante, a trouvé moyen d'écarter d'auprès de sa mère tous ses anciens et meilleurs amis, à commencer par moi. Elle m'a écrit à ce sujet une lettre qui ne vaut pas celles du roi

1776.

de Pruſſe, mais qui eſt une pièce rare pour l'inſo-
lence et la bêtiſe. Croiriez-vous que je ne ſais quelle
canaille vient de faire imprimer une comédie intitulée *le Bureau d'eſprit*, où cette pauvre femme
mourante eſt fort dénigrée, à la vérité ſi platement
que cela ne ſe peut lire ? On m'aſſure que cette rapſodie ſe trouve chez votre protégé *Moureau*, ſur le
quai de Gêvres. Ces libraires vendent de tout pour
gagner de l'argent. Oh, que de canailles, grandes et
petites, dans ce meilleur des mondes poſſibles ! Ce
que je trouve de plus fâcheux, c'eſt qu'il fait un
temps du diable, et qu'il faut attendre ſix mois les
beaux jours pour vous aller voir. Adieu, mon cher,
et illuſtre, et ancien ami ; je vous embraſſe *corde et
animo*.

# LETTRE CLXXIII.

## *DE M. DE VOLTAIRE.*

8 de décembre.

C'EST à votre lettre du 30 de novembre, mon très-
cher philoſophe, que je réponds aujourd'hui, et nous
ne nous croiſerons plus. Je vous remercie de votre
bonne volonté pour l'apprenti prêtre et apprenti
évêque d'*Eſpagnac*. J'ai quelque lieu d'eſpérer qu'un
jour il ſera un prélat aſſez philoſophe. Vous pouvez
lui confier St *Louis* pour l'année 1778. Je crois qu'il
a trop d'eſprit pour juſtifier les croiſades devant
l'académie. Il me ſemble qu'il avait parlé de la philoſophie de *Catinat* avec effuſion de cœur.

*Luc*

*Luc* eft un fingulier corps. Profitez de l'extrême envie qu'il a de vous plaire. Il ferait homme à faire comme *Hume*, fi on avait le malheur de le perdre.

Le fecrétaire juif, nommé *Guenée*, n'eft pas fans efprit et fans connaiffances ; mais il eft malin comme un finge, il mord jufqu'au fang, en fefant femblant de baifer la main. Il fera mordu de même. Heureufement un prêtre de la rue Saint-Jacques, deffervant d'une chapelle à Verfailles, qui fe fait fecrétaire des Juifs, reffemble affez à l'aumônier *Pouffatin* du comte de *Grammont*. Tout cela fera rire le petit nombre de lecteurs qui peut s'amufer de ces fottifes.

Savez-vous bien que nos ennemis font déchaînés contre nous, d'un bout de l'univers à l'autre. Connaiffez-vous le jéfuite *Ko*, réfidant actuellement à Pékin ? c'eft un petit chinois, enfant trouvé, que les jéfuites amenèrent, il y a environ vingt-cinq ans, à Paris. Il a de l'efprit ; il parle français mieux que chinois, et il eft plus fanatique que tous les miffionnaires enfemble. Il prétend qu'il a vu beaucoup de philofophes à Paris, et dit qu'il ne les aime, ni ne les eftime, ni ne les craint ; et où dit-il cela ? dans un gros livre dédié à monfeigneur *Bertin*. Il paraît perfuadé que *Noé* eft le fondateur de la Chine. Tout cela eft plus dangereux qu'on ne penfe. Son livre, imprimé à Paris chez *Nyon*, ne peut être connu de mon grand poëte *Kien-long*, empereur de la Chine ; et il eft difficile de l'en inftruire. Les jéfuites qu'il a eu la bonté de conferver à Pékin, font plus convertiffeurs que mathématiciens ; ils aiment à travailler de leur métier. Il ne faut que deux ou trois têtes chaudes pour troubler tout un empire. Il ferait

affez plaifant d'empêcher ces marauds - là de faire
du mal à la Chine. On pourrait y parvenir par le
moyen de la cour de Pétersbourg ; mais commen-
çons par fonger à Paris.

*Raton* fe jette en mourant entre les bras de
*Bertrand.*

# LETTRE CLXXIV.

## DE M. D'ALEMBERT.

A Paris, ce 28 de décembre.

VOTRE protégé d'*Efpagnac* , mon cher et illuftre
maître , m'a bien l'air d'attendre au moins l'année
1778 pour débiter devant notre académie les fottifes
ordinaires fur l'atroce abfurdité des croifades , et
fur ce roi plus moine que roi , qui voulait donner
la moitié de fon corps aux *frères prêcheurs* , et l'autre
aux *frères mineurs* , et qui difait à *Joinville* qu'il ne
fallait répondre aux hérétiques qu'en *leur enfonçant*
*l'épée dans le ventre jufqu'à la garde.* Il eût été digne
de protéger et d'ordonner , comme a fait le roi
d'Efpagne , fon centième petit-fils , ce qui vient de
fe paffer à Cadix. Vous favez que l'inquifition, que
le roi d'Efpagne a remife en honneur et en vigueur
plus que jamais , vient de faire une belle proceffion,
plus magnifique et plus folennelle qu'elle n'avait
été depuis long-temps ; que le peuple, profterné dans
les rues pendant cette belle cérémonie , criait en fe
frappant la poitrine : *Viva la fé di Dios ;* qu'enfuite

on a publié les bulles de *Paul IV* et de *Pie V*, ces
deux marauds de papes qui ont tant fait brûler
d'hérétiques, et qui déclarent que tout le monde fera
foumis à l'*inquifition, fans excepter le fouverain.* C'eft
dommage qu'après cette infolence, cette canaille
d'inquifiteurs n'ait pas donné les étrivières au roi
d'Efpagne, comme le pape les donna autrefois à
notre *Henri IV*, fur le dos du cardinal *du Perron*, et
comme les Algériens les ont données l'an paffé à fa
très-fidelle majefté catholique, qui leur avait déclaré
la guerre, par ordre du puant récollet fon confeffeur.
*O tempora, o mores !* Voilà, mon cher ami, le fruit
des lumières que tant d'écrits ont répandues ! voilà
le fruit de l'expulfion de ces gueux de jéfuites, rem-
placés par des gueux plus infolens ! voilà où tant
de princes en font encore dans le fiècle de la philofophie ! Je crois que votre ancien difciple rira bien
de tant de fottifes, s'il n'en eft pas encore plus indigné ;
et j'efpère, dans quelques mois, lui entendre dire de
fâcheufes vérités fur quelques-uns de fes chers confrères. En attendant, je vous recommande le prépuce
de *Jacob-Ephraïm Guenée*, et même ce qui tient à fon
prépuce, et dont ce prêtre circoncis n'a furement
que faire. Vous ne feriez pas mal auffi de recommander à votre ami *Kien-long*, par votre autre amie
*Catherine*, le jéfuite mandarin qui écrit tant de fottifes. Pour moi, je commence à être las et honteux
de toutes celles que j'entends dire, que je vois faire,
et que j'ai le malheur de lire. Je ferais bien tenté
d'en dire et d'en faire auffi quelques-unes ; mais je
m'abftiens d'être lu, de peur d'être brûlé. Savez-vous
bien que je craindrais pour vous, fi vous étiez à

—— Collioure au lieu d'être à Ferney, que la fainte-her-
1776. mandad ne vous fît enlever contre le droit des gens,
pour vous brûler fuivant toutes les règles du droit
canon? Hélas! je ris, et je n'en ai guère envie. Il
vaut mieux finir par où j'aurais dû commencer, par
me taire et par vous embraffer avec douleur et
tendreffe.

# LETTRE CLXXV.

## DE M. DE VOLTAIRE.

4 de janvier.

—— Mon très-cher philofophe, il y a dans ma petite
1777. colonie un homme qui a paffé vingt ans en Efpagne,
et qui m'affure que la cavalcade de la fainte inquifition eft une cérémonie qui fe pratique tous les
ans, pour vendre au peuple la bulle de la cruzade,
moyennant laquelle on obtient le droit de manger
gras les vendredis et famedis de l'année, et trois
jours de la femaine en carême. Cela eft confolant;
mais fi M. *Benavidès* ou *Olavidès*, qui eft un philofophe très-inftruit et très-aimable, eft dans les prifons
de l'inquifition, avec l'agrément de fa majefté catholique, il fera difficile de me confoler. Il a paffé, il
y a long-temps, huit jours aux Délices; cela m'attendrit pour lui : mais ne nous preffons pas de
gémir, il n'y a peut-être pas un mot de vrai à tout
ce qu'on nous dit.

Ce qui eft très-vrai, c'eft que le *Pafcal*, ou plutôt

l'*Anti-Pascal*, d'un homme très-supérieur à *Pascal*, a
le succès qu'il mérite auprès des gens de bien qui
ont eu le bonheur de le lire ; cela ne doit pas vous
décourager. Le petit nombre des élus subsistera toujours. Il est probable qu'il ne sera jamais puissant,
mais il sera indestructible. Je voudrais bien savoir
quel est le protecteur du bon goût et de la probité,
qui a forcé MM. *Palissot* et *Clément* à augmenter le
nombre des journaux. Nous avons, Dieu merci,
plus de journaux que de livres ; c'est avoir plus de
juges que de plaideurs.

Je suis bien malade, mon cher ami, quoique nous
ayons dans notre retraite M. de *Villevieille* qui nous
parle de vous et de M. de *Condorcet*. Je n'en peux
plus au moment que je vous écris, et je finis parce
que la tête me tourne ; mais je vous embrasse aussi
tendrement que si je me portais bien.

1777.

## LETTRE CLXXVI.

### *DE M. DE VOLTAIRE.*

15 de février.

M on cher et grand philosophe, vous avez déchiré
mon vieux cœur en m'apprenant que je m'étais
trompé sur l'Espagne. Je l'avais crue raisonnable,
mais je vois bien qu'il faut attendre encore trois ou
quatre cents ans. Je présume qu'en attendant cette
époque, on pourra bien être aussi sage à Versailles
qu'à Buenretiro. Il faudra bien qu'un jour les honnêtes gens gagnent leur cause ; mais avant que ce

T 3

beau jour arrive, que de dégoûts il faudra effuyer!
que de fourdes perfécutions, fans compter les che-
valiers de *la Barre*, dont on fera des auto-da-fé de
temps en temps!

On n'eft point en état de lire le *Pafcal-Condor*....
à Madrid; mais il y a encore bien des gens dignes
de le lire à Paris, et même en province : voilà ma
confolation. Il ferait bon qu'il y en eût une édition
un peu plus répandue. Je me flatte qu'à la fin le
journal de M. de *la Harpe* aura la faveur qu'il doit
avoir; c'eft le feul de tous les journaux où l'on
trouve du goût et de la raifon : mais ne fera-t-on
pas quelque jour juftice des comètes qui forment une
terre avec une échancrure du foleil, des enfans qui
fe font avec des molécules organiques, des Alpes et
des Apennins qui s'élèvent par un coup de mer?
Je ne vois par-tout que du charlatanifme. Votre
prédéceffeur, l'abbé d'*Olivet*, difait toujours, quand il
voyait de tels livres, cela ne fait mal à perfonne.
Je ne fuis point de fon avis, cela fait grand mal;
car ces lectures rendent l'efprit faux, et donnent de
l'humeur au petit nombre de ceux qui n'aiment que
le vrai.

Adieu, mon cher ami; quand vous irez voir des
rois, n'oubliez pas, en paffant, le vieux chat-huant
qui fe meurt dans fon trou au milieu des neiges.

# LETTRE CLXXVII.

## DE M. DE VOLTAIRE.

### 26 de février.

Voici, mon sage maître, la lettre oftenfible, écrite à qui vous voudrez. Je me meurs de maladie et de chagrin. On n'eft pas plus maître de chaffer le chagrin que la fièvre. Ménagez votre fanté. Dites avec *Horace* :

*Gratia , fama , valetudo contingit abundè.*

Pour moi je fuis perfécuté fur la fin de ma vie comme dans ma jeuneffe. On dit que c'eft le fort des gens de lettres. Cela eft-il vrai ? Mon fort eft de vous aimer tant que je vivrai.

*Raton.*

# LETTRE CLXXVIII.

## DE M. D'ALEMBERT.

### A Paris , ce 6 de mars.

Je fuis bien perfuadé comme vous que le *Pafcal-Condor* ( vous favez que le *Condor* eft le plus grand et le plus fort des oifeaux ) vaudra beaucoup mieux que le *Pafcal* janfénifte , et qu'il eft deftiné à jouer le rôle le plus diftingué dans les fciences et dans les lettres. Ce qui m'enchante , c'eft qu'on a cru lui faire

T 4

grâce en le choififfant pour fecrétaire de l'académie des fciences, qui eft plus heureufe qu'elle ne mérite, d'avoir un tel fecrétaire. Celui-là ne parlera ni d'éclabouffures du foleil, ni de molécules organiques, ni des taupinières apennines. Je ris, ainfi que vous, de ces fottifes, et du ftyle ampoulé ou empoulé dont on nous les étale; mais je ne ris pas moins d'un gros volume de lettres qui viennent de vous être adreffées, et où l'on nous donne le feu central et le refroidiffement de la terre comme des idées comparables au fyftême de la gravitation. Supplément de génie que toutes ces pauvretés; vains et ridicules efforts de quelques charlatans qui, ne pouvant ajouter à la maffe des connaiffances une feule idée lumineufe et vraie, croient l'enrichir de leurs idées creufes, et nous perfuader de l'exiftence d'un peuple qui nous a tout appris, excepté fon hiftoire et fon nom. Adieu, mon cher maître. En lifant tout ce qui s'imprime aujourd'hui (qu'heureufement pour moi je ne lis guère), je pourrais dire comme *Pourceaugnac : Jamais je n'ai été fi foûl de fottifes.* Continuez de nous en confoler en vivant, en vous portant bien, et en écrivant. *Tuus ex animo*

*Bertrand.*

# LETTRE CLXXIX.

## DE M. DE VOLTAIRE.

8 d'avril.

*R*ATON n'a pu répondre à la lettre du 6 de mars de ce vrai philofophe *Bertrand*, au fujet de l'ancienne anecdote touchant feu *Cartouche-Fréron*. La raifon de fon filence eft qu'il reçut, il y a un mois, un avertiffement de la nature qui le fomma de comparaître bientôt au tribunal devant qui ce maraud de *Fréron* étale actuellement fon ânerie littéraire. Il n'eft pas encore bien rétabli de fon accident, et il fe trouve même bien hardi, dans l'état où il eft, d'ofer écrire à *Bertrand*.

Les anecdotes dont il eft queftion font quelque chofe de fi bas, de fi miférable, de fi craffeux ; c'eft un ramas fi dégoûtant d'aventures des halles et de facrifties, qu'il n'y a qu'un bédeau ou un crocheteur qui ait pu écrire une pareille hiftoire. J'en ai quelque part un exemplaire que *Thiriot* le fureteur m'envoya ; et, dès que je pourrai retrouver ce rogaton, je le ferai parvenir à M. de *la Harpe*. Je ne conçois pas pourquoi fon journal a moins de vogue que celui de *Linguet*. Je fuis perfuadé qu'à la fin on préférera la raifon et le bon goût à des paradoxes de forcené.

On m'a envoyé *la Philofophie de la nature*, prétendue troifième édition en fix volumes ; et on m'apprend

que l'auteur a été condamné par le châtelet au ban-
niffement perpétuel, et qu'il eft à préfent au cachot,
les fers aux pieds et aux mains. On m'a envoyé auffi
les noms des juges. On ne fait pas encore à quoi
ils feront condamnés.

Je ne fais pas quel opéra comique divife actuellement tout Paris. Je fais feulement que je mourrai
bientôt, et que je vous embraffe avec la plus vive
tendreffe.

# LETTRE CLXXX.

## *DE M. D'ALEMBERT.*

### Ce 2 de mai.

VOUS avez cru, mon cher maître, aller voir les
fombres bords, et moi j'ai un eftomac qui, je crois,
m'y mènera bientôt. Je viens d'écrire à votre ancien
difciple que cet eftomac maudit ne me permettait
plus de projeter d'autres voyages que celui de l'autre
monde (fi autre monde y a), et que j'irais bientôt
attendre fa Majefté fur les rives du Styx, en fefant
néanmoins des vœux, comme de raifon, pour ne
l'y pas voir fitôt. J'ai autant de peine à digérer ce
que je mange, que ce que je vois et ce que j'entends;
et je ferai mes adieux, fans beaucoup de regret, à un
monde où il fe fait et fe dit tant de fottifes. Le pauvre
*Delifle* eft actuellement *aux pieds de la cour ;* nous
attendons fon jugement qui fuivra de près celui de
votre *Childebrand* et de fa gueufe. Je fuis quelquefois

tenté de croire à la Providence, quand je vois le ———
fort de *Cartouche-Fréron*, et de *Mandrin-Childebrand;*
mais je change d'avis quand je vais à la garde-robe.
Quelque chofe qu'elle faffe, je lui pardonnerai, mon
cher et illuftre ami, tant qu'elle vous confervera. Nous
avons ici le comte de *Falkenftein;* je ne fais s'il viendra
à nos académies; il eft déjà venu voir nos portraits,
et peut-être aimera-t-il mieux nos portraits que nos
perfonnes. Il eft bien le maître, et peut-être aura-
t-il raifon. Adieu, mon cher et illuftre philofophe;
je vous aime mieux que tous les comtes, tous les
empereurs et tous les rois, et je vous embraffe bien
tendrement.

*Tuus Bertrand.*

# LETTRE CLXXXI.

## *DE M. DE VOLTAIRE.*

9 de mai.

VOTRE eftomac, mon cher ami et mon cher philofophe, ne peut pas être en pire état que ma tête.
Ma petite apoplexie, à l'âge de quatre-vingt-trois
ans, vaut bien vos déjections à l'âge de quarante
ans. Mettons l'un et l'autre, dans le même plat,
vos entrailles et mes méninges, et préfentons-les à
la philofophie. Je meurs accablé par la nature qui
m'attaque par en haut, quand elle vous lutine par
le bas. Je meurs perfécuté par la fortune qui s'eft
moquée de moi dans la fondation de ma colonie.
Je meurs pourfuivi par les mauvais livres qui pleuvent.

Je meurs aboyé par les dogues qui déchirent ce *Delisle*. Je sais qu'étant en curée, ils veulent me dévorer aussi ; mais ils feront mauvaise chère. Je suis un vieux cerf plus que dix cors, et je leur donnerai de bons coups d'andouillers avant d'expirer sous leurs dents. La cervelle me tinte si prodigieusement, à l'heure que je vous écris, que l'*amanuensis* et moi ne nous entendons plus. Mon cœur est encore sain, il sera à vous jusqu'au dernier moment.

Adieu, sage, adieu ; mes complimens à *Pascal-Condorcet* ; il jouera un grand rôle. Adieu, cher *Bertrand* ; souvenez-vous de *Raton*.

# LETTRE CLXXXII.

## DE M. D'ALEMBERT.

A Paris, ce 23 de juin.

Il y a un siècle, mon cher et illustre ami, que je ne vous ai ennuyé de mon bavardage ; je suis bien sûr au moins de ne pas vous ennuyer aujourd'hui. Celui qui vous portera ma lettre, la rendra intéressante pour vous : c'est M. *Delisle*, qui a pensé être la victime du fanatisme atroce et absurde de ces plats janséistes du châtelet, qui mériteraient bien d'y être enfermés. Il va, comme les anciens chrétiens après les persécutions, vous présenter les cicatrices des fers qu'il a portés et des coups qu'il a reçus ; et il sera plus glorieux, et avec plus de raison, de vous montrer ces honorables marques de ce qu'il a souffert pour la raison, que ne l'étaient, au concile de Nicée, ces évêques qui montraient, avec complaifance, leurs oreilles coupées *pour la foi*, et qui méritaient bien de les montrer *toutes entières*. M. *Delifle* joint à fes talens, à fes vertus et au mérite d'avoir été perfécuté, un caractère et une douceur de mœurs qui vous le rendront encore plus cher, et qui intéreffent pour lui tous ceux qui le connaiffent, à moins qu'ils ne foient janféniftes.

Vous aurez déjà appris que nous avons perdu *Greffet*, fi le mot de *perdu* n'eft pas trop fort pour un homme qui ne difait plus que des *oremus*. Je ne fais quel fucceffeur nous lui donnerons. Je ne connais qu'un homme qui en foit digne ; mais il a des raifons pour ne pas fe préfenter en ce moment, et je crois qu'il fait bien. Il eft bien fâcheux qu'ayant à prendre *Pafcal*, nous foyons forcés de lui fubftituer quelque *Danchet* ou quelque *Flamen*. Heureufement l'académie vient de décider qu'attendu l'abfence de plufieurs d'entre nous, l'élection ne fe ferait qu'au mois de novembre, après Fontainebleau ; et peut-être arrivera-t-il, dans cet intervalle de temps, quelque circonftance favorable à ce que je défire. *Multa quæ provideri non poffunt, fortuitò in melius cadent.* J'ai quelques raifons pour l'efpérer, et je ferais au comble de mes vœux, ainfi que vous.

On affure que cette canaille jéfuitique va être rétablie en Portugal, à l'exception de l'habit. Cette nouvelle reine me paraît une fuperftitieufe majefté, dirigée par des prêtres et par des moines. Si le roi d'Efpagne vient à mourir, je ne réponds pas que ce royaume n'imite le Portugal. Cette canaille reffemble aux vers de terre, fort aifés à couper, mais fort difficiles à mourir. C'en eſt fait de la raiſon, ſi l'armée ennemie gagne cette grande bataille. Adieu, mon cher et illuſtre ami; je ne vous recommande pas M. *Deliſle ;* il eſt tout recommandé pour vous, et par ſa perſonne, et par ſes amis, et par ſes ennemis. J'eſpère qu'il m'apportera de bonnes nouvelles de votre ſanté. Pour moi, je n'aurai bientôt plus ni tête ni eſtomac. Je pourrai bien ne pas tarder à aller joindre *Greſſet.* Je ne ſerai guère plus ſeul en l'autre monde que je le ſuis en celui-ci, après la perte que j'ai faite, et qui m'eſt auſſi nouvelle que le prémier jour. Adieu ; conſervez-vous et aimez-moi.

## LETTRE CLXXXIII.

### DE M. DE VOLTAIRE.

3 d'auguſte.

Notre martyr ne vous reverra pas ſitôt, mon cher et ſage confeſſeur. Il s'en va à Paris par Strasbourg et par Nancy, ce qui n'eſt pas le plus court chemin. J'ai imaginé que ſon véritable refuge devait être à Sans-ſouci. Il me ſemble que c'eſt à *Julien* à prendre ſoin de *Libanius*, d'autant plus que *Julien*, ſecond du nom, vient de faire un petit ouvrage beaucoup plus fort que tous ceux de ſon brave prédéceſſeur, et qu'il doit être bien content d'avoir un tel officier dans ſon armée. Il faut abſolument que ce ſoit vous, mon très-cher philoſophe, qui lui ouvriez les portes de ce ſanctuaire. DIEU vous a conſervé pour ſecourir

ceux qui fouffrent pour fon nom et pour fa gloire.
J'ai actuellement avec *Julien* une petite affaire qui
ne me permet pas de lui écrire fur d'autres objets.
Je ne pourrai lui écrire fur M. *Delifle* que dans cinq
ou fix femaines. Je vous fupplie de commencer cette
fainte négociation. Ce n'eft pas affez de fuir loin de
MM. *Clément* et compagnie, il faut vivre à fon aife.

1777.

> *Nam fi Libanio puer et tolerabile defit*
> *Hofpitium ,*

*Libanius* ne pourra peut-être plus fervir fi bien la
bonne caufe. Les ftoïciens, quoi qu'on en dife, ont
des befoins comme les autres hommes.

Ayez donc la bonté, mon cher ami, de dire à
*Luc* que, n'ayant pu le venir voir, vous lui envoyez
un de vos difciples. Dès que vous aurez bien voulu
m'inftruire que votre lettre fera partie, je prefferai
*Luc*, je le conjurerai *per patrem fuum Julianum , per
omnes apoftolos noftros, et per fanctum evangelium noftrum ,*
et encore plus par fon propre intérêt, d'admettre
auprès de lui un homme aimable qui lui fera néceffaire ; car, après tout, *Luc* devient vieux, il a befoin
d'un homme qui l'entende et qui l'amufe, qui lui
ferve quelquefois de fecrétaire, de bibliothécaire.

Eft-il vrai que nous ferons affez heureux pour être
renforcés par *Pafcal-Condor...* ? Si vous venez à bout
de cette grande affaire, les portes de l'enfer ne prévau-
dront plus contre nous. *Vale et miferere meî.*

# LETTRE CLXXXIV.

## *DE M. DE VOLTAIRE.*

22 de feptembre.

Je vous prie, mon véritable et cher philofophe, d'avoir pitié de votre pauvre fuiffe. Votre fanté eft, dit-on, raffermie, quand la mienne eft rongée par le temps. Je vous ai écrit pour ce *Delifle* qui me paraît un fi bon enfant, et tout fait pour votre royal ami des bords de la Sprée.

Je ne fais fi votre protégé eft à Paris, s'il vous a vu, fi vous avez écrit en fa faveur, s'il veut que j'écrive. Je n'entends parler ni de vous ni de lui.

J'ignore ce que c'eft que M. *Remy*. Je ne connais point fon ouvrage ; mais il faut qu'il foit le philofophe le plus éloquent du royaume, puifqu'il l'a emporté fur le concurrent que vous connaiffez. Comment cela s'eft-il fait ? a-t-on eu tort, a-t-on eu raifon ? caffera-t-on le jugement de l'académie ? cette étrange aventure nous privera-t-elle d'un confrère dont nous avons tant de befoin ? Mettez-moi, je vous en prie, au fait avant que je meure. Je ne me foucie point des querelles fur la mufique, je ne fonge et je ne fongerai à mon agonie qu'à la bonne caufe, dont il paraît qu'on ne fe foucie plus guère. Chacun a pris fon parti tout doucement, et je crois qu'on en reftera là. Les charlatans en tout genre débiteront toujours leur orviétan ; les fages en petit nombre s'en moqueront. Les fripons adroits feront leur fortune.

On

On brûlera de temps en temps quelque apôtre indif-
cret. Le monde ira comme il eft toujours allé ; mais
confervez-moi votre amitié, mon très-cher philofophe.

# LETTRE CLXXXV.

## DE M. DE VOLTAIRE.

A Ferney, 27 d'octobre.

JE vous écris n'en pouvant plus, mon très-cher et
très-grand philofophe. M. de *Bitaubé* l'homérique eft
venu à Ferney comme *Ulyffe* alla voir les ombres
dans l'*Odyffée* ; je n'ai jamais été fi ombre qu'à préfent.
A peine ai-je eu la force de m'entretenir avec M. de
*Bitaubé* de ce qui s'eft paffé autrefois à Troye. Je
fuis encore plus étranger à tout ce qui fe fait aujour-
d'hui à Paris. J'entre paffionnément dans vos vues
fur le panégyrifte très-raifonnable de *Pafcal*. Je ne
me flatte pas de les feconder ; mais je crois que nous
n'avons de falut à efpérer qu'en ayant pour notre
confrère cet homme fupérieur que je ne compare
qu'à vous.

Quoiqu'il ne foit pas rare que les gens de lettres
oublient leurs amis, cependant il eft affez étonnant
que le martyr du châtelet ait fi fort oublié des gens
qui ne l'ont pas mal reçu, et qui fe font empreffés
de le fervir.

Je vous embraffe de bien loin, mon cher ami.
Je ne compte plus vous embraffer de près. Ma vie
n'aura été qu'une longue mort.

# LETTRE CLXXXVI.

## DE M. DE VOLTAIRE.

26 de novembre.

NON, vous n'êtes plus *Bertrand*, vous êtes *Caton;* vous êtes juste et intrépide...; mais je suis très-fâché de tout ce qui se passe.

A l'égard d'un des martyrs de la raison, condamné par les petits pédans, et à peine sauvé par les grands, je me joins à vous auprès de *Julien minor* ou *major* que vous appelez mon ancien disciple. Je lui écris le plus fortement qu'il m'est possible en faveur du martyr dont j'espère de nouvelles homélies, moins longues, moins décousues, plus solides, plus neuves et plus dignes d'un homme qui sera auprès de *Julien.* La belle bibliothèque qu'a fait bâtir cet homme amoureux de toute sorte de gloire, est une belle occasion de placer *Delisle* très-avantageusement. *Julien* est en train de faire du bien. Il vient de m'accorder deux grandes bontés; l'une a été de daigner être mon solliciteur auprès de son neveu le duc régnant de *Virtemberg*, sur lequel j'ai placé tout mon bien, et qui veut que je meure de faim, moi qui ne voulais mourir que de vieillesse.

Je m'occupe actuellement de la conversion de M. de *Villette*, à qui j'ai fait faire le meilleur marché qu'on puisse jamais conclure. Il a épousé, dans ma chaumière de Ferney, une fille qui n'a pas un sou, et dont la dot est de la vertu, de la philosophie, de la candeur, de la fenfibilité, une extrême beauté, l'air le plus noble, le tout à dix-neuf ans. Les nouveaux mariés s'occupent jour et nuit à me faire un petit philofophe. Cela me ragaillardit dans mes horribles fouffrances, et cela ne m'empêche pas de vous regretter tous les jours de ma vie. Vous favez que ma plus grande confolation eft de vous aimer.

1777.

# LETTRE CLXXXVII.

## DE M. DE VOLTAIRE.

### 19 de décembre

MON très-cher philofophe, j'ai lu *la Bienfefance prouvée par les faits*. On a dit jufqu'à préfent que la philofophie n'eft pas fenfible, vous démontrez bien le contraire. Vous et l'abbé *Morellet* m'apprenez des chofes dont on ne fe doutait pas à Genève. Je ne crois pas qu'il y ait jamais eu d'exemple dans Paris de tant de générofité. Une femme de Saint-Gobin a fait plus de bien qu'aucune reine de France, et a fait ce bien avec une raifon fupérieure, qui n'eft pas toujours le partage de ces reines. Vous rendez fon nom immortel, tandis que nous avons des grands feigneurs qui afpirent aux premières charges de l'Etat, en friponnant au jeu, et en volant dans la poche.

On dit qu'il paraît un troifième éloge fait par monfieur *Thomas*. Je ne l'ai point encore. Je ferai relier ce trio refpectable, et vous ferez à la tête. Je ne puis trop vous remercier, mon cher ami, de m'avoir fait

V 2

lire le chef-d'œuvre de votre cœur. Je ne sais pas
encore si vous avez réussi auprès de *Frédéric* pour le
martyr du châtelet. Vous avez pourtant bien pris
votre temps; car en bâtissant une très-belle bibliothéque, il a besoin d'un bibliothécaire, et *Delisle* est
tout propre pour cet emploi. J'ai écrit à *Frédéric* dans
cette idée, je n'ai point encore de réponse; mais sure-
ment *Frédéric* vous répondra, car il est coquet, il veut
vous plaire. Vous avez dans Paris une voix prépon-
dérante, et *Alexandre* voulait plaire aux Athéniens.
Je ne sais si c'est en donnant douze cents francs de
pension qu'il s'écriait : *O gens d'Athènes, voyez ce qu'il
m'en coûte pour être loué de vous !*

M. de *Villette* a consommé son mariage dans la
chaumière que vous avez daigné habiter quelque
temps. C'est une belle conversion, et qui fera grand
honneur à la philosophie, si elle dure.

Je vous embrasse de toutes mes forces, et je suis
fâché que ce soit de si loin.

# LETTRE CLXXXVIII.

## DE M. D'ALEMBERT.

A Paris, ce 27 de décembre.

MA négociation pour M. *Delisle* n'a pas été heureuse, mon cher maître. Le roi de Prusse me répond séchement et laconiquement qu'il n'y a point de place à Berlin qui lui convienne, et qu'il lui conseille d'aller en Hollande, où il pourra faire le métier de tant d'autres qui lui ressemblent. Je vous adoucis même les termes de sa lettre dont vous croyez bien que je n'ai pas régalé le pauvre *Delisle*. Notre *Salomon* a de l'humeur, et je le crois mécontent ou malade. Sa réponse est de nature à ne pas me permettre d'insister, et vous pouvez me dire comme *Châtillon* à *Néreslan*:

Seigneur, s'il est ainsi, votre faveur est vaine.

Peut-être au reste M. *Delisle* n'aurait-il pas été heureux dans la place que nous voulions lui procurer. Vous savez, ainsi que moi, à quel maître il aurait eu à faire, sans compter qu'il eût été pour tous les entours un grand objet de jalousie, et par conséquent de calomnie. Voyez si vous jugez à propos de faire, pour votre compte, une nouvelle tentative. On craindra plus de vous désobliger que moi, mais je doute que vous ne soyez pas éconduit, sans doute avec politesse. Je suis étonné que M. *Thomas* ne vous ait pas envoyé ce qu'il a écrit sur notre vertueuse et

V 3

—— refpectable amie. Je crois que, fi elle revenait au monde, et qu'elle lût fes trois éloges, fon efprit ferait content de *Thomas*, fon ame de l'abbé *Morellet*, et fon cœur de moi; et il eft bien vrai que c'eft le cœur feul qui m'a dicté cette petite lettre.

Nous avons préféré, ne pouvant pas avoir *Pafcal-Condorcet*, à *le Miére* et *Chabanon*, *Eutrope-Millot*, qui a du moins le mérite d'avoir écrit l'hiftoire en philofophe, et de ne s'être jamais fouvenu qu'il était jéfuite et prêtre. C'eft moi qui fuis chargé de le recevoir. *Buffon*, directeur, s'en va à Montbar. Le prince *Louis*, chancelier, a des affaires; c'eft comme dans le chapitre des rats:

> L'un dit, je n'y vas pas, je ne fuis pas fi fot,
> L'autre, je ne faurais.

fi bien que me voilà endoffé de l'oraifon funèbre de *Greffet*. Je me tirerai de tout cela comme je pourrai.

On dit que vous aurez chez vous tout l'hiver M. et madame de *Villette*. Ce catéchumène a befoin, pour affurer fa converfion, de paffer quelques mois dans votre églife, et d'aller chez vous au catéchifme. Je défire fort que vos inftructions achèvent cette cure.

Adieu, mon cher et illuftre ami; je vous embraffe tendrement, et fuis plus que jamais *tuus ex animo*
                                        *Bertrand.*

## LETTRE CLXXXIX.

### DE M. DE VOLTAIRE.

4 de janvier.

CE héros, mon cher philosophe, n'aime pas la métaphysique, et peut-être n'a-t-il pas grand tort; mais, croyez-moi, il n'aime pas davantage la géométrie : il me mande à peu-près les mêmes chofes qu'à vous.

Je crois qu'il fe trompe fur notre pauvre *Delifle*, et que ce ferait un fujet dont il ferait fort content. Il eft laborieux et exact, *ad nutus aptus heriles*. Il ferait affurément plus fatisfait de lui que d'un petit laquais qu'il me prit autrefois pour en faire fon fecrétaire.

Que voulez-vous, mon cher ami? il faut prendre les rois comme ils font, et DIEU auffi. Il eft trifte que *Delifle* ne puiffe prétendre à rien, et que *Sabotier* et *Poliffot* aient fait une fortune; cela eft capable de dégoûter les honnêtes gens. Peut-être fe trouvera-t-il à Paris quelque foi-difant grand feigneur qui aura befoin d'un précepteur pour fon fils. Le préfident de *Maifons* prit chez lui *du Marfais* fur ce qu'on difait qu'il était athée; *Delifle* qui n'eft que déifte pourrait trouver pratique.

J'ai lu les trois éloges, et furtout le vôtre, avec plaifir. Il me femble que le grand *Condé* et M. de *Turenne* n'avaient eu que deux oraifons funèbres. Il eft beau qu'une fimple citoyenne en ait eu trois; auffi

V 4

1778. avait-elle fait beaucoup plus de bien qu'aucune de vos princeffes, et même de vos reines. Cet exemple unique fera-t-il imité ? je ne crois pas que ce foit par fa fille.

Je ne fuis ni fâché ni bien aife que le rédacteur des mémoires de *Noailles* foit des nôtres ; mais je voudrais bien mourir confrère de *Pafcal-Condorcet*, ou fi vous voulez, d'*Anti-Pafcal*.

Je vous fouhaite, comme on dit, la bonne année, et je fuis bien étonné d'avoir vu finir l'année des trois fept.

J'ai donné à *Villette* la plus belle et la meilleure femme du monde. J'ofe efpérer qu'il en fera digne ; car après tout il a bien de l'efprit, et il eft très-aimable dans la fociété. Vivez heureux, mon très-cher philofophe.

## LETTRE CXC.

### DE M. D'ALEMBERT.

A Paris, ce 24 de janvier.

MON cher et illuftre confrère, vous recevrez vraifemblablement, avec cette lettre, le long *Kankan* que je viens de faire à l'académie pour la réception de l'ex-jéfuite *Millot*, qui a du moins le mérite d'être tout-à-fait ex-jéfuite, et dans tous les fens. J'aimerais bien mieux avoir eu à recevoir le *Pafcal* dont vous me parlez, qui vaut mieux que tous les ex-jéfuites enfemble ; mais j'efpère que nous ne tarderons pas à faire cet acte de juftice, qui devrait être déjà fait, et qui le ferait déjà, fi la chofe ne dépendait que de nous.

Vous croyez donc que le héros dont vous me parlez n'aime ni la métaphyſique ni la géométrie ; j'ai bien peur, et j'ai plus d'une raiſon pour le craindre, qu'il ne pouſſe ſes haines encore plus loin, et que la philoſophie ne ſoit guère mieux ſur ſes papiers. Il ne lui a pas pardonné le *Syſtême de la nature*, dont l'auteur en effet a fait une grande ſottiſe de réunir, outre la philoſophie, les princes et les prêtres, en leur perſuadant, très-mal à propos ſelon moi, qu'ils font bourſe et cauſe commune. Il y a par-tout des gâte-métier, et cet écrivain en eſt un. Je vois que vous n'avez pas eu plus de crédit que moi pour ce pauvre diable de *Deliſle* ; c'était pourtant bien l'homme qu'il fallait à votre diſciple. Je ſuis fâché qu'à force d'humeur et de mauvaiſe ſanté qui en eſt la cauſe, il connaiſſe ſi mal ce qui peut lui convenir : ce ſont ſes affaires. Tout cela n'eſt rien, ſi vous continuez à vous bien porter, et ſurtout à m'aimer comme je vous aime.

La petite diatribe que je vous envoie a été fort applaudie à la *repréſentation* ; mais gare la *lecture*. J'ai bien peur d'être comme le fils de DIEU, triomphant le dimanche ſur un âne, crucifié le vendredi, et enterré le ſamedi, pour ne pas reſſuſciter comme lui dans la huitaine.

Si ce rogaton ne vous ennuie pas à la mort ( car c'eſt-là toute mon ambition ),

*Sublimi feriam ſidera vertice.*

Adieu, mon cher et illuſtre maître. Votre *Bertrand* embraſſe bien tendrement les pattes de ſon cher et reſpectable *Raton*.

# LETTRE CXCI.

## DE M. DE VOLTAIRE.

Paris le 19 de mars.

J'AIME à voir par vos vitres, mon cher maître, et furtout à voir par vos yeux. Vous êtes mon voyant. Tout mort que je fuis, je compte venir aujourd'hui à l'académie. Je tâcherai de bien voir, et de faire bien voir, et de commencer dès demain à travailler fans difcontinuer (*). Je veux mourir en m'éclairant avec vous, et en vous fervant.

# LETTRE CXCII *et dernière.*

## DE M. DE VOLTAIRE.

Le . . . . . . .

TRÈS-AIMABLE chef de notre académie, je vous prie de m'apprendre fi cette épître dédicatoire (**) n'eft pas indigne d'elle et de vous, et fi je pourrais efpérer qu'elle fût de quelque utilité. Je voulais courir à l'académie, deux maladies cruelles me retiennent.

Mon très-cher fecrétaire et maître perpétuel, je vous recommande, et à mes refpectables confrères, les vingt-quatre lettres de l'alphabet.

(*) Au nouveau *Dictionnaire* de l'académie françaife.
(**) De la tragédie d'Irène.

*Fin des Lettres de M. de Voltaire et de M. d'Alembert.*

# ELOGE

# DE VOLTAIRE,

## PAR LE ROI DE PRUSSE,

## FREDERIC LE GRAND;

*Ecrit au camp de Schatzar, lu à l'académie royale des sciences et belles-lettres de Berlin, dans une assemblée publique, extraordinairement convoquée pour cet objet.*

Le 26 de novembre 1778.

# AVERTISSEMENT

## *DES EDITEURS.*

On a cru devoir imprimer ici ces deux éloges consacrés à la mémoire de *Voltaire* par deux de ses disciples.

L'éloge prononcé solennellement dans l'académie de Prusse, est une assez belle réparation de la tyrannie exercée à Francfort. Ce n'est pas, comme les hommes puissans sont trop tentés de le croire, que des louanges expient des injustices, et qu'ils n'aient plus rien à se reprocher lorsqu'ils ont daigné dire quelque bien de ceux qui ont été opprimés par leurs ordres. Cette contradiction coûte moins à leur amour propre que le noble aveu d'une erreur ; et nous sommes fâchés que le roi de Prusse ne se soit pas élevé au-dessus de cette petitesse commune.

Le discours de M. de *la Harpe* est un monument élevé par l'admiration et par la reconnaissance. Aucun des hommes de lettres dont *Voltaire* a été le maître et le modèle, n'a plus hérité de la justesse et de la pureté de son goût, et ne s'est montré plus digne, par ses propres ouvrages, de louer en lui l'écrivain et le poëte.

Autrefois, chaque auteur mettait bonnement à la tête de fes livres, les éloges en vers que fes amis s'étaient hâtés d'en faire d'avance; et depuis peu on a groffi les éditions de plufieurs écrivains célèbres d'un fatras de critiques, de réfutations et d'apologies. Nous fommes loin d'approuver ces petites rufes de la vanité des auteurs et de l'avarice des éditeurs; mais il n'en eft pas moins vrai que les ouvrages dont un homme célèbre eft l'objet, font mieux placés dans la collection de fes œuvres, lorfque le nom de leur auteur, ou leur mérite réel, les en rend dignes, que dans les œuvres de ceux-mêmes qui les ont faits. C'eft un défaut, dans un ouvrage, d'être plus recherché pour l'auteur que pour le fujet. Cela prouve ou que le fujet a été mal choifi, ou que l'auteur l'a traité avec plus de prétention que de raifon ou de goût.

# ELOGE

# DE VOLTAIRE.

MESSIEURS,

Dans tous les siècles, surtout chez les nations les plus ingénieuses et les plus polies, les hommes d'un génie élevé et rare ont été honorés pendant leur vie, et encore plus après leur mort. On les considérait comme des phénomènes qui répandaient leur éclat fur leur patrie. Les premiers légiflateurs qui apprirent aux hommes à vivre en fociété ; les premiers héros qui défendirent leurs concitoyens ; les philofophes qui pénétrèrent dans les abymes de la nature, et qui découvrirent quelques vérités ; les poëtes qui tranfmirent les belles actions de leurs contemporains aux races futures ; tous ces hommes furent regardés comme des êtres fupérieurs à l'efpèce humaine. On les croyait favorifés d'une infpiration particulière de la divinité. De là vint qu'on éleva des autels à *Socrate*, qu'*Hercule* paffa pour un Dieu, que la Gréce honorait *Orphée*, et que fept villes fe difputèrent la gloire d'avoir vu naître *Homére*. Le peuple d'Athènes, dont l'éducation était la plus perfectionnée, favait l'Iliade par cœur, et célébrait avec fenfibilité la gloire de fes anciens héros dans les chants de ce poëme. On voit également que *Sophocle*, qui remporta la palme du théâtre, fut en grande eftime pour fes talens ; et de plus, que la république d'Athènes le revêtit des charges les plus confidérables. Tout le monde fait combien *Efchine*, *Périclès*, *Démofthéne*, furent eftimés ; et que *Périclès* fauva deux fois la vie à *Diagoras*, la première en le garantiffant contre la fureur des fophiftes, et la feconde fois en l'affiftant par fes bienfaits. Quiconque en Gréce avait des talens, était fûr de trouver des admirateurs et même des enthoufiaftes : ces puiffans encouragemens développaient le génie, et donnaient à l'efprit cet effor qui l'élève, et lui fait franchir les bornes de la médiocrité. Quelle émulation n'était-ce pas pour les philofophes d'apprendre que *Philippe* de Macédoine choifit *Ariftote* comme le feul précepteur digne d'élever *Alexandre* ? Dans ce beau fiècle, tout mérite avait fa récompenfe, tout talent fes honneurs. Les bons auteurs étaient diftingués ; les ouvrages de *Thucydide*, de *Xénophon* fe trouvaient entre les mains de tout le monde ; enfin chaque citoyen femblait participer à la célébrité de ces génies qui élevèrent alors le nom de la Gréce au-deffus de celui de tous les autres peuples.

Bientôt après, Rome nous fournit un fpectacle femblable. On y voit *Cicéron* qui, par fon efprit philofophique et par fon éloquence, s'éleva au comble des honneurs. *Lucrèce* ne vécut pas affez pour jouir de fa réputation. *Virgile* et *Horace* furent honorés des fuffrages de ce peuple-roi ; ils furent admis aux familiarités d'*Augufte*, et participèrent aux récompenfes que ce tyran adroit répandait fur ceux qui célébrant fes vertus, fefaient illufion fur fes vices.

A l'époque de la renaiffance des lettres dans notre Occident, l'on fe rappelle avec plaifir l'empreffement

avec

avec lequel les *Médicis* et quelques souverains pontifes accueillirent les gens de lettres. On fait que
*Pétrarque* fut couronné poëte, et que la mort ravit
au *Taſſe* l'honneur d'être couronné dans ce même
capitole où jadis avaient triomphé les vainqueurs
de l'univers. *Louis XIV*, avide de tout genre de
gloire, ne négligea pas celui de récompenſer ces
hommes extraordinaires que la nature produiſit ſous
ſon règne. Il ne ſe borna pas à combler de bienfaits
*Boſſuet*, *Fénélon*, *Racine*, *Deſpréaux*; il étendit ſa
munificence ſur tous les gens de lettres, en quelque
pays qu'ils fuſſent, pour peu que leur réputation fût
parvenue juſqu'à lui.

Tel eſt le cas qu'ont fait tous les âges de ces génies
heureux qui ſemblent ennoblir l'eſpèce humaine, et
dont les ouvrages nous délaſſent et nous conſolent
des miſères de la vie. Il eſt donc bien juſte que nous
payions aux mânes du grand-homme dont l'Europe
déplore la perte, le tribut d'éloges et d'admiration
qu'il a ſi bien mérité.

Nous ne nous propoſons pas, Meſſieurs, d'entrer
dans le détail de la vie privée de M. de *Voltaire*.
L'hiſtoire d'un roi doit conſiſter dans l'énumération
des bienfaits qu'il a répandus ſur ſes peuples; celle
d'un guerrier, dans ſes campagnes; celle d'un homme
de lettres, dans l'analyſe de ſes ouvrages : les anecdotes peuvent amuſer la curioſité, les actions inſtrui-
ſent. Mais comme il eſt impoſſible d'examiner en
détail la multitude d'ouvrages que nous devons à la
fécondité de M. de *Voltaire*, vous voudrez bien,
Meſſieurs, vous contenter de l'eſquiſſe légère que je
vous en tracerai, me bornant d'ailleurs à n'effleurer

qu'en paffant les événemens principaux de fa vie. Ce ferait donc déshonorer M. de *Voltaire* que de s'appefantir fur des recherches qui ne concernent que fa famille. A l'oppofé de ceux qui doivent tout à leurs ancêtres et rien à eux-mêmes, il devait tout à la nature : il fut feul l'inftrument de fa fortune et de fa réputation. On doit fe contenter de favoir que fes parens, qui avaient des emplois dans la robe, lui donnèrent une éducation honnête; il étudia au collége de Louis-le-grand fous les pères *Porée* et *Tournemine*, qui furent les premiers à découvrir les étincelles de ce feu brillant dont fes ouvrages font remplis.

Quoique jeune, M. de *Voltaire* n'était pas regardé comme un enfant ordinaire; fa verve s'était déjà fait connaître. C'eft ce qui l'introduifit dans la maifon de madame de *Rupelmonde* : cette dame, charmée de la vivacité d'efprit et des talens du jeune poëte, le produifit dans les meilleures fociétés de Paris. Le grand monde devint pour lui l'école où fon goût acquit ce tact fin, cette politeffe et cette urbanité, à laquelle n'atteignent jamais ces favans érudits et folitaires, qui jugent mal de ce qui peut plaire à la fociété rafinée, trop éloignée de leur vue pour qu'ils puiffent la connaître. C'eft principalement au ton de la bonne compagnie, à ce vernis répandu dans les ouvrages de M. de *Voltaire*, que ceux-ci doivent la vogue dont ils jouiffent.

Déjà fa tragédie d'Oedipe et quelques vers agréables de fociété avaient paru dans le public, lorfqu'il fe débita à Paris une fatire en vers indécens contre le duc d'*Orléans*, alors régent de France. Un certain *la Grange*, auteur de cette œuvre de ténèbres, pour

éviter d'être foupçonné, trouva le moyen de la faire
paffer fous le nom de M. de *Voltaire*. Le gouvernement agit avec précipitation ; le jeune poëte, tout
innocent qu'il était, fut arrêté et conduit à la baftille,
où il demeura quelques mois. Mais, comme le propre
de la vérité eft de fe faire jour tôt ou tard, le coupable fut puni, et M. de *Voltaire* juftifié et relâché.
Croiriez-vous, Meffieurs, que ce fut à la baftille
même que notre jeune poëte compofa les deux premiers chants de fa Henriade ? cependant cela eft
vrai : fa prifon devint un Parnaffe pour lui où les
mufes l'infpirèrent. Ce qu'il y a de certain, c'eft que
le fecond chant eft demeuré tel qu'il l'avait d'abord
minuté : faute de papier et d'encre, il en apprit les
vers par cœur, et les retint.

Peu après fon élargiffement, foulevé contre les
indignes traitemens et les opprobres dont il avait
enduré la honte dans fa patrie, il fe retira en Angleterre, où il éprouva non-feulement l'accueil le plus
favorable du public, mais où bientôt il forma un
nombre d'enthoufiaftes. Il mit à Londres la dernière
main à la Henriade qu'il publia alors fous le nom du
poëme de la Ligue. Notre jeune poëte, qui favait
tout mettre à profit, pendant qu'il fut en Angleterre
s'appliqua principalement à l'étude de la philofophie. Les plus fages et les plus profonds philofophes
y fleuriffaient alors. Il faifit le fil avec lequel le circonfpect *Locke* s'était conduit dans le dédale de la
métaphyfique ; et refrénant fon imagination impétueufe, il l'affujettit aux calculs laborieux de l'immortel *Newton*. Il s'appropria fi bien les découvertes
de ce philofophe, et fes progrès furent tels que, dans

un abrégé, il expofa fi clairement le fyftême de ce
grand-homme, qu'il le mit à la portée de tout le
monde.

Avant lui, M. de *Fontenelle* était l'unique philofophe qui, répandant des fleurs fur l'aridité de
l'aftronomie, l'eût rendue fufceptible d'amufer le
loifir du beau fexe. Les Anglais étaient flattés de
trouver un français qui, non content d'admirer leurs
philofophes, les traduifait dans fa langue. Tout ce
qu'il y avait de plus illuftre à Londres, s'empreffait
à le poffeder; jamais étranger ne fut accueilli plus
favorablement de cette nation : mais, quelque flatteur
que fût ce triomphe pour l'amour propre, l'amour
de la patrie l'emporta dans le cœur de notre poëte,
et il retourna en France.

Les Parifiens, éclairés par les fuffrages qu'une nation
auffi favante que profonde avait donnés à notre
jeune auteur, commencèrent à fe douter que dans
leur fein il était né un grand-homme. Alors parurent
les Lettres fur les Anglais, où l'auteur peint avec des
traits forts et rapides, les mœurs, les arts, les religions et le gouvernement de cette nation. La tragédie
de Brutus, faite pour plaire à ce peuple libre, fuccéda
bientôt après, ainfi que Mariamne et une foule
d'autres pièces.

Il fe trouvait alors en France une dame célèbre
par fon goût pour les arts et pour les fciences. Vous
devinez bien, Meffieurs, que c'eft de l'illuftre marquife *du Châtelet* dont nous voulons parler. Elle
avait lu les ouvrages philofophiques de notre jeune
auteur; bientôt elle fit fa connaiffance; le défir de
s'inftruire, et l'ardeur d'approfondir le peu de vérités

qui font à la portée de l'efprit humain, refferra les liens de cette amitié, et la rendit indiffoluble. Madame *du Châtelet* abandonna tout de fuite la Théodicée de *Leibnitz*, et les romans ingénieux de ce philofophe, pour adopter à leur place la méthode circonfpecte et prudente de *Locke*, moins propre à fatisfaire une curiofité avide, qu'à contenter la raifon févère. Elle apprit affez de géométrie pour fuivre *Newton* dans les calculs abftraits; fon application fut même affez perfévérante pour compofer un abrégé de ce fyftême à l'ufage de fon fils. Cirey devint bientôt la retraite philofophique de ces deux amis. Ils y compofaient, chacun de fon côté, des ouvrages de genres différens qu'ils fe communiquaient, tâchant par des remarques réciproques, de porter leurs productions au degré de perfection où elles pouvaient probablement atteindre. Là furent compofées Zaïre, Alzire, Mérope, Sémiramis, Catilina, Electre ou Orefte.

M. de *Voltaire* qui fefait tout entrer dans la fphère de fon activité, ne fe bornait pas uniquement au plaifir d'enrichir le théâtre par fes tragédies. Ce fut proprement pour l'ufage de la marquife *du Châtelet*, qu'il compofa fon Effai fur les mœurs et l'efprit des nations; l'Hiftoire de *Louis XIV* et l'Hiftoire de *Charles XII* avaient déjà paru.

Un auteur d'autant de génie, auffi varié que correct, n'échappa point à l'académie françaife; elle le revendiqua comme un bien qui lui appartenait. Il devint membre de ce corps illuftre dont il fut un des plus beaux ornemens. *Louis XV* l'honora de la charge de fon gentilhomme ordinaire, et de celle d'hiftoriographe de France qu'il avait, pour

X 3

ainsi dire, déjà remplie, en écrivant l'Histoire de
*Louis XIV.*

Quoique M. de *Voltaire* fût sensible à des marques d'approbation aussi éclatantes, il l'était pourtant davantage à l'amitié. Inséparablement lié avec
madame *du Châtelet*, le brillant d'une grande cour
n'offusqua pas ses yeux, au point de lui faire préférer la splendeur de Versailles au séjour de Luné-
ville, bien moins à la retraite champêtre de Cirey.
Ces deux amis y jouissaient paisiblement de la portion du bonheur dont l'humanité est susceptible,
quand la mort de la marquise *du Châtelet* mit fin à
cette belle union. Ce fut un coup assommant pour
la sensibilité de M. de *Voltaire*, qui eut besoin de
toute sa philosophie pour y résister.

Précisément dans le temps qu'il fesait usage de
toutes ses forces pour apaiser sa douleur, il fut appelé
à la cour de Prusse. Le roi, qui l'avait vu en l'année
1740, désirait de posséder ce génie aussi rare qu'é-
minent; ce fut en 1752 qu'il vint à Berlin. Rien
n'échappait à ses connaissances; sa conversation était
aussi instructive qu'agréable; son imagination aussi
brillante que variée; son esprit aussi prompt que
présent : il suppléait, par les grâces de la fiction, à
la stérilité des matières; en un mot, il fesait les
délices de toutes les sociétés. Une malheureuse dis-
pute qui s'éleva entre lui et M. de *Maupertuis*,
brouilla ces deux savans qui étaient faits pour s'aimer
et non pour se haïr; et la guerre qui survint en 1756
inspira à M. de *Voltaire* le désir de fixer son séjour
en Suisse. Il se rendit à Genève, à Lausane; ensuite
il fit l'acquisition des Délices, et enfin il s'établit à

Ferney. Son loifir fe partageait entre l'étude et l'ouvrage ; il lifait et compofait. Il occupait ainfi , par
la fécondité de fon génie , tous les libraires de ces
cantons.

La préfence de M. de *Voltaire* , l'effervefcence de
fon génie , la facilité de fon travail , perfuada à tout
fon voifinage qu'il n'y avait qu'à le vouloir pour
être bel efprit. Ce fut comme une efpèce de maladie
épidémique dont les Suiffes, qui paffent d'ailleurs
pour n'être pas les plus déliés , furent atteints ; ils
n'exprimaient plus les chofes les plus communes
que par antithèfes ou en épigrammes. La ville de
Genève fut le plus vivement atteinte de cette contagion ; les bourgeois, qui fe croyaient au moins
des *Lycurgues* , étaient tous difpofés à donner de
nouvelles lois à leur patrie ; mais aucun ne voulait
obéir à celles qui fubfiftaient. Ces mouvemens caufés
par un zèle de liberté mal - entendue , donnèrent
lieu à une efpèce d'émeute ou de guerre qui ne fut
que ridicule. M. de *Voltaire* ne manqua pas d'im-
mortalifer cet événement en chantant cette foi-
difante guerre, fur le ton que celle des rats et des
grenouilles l'avait été autrefois par *Homère*. Tantôt
fa plume féconde enfantait des ouvrages de théâtre,
tantôt des mélanges de philofophie et d'hiftoire ,
tantôt des romans allégoriques et moraux : mais en
même temps qu'il enrichiffait ainfi la littérature de fes
nouvelles productions, il s'appliquait à l'économie
rurale. On voit combien un bon efprit eft fufceptible de toute forte de formes. Ferney était une
terre prefque dévaftée quand notre philofophe
l'acquit ; il la remit en culture ; non-feulement il la

X 4

repeupla, mais il y établit encore quantité de manufacturiers et d'artiftes.

Ne rappelons pas, Meffieurs, trop promptement les caufes de notre douleur ; laiffons encore M. de Voltaire tranquillement à Ferney, et jetons en attendant un regard plus attentif et plus réfléchi fur la multitude de fes différentes productions. L'hiftoire rapporte que Virgile en mourant, peu fatisfait de l'Enéide qu'il n'avait pu autant perfectionner qu'il aurait défiré, voulait la brûler. La longue vie dont jouit M. de Voltaire, lui permit de limer et de corriger fon poëme de la Ligue, et de le porter à la perfection où il eft parvenu maintenant fous le nom de la Henriade.

Les envieux de notre auteur lui reprochèrent que fon poëme n'était qu'une imitation de l'Enéide ; et il faut convenir qu'il y a des chants dont les fujets fe reffemblent ; mais ce ne font pas des copies ferviles. Si Virgile dépeint la deftruction de Troye, Voltaire étale les horreurs de la Saint-Barthelemi ; aux amours de Didon et d'Enée on compare les amours d'Henri IV et de la belle Gabrielle d'Eftrées ; à la defcente d'Enée aux enfers, où Anchife lui découvre la poftérité qui doit naître de lui, l'on oppofe le fonge d'Henri IV, et l'avenir que St Louis dévoile en lui annonçant le deftin des Bourbons. Si j'ofais hafarder mon fentiment, j'adjugerais l'avantage de deux de ces chants au français, favoir celui de la Saint-Barthelemi et du fonge d'Henri IV. Il n'y a que les amours de Didon, où il paraît que Virgile l'emporte fur Voltaire, parce que l'auteur latin intéreffe et parle au cœur, et que l'auteur français n'emploie que des allégories.

Mais fi l'on veut examiner ces deux poëmes de bonne foi , fans préjugés pour les anciens ni pour les modernes , on conviendra que beaucoup de détails de l'Enéide ne feraient pas tolérés de nos jours dans les ouvrages de nos contemporains ; comme , par exemple , les honneurs funèbres qu'*Enée* rend à fon père *Anchife*, la fable des harpies , la prophétie qu'elles font aux Troyens qu'ils feront réduits à manger leurs affiettes , et cette prophétie qui s'accomplit; la truye avec fes neuf petits , qui défigne le lieu d'établiffement où *Enée* doit trouver la fin de fes travaux; fes vaiffeaux changés en nymphes ; un cerf tué par *Afcagne* qui occafionne la guerre des Troyens et des Rutules ; la haine que les dieux mettent dans le cœur d'*Amate* et de *Lavinie* contre cet *Enée* que *Lavinie* époufe à la fin. Ce font peut-être ces défauts dont *Virgile* était lui-même mécontent , qui l'avaient déterminé à brûler fon ouvrage ; et qui , felon le fentiment des cenfeurs judicieux , doivent placer l'Enéide au-deffous de la Henriade.

Si les difficultés vaincues font le mérite d'un auteur, il eft certain que M. de *Voltaire* en trouva plus à furmonter que *Virgile*. Le fujet de la Henriade eft la réduction de Paris due à la converfion d'*Henri IV*. Le poëte n'avait donc pas la liberté de mouvoir à fon gré le fyftême merveilleux ; il était réduit à fe borner aux myftères des chrétiens , bien moins féconds en images agréables et pittorefques que n'était la mythologie des gentils. Toutefois on ne faurait lire le dixième chant de la Henriade fans convenir que les charmes de la poëfie ont le don d'ennoblir tous les fujets qu'elle traite. M. de *Voltaire* fut le feul mécontent de fon poëme ; il trouvait que fon héros n'était pas expofé à d'affez grands dangers, et que par conféquent il devait intéreffer moins qu'*Enée* qui ne fort jamais d'un péril fans retomber dans un autre.

En portant le même efprit d'impartialité à l'examen des tragédies de M. de *Voltaire*, l'on conviendra qu'en quelques points il eft fupérieur à *Racine*, et que dans d'autres il eft inférieur à ce célèbre dramatique. Son Oedipe fut la première pièce qu'il compofa ; fon imagination s'était empreinte des beautés de *Sophocle* et d'*Euripide*, et fa mémoire lui rappelait fans ceffe l'élégance continue et fluide de *Racine:* fort de ce double avantage, fa première production paffa au théâtre comme un chef-d'œuvre. Quelques cenfeurs, peut-être trop fourcilleux, trouvèrent à redire qu'une vieille *Jocafte* fentît renaître à la préfence de *Philoctète* une paffion prefque éteinte : mais fi l'on avait élagué le rôle de *Philoctète*, on n'aurait pas joui des beautés que produit le contrafte de fon caractère avec celui d'*Oedipe*.

On jugea que fon Brutus était plutôt propre à être repréfenté fur le théâtre de Londres que fur celui de Paris, parce qu'en France un père qui, de fang froid, condamne fon fils à la mort, eft envifagé comme un barbare ; et qu'en Angleterre, un conful qui facrifie fon propre fang à la liberté de fa patrie, eft regardé comme un dieu.

Sa Mariamne et un nombre d'autres pièces fignalèrent encore l'art et la fécondité de fa plume. Cependant il ne faut pas déguifer que des critiques, peut-être trop févères, reprochèrent à notre poëte

que la contexture de fes tragédies n'approchait pas
du naturel et de la vraifemblance de celles de *Racine*.
Voyez, difent-ils, repréfenter Iphigénie, Phèdre,
Athalie : vous croyez affifter à une action qui fe
développe fans peine devant vos yeux ; au lieu qu'au
fpectacle de Zaïre, il faut vous faire illufion fur la
vraifemblance et couler légèrement fur certains
défauts qui vous choquent. Ils ajoutent que le fecond
acte eft un hors-d'œuvre : vous êtes obligé d'endurer
le radotage du vieux *Lufignan* qui, fe retrouvant
dans fon palais, ne fait où il eft ; qui parle de fes
anciens faits d'armes, comme un lieutenant colonel
du régiment de Navarre, devenu gouverneur de
Péronne : on ne fait pas trop comment il reconnaît
fes enfans ; pour rendre fa fille chrétienne, il lui
raconte qu'elle eft fur la montagne où *Abraham*
facrifia, ou voulut facrifier fon fils *Ifaac* au Seigneur ;
il l'engage à fe faire baptifer après que *Châtillon*
attefte l'avoir baptifée lui-même ; et c'eft-là le nœud
de la pièce. Après que *Lufignan* a rempli cet acte
froid et languiffant, il meurt d'apoplexie fans que
perfonne s'intéreffe à fon fort. Il femble, puifqu'il
fallait un prêtre et un facrement pour former cette
intrigue, qu'on aurait pu fubftituer au baptême, la
communion.

Mais quelque folides que puiffent être ces remarques, on les perd de vue au cinquième acte ; l'intérêt, la pitié, la terreur, que ce grand poëte a
l'art d'exciter fi fupérieurement, entraîne l'auditeur
qui, agité de paffions auffi fortes, oublie de petits
défauts en faveur d'auffi grandes beautés.

On conviendra donc que M. *Racine* a l'avantage

d'avoir quelque chofe de plus naturel , de plus vrai-
femblable dans la texture de fes drames ; et qu'il
règne une élégance continue , une molleffe , un
fluide dans fa verfification dont aucun poëte n'a
pu approcher depuis. D'autre part , en exceptant
quelques vers trop épiques dans les pièces de M. de
*Voltaire* , il faut convenir qu'au cinquième acte près
de Catilina, il a poffédé l'art d'accroître l'intérêt de
fcène en fcène , d'acte en acte, et de le pouffer au
plus haut point à la cataftrophe : c'eft bien là le
comble de l'art.

Son génie univerfel embraffait tous les genres.
Après s'être effayé contre *Virgile* , et l'avoir peut-
être furpaffé , il voulait fe mefurer avec l'*Ariofte*; il
compofa la Pucelle dans le goût du Roland furieux.
Ce poëme n'eft point une imitation de l'autre ; la
fable , le merveilleux , les épifodes , tout y eft original , tout y refpire la gaieté d'une imagination
brillante.

Ses vers de fociété fefaient les délices de toutes les
perfonnes de goût. L'auteur feul n'en tenait aucun
compte , quoiqu'*Anacréon*, *Horace* , *Ovide* , *Tibulle*,
ni tous les auteurs de la belle antiquité ne nous
aient laiffé aucun modèle en ces genres qu'il n'eût
égalé. Son efprit enfantait ces ouvrages fans peine ;
cela ne le fatisfefait pas ; il croyait que , pour poffé-
der une réputation bien méritée , il fallait l'acquérir
en vainquant les plus grands obftacles.

Après vous avoir fait un précis des talens du
poëte , paffons à ceux de l'hiftorien. L'Hiftoire de
*Charles XII* fut la première qu'il compofa ; il devint
le *Quinte - Curce* de cet *Alexandre.* Les fleurs qu'il

répand fur fa matière , n'altèrent point le fonds de
la vérité ; il peint la valeur brillante du héros du
Nord avec les plus vives couleurs , fa fermeté dans
de certaines occafions , fon obftination en d'autres,
fa profpérité et fes malheurs.

Après avoir éprouvé fes forces fur *Charles XII* ,
il effaya de hafarder l'Hiftoire du fiècle de *Louis XIV*,
Ce n'eft plus le ftyle romanefque de *Quinte - Curce*
qu'il emploie : il y fubftitua celui de *Cicéron* qui ,
plaidant pour la loi *Manilia* , fait l'éloge de *Pompée*.
C'eft un auteur français qui relève avec enthoufiafme les événemens fameux de ce beau fiècle ; qui
expofe dans le jour le plus brillant les avantages qui
donnèrent alors à fa nation une prépondérance fur
d'autres peuples; les grands génies en foule qui fe trouvèrent fous la main de *Louis XIV*; le règne des arts
et des fciences protégés par une cour polie ; les
progrès de l'induftrie en tout genre ; et cette puiffance intrinsèque de la France qui rendait en quelque forte fon roi l'arbitre de l'Europe.

Cet ouvrage unique méritait d'attirer à M. de
*Voltaire* l'attachement et la reconnaiffance de toute
la nation françaife , qu'il a mieux relevée qu'elle
ne l'a été par aucun de fes autres écrivains.

C'eft encore un ftyle différent qu'il emploie dans
fon Effai fur l'efprit et les mœurs des nations ; le
ftyle en eft fort et fimple ; le caractère de fon efprit
fe manifefte plus dans la façon dont il a traité cette
hiftoire , que dans fes autres écrits. On y voit la
fougue d'un génie fupérieur qui voit tout dans le
grand , qui s'attache à ce qu'il y a d'important , et
néglige tous les petits détails. Cet ouvrage n'eft pas

compofé pour apprendre l'hiftoire à ceux qui ne
l'ont pas étudiée, mais pour en rappeler les faits
principaux dans la mémoire de ceux qui la favent.
Il s'attache à la première loi de l'hiftoire, qui eft
de dire la vérité ; et les réflexions qu'il y sème, ne
font pas des hors - d'œuvre, elles naiffent de la
matière même.

Il nous refte une foule d'autres traités de M. de
*Voltaire*, qu'il eft prefque impoffible d'analyfer. Les
uns roulent fur des fujets de critique ; dans d'autres
ce font des matières métaphyfiques qu'il éclaircit ;
dans d'autres encore, d'aftronomie, d'hiftoire, de
phyfique, d'éloquence, de poëtique, de géométrie.
Ses Romans même portent un caractère original ;
Zadig, Micromégas, Candide, font des ouvrages
qui, femblant refpirer la frivolité, contiennent des
allégories morales ou des critiques de quelques
fyftêmes modernes, où l'utile eft inféparablement
uni à l'agréable.

Tant de talens, tant de connaiffances diverfes
réunies en une feule perfonne, jettent les lecteurs
dans un étonnement mêlé de furprife.

Récapitulez, Meffieurs, la vie des grands-hommes
de l'antiquité, dont les noms nous font parvenus,
vous trouverez que chacun d'eux fe bornait à fon
feul talent. *Ariftote* et *Platon* étaient philofophes ;
*Efchine* et *Démofthène* orateurs ; *Homère* poëte épique ;
*Sophocle* poëte tragique ; *Anacréon* poëte agréable ;
*Thucidide* et *Xénophon* hiftoriens ; de même que
chez les Romains, *Virgile*, *Horace*, *Ovide*, *Lucrèce*
n'étaient que poëtes ; *Tite-Live* et *Varron* hiftoriens ;
*Craffus*, le vieil *Antoine* et *Hortenfius* s'en tenaient à

leurs harangues. *Cicéron*, ce conful orateur, défenfeur et père de la patrie, eft le feul qui ait réuni des talens et des connaiffances diverfes : il joignait au grand art de la parole, qui le rendait fupérieur à tous fes contemporains, une étude approfondie de la philofophie, telle qu'elle était connue de fon temps. C'eft ce qui paraît par fes Tufculanes, par fon admirable traité De la nature des dieux, par celui des Offices qui eft peut-être le meilleur ouvrage de morale que nous ayons. *Cicéron* fut même poëte ; il traduifit en latin les vers d'*Aratus*, et l'on croit que fes corrections perfectionnèrent le poëme de *Lucrèce*.

Il nous a donc fallu parcourir l'efpace de dix-fept fiècles pour trouver dans la multitude des hommes qui compofent le genre-humain, le feul *Cicéron* dont nous puiffions comparer les connaiffances avec celles de notre illuftre auteur. L'on peut dire, s'il m'eft permis de m'exprimer ainfi, que M. de *Voltaire* valait feul toute une académie. Il y a de lui des morceaux où l'on croit reconnaître *Bayle* armé de tous les argumens de fa dialectique ; d'autres où l'on croit lire *Thucydide* ; ici c'eft un phyficien qui découvre les fecrets de la nature, là c'eft un métaphyficien qui, s'appuyant fur l'analogie et l'expérience, fuit à pas mefurés les traces de *Locke*. Dans d'autres ouvrages vous trouvez l'émule de *Sophocle* ; là vous le voyez répandre des fleurs fur fes traces ; ici il chauffe le brodequin comique ; mais il femble que l'élévation de fon efprit ne fe plaifait pas à borner fon effor à égaler *Térence* ou *Molière*. Bientôt vous le

voyez monter fur *Pégafe* qui, en étendant fes ailes,
le tranfporte au haut de l'Hélicon, où le dieu des
mufes lui adjuge fa place entre *Homère* et *Virgile*.

Tant de productions différentes et d'auffi grands
efforts de génie produifirent à la fin une vive fenfa-
tion fur les efprits ; et l'Europe applaudit aux talens
fupérieurs de M. de *Voltaire*. Il ne faut pas croire
que la jaloufie et l'envie l'épargnaffent ; elles aigui-
sèrent tous leurs traits pour l'accabler. Cet efprit
d'indépendance, inné dans les hommes, qui leur
infpire une averfion contre l'autorité la plus légitime, les révoltait avec bien plus d'aigreur contre
une fupériorité de talens, à laquelle leur faibleffe ne
put atteindre. Mais les cris de l'envie étaient étouffés
par de plus forts applaudiffemens ; les gens de lettres
s'honoraient de la connaiffance de ce grand-homme.
Quiconque était affez philofophe pour n'eftimer que
le mérite perfonnel, plaçait M. de *Voltaire* bien au-
deffus de ceux dont les ancêtres, les titres, l'orgueil
et les richeffes font tout le mérite. M. de *Voltaire*
était du petit nombre des philofophes qui pouvaient
dire : *Omnia mecum porto.* Des princes, des fouverains,
des rois, des impératrices le comblèrent des marques
de leur eftime et de leur admiration. Ce n'eft pas
que nous prétendions infinuer que les grands de la
terre foient les meilleurs appréciateurs du mérite,
mais cela prouve au moins que la réputation de notre
auteur était fi généralement établie, que les chefs
des peuples, loin de contredire la voix publique,
croyaient devoir s'y conformer.

Cependant, comme dans ce monde le mal fe
trouve par-tout mêlé au bien, il arrivait que M. de

*Voltaire*,

*Voltaire*, fenfible à l'applaudiffement univerfel dont il jouiffait, ne l'était pas moins aux piqûres de ces infectes qui croupiffent dans les fanges de l'Hippo-crène. Loin de les punir, il les immortalifait en pla-çant leurs noms obfcurs dans fes ouvrages. Mais il ne recevait d'eux que des éclabouffures légères, en comparaifon des perfécutions plus violentes qu'il eut à fouffrir des eccléfiaftiques, qui par état n'étant que des miniftres de paix, n'auraient dû pratiquer que la charité et la bienfefance : aveuglés par un faux zèle autant qu'abrutis par le fanatifme, ils s'acharnè-rent fur lui, et voulurent l'accabler en le calomniant. Leur ignorance fit échouer leur projet; faute de lumières ils confondaient les idées les plus claires; de forte que les paffages où notre auteur infinue la tolérance, furent interprétés par eux comme conte-nant les dogmes de l'athéifme. Et ce même *Voltaire*, qui avait employé toutes les reffources de fon génie pour prouver avec force l'exiftence d'un Dieu, s'en-tendit accufer, à fon grand étonnement, d'en avoir nié l'exiftence.

. Le fiel que ces ames dévotes répandirent fi mal-adroitement fur lui, trouva des approbateurs chez les gens de leur efpèce, et non pas chez ceux qui avaient la moindre teinture de dialectique. Son crime véritable confiftait en ce qu'il n'avait pas lâchement déguifé dans fon hiftoire les vices de tant de pontifes qui ont deshonoré l'Eglife; de ce qu'il avait dit avec *Fra-Paolo*, avec *Fleury* et tant d'autres, que fouvent les paffions influent plus fur la conduite des prêtres que l'infpi-ration du faint-Efprit; que dans fes ouvrages il infpire de l'horreur contre ces maffacres abominables

*Correfp. de d'Alembert, &c.*     Tome II.     Y

qu'un faux zèle a fait commettre, et qu'enfin il traitait avec mépris ces querelles inintelligibles et frivoles auxquelles les théologiens de toute fecte attachent tant d'importance. Ajoutons à ceci, pour achever ce tableau, que tous les ouvrages de M. de *Voltaire* fe débitaient auffitôt qu'ils fortaient de la preffe, et que dans ce même temps les évêques voyaient avec un faint dépit leurs mandemens rongés des vers, ou pourrir dans les boutiques de leurs libraires.

Voilà comme raifonnent des prêtres imbécilles. On leur pardonnerait leur bêtife, fi leurs mauvais fyllogifmes n'influaient pas fur le repos des parti-culiers; tout ce que la vérité oblige de dire, c'eft qu'une auffi fauffe dialectique fuffit pour caractérifer ces êtres vils et méprifables qui, fefant profeffion de captiver leur raifon, font ouvertement divorce avec le bon fens.

Puifqu'il s'agit ici de juftifier M. de *Voltaire*, nous ne devons diffimuler aucune des accufations dont on le chargea. Les cagots lui imputèrent donc encore d'avoir expofé les fentimens d'*Epicure*, de *Hobbes*, de *Wolfton*, du lord *Bolingbroke* et d'autres philofophes. Mais n'eft-il pas clair que, loin de fortifier ces opinions par ce que tout autre y aurait pu ajouter, il fe contente d'être le rapporteur d'un procès dont il abandonne la décifion à fes lecteurs? Et de plus, fi la religion a pour fondement la vérité, qu'a-t-elle à appréhender de tout ce que le menfonge peut inventer contre elle? M. de *Voltaire* en était fi convaincu, qu'il ne croyait pas que les doutes de quelques philo-fophes puffent l'emporter fur les infpirations divines.

Mais allons plus loin, comparons la morale répandue dans fes ouvrages à celle de fes perfécuteurs : Les hommes doivent s'aimer comme des frères, dit-il ; leur devoir eft de s'aider mutuellement à fupporter le fardeau de la vie, où la fomme des maux l'emporte fur celle des biens ; leurs opinions font auffi différentes que leurs phyfionomies ; loin de fe perfécuter parce qu'ils ne penfent pas de même, ils doivent fe borner à rectifier le jugement de ceux qui font dans l'erreur, par le raifonnement, fans fubftituer aux argumens le fer et les flammes ; en un mot, ils doivent fe conduire envers leur prochain comme ils voudraient qu'il en usât envers eux. Eft-ce M. de *Voltaire* qui parle, ou eft-ce l'apôtre S<sup>t</sup> *Jean*, ou eft-ce le langage de l'Evangile ?

Oppofons à ceci la morale pratique de l'hypocrifie ou du faux zèle ; elle s'exprime ainfi : Exterminons ceux qui ne penfent pas ce que nous voulons qu'ils penfent, accablons ceux qui dévoilent notre ambition et nos vices ; que DIEU foit le bouclier de nos iniquités, que les hommes fe déchirent, que le fang coule, qu'importe, pourvu que notre autorité s'accroiffe ; rendons DIEU implacable et cruel, pour que la recette des douanes du purgatoire et du paradis augmente nos revenus.

Voilà comme la religion fert fouvent de prétexte aux paffions des hommes, et comme par leur perverfité la fource la plus pure du bien devient celle du mal !

La caufe de M. de *Voltaire* étant auffi bonne que nous venons de l'expofer, il emporta les fuffrages de tous les tribunaux, où la raifon était plus écoutée que les fophifmes myftiques. Quelque perfécution qu'il endurât de la haine théologale, il diftingua toujours la religion de ceux qui la déshonorent; il rendait juftice aux eccléfiaftiques dont les vertus ont été le véritable ornement de l'Eglife; il ne blâmait que ceux dont les mœurs perverfes les rendirent l'abomination publique.

M. de *Voltaire* paffa donc ainfi fa vie entre les perfécutions de fes envieux et l'admiration de fes enthoufiaftes, fans que les farcafmes des uns l'humi-liaffent, et que les applaudiffemens des autres accruf-fent l'opinion qu'il avait de lui-même; il fe contentait d'éclairer le monde, et d'infpirer par fes ouvrages l'amour des lettres et de l'humanité. Non content de donner des préceptes de morale, il prêchait la bien-fefance par fon exemple. Ce fut lui dont l'appui courageux vint au fecours de la malheureufe famille des *Calas*, qui plaida la caufe des *Sirven* et les arra-cha des mains barbares de leurs juges; il aurait reffufcité le chevalier de *la Barre*, s'il avait eu le don des miracles. Il eft beau qu'un philofophe, du fond de fa retraite, élève fa voix; et que l'humanité dont il eft l'organe, force les juges à réformer des arrêts iniques. Si M. de *Voltaire* n'avait pardevers lui que cet unique trait, il mériterait d'être placé parmi le petit nombre des véritables bienfaiteurs de l'hu-manité.

La philofophie et la religion enfeignent donc de concert le chemin de la vertu. Voyez lequel eft le plus chrétien, ou le magiftrat qui force cruellement une famille à s'expatrier, ou le philofophe qui la recueille et la foutient; le juge qui fe fert du glaive de la loi pour affaffiner un étourdi, ou le fage qui veut fauver la vie du jeune homme pour le corriger ; le bourreau de *Calas*, ou le protecteur de fa famille défolée ?

Voilà, Meffieurs, ce qui rendra la mémoire de M. de *Voltaire* à jamais chère à ceux qui font nés avec un cœur fenfible et des entrailles capables de s'émouvoir. Quelque précieux que foient les dons de l'efprit, de l'imagination, l'élévation du génie, et les vaftes connaiffances ; ces préfens que la nature ne prodigue que rarement, ne l'emportent cependant jamais fur les actes de l'humanité et de la bienfefance ; on admire les premiers, et l'on bénit et vénère les feconds.

Quelque peine que j'aye, Meffieurs, de me féparer à jamais de M. de *Voltaire*, je fens cependant que le moment approche où je dois renouveler la douleur que vous caufe fa perte. Nous l'avons laiffé tranquille à Ferney ; des affaires d'intérêt l'engagèrent à fe tranfporter à Paris, où il efpérait venir encore affez à temps pour fauver quelques débris de fa fortune d'une banqueroute dans laquelle il fe trouvait enveloppé. Il ne voulut pas reparaître dans fa patrie les mains vides ; fon temps, qu'il partageait entre la philofophie et les belles-lettres, fourniffait un nombre d'ouvrages dont il avait toujours quelques-uns en réferve : ayant compofé une nouvelle tragédie dont Irène eft le fujet, il voulut la produire fur le théâtre de Paris.

Son ufage était d'affujettir fes pièces à la critique la plus févère, avant de les expofer en public. Conformément à fes principes, il confulta à Paris tout ce qu'il avait de gens de goût de fa connaiffance, facrifiant un vain amour propre au défir de rendre fes travaux dignes de la poftérité. Docile aux avis éclairés qu'on lui donna, il fe porta avec un zèle et une ardeur fingulière à la correction de cette tragédie ; il paffa des nuits entières à refondre fon ouvrage ; et, foit pour diffiper le fommeil, foit pour ranimer fes fens, il fit un ufage immodéré du café : cinquante taffes par jour lui fuffirent à peine. Cette liqueur qui mit fon fang dans la plus violente agitation, lui caufa un échauffement fi prodigieux que pour calmer cette efpèce de fièvre chaude, il eut recours aux opiates, dont il prit de fi fortes dofes, que loin de foulager fon mal, elles accélérèrent fa fin. Peu après ce remède pris avec fi peu de ménagement, fe mani-fefta une efpèce de paralyfie qui fut fuivie du coup d'apoplexie qui termina fes jours.

Quoique M. de *Voltaire* fût d'une conftitution faible ; quoique le chagrin, le fouci et une grande application aient affaibli fon tempérament, il pouffa pourtant fa carrière jufqu'à la quatre-vingt-quatrième année. Son exiftence était telle qu'en lui l'efprit l'emportait en tout fur la matière. C'était une ame forte qui communiquait fa vigueur à un corps pref-que diaphane : fa mémoire était étonnante, et il conferva toutes les facultés de la penfée et de l'ima-gination jufqu'à fon dernier foupir. Avec quelle joie vous rappellerai-je, Meffieurs, les témoignages d'admiration et de reconnaiffance que les Parifiens rendirent à ce grand-homme durant fon dernier féjour dans fa patrie ! Il eft rare, mais il eft beau que le public foit équitable, et qu'il rende juftice de leur vivant à ces êtres extraordinaires que la nature ne fe complaît de produire que de loin en loin, afin qu'ils recueillent de leurs contemporains même les fuffrages qu'ils font sûrs d'obtenir de la poftérité !

L'on devait s'attendre qu'un homme qui avait employé toute la fagacité de fon génie à célébrer la gloire de fa nation, en verrait rejaillir quelques rayons fur lui-même : les Français l'ont fenti, et par leur enthoufiafme, ils fe font rendus dignes de partager le luftre que leur compatriote à répandu fur eux et fur le fiècle. Mais croirait-on que ce *Voltaire*, auquel la profane Gréce aurait élevé des autels, qui eût eu dans Rome des ftatues, auquel une grande impératrice, protectrice des fciences, voulait ériger un monument à Pétersbourg ; qui croira, dis-je, qu'un tel être penfa manquer dans fa patrie d'un peu de terre pour couvrir fes cendres ? Et quoi ! dans le dix-huitième fiècle, où les lumières font plus répandues que jamais, où l'efprit philofophique a tant fait de progrès, il fe trouve des hiérophantes, plus barbares que les Hérules, plus dignes de vivre avec les peuples de la Trapobane qu'au milieu de la nation françaife ! Aveuglés par un faux zèle, ivres de fanatifme, ils empêchent qu'on ne rende les derniers devoirs de l'humanité à un des hommes les plus célèbres que jamais la France ait portés. Voilà cependant ce que l'Europe a vu avec une douleur mêlée d'indignation.

Mais quelque foit la haine de ces frénétiques, et la lâcheté de leur vengeance, de s'acharner ainfi fur des cadavres ; ni les cris de l'envie, ni leurs hurlemens fauvages ne terniront la mémoire de *Voltaire*.

Y 4

Le fort le plus doux qu'ils peuvent attendre, eft qu'eux et leurs vils artifices demeurent enfevelis à jamais dans les ténèbres de l'oubli; tandis que la mémoire de *Voltaire* s'accroîtra d'âge en âge, et tranfmettra fon nom à l'immortalité.

# ELOGE

## DE VOLTAIRE,

PAR M. DE LA HARPE,

DE L'ACADEMIE FRANÇAISE.

# AVERTISSEMENT.

On n'a prefque point mis de notes à ce difcours, précifément parce qu'il en comportait trop. Tout le perfonnel de M. de *Voltaire*, fa vie qui tient à tout, fon hiftoire littéraire fi fertile en événemens, l'examen réfléchi de fes innombrables ouvrages, la foule d'anecdotes et de commentaires dont ils font fufceptibles, tous ces objets fi étendus et fi intéreffans auraient été morcelés dans des notes, et font réfervés pour un autre cadre, dans lequel ils occuperont un jufte efpace. Les perfonnes, dont la curiofité empreffée chercherait ici ces détails, doivent fonger que la nature de l'ouvrage devait les exclure, et qu'il ne fallait pas que l'orateur empiétât fur le critique, ni le panégyrifte fur l'hiftorien.

# ELOGE

# DE VOLTAIRE,

Cujus gloriæ neque profuit quifquam laudando,
nec vituperando quifquam nocuit. *Tit. Liv.*

Heureux, fans doute, celui qui n'aura pas attendu, pour célébrer le génie, que les hommages qu'on lui doit ne puiffent plus s'adreffer qu'à des cendres infenfibles : celui qui s'eft acquis le droit de lui rendre témoignage devant la poftérité, après avoir ofé le lui rendre en préfence de l'envie ! heureux encore, jufque dans ce devoir douloureux, le panégyrifte et l'ami d'un grand-homme, fi, en approchant de fon tombeau, (quel qu'il foit, hélas!) il peut dire : ,, La louange que je t'ai offerte a ,, toujours été pure ; jamais elle ne fut ni fouillée ,, par l'intérêt, ni exagérée par la complaifance ; et ,, comme l'adulation n'y ajouta rien ; tant que tu as ,, vécu, l'équité n'en retranchera rien, quand tu ,, n'es plus. ,,

Je vais parcourir cette longue fuite de travaux qui ont rempli la vie de *Voltaire*. L'éclat de fes talens paraîtra s'augmenter de celui de fes fuccès, et l'intérêt qu'ils infpirent s'accroîtra par les contradictions qu'ils ont éprouvées. Cet homme extraordinaire s'agrandira encore plus à nos yeux par cette influence

fi marquée qu'il a eue fur fon fiècle, et qui s'étendra
dans la poftérité. En confidérant fa deftinée, nous
aurons lieu quelquefois de plaindre celui qu'il faudra
fi fouvent admirer; nous reconnaîtrons le fort de
l'humanité dans l'homme qui s'eft le plus élevé au-
deffus d'elle. Ce tableau du génie, fait pour raffembler
tant de leçons et tant d'exemples, montrera tout ce
qu'il peut obtenir de gloire, et rencontrer d'obftacles;
et en voyant tout ce qu'il peut avoir à fouffrir,
peut-être on fentira davantage tout ce qu'il faut lui
pardonner.

# PREMIERE PARTIE.

IL était paſſé ce ſiècle que l'on peut appeler celui de la France, puiſqu'il fut l'époque de nos grandeurs, et qu'il a gardé le nom d'un de nos monarques. Déjà commençait à pâlir cette lumière des arts qui s'était levée au milieu de nous, et répandue dans l'Europe; ſes clartés les plus brillantes s'étaient toutes éteintes dans la nuit de la tombe. La mort avait frappé les héros, les artiſtes, les écrivains. *Fénélon* avait fini ſes jours dans l'exil; la cendre de *Molière* n'avait trouvé qu'à peine où repoſer obſcurément; *Corneille* avait ſurvécu quinze ans à ſon génie; *Racine* avait lui-même marqué un terme au ſien; et, enlevé avant le temps, il n'avait rempli ni toute la carrière de ſon talent, ni celle de la vie. Deux hommes ſeuls alors pouvaient rappeler encore la ſplendeur de cet âge qui venait de finir. On eût dit que *Rouſſeau* avait hérité de *Deſpréaux* même la ſcience ſi difficile d'écrire en vers. L'ame tragique de *Crébillon*, après avoir jeté quelques lueurs ſombres dans Atrée, et les plus beaux traits de lumière dans Electre, s'était enfin élevée dans Rhadamiſte aux plus grands effets de l'art; mais, après cet effort, il était tombé au-deſſous de lui-même, il ne donnait plus que Sémiramis et Xerxès; et *Rouſſeau*, ſur nos frontières, corrompant de plus en plus ſon ſtyle, ſemblait avoir quitté le Parnaſſe en quittant la France; lorſque Oedipe et la Henriade, qui ſe ſuivirent de près, annoncèrent au monde littéraire le véritable héritier du grand fiècle, celui qui devait être l'ornement du nôtre, et qui, remarquable par la hardieffe de fes premiers pas, s'ouvrait déjà plus d'un chemin vers la gloire.

La nature que nous voulons en vain affujettir à l'uniformité de nos calculs, et qui fe plaît fi fouvent à les démentir par la diverfité de fes procédés; la nature, en produifant les grands-hommes, fait varier fes moyens autant que leurs caractères. Tantôt elle les mûrit à loifir dans le filence et l'obfcurité; et les humains, levant les yeux avec furprife, aperçoivent tout à coup à une hauteur immenfe celui qu'ils ont vu long-temps à côté d'eux; tantôt elle marque le génie naiffant d'un trait de grandeur qui eft pour lui comme le figne de fa miffion, et alors elle femble dire aux hommes, en le leur donnant : Voilà votre maître. C'eft avec cet éclat qu'elle montra *Voltaire* au monde. Deftiné à être extraordinaire en tout, il le fut dès fon enfance; et par un double privilége, fon efprit était mûr dès fes premières années, comme il fut jeune dans fes dernières. A peine eut-il fait des vers, qu'ils parurent être la langue qui lui appartenait. A peine eut-il reçu quelques leçons de fes maîtres, qu'ils le crurent capable d'en donner. La force de fon jugement l'élevait déjà au-deffus de fes contemporains, lorfqu'à dix-huit ans il conçut, malgré l'exemple de *Corneille* et la contagion générale, que l'amour ne devait point fe mêler aux horreurs du fujet d'Oedipe; et s'il fut forcé de céder au préjugé, le courage qu'il eut de fe condamner fur cette faute involontaire, était une nouvelle efpèce de gloire, celle de l'homme fupérieur qui inftruit les autres en se jugeant lui-même. C'était quelque chose, sans doute, de l'emporter sur un ouvrage que défendait le nom de *Corneille;* mais qu'il était beau surtout de balancer *Sophocle* dans l'un de ses chefs-d'œuvre; d'annoncer, dès le premier moment, ce goût des beautés antiques que *Racine* n'eut qu'après plusieurs essais ; enfin de posséder de si bonne heure le grand art de l'éloquence tragique ! Tout se réunit alors pour faire de ce brillant coup d'essai le présage des plus hautes destinées : *Corneille* vaincu, *Sophocle* égalé, la scène française relevée, l'envie déjà avertie et poussant un long cri, comme le monstre qui a senti sa proie ; la voix des hommes justes nommant un successeur à *Racine;* enfin, au milieu de tant d'honneurs, le jeune auteur s'élevant, par l'aveu de ses fautes, au-dessus de son propre ouvrage et à la hauteur de l'art.

La muse de l'épopée avait paru jusque là nous être encore étrangère ; et même, dans ce siècle mémorable, où il semblait que la gloire n'eût rien à refuser à *Louis XIV* et à la France, c'était la seule exception qu'elle eût mise à ses faveurs. On en accusait à la fois et le génie de notre langue, et celui de notre nation. *Voltaire* conçut à vingt ans le projet de venger l'un et l'autre. Cette heureuse audace de la jeunesse, qu'animait encore en lui le sentiment de ses forces, ne fut point épouvantée par tant d'exemples faits pour le décourager. Au milieu de toutes les voix du préjugé qui lui criaient : arrête, il entendit la voix plus impérieuse et plus forte du talent créateur, qui lui criait : ose ; et, guidé par cet instinct irrésistible qui repousse la réflexion timide, il s'abandonna sans crainte fur une mer inconnue, dont on ne racontait que des naufrages. Il trouva cette terre ignorée où nul français n'était abordé avant lui ; et, tandis qu'on répétait encore de toute part que nous n'étions pas faits pour l'épopée, la France avait un poëme épique.

Je fais que la critique s'eft élevée contre le choix d'un fujet trop voifin de nous, pour permettre à l'auteur la reffource féduifante des fictions. On a dit, et non fans fondement, que pour nous l'épopée doit être placée dans ce favorable éloignement, dans cette perfpective magique d'où naît l'illufion de tous les arts ; que la mufe épique ne doit nous apparaître que dans le lointain, couverte du voile des allégories, entourée du cortége des fables, ainfi que d'un nuage religieux, d'où fa voix femble fortir plus impofante et plus majeftueufe ; comme ces divinités antiques, cachées dans la fombre horreur des forêts, fem- blaient plus auguftes et plus vénérables, à mefure qu'on les adorait de plus loin.

Je ne rejetterai point ces idées fondées fur le pouvoir de l'imagination ; mais auffi quel français peut reprocher à *Voltaire* d'avoir choifi *Henri IV* pour fon héros ? N'eut-il pas, au moins pour fes concitoyens, le mérite fi précieux d'avoir chanté le feul de leurs rois dont la gloire foit devenue, pour ainfi dire, populaire ? n'eut-il pas, pour les connaif- feurs de toutes les nations, cet autre mérite fi rare de fuppléer par des beautés nouvelles à celles qui lui étaient interdites ? C'eft là qu'il déclare à la tyrannie, aux préjugés, à la fuperftition, au fana- tifme, cette haine inexpiable, cette guerre généreufe qui n'admit jamais ni traité, ni trève, et qui n'a eu

de

de terme que celui de fa vie. Pour la première fois
l'humanité entendit plaider fa caufe en beaux vers,
et vit fes intérêts confiés à l'éloquence poëtique.
Celle-ci avait plus d'une fois confacré, dans *Louis XIV*,
les victoires remportées fur le monftre de l'héréfie,
victoires trop fouvent déshonorées par la violence,
et que la religion même a pleurées ; *Voltaire* lui
apprit à célébrer d'autres triomphes, ceux de la
raifon fur le monftre de l'intolérance : triomphes
purs, et qui ne coûtent de larmes qu'aux ennemis
du genre-humain.

Des vérités d'un autre ordre ont paru, dans ce
même ouvrage, revêtues des couleurs de la poëfie.
*Uranie* s'eft étonnée de parler la même langue que
*Calliope*. Ce n'était pas *Lucrèce* chantant les erreurs
d'*Epicure*, c'étaient les grands fecrets de la nature,
long-temps inconnus et récemment découverts,
tracés dans le ftyle de l'épopée avec autant d'exactitude qu'ils auraient pu l'être fous le compas de la
philofophie (*a*). Dans le même temps, et par un effet

_____

(*a*) Lorfque dans les Mufes rivales, je fis dire à *Uranie*, en parlant
de *Voltaire* :

> J'empruntai de fes vers la parure pompeufe ;
> Je parus étalant des vêtemens nouveaux,
> Et gardant, fous les traits dont m'ornaient fes pinceaux
> Une beauté majeftueufe,
> Je ne dus qu'à lui feul ces brillans attributs ;
> C'eft par lui que la poëfie
> Fit entendre des fons aux mortels inconnus,
> Et que le voile d'Uranie
> Devint l'écharpe de Vénus.

M. *Marmontel* ( à qui d'ailleurs je ne dois que des remercîmens du
compte très-avantageux qu'il rendit de la pièce dans le *Mercure* )

de la même magie, il chantait en vers sublimes les merveilles révélées à *Newton*, le principe universel qui meut et attire les corps, la grande révolution des mondes dans la carrière de l'espace et de la durée. Il étalait sous des pinceaux, avant lui inconnus aux muses, l'éclatant tissu de la robe du soleil et les

observa que *l'éloge était trop exclusif*, et que *Lucrèce et Pope, avant Voltaire, avaient fait parler Uranie en beaux vers.* La remarque serait juste, s'il eût été question de vérités morales et métaphysiques. Elles ont été traitées par *Pope* d'une manière supérieure ; mais il est ici question du système de *Newton*, et par conséquent de physique. Il est vrai que *Lucrèce* a mis en vers celle d'*Epicure ;* mais cette philosophie erronée ne lui a guère fourni que des vers durs et raboteux ; et son poëme ne serait point au rang des monumens précieux de l'antiquité, s'il n'y eût joint des morceaux de poësie morale ou descriptive, qui en ont fait le mérite. Au contraire, dans la Henriade, c'est une beauté absolument neuve que le système planétaire de *Copernic* et l'attraction de *Newton*, détaillés en très-beaux vers, et avec des expressions exactes, en même temps que magnifiques.

> Dans le centre éclatant de ces orbes immenses,
> Qui n'ont pu nous cacher leur marche et leurs distances,
> Luit cet astre du jour par Dieu même allumé,
> Qui tourne autour de soi sur son axe enflammé.
> De lui partent sans fin des torrens de lumière ;
> Il donne en se montrant la vie à la matière,
> Et dispense les jours, les saisons et les ans,
> A des mondes divers autour de lui flottans.
> Ces astres asservis à la loi qui les presse,
> S'attirent dans leur course, et s'évitent sans cesse,
> Et, servant l'un à l'autre et de règle et d'appui,
> Se prêtent les clartés qu'ils reçoivent de lui.
> Par-delà tous les cieux, le Dieu des cieux réside, &c.

C'est-là, sans doute, mêler le sublime de la poësie aux principes de la plus saine physique ; et qui a eu ce mérite avant *Voltaire ?* Ce mérite se trouve à un degré encore plus étonnant dans le discours en vers adressé à madame *du Châtelet*, à la tête des Elémens de *Newton*. Il n'y a point de morceau pareil dans aucune langue connue.

rayons de fa lumière ( *b* ) ; et cette poëfie était fans modèle, comme les découvertes de *Newton* étaient fans exemple.

Avec des beautés fi neuves et fi frappantes, avec l'intérêt attaché au nom du héros, avec un flyle toujours élégant et harmonieux, tour à tour plein de force ou de charme, faut-il s'étonner que la Henriade, quoique deftituée de l'ancienne mythologie, ait triomphé de toutes les attaques, fe foit encore affermie par le temps dans l'opinion des connaiffeurs, et foit devenue un ouvrage national ? L'honneur d'avoir fait le feul poëme épique dont notre langue fe glorifie, n'eft peut-être pas encore la récompenfe la plus flatteufe que l'auteur ait obtenue. Il eut le plaifir de voir que fon ouvrage avait ajouté quelque chofe à cet amour fi vrai que les Français gardent à la mémoire du meilleur de leurs rois. On s'eft accoutumé à joindre enfemble les noms du poëte et du héros. Quel honorable affemblage ! et n'eft-ce pas une immortalité bien douce, que celle qu'on partage avec *Henri IV* ?

Mais s'il était difficile d'atteindre le premier,

---

( *b* ) Voyez dans la dédicace des Elémens de *Newton*, citée ci-deffus, ces vers admirables :

> Il découvre à mes yeux, par une main favante,
> De l'aftre des faifons la robe étincelante :
> L'émeraude, l'azur, le pourpre, le rubis,
> Sont l'immortel tiffu dont brillent fes habits.
> Chacun de fes rayons, dans fa fubftance püre,
> Porte en foi les couleurs dont fe peint la nature :
> Et confondus enfemble, ils éclairent nos yeux,
> Ils animent le monde, ils rempliffent les cieux.

parmi nous, jufqu'à l'épopée, il l'était peut-être encore plus de trouver une place parmi les deux fondateurs et les deux maîtres de la fcène françaife, qui femblaient n'y pouvoir plus admettre que des difciples, et non pas des concurrens. L'opinion, auffi empreffée à refferrer les limites des arts, que le génie eft ardent à les reculer, fi prompte à donner des rivaux aux grands-hommes vivans, mais, dès qu'ils ne font plus, fi lente à leur reconnaître des fucceffeurs ; l'opinion qui s'affied comme un épou-vantail à l'entrée du champ où le talent va s'élancer, oppofe à fes premiers pas une barrière qui lui coûte fouvent plus à renverfer, que la carrière ne lui coûte enfuite à parcourir. Rien n'était plus à refpecter que l'admiration qui confacrait les noms de *Corneille* et de *Racine ;* mais rien n'était plus à craindre que le préjugé qui renfermait dans la fphère de leurs travaux l'étendue de l'art dramatique. Quelque diffi-culté qu'il y ait à revenir fur un fujet prefque épuifé, la gloire du grand-homme que je célèbre, m'oblige de jeter un coup d'œil fur ceux qui l'ont précédé. Comment pourrais-je retracer ce qu'a fait *Voltaire*, fans rappeler ce qui a été fait avant lui ? Comment mefurer fes pas dans la lice, fans y rechercher les tracés de fes prédéceffeurs ?

Ecartons d'abord ces préventions générales, fi vaguement conçues et fi légérement adoptées, ces idées fi exagérées de l'influence des mœurs et du fiècle fur les fruits du génie, qui lui-même en eut toujours une bien plus marquée fur ce qui l'envi-ronnait, et qui eft plus fait pour donner la loi que pour la recevoir. Je conçois fans peine que la lecture

d'un écrivain tel que *Corneille*, la représentation de
ses tragédies, ait accoutumé la classe la plus choisie
de ses concitoyens à penser et à parler avec noblesse;
que *Racine* leur ait appris à mettre plus de délicatesse
et de pureté dans leurs sentimens et dans leurs expressions; mais je ne crois point que les troubles de la
fronde aient fait naître la tragédie de Cinna ( *c* );
que les chansons contre *Mazarin* aient éveillé le
talent qui a produit les Horaces, ni qu'il y eut rien

( *c* ) Il serait inutile de dissimuler que ces idées, qui me paraissent
dénuées de fondement, ont été renouvelées dans le discours de
M. *Ducis*, d'ailleurs rempli de beautés supérieures. En lui rendant
toute la justice qu'il mérite, et que je lui ai déjà rendue ailleurs, je
crois pouvoir observer, pour l'intérêt de la vérité, que les définitions
qu'il trace du talent tragique de *Corneille*, de *Racine*, de *Crébillon*,
sont plus subtiles que réfléchies, et plus brillantes que solides.
*Corneille* ( dit-il ) *fit la tragédie de sa nation. . . . Racine fit la tragédie de
la cour de Louis XIV ; Crébillon fit la tragédie de son caractère et de son
génie.* Ces résultats peuvent paraître éblouissans ; mais n'est-ce pas
plutôt une recherche d'antithèses, qu'un jugement sain et motivé ?
Quel rapport y a-t-il entre la nation française, même du temps de
*Corneille*, et le génie de cet écrivain ? et comment l'un aurait-il déterminé le caractère de l'autre ? N'a-t-on pas dit avec beaucoup de
justesse qu'il semblait que *Corneille* fût né romain, et qu'il eût écrit
à Rome ? et dans quel temps les Français ont-ils ressemblé aux
Romains ? Quoi ! c'est aux inconséquences, aux folies, aux ridicules
de la fronde, que nous serions redevables de Cinna et des Horaces !
Trouverait-on le rapport le plus éloigné entre le caractère de ces
compositions mâles et sublimes, et l'esprit léger et follement factieux des
Français de ce temps-là ? Comment cette fermentation passagère, cette
épidémie politique, qui ne dura qu'un moment, et qui remplacée
aussitôt par l'idolâtrie prodiguée à *Louis XIV*, aurait-elle décidé le
genre de tragédie qu'a choisi *Corneille*, *Corneille* qui pendant long-
temps ne fit qu'imiter les Espagnols, et qui, depuis Cinna jusqu'à
Agésilas, eut constamment la même trempe de génie, la même tournure d'idées et de style, à des époques très-différentes ? Est-il plus
vraisemblable que *Racine* n'ait écrit que pour la cour de *Louis XIV*,
*Racine* nourri de la lecture des anciens, idolâtre des Grecs, évidem-
ment formé par eux, épris d'*Euripide* et de *Sophocle*, comme *Corneille*

Z 3

de commun entre les harangues du coadjuteur, et les scènes de *Sévère* et de *Pauline*.

Je ne crois pas davantage que la cour de *Louis XIV* ait mis dans la main de *Racine* le pinceau qui a tracé la cour de *Néron ;* que les faiblesses d'un grand roi, les intrigues de ses maîtresses et de ses favoris, l'esprit de ses courtisans aient inspiré la muse qui a peint les égaremens de *Phèdre*, les fureurs d'*Hermione* et la vertu de *Burrhus ;* et si le faible sujet de Bérénice fut traité pour plaire à une princesse aimable et malheureuse, souvenons-nous que le sévère *Corneille*

l'était de *Lucain* et de *Sénèque ;* entraîné par la pureté de son goût vers les peintres de la nature, comme *Corneille* l'était par son caractère vers tout ce qui était grand, ou ressemblait à la grandeur ? Comment d'ailleurs se permet-on de rétrécir à ce point la sphère d'un esprit tel que celui de *Racine ?* Quoi ! Andromaque, Phèdre, Iphigénie, Athalie, ces chefs-d'œuvre faits pour toutes les nations éclairées, ne seraient que les *tragédies de la cour de Louis XIV !* Et pourquoi n'accorderait-on pas à *Racine* ce qu'on donne à *Crébillon ?* Celui-ci, dit-on, *fit la tragédie de son caractère et de son génie.* Je n'examine point si cette manière de parler est bien exacte ; j'entends ce que l'auteur a voulu dire , et cela me suffit. Oui, sans doute, *Crébillon* a puisé ses ouvrages dans son génie , et leur a donné la teinte de son caractère ; et en cela il a fait comme *Racine* et *Corneille ;* et *Voltaire* a fait comme tous les trois. Voilà la vérité, et M. *Ducis* l'a reconnue lui-même, lorsqu'il rappelle, dans un autre endroit de son discours, ce principe généralement admis par tous ceux qui ont réfléchi sur les arts, que *le caractère particulier que leur imprime un grand-homme , dépend toujours de l'empreinte originale et primitive qu'il a reçue des mains de la nature.*

Au reste , je le répète, forcé de combattre en ce point un de mes confrères dont j'honore le plus les talens, si je le contredis sur des idées essentielles au sujet que je traite, je ne puis m'en consoler qu'en le remerciant encore de l'extrême plaisir que m'a fait son discours, qui m'aurait fait tomber la plume des mains, si cet ouvrage n'avait été, pour ainsi dire, voué d'avance à la mémoire d'un grand-homme, à qui même je fais de cette manière un sacrifice de plus, celui de mon amour propre.

eut la même condefcendance, bien plus dangereufe pour lui, que pour fon jeune et fortuné rival.

Revenons donc à la vérité, et ne voyons furtout dans les ouvrages des grands écrivains que la trempe de leur caractère, qui toujours détermina plus ou moins celle de leur génie. Avec une ame élevée et une conception forte, *Corneille* donna à la tragédie françaife l'énergie de fes fentimens et de fes idées. Le fublime de la penfée fut fa qualité diftinctive, l'abus du raifonnement fut fon défaut principal. Ainfi l'expreffion de la grandeur, la nobleffe des caractères, la précifion du dialogue, cette efpèce de force qui confifte à fuivre le jeu compliqué d'une multitude de refforts, comme dans Héraclius et Rodogune; cette autre force beaucoup plus heureufe, qui amène de grands effets par des moyens fimples, comme dans Cinna et les Horaces : voilà le genre de mérite qu'il fignala fur le théâtre dont il fut le père. *Racine*, né avec une imagination tendre et flexible, l'efprit le plus jufte, le goût le plus délicat, nous offrit la peinture la plus vraie et la plus approfondie de nos paffions. Il régna furtout par le charme d'un ftyle, dont un fiècle entier n'a pas encore fuffi à découvrir toutes les beautés. Il renouvela dans l'art des vers cette perfection qui, avant lui, n'avait été connue que de *Virgile;* et joignant la fageffe du plan à celle des détails, il eft demeuré le modèle des écrivains.

Je m'écarte encore ici des fentiers battus; et, malgré la coutume et le préjugé, je n'affocierai point aux deux hommes rares qui fe partageaient la fcène avant *Voltaire*, un écrivain qui eut du génie fans doute, puifqu'il a fait Rhadamifte, mais que trop de défauts

excluent du rang des maîtres de l'art ; et je ne parlerai
de *Crébillon* que, lorfque racontant les injuftices de
l'envie, je rappellerai les rivaux trop faibles qu'elle
fe fit un jeu cruel d'oppofer tour à tour à celui qui
n'eut plus de rival, du moment où il eut donné
Zaïre.

Mais avant de parvenir à cette époque, qui eft
celle de fa plus grande force, obfervons ce qui l'arrêta dans fes premiers efforts, et ce que le caractère
et le bonheur de fon talent lui permirent d'ajouter à
un art déjà porté fi haut avant lui.

Tout écrivain eft d'abord plus ou moins entraîné
par tout ce qui l'a précédé. Cette admiration fenfible
pour les vraies beautés, fi prompte et fi vive dans
ceux qui font faits pour en produire eux-mêmes, les
conduit de l'enthoufiafme à l'imitation ; et c'eft le
premier hommage que rend aux grands-hommes celui
qui eft né pour les remplacer. Un peintre prend
d'abord la touche de fon maître, avant d'en avoir
une qui lui foit propre ; et les plus fameux écrivains
ont fuivi des modèles avant d'en fervir. *Molière* commença par nous apporter les dépouilles du théâtre
italien, avant d'élever fur le nôtre des monumens
tels que le Tartufe et le Mifanthrope. *Corneille*, déjà
fi grand dans le Cid, était cependant encore l'imitateur
des Efpagnols, avant d'avoir produit les compofitions
originales de Cinna et des Horaces, marquées de
l'empreinte d'un efprit créateur. *Racine*, fi différent de
*Corneille*, chercha pourtant à l'imiter dans fes deux
premières tragédies, jufqu'au moment où fon génie
s'empara de lui, et lui dicta fon chef - d'œuvre
d'Andromaque, dont les Grecs pouvaient réclamer

le fujet, mais dont l'exécution donnait la première idée d'un art également inconnu aux anciens et aux modernes. *Voltaire*, conftant admirateur de *Racine*, affecta de fe rapprocher de fa manière dans Oedipe et dans Mariamne; mais en même temps, doué par la nature d'une facilité prodigieufe à faifir tous les tons et à profiter de tous les efprits, en confervant la marque particulière du fien, il lutta, dans Brutus et dans la Mort de Céfar, contre l'élévation et l'énergie de *Corneille*, et ce qui eft très-remarquable, il foutint mieux ce parallèle que celui de la perfection de *Racine*.

La littérature anglaife, qui commençait à être connue en France, et qu'il fut un des premiers à étudier, lui donna auffi des penfées nouvelles fur la tragédie. Il diftingua, dans cet amas informe d'horreurs et d'extravagances, des traits de force et des lueurs de vérité; comme au fond des abymes où l'avarice induftrieufe va chercher les métaux, on aperçoit, parmi le fable et la fange, l'or brut qui doit fervir aux merveilles que fait naître la main de l'artifte. Le fpectre d'*Hamlet* amena fur la fcène le fpectre d'*Eryphile*, qui ne réuffit pas alors, mais qui depuis a produit dans Sémiramis un des plus grands effets de la terreur et de l'illufion théâtrales.

Enfin, après des effais multipliés, parvenu à cet âge où un efprit heureux s'eft affcrmi par l'expérience, fans être encore refroidi par les années; riche à la fois des fecours de l'étranger et des tréfors de l'antiquité, éclairé par fes réflexions, fes fuccès et fes difgrâces, *Voltaire* eft en état d'interroger en même temps et l'art et fon génie; et du point où tous les deux font montés, il lève la vue, et découvre, d'un regard sûr et vafte, jufqu'où il peut les élever encore. Une imagination ardente et paffionnée lui montre de nouvelles reffources dans le pathétique; et ces vues juftes et lumineufes qu'il porte dans tous les arts, lui apprennent à fortifier celui du théâtre par l'alliance de la philofophie. Des effets plus profonds, plus puiffans, plus variés à tirer de la terreur et de la pitié; des mœurs nouvelles à étaler fur la fcène, en foumettant toutes les nations au domaine de la tragédie; un plus grand appareil de repréfentation à donner à *Melpoméne*, qui exerce une double puiffance quand elle peut frapper les yeux en remuant les cœurs; enfin les grandes vérités de la morale, mêlées habilement à l'intérêt des grandes fituations: voilà ce que l'art pouvait acquérir; voilà ce que *Voltaire* a fu lui donner.

Il s'avance dès-lors dans la carrière du théâtre, comme dans un champ de conquête, et tous fes pas font des triomphes. Y en eut-il jamais de plus éclatant que celui de Zaïre? Ce moment marqua dans la vie de *Voltaire*, comme Andromaque dans celle de *Racine*, comme le Cid dans celle de *Corneille*; et obfervons cette fingularité qui peut donner lieu à plus d'une réflexion, que du côté de l'intérêt tragique, aucun des trois n'eft allé plus loin que dans l'ouvrage qui a été pour chacun d'eux le premier fceau de leur fupériorité. *Corneille* n'a rien de plus touchant que le Cid; *Racine*, qu'Andromaque; et *Voltaire*, que Zaïre. Serait-ce que la perfection du pathétique fût celle où le génie atteint plus aifément? ou plutôt n'eft-ce pas qu'en effet il y a des fujets fi heureux que, lorfqu'il les a rencontrés, il doit les regarder, non pas comme le dernier terme de fes efforts, mais comme celui de fon bonheur?

Zaïre eft la tragédie du cœur et le chef-d'œuvre de l'intérêt. Mais à quoi tient cet attrait univerfel qui en a fait l'ouvrage de préférence que redemandent les fpectateurs de tout âge et de toute condition? aurait-on cru qu'après *Racine*, on pût fur la fcène ajouter quelque chofe aux triomphes de l'amour? Ah! c'eft que, parmi fes victimes, on n'a jamais montré deux êtres plus intéreffans, plus aimables que *Zaïre* et fon amant. La douleur de *Bérénice* eft tendre, mais la paffion de *Titus* eft faible. *Hermione*, *Roxane*, *Phèdre*, font fortement paffionnées; mais les deux premières parlent d'amour le poignard à la main; l'autre ne peut en parler qu'en rougiffant. Tout l'effort de l'auteur ne peut aller qu'à faire plaindre ces femmes malheureufes et forcenées; et c'eft tout l'effet que peut produire fur le théâtre un amour qui n'eft pas partagé. Mais jamais on n'y plaça deux perfonnages auffi chers aux fpectateurs qu'*Orofmane* et fon amante; jamais il n'y en eut dont on défirât plus ardemment l'union et le bonheur. Tous deux entraînés l'un vers l'autre par le premier choix de leur cœur; tous deux dans cet âge où l'amour, à force d'ardeur et de vérité, femble avoir le charme de l'innocence; tous deux prêts à s'unir par le nœud le plus faint et le plus légitime: *Orofmane* enivré du bonheur de couronner fa maîtreffe; *Zaïre* toute remplie de ce plaifir plus délicat peut-être encore, de devoir tout à ce qu'elle aime: quel tableau! et quel terrible pouvoir exerce le génie dramatique, quand

tout à coup ; à ce que l'amour a de plus féduifant et
de plus tendre, il vient oppofer ce que la nature
a de plus facré, ce que la religion a de plus augufte!
A-t-il jamais fait mouvoir enfemble de plus puiffans
refforts ? et n'eft-ce pas là que, fe changeant, pour
ainfi dire, en tyran, tourmentant à la fois et l'auteur
qu'il infpire, et le fpectateur qu'il fubjugue, il fe
plaît à nous faire paffer par toutes les angoiffes de
la crainte, du défir, de la douleur, de la pitié,
et à régner parmi les larmes et les fanglots? Quel
moment que celui où l'infortuné *Orofmane*, dans
la nuit, le poignard à la main, entendant la voix
de *Zaïre*... Mais prétendrais-je retracer un tableau
fait de la main de *Voltaire* avec les crayons de
*Melpomène* ?

C'eft à l'imagination des fpectateurs à fe reporter
au théâtre et dans cette nuit de défolation ; c'eft aux
cœurs qui ont aimé à lire dans celui d'*Orofmane*, à
comparer fes fouffrances et les leurs, à juger de cet
état épouvantable où l'ame mortellement atteinte,
ne peut être foulagée ni par les pleurs, ni par le fang,
ne trouve dans la vengeance qu'un malheur de plus,
et pour fe fauver de l'abyme du défefpoir, fe jette
dans les bras de la mort.

*Melpomène*, déjà redevable à l'auteur de Zaïre des
fituations les plus déchirantes, et des plus profondes
émotions que l'on eût connues au théâtre, va lui
devoir encore de nouveaux attributs faits pour la
décorer et l'enrichir. Alzire, Mahomet, Mérope,
Sémiramis, Adélaïde, l'Orphelin, Tancrède, vont
marquer à la fois et les pas de *Voltaire*, et ceux de
l'art dramatique. Avec *Zamore* et *Gufman*, avec

*Zopire* et *Séide*, avec *Idamé* et *Zamti*, montera pour
la première fois fur la fcène cette philofophie touchante et fublime qui ne s'était pas encore montrée
aux hommes fous des formes fi brillantes, et qui
jamais n'avait parlé aux cœurs avec tant de force et
de pouvoir. Elle va donner des leçons qui pénètre-
ront dans l'ame avec l'attendriffement que la magie
des vers fixera dans la mémoire, et que le fpectateur
remportera avec le fouvenir de fes plaifirs et de fes
larmes. Laiffons l'injuftice et l'envie qui quelquefois
aperçoivent les fautes, mais qui toujours oublient les
beautés ; laiffons-les reprocher à cette philofophie
d'être celle de l'auteur et non pas celle du fujet; mais
nous, admirons avec l'équitable poftérité qui ne nous
démentira pas, admirons le talent créateur qui a tiré
cette morale des fituations et des caractères, qui
fouvent en a fait le fond même des fcènes les plus
attachantes, et a fondé le précepte dans l'intérêt et
dans l'action. Reconnaiffons la voix de la nature qui
crie contre la tyrannie et l'oppreffion; ces idées primi-
tives d'égalité et de juftice qui femblent faire de la
vengeance un droit facré, reconnaiffons-les, lorfque
*Zamore*, aux pieds d'*Alvarez*, et lui préfentant le glaive
teint du fang de *Gufman*, dit avec le ton et le langage
d'un habitant des tribus du Canada : J'ai tué ton fils,
et j'ai fait mon devoir : fais le tien, et tue-moi. Quelle
vérité dans cette terrible répartition des droits de la
force et du fer, dans ce code de repréfailles, qui eft
la morale des hordes fauvages! mais quel triomphe
pour cette religion qui eft le complément de la nature
perfectionnée, quand, élevant l'homme au-deffus de
lui-même, elle dicte à *Gufman* ces paroles mémo-

rables que le génie a empruntées à la vertu (d) pour
les tranfmettre aux générations les plus reculées ;
cette belle leçon de clémence qui nous fait tomber
avec *Alzire* aux pieds du chrétien qui pardonne à
fon meurtrier ; ce rare exemple de générofité qui fait
fentir à *Zamore* lui-même qu'il y a une autre grandeur
que celle de fe venger, une autre juftice que celle qui
compenfe le meurtre par le meurtre, et rend le fang
pour le fang !

Eft-ce donc, comme on l'a répété fi fouvent et
avec fi peu d'équité, eft-ce une philofophie factice
et déplacée qui a mis dans la bouche d'*Alzire* cette
prière qu'elle adreffe au père commun de tous les
hommes, ces vers fi touchans et fi fimples :

> Les vainqueurs, les vaincus, tous ces faibles humains
> Sont tous également l'ouvrage de tes mains.

Ces vers font-ils des maximes recherchées, ou l'expreffion d'un fentiment qui eft dans tous les cœurs
juftes et dans tous les efprits éclairés ? ne parle-t-elle
pas le langage qui lui eft propre, lorfqu'elle diftingue
cet honneur qui tient à l'opinion, de la vertu qui
tient à la confcience ? Quand *Idamé* défend les jours
de fon fils contre l'heroïfme patriotique de *Zamti*
qui le facrifie à fon roi, quand elle s'écrie avec tant
d'éloquence :

> La nature et l'hymen, voilà les lois premières ;
> Les devoirs, les liens des nations entières :
> Ces lois viennent des dieux, le refte eft des humains.

(d) Les paroles du duc de *Guife :* „ Ta religion t'a ordonné de
„ m'affaffiner, la mienne m'ordonne de pardonner à mon affaffin. „

est-ce là le faste des sentences qui appartient à un rhéteur, ou le cri de la nature qui s'échappe d'un cœur maternel? Ces vers feraient beaux, sans doute, dans une épître morale; mais combien est-il plus beau de les avoir fait sortir, pour ainsi dire, des entrailles d'une mère! Et quel ordre de beautés neuves, que de faire naître de la situation la plus pathétique, ces traits de la plus haute philosophie; que de faire douter, dans Mahomet, lequel est le plus terrible du tableau ou de la leçon! Oh! quel autre que l'ardent et courageux ennemi du fanatisme, a pu traîner ainsi ce monstre sur la scène, lui arracher son masque imposteur, le montrer infectant de ses poisons l'ame la plus innocente, souillant la vertu même du plus affreux des crimes, et plaçant dans la main la plus pure le poignard du parricide? Si vous doutez que cette image soit aussi fidelle qu'elle est effrayante, rappelez-vous que, comme autrefois l'hypocrisie s'était débattue contre *Molière* qui la peignait dans toute sa bassesse, le fanatisme s'est efforcé d'échapper à *Voltaire* qui le peignait dans toute son horreur.

Mais cette horreur s'arrête au terme que l'art lui a prescrit; et ce même art fait la tempérer par la pitié. S'il serre l'ame, il la soulage. Le poëte, semblable à ce guerrier dont la lance guérissait les blessures qu'elle avait faites, fait mêler aux sentimens amers qui déchirent le cœur, un sentiment plus doux qui le console; il nous attendrit après nous avoir fait frémir, et nous délivre par les larmes de l'oppression qui nous tourmentait. Ce mélange heureux des émotions les plus douloureuses et les plus douces; ce passage continuel et rapide de la terreur à l'atten-

driffement , de l'impreffion violente des peintures
atroces au charme confolant des affections les plus
chères de la nature ; ce fecret de la tragédie, qui l'a
jamais poffédé comme l'auteur de Mahomet et de
Sémiramis ? Si vous avez entendu *Zopire* s'écrier
d'une voix mourante :

> J'embraffe mes enfans.

Si vous avez vu *Sémiramis* aux genoux de fon fils ,
arrofant fes mains de larmes en lui demandant la
mort ; rappelez-vous comme à ce moment fe font
échappés de vos yeux les pleurs que vous aviez befoin
de répandre , et combien ils ont adouci l'horreur
profonde et la fombre épouvante que vous avaient
infpirée *Mahomet* , armant le fils contre le père , et
les mânes de *Ninus* menaçant *Sémiramis*.

C'eft dans ce drame augufte et pompeux , rempli
d'une terreur religieufe , et fur lequel femble s'arrêter , dès la première fcène , un nuage qui renferme
les fecrets du ciel et des enfers , et d'où fort enfin la
vengeance ; c'eft dans cette tragédie fublime , auffi
impofante qu'Athalie , et plus intéreffante ; c'eft dans
le troifième acte de Tancrède , dans le cinquième
de Mérope , dans le premier de Brutus , que la fcène
s'eft agrandie par un appareil qu'elle avait eu bien
rarement depuis les Grecs.

Eh ! n'était-ce pas encore une nouvelle richeffe
que cette peinture des nations , qui a donné aux
ouvrages de *Voltaire* un coloris fi brillant et fi varié ?
Sans doute ce mérite ne fut pas étranger au peintre
de la grandeur romaine , encore moins à celui qui
traça , avec tant de fidélité et d'énergie , les mœurs

grecques ,

grecques, les mœurs du ferail, l'aviliffement de Rome fous les tyrans, la théocratie toujours fi puiffante chez les Juifs. Mais combien cette partie du drame a-t-elle eu encore plus d'effet et plus d'étendue entre les mains de l'écrivain fécond, qui a mis fous nos yeux le contrafte favant et théâtral des Efpagnols et des Américains, des Chinois et des Tartares; qui a fu attacher l'intérêt de fes tragédies aux grandes époques de l'hiftoire, à la naiffance du mahométifme qui depuis a étendu fur tant de peuples le voile de l'ignorance et le joug d'un defpotifme ftupide; à l'invafion d'un nouveau monde devenu la proie du nôtre; à ce triomphe unique dans les annales du genre-humain, de la raifon fur la force, et des lois fur les armes, qui a foumis les fauvages conquérans de l'Afie aux tranquilles légiflateurs du Katay; à ce règne de la chevalerie qui feule en Europe, au dixième fiècle, balançait la férocité des mœurs, épurait l'héroïfme guerrier, le feul que l'on connût alors, et fuppléait aux lois par les principes de l'honneur!

Ces caractères efquiffés dans Zaïre, ont été reproduits avec le plus grand éclat dans Tancrède, dernier monument où l'auteur, plus que fexagénaire, ait empreint fa force dramatique, et dans lequel il eut la gloire de donner, trente ans après Zaïre, le feul ouvrage qui puiffe être comparé, pour l'intérêt théâtral, au plus attendriffant de fes chefs-d'œuvre.

Mais fi l'amour n'a jamais été plus tendre et plus éloquent que dans Zaïre et Tancrède, la nature n'a jamais été plus touchante que dans Mérope. S'il peut être intéreffant pour ceux qui étudient l'efprit humain, d'obferver des époques dans l'hiftoire du génie, j'en

remarquerai quatre principales dans celui de *Voltaire*:
Oedipe qui a été le moment de sa naissance, Zaïre
celui de sa force, Mérope celui de sa maturité, Tancrède où il a fini.

Mérope, qui de tous ses ouvrages eut le succès le plus
universel, excita le plus d'enthousiasme, et fut pour
lui le temps de la justice, des honneurs et des récom-
penses; Mérope est aussi ce qu'il a composé de plus
parfait, de plus irréprochable dans le plan, de plus
sévère dans la diction. Elle respire cette simplicité
antique, la tradition la plus précieuse que nous ayons
reçue des Grecs, ce naturel si aimable, encore perfectionné par ce goût délicat, cette élégance moderne
qui tient à des mœurs plus épurées. Le poëte n'y
prend jamais la place de ses personnages, et le style
a cette espèce de sagesse qui n'exclut point la douceur
et les grâces, mais qui écarte le luxe des ornemens.
Enfin, c'est le premier drame, depuis Athalie, où
l'on ait su intéresser sans amour; et *Voltaire* eut encore
une fois cette gloire dans la belle tragédie d'Oreste,
que le goût de l'antique, l'éloquence du rôle d'*Electre*,
l'art admirable de celui de *Clytemnestre*, ont rendue
chère aux juges éclairés des arts et aux amateurs des
anciens.

Supérieur à tous les écrivains dramatiques par la
réunion des grands effets et des grandes leçons, par
l'illusion du spectacle et la vérité des mœurs, en est-il
qui l'emporte sur lui pour la beauté des caractères?
Dans les deux *Brutus*, la fermeté romaine, la rigidité
républicaine et stoïque, l'amour des lois et de la
liberté; dans *Cicéron*, l'enthousiasme de la patrie et
de la vertu; dans *César* naissant, une ame dévorée

de tous les défirs de la domination , mais une ame
fublime qui ne veut être au-deffus des autres que
parce qu'elle fe fent digne de commander ; dans *Zopire* ,
la haine des forfaits et le zèle d'un citoyen ; dans
*Mahomet* , la fcélérateffe altière et réfléchie , qui ne
trompe et ne fubjugue les hommes qu'à force de les
méprifer ; dans *Alvarez*, la bonté compatiffante ; dans
*Couci* , l'amitié ferme et magnanime ; dans *Vendôme* ,
cette fenfibilité paffionnée et impétueufe , qui ne met
qu'un inftant entre la fureur et le crime , entre le
crime et les remords ; dans *Zamti* , le dévouement
héroïque d'un fujet qui facrifie tout à fon roi ; dans
*Idamé* , une ame pure et maternelle , attachée à tous
fes devoirs , mais n'en reconnaiffant aucun avant ceux
de la nature ; dans *Tancrède* , le cœur d'un chevalier
qui ne refpire que pour la gloire et pour fa maîtreffe ,
et qui ne peut fupporter la vie , s'il faut que l'une
lui foit infidelle , ou qu'il foit lui-même infidelle à
l'autre. Que peut-on mettre au-deffus de cette foule
de portraits qui prouvent à la fois tant de fécondité
dans l'invention , tant de force dans le jugement,
et qui brillent de ce fingulier éclat que , par une
expreffion tranfportée de la peinture à la poëfie , on
a nommé le coloris de *Voltaire*?

Le talent du ftyle a toujours été regardé comme la
qualité diftinctive des hommes fupérieurs dans les
lettres et dans les arts de l'efprit ; c'eft lui qui fait
l'orateur et le poëte. La manière de s'exprimer tient
à celle de fentir ; les grandes beautés de diction
appartiennent à une grande force de tête ; et l'homme
qui excelle dans l'art d'écrire , ne peut pas être
médiocre dans la faculté de concevoir. On peut

apprendre à être correct et pur ; mais c'eſt la nature
ſeule qui donne à ſes favoris cette ſenſibilité active et
féconde qui ſe répand de l'ame de l'écrivain, et anime
tout ce qu'il compoſe.

C'eſt en effet le même feu qui fait vivre les ouvrages
et l'auteur ; c'eſt de-là qu'on a dit avec tant de vérité,
que l'on ſe peint dans ſes productions. Comment en
effet ces enfans du génie ne porteraient-ils pas l'empreinte de la reſſemblance paternelle? comment n'of-
friraient-ils pas les mêmes traits, étant formés de la
même ſubſtance? C'eſt la naïveté de la *Fontaine* que
j'aime dans celle de ſes vers. Je reconnais dans ceux
de *Molière* le grand ſens et la ſimplicité de mœurs de
leur auteur ; dans ceux de *Racine*, le goût exquis et
les grâces qui le diſtinguaient dans la ſociété ; dans
ceux de *Boileau*, la raiſon ſévère qui le feſait craindre;
dans ceux de *Voltaire*, ce feu d'imagination qui a
été proprement ſon caractère, autant que celui de
ſes ouvrages.

Par une ſuite de cette faculté, la plus prompte
de toutes et la plus agiſſante, avec quelle flexibilité
ſon ſtyle ſe variait inceſſamment d'un genre à l'autre,
et ſe pliait à tous les tons! quel charme dans Zaïre!
quelle énergie dans Brutus! quelle douce ſimplicité
dans Mérope! quelle élévation dans Mahomet! quelle
pompe étrangère et ſauvage dans Alzire! quelle magni-
ficence orientale dans Sémiramis et dans l'Orphelin!

Il s'offre encore ici un de ces parallèles ſéduiſans,
qu'entraîne toujours l'éloge d'un grand-homme. Le
ſtyle de *Voltaire* rappelle auſſitôt celui de *Racine*; et
c'eſt un honneur égal pour ces deux poëtes immortels, de ne pouvoir être comparés que l'un à l'autre.

Pourquoi d'ailleurs fe refufer à ces rapprochemens que l'on aime, et qui peuvent être une nouvelle fource de vérités et d'idées, lorfqu'on n'en fait pas une vaine affectation d'efprit? Nos jugemens ne font guère que des comparaifons et des préférences; heureux quand ils ne font pas des exclufions!

Tous deux ont poffédé ce mérite fi rare de l'élégance continue et de l'harmonie, fans lequel, dans une langue formée, il n'y a point d'écrivain (e); mais l'élégance de *Racine* eft plus égale, celle de *Voltaire* eft plus brillante. L'une plaît davantage au goût, l'autre à l'imagination. Dans l'un le travail, fans fe faire fentir, a effacé jufqu'aux imperfections les plus légères;

(e) Quoiqu'on fe foit propofé de ne faire que très-peu de notes, il s'en préfente une ici qui peut être utile à ceux qui la liront avec réflexion. De jeunes têtes exaltées par la vaine prétention de trouver du neuf, avant de chercher le raifonnable, ont mis en avant un principe fort dangereux, celui de fe faire en poëfie *une autre langue*, difent-ils, que celle de *Defpréaux*, de *Racine* et de *Voltaire*, qui leur femble *ufée*. En conféquence, les uns tâchent de rajeunir celle de *Ronfard* et de *Dubartas*; les autres fe font un jargon compofé de barbarifmes et de figures incohérentes et infenfées, et croient s'être bien défendus contre la critique, en difant qu'il faut encourager ces hardieffes en poëfie, et que ce font ces fautes même qui prouvent le talent. Ils font égarés par un faux principe. Sans doute il faut chercher des beautés neuves, et c'eft la marque du vrai talent que de les rencontrer. Mais il y a des règles univerfelles, des données, pour ainfi dire, dans l'art d'écrire, comme dans tous les autres; et il faut, avant tout, s'être accoutumé à les obferver, parce que fans elles il n'y a point de ftyle. Ce n'eft point la violation de ces règles indifpenfables qui défendent de bleffer jamais ni la jufteffe des idées, ni celle des images et des expreffions; ce n'eft point l'infraction fi facile d'un précepte fi important, qui peut donner à la diction un caractère de nouveauté. Si cela était, il fuffirait d'être bizarre pour être neuf, et extravagant pour être fublime. C'eft dans une imagination fenfible qu'il faut chercher les beautés d'expreffion qui ont pu échapper à nos prédéceffeurs. *Voltaire* n'écrit pas comme *Racine*; ces deux manières font fort différentes, mais toutes deux font fubordonnées aux mêmes

dans l'autre, la facilité fe fait apercevoir à la fois et dans les beautés et dans les fautes. Le premier a corrigé fon ftyle, fans en refroidir l'intérêt ; l'autre y a laiffé des taches, fans en obfcurcir l'éclat. Ici les effets tiennent plus fouvent à la phrafe poëtique ; là ils appartiennent plus à un trait ifolé, à un vers faillant. L'art de *Racine* confifte plus dans le rapprochement nouveau des expreffions ; celui de *Voltaire*, dans de nouveaux rapports d'idées. L'un ne fe permet rien de ce qui peut nuire à la perfection ; l'autre ne fe refufe rien de ce qui peut ajouter à l'ornement. *Racine*, à l'exemple de *Defpréaux*, a étudié tous les effets de l'harmonie, toutes les formes du vers, toutes les manières de le varier. *Voltaire* fenfible, furtout à cet accord fi néceffaire entre le rythme et la penfée, femble regarder le refte comme un art fubordonné, qu'il rencontre plutôt qu'il ne le cherche. L'un s'attache

principes. La combinaifon nouvelle et des idées et des termes, voilà ce qui diftingue l'écrivain fupérieur en vers comme en profe ; mais il ne doit ni la chercher toujours, ni furtout laiffer trop fentir cette recherche. Le grand mérite eft de paraître toujours naturel, même lorfqu'on eft le plus neuf ; c'eft celui de *Racine*, et quoique *Voltaire* ne l'ait pas eu au même degré, parce que le caractère de fon génie ne le portait pas à travailler autant fes vers, il s'en faut de beaucoup que ce genre de beauté lui foit étranger, comme l'ont dit des cenfeurs paffionnés. Quand il fait dire à *Idamé*, dans l'Orphelin de la Chine :

> Il vous fouvient du temps et de la vie obfcure
> Où le ciel *enfermait* votre grandeur future.

cette expreffion eft neuve ; mais en eft-elle moins jufte ? paraît-elle extraordinaire ? Il n'y a même que les connaiffeurs qui faffent remarquer ces fortes de beautés ; mais tous les lecteurs les fentent fans les analyfer, et c'eft ce qui fait lire et vivre les bons ouvrages, long-temps avant que l'on ait reconnu tout leur prix.

plus à finir le tiffu de fon ftyle, l'autre à en relever les couleurs. Dans l'un, le dialogue eft plus lié; dans l'autre, il eft plus rapide. Dans *Racine*, il y a plus de jufteffe; dans *Voltaire* plus de mouvement. Le premier l'emporte pour la profondeur et la vérité; le fecond, pour la véhémence et l'énergie. Ici les beautés font plus févères, plus irréprochables; là elles font plus variées, plus féduifantes. On admire dans *Racine* cette perfection toujours plus étonnante à mefure qu'elle eft plus examinée; on adore dans *Voltaire* cette magie qui donne de l'attrait même à fes défauts. L'un vous paraît toujours plus grand par la réflexion; l'autre ne vous laiffe pas le maître de réfléchir. Il femble que l'un ait mis fon amour propre à défier la critique, et l'autre à la défarmer. Enfin, fi l'on ofe hafarder un réfultat fur des objets livrés à jamais à la diverfité des opinions, *Racine*, lu par les connaiffeurs, fera regardé comme le poëte le plus parfait qui ait écrit; *Voltaire*, aux yeux des hommes raffemblés au théâtre, fera le génie le plus tragique qui ait régné fur la fcène.

Quand il n'aurait mérité que ce titre, joint à celui du feul poëte épique qu'ait eu la France, combien ne ferait-il pas déjà grand dans la poftérité? Mais quelle idée doit-on fe former de cet homme prodigieux, puifque nous n'avons jufqu'ici confidéré que la moitié de fa gloire, et que, des autres monumens qui lui reftent, on formerait encore une vafte dépouille pour l'ambition de tant de concurrens qui afpirent à fe partager fon héritage!

Et d'abord, pour ne pas fortir de la poëfie, ce brillant rival de *Racine* n'eft-il pas encore celui de l'*Ariofte* et de *Pope* ? Oublions quelques traits que lui-même a effacés ; effaçons-en même d'autres, échappés à l'intempérance excusable d'un génie ardent ; que la France ne soit pas plus sévère que l'Italie, qui a pardonné tant d'écarts au chantre de *Roland* ; ne jugeons pas dans toute la sévérité de la raison, ce qui a été composé dans des accès de verve et de gaieté. Peignons, s'il le faut, au-devant de ce poëme où le talent a mérité tant d'éloges, s'il a besoin de quelques excuses ; peignons l'imagination à genoux, présentant le livre aux Grâces, qui le recevront en baissant les yeux, et en marquant du doigt quelques pages à déchirer ; et après avoir obtenu pardon (car les Grâces font indulgentes), osons dire en leur pré-fence et de leur aveu, que nous n'avons point dans notre langue d'ouvrage femé de détails plus piquans, et plus variés, où la plaisanterie satirique ait plus de fel ; où les peintures de la volupté aient plus de féduction, où l'on ait mieux faifi cet efprit original, qui a été celui de l'*Ariofte*, cet efprit qui fe joue fi légerement des objets qu'il trace, qui mêle un trait de plaisanterie à une image terrible, un trait de morale à une peinture grotefque, et confond enfemble le rire et les larmes, la folie et la raifon.

Si ce mélange ne peut être goûté par ces juges trop rigoureux, à qui la raifon feule eft en droit de plaire, qu'ils lifent les Difcours fur l'homme, la Loi naturelle, le Défaftre de Lisbonne ; et s'ils n'y trouvent pas l'étendue de plan, le fublime des idées, la rapidité de ftyle que l'on admire dans les poëfies philofophiques de *Pope*, ils y fentiront du moins une raifon plus intéreffante, plus aimable, plus rapprochée de nous ; ils ne réſiſteront pas à cette réunion ſi rare, et juſque là ſi peu connue , d'une philoſophie conſolante et de la plus belle poëſie. Ils applaudiront à ces richeſſes nouvelles, et pour ainſi dire étrangères , apportées par *Voltaire* dans le tréſor de la littérature nationale, et qui ont donné à notre poëſie un caractère qu'elle n'avait pas avant lui.

Mais celui de tous les genres où il a été le plus original, qu'il s'eſt le plus particulièrement approprié, dans lequel il a eu un ton que perſonne ne lui avait donné, et que tout le monde a voulu prendre , enfin où il a prédominé , de l'aveu même de l'envie qui conſent quelquefois à vous reconnaître un mérite , pour paraître moins injuſte quand elle vous refuſe tous les autres ; ce genre eſt celui des poëſies que l'on appelle fugitives, parce qu'elles ſemblent s'échapper avec la même facilité, et de la plume qui les produit , et des mains qui les recueillent ; mais qui, après avoir couru de bouche en bouche, reſtent dans la mémoire des amateurs , et ſont conſacrées par le goût.

Il ferait également difficile , ou de ſe rappeler toutes les ſiennes, ou de choiſir dans la foule, ou d'en rejeter aucune. Ce n'eſt ni la fineſſe d'*Hamilton*, ni la douceur naïve de *Deshoulières*, ni la gaieté de *Chapelle*, ni la molleſſe de *Chaulieu ;* c'eſt l'enſemble et la perfection de tous les tons ; c'eſt la facilité brillante d'un eſprit toujours ſupérieur , et aux ſujets qu'il traite , et aux perſonnes à qui il s'adreſſe. S'il parle aux rois , aux grands, aux femmes, aux beaux eſprits, c'eſt le tact le plus ſûr de toutes les convenances , avec l'air d'être au-deſſus de toutes les formes ; c'eſt cette familiarité libre, et pourtant décente, qui laiſſe au rang toutes fes prérogatives, et au talent toute fa dignité.

Il eſt le premier qui, dans cette correſpondance, ait mis une eſpèce d'égalité qui ne peut pas bleſſer la grandeur, et qui honore le génie; et cet art, qui peut être auſſi celui de l'amour propre, eſt caché du moins fous l'agrément des tournures. C'eſt là, furtout, qu'il fait voir que la grâce était un des caractères de fon eſprit. La grâce diſtingue fa politeſſe et fes éloges. Chez lui, la flatterie n'eſt que ce défir de plaire, dont on eſt convenu de faire un des liens de la fociété. Il fe joue avec la louange; et quand il careſſe la vanité, fûr qu'alors le feul moyen d'avoir la meſure juſte c'eſt de la paſſer un peu, jamais du moins il ne paraît ni être dupe lui-même, ni prétendre qu'on le foit. Il écrit à la fois en poëte et en homme du monde, mais de manière à faire croire qu'il eſt auſſi naturellement l'un que l'autre. Il loue d'un mot, il peint d'un trait. Il effleure une foule d'objets, et rapproche les plus éloignés; mais fes contraſtes font piquans, et non pas bizarres. Il n'exagère point le fentiment, et ne charge pas la plaifanterie.

Cette imagination dont le vol eſt fi rapide, le goût ne la perd jamais de vue. Le goût lui a appris comme par inſtinct que, fi les fautes difparaiſſent dans un grand ouvrage, une bagatelle doit être finie; que le talent qui peut être inégal dans fes efforts, doit être toujours le même dans fes jeux, et qu'il ne peut fe permettre d'autre négligence que celle qui eſt une grâce de plus, et qui ne peut appartenir qu'à lui.

Tant de fuccès et de chefs-d'œuvre femblent

caractérifer un homme que la nature appelle de préférence à être poëte : une feule chofe pourrait en faire
douter, c'eft fa profe. Quoique, parmi les qualités
qu'exigent ces deux genres d'écrire, il y en ait néceffairement de communes à tous ceux qui ont excellé
dans l'un et dans l'autre ; quoiqu'il foit vrai même
que la profe, quand elle s'élève au fublime, peut
avoir quelque reffemblance avec la poëfie, et que
la poëfie à fon tour doit, pour être parfaite, fe
rapprocher de la régularité de la profe ; cependant
on a obfervé que de tout temps les profateurs et les
poëtes ont formé deux claffes très-diftinctes, et que
les lauriers de ces deux efpèces de gloire ne s'entre-
laçaient point fur un même front. Sans s'étendre ici
fur l'inutile énumération des noms célèbres dans
les lettres, il fuffit de pouvoir affirmer que, jufqu'à
nos jours, il n'avait été donné à aucun homme
d'être grand dans les deux genres ; et c'était donc à
*Voltaire* qu'était réfervé l'honneur de cette exception
unique dans les annales des arts !

La nature a-t-elle affez accumulé de dons et de
faveurs fur cet être privilégié ? a-t-elle voulu honorer
notre efpèce en fefant voir une fois tout ce qu'un
mortel pouvait raffembler de talens ? ou bien a-t-elle
prétendu marquer elle-même les dernières limites
de fon pouvoir et de l'efprit humain ? a-t-elle fait
pour *Voltaire* ce qu'autrefois la fortune avait fait
pour Rome ? Faut-il qu'il y ait dans chaque ordre
de chofes des deftinées à ce point prédominantes,
et que, comme après la chute de la reine des nations,
toutes les grandeurs n'ont été que des portions de fa
dépouille, de même, après la mort du dominateur

des arts, déformais toute gloire ne puiffe être qu'un débris de la fienne !

Fait pour appliquer à tous les objets une main hardie et réformatrice, et pour remuer toutes les bornes pofées par l'impérieux préjugé et l'imitation fervile, il s'empare de l'hiftoire comme d'un champ neuf, à peine effleuré par des mains faibles et timides. Bientôt il y fera germer, pour le bien du genre-humain, ces vérités fécondes et falutaires, ces fruits de la philofophie, que l'ignorance aveugle et l'hypo-crifie à gages font paffer pour des poifons, et que les ennemis de la liberté et de la raifon voudraient arracher ; mais qui, malgré leurs efforts, renaiffent fous les pieds qui les écrafent, et croiffent enfin fous l'abri d'une autorité éclairée, comme l'aliment des meilleurs efprits, et l'antidote de la fuperftition et de la tyrannie.

Il lutte d'abord, dans le premier fujet qu'il choifit, contre l'éloquence antique, contre les *Quinte-Curce* et les *Tite-Live ;* il donne à notre langue toute la richeffe et la majefté de leur ftyle. On fera furpris peut-être qu'un hiftorien philofophe ait commencé par écrire la vie d'un conquérant ; mais la fingularité du fujet pouvait plaire à une imagination poëtique, et la renommée décida fon choix. L'Europe s'entre-tenait encore de ce fameux fuédois plus fait pour être l'étonnement de fes contemporains que l'admiration des âges fuivans, qui ne connut ni la mefure des vertus ni celle des profpérités, fit plus d'un roi, et ne fut pas l'être ; fe trompa également, et fur la gloire qu'il idolâtrait, et fur un ennemi qu'il méprifait ; qui, envahiffant tant de pays, ne fit à aucun tant de mal qu'au fien; dont l'héroïfme ne fut qu'un excès, et la fortune une illufion; enfin qui, après avoir voulu tout forcer, la nature et les événemens, alla porter chez des barbares une réputation éclipfée, une exiftence précaire, une royauté captive et infultée, et fut réduit à n'être plus célèbre que comme un aventurier, et à mourir comme un foldat.

A ce portrait achevé par la main de *Voltaire*, fuccéda celui d'un monarque fupérieur à *Charles XII*, autant que les héros de l'hiftoire font au-deffus de ceux de la fable; de *Louis XIV*, mémorable à double titre, et pour avoir donné fon nom à un fiècle, et pour en avoir reçu celui de grand. Nul prince n'a obtenu plus de louanges pendant fa vie, ni effuyé plus de reproches après fa mort; mais la poftérité équitable a couvert fes fautes de tout le bien qu'il a fait; elle l'abfout d'avoir été conquérant, parce qu'en même temps il fut être roi. Son courage dans le mal-heur a expié l'orgueil de fes victoires, et fa grandeur ne lui fera point ôtée, parce qu'elle eft attachée à la grandeur françaife, qui fut fon ouvrage. *Voltaire* a rendu le nom de *Louis XIV* plus refpectable, comme il avait rendu celui d'*Henri IV* plus cher; et cet âge brillant, fi fouvent peint dans le nôtre, ne l'a jamais été fous des traits plus intéreffans et plus magnifi-ques, que dans cet ouvrage placé parmi les monumens de notre hiftoire, au même rang que la Henriade parmi ceux de notre poëfie.

Le même homme qui avait étendu et enrichi l'art de la tragédie, agrandit alors la carrière nouvelle où il venait d'entrer; il y laiffa, comme dans toutes les autres, des traces neuves et profondes, fur lefquelles

tout s'eſt empreſſé de marcher après lui ; et il était
bien juſte que celui qui le premier avait mis la philoſophie ſur la ſcène , l'introduisît dans l'hiſtoire.
L'hiſtoire dès-lors fut tracée ſur un plan plus vaſte ,
et dirigée vers un but plus utile et plus moral ; elle
ne ſe borna plus à ſatisfaire l'imagination avide des
grands événemens ; elle ſut contenter auſſi cette autre
curioſité plus ſage , qui cherche des objets d'inſtruction.

Ce ne fut plus ſeulement le récit des calamités de
tant de peuples et des fautes de tant de ſouverains ;
ce fut ſurtout la peinture de l'eſprit humain au milieu
de ces ſecouſſes politiques, le réſultat de ſes connaiſ-
ſances et de ſes erreurs, de ſes acquiſitions et de ſes
pertes. *Clio* , accoutumée auparavant à n'habiter que
les champs de bataille et les conſeils des rois, entra
dans la demeure des ſages, et dans les ateliers des
artiſtes ; elle aſſiſta à ces rares travaux du génie qui
ont illuſtré les nations, à ces découvertes nombreuſes
qui ont fait de tous nos beſoins les ſources de toutes
nos jouiſſances , et qui , des inſtrumens d'utilité
première, ſont parvenus juſqu'aux derniers raffine-
mens de la molleſſe, et aux plus ſéduiſantes inventions
du luxe. Ces images de la deſtruction et du malheur
qui rempliſſent les annales du monde, ces teintes
triſtes et ſanglantes, ces touches lugubres, furent
variées et adoucies par les images conſolantes de la
civiliſation et des progrès de la ſociété.

Ce nouveau ſyſtême hiſtorique, ſi attachant et
ſi fécond, déjà développé dans la peinture brillante
du règne de *Louis XIV*, eut encore plus d'étendue dans ce vaſte tableau des mœurs et de l'eſprit

des nations ; entreprife unique en ce genre, et dont on chercherait en vain le modèle dans l'antiquité. *Tacite* a deffiné de fes crayons énergiques les mœurs d'un peuple agrefte et guerrier, mais peut-être moins avec le défir de montrer ce qu'étaient les Germains, qu'avec l'affectation fatirique d'oppofer la fimplicité fauvage à la corruption civilifée, et de faire de la Germanie le contrafte et la leçon de Rome.

Mais cette haute et fublime idée d'interroger tous les fiècles, et de demander à chacun d'eux ce qu'il a fait pour le genre-humain ; de fuivre, dans ce chaos de révolutions et de crimes, les pas lents et pénibles de la raifon et des arts ; qui l'avait conçue avant *Voltaire* ? Si nous avions recueilli de quelque ancien de fimples fragmens d'un femblable ouvrage, avec quel refpect religieux, avec quelle admiration fuperftitieufe on confacrerait ces reftes informes et mutilés ! quelle opinion ils nous donneraient de l'élévation et de l'immenfité de l'édifice ! combien de fois nous nous écrierions dans nos regrets : Quel devait être le génie qui l'a conçu et achevé ! que de reproches adreffés au temps et à la barbarie, qui ne nous en auraient laiffé que les ruines ! Eh quoi ! faudra-t-il donc toujours que l'imagination adulatrice ajoute à la majefté d'un débris antique, et que l'œil des contemporains ne s'arrête qu'avec indifférence, et même avec infulte, fur les chefs-d'œuvre de nos jours ? Y a-t-il cette contrariété néceffaire entre le regard de l'efprit et l'organe de la vue ? Et, comme pour celui-ci tout s'accroît en fe rapprochant, et tout diminue par la diftance, faut-il que pour l'autre les monumens du génie s'agrandiffent en s'enfonçant dans la nuit des fiècles , et foient à peine aperçus quand ils s'élèvent auprès de nous ?

Dans le même temps où *Voltaire* écrivait l'hiftoire et la tragédie en philofophe , il embraffait cette autre partie de la philofophie qui comprend les fciences exactes , et mêlait ainfi l'étude de la nature à celle de l'homme. Ce n'eft pas que je veuille compter parmi les efforts de fon talent , ces fpéculations mathéma-tiques , fruits du temps et du travail , ni que je veuille tourner cette louange en reproche contre ceux qui fe font contentés de n'être que de grands écrivains. *Corneille*, *Racine*, *Defpréaux*, n'en font pas moins immortels , ne font pas moins les bienfaiteurs de la langue françaife, et l'honneur éternel de leur nation, quoiqu'ils n'aient pas expliqué les décou-vertes de *Galilée* , ni difputé à *Pafcal* la gloire de fes recherches géométriques. Mais ne devons-nous pas un tribut particulier d'admiration à ce génie fi avide et fi mobile , qui compofait à la fois Brutus et les Lettres fur la métaphyfique de *Locke*, Zaïre et l'Hif-toire de *Charles XII*, et envoyait à Paris, avec Alzire, les Elémens de *Newton* ?

Quelle eft cette trempe d'efprit extraordinaire , que rien ne peut ni émouffer ni affaiblir ; cette cha-leur d'imagination que rien ne refroidit, cette force conftante et flexible d'une tête , que rien ne peut ni épuifer ni remplir ? enfin quel eft cet homme qui, d'un moment à l'autre , paffe avec tant de facilité des élans du génie qui enfante , au travail de la raifon qui calcule , quitte les illufions de la fcène pour les vérités de l'hiftoire , et , rendant *Racine* aux Français ,

Français, leur fait connaître en même temps *Locke*, *Shakéspeare* et *Newton* ?

Y avait-il parmi tant de travaux des délassemens et des loisirs ? oui ; et c'était une foule de productions de tout genre, qui auraient encore été pour tout autre des travaux et des titres, mais qui n'étaient que les jeux de son inépuisable facilité, et semblaient se perdre dans l'immensité de sa gloire ; des contes charmans, des romans d'une originalité piquante, où la raison consent à amuser la frivolité française, pour obtenir le droit de l'instruire, nous fait rire de nos travers, de nos inconséquences, de nos injustices, et nous conduit par degrés à rougir et à nous corriger ; des essais dans chaque partie de la littérature, toujours reconnaissables à cet agrément qui embellit tous les sujets, et qui attache tous les lecteurs ; des morceaux pleins de grâce, ou d'intérêt, ou de bonne plaisanterie, ou d'éloquence, Zadig, Nanine, Candide, le Traité de la tolérance, mille autres dont les titres innombrables n'ont été retenus que parce que les presses de l'Europe ne se font point lassées de les reproduire, ni les lecteurs de toutes les nations de les dévorer.

De cette hauteur où nous a portés la contemplation de son génie, abaissons maintenant nos regards sur les effets qu'il a produits. Nous avons suivi l'astre dans son cours ; examinons les objets éclairés de sa lumière. En regardant autour de nous, reconnaissons les traces de la pensée législatrice, et cette influence de l'écrivain supérieur, qui a instruit la postérité, et dominé ses contemporains.

# SECONDE PARTIE.

CETTE domination qui naît de l'afcendant d'un grand-homme, a, comme toute autre efpèce d'empire, fes dangers et fes abus, qu'il ne faut pas reprocher à celui qui l'exerce ; ce ferait lui interdire la liberté de rien tenter, que de le rendre garant des fautes de fes imitateurs. Ainfi les révolutions que *Voltaire* a faites dans les lettres, dans l'hiftoire et le théâtre, et dont je viens de fuivre le cours en même temps que celui de fes travaux, ont pu, je l'avoue, en étendant la carrière des arts, en multiplier les écueils : les richeffes qu'il eft venu apporter, ont pu introduire un luxe contagieux ; fes hardieffes heureufes ont pu préparer de dangereufes licences ; et la féduction de fes beautés, qui font par elles-mêmes fi près de l'abus, ce charme qui fe retrouve jufque dans fes défauts, a pu contribuer à la corruption de ce goût, dont il a été fi long-temps le défenfeur et le modèle.

Mais cet effet du talent, inféparable de fon pouvoir fur la foule imitatrice, eft le tort de la nature, et non pas le fien. Reprocherons-nous à *Voltaire* d'avoir mis fur la fcène une philofophie intéreffante, parce qu'on y a mal-adroitement fubftitué une morale déplacée, factice et déclamatoire ? d'avoir foutenu une grande action par un magnifique appareil, et proportionné la pompe du théâtre à celle de fes vers, parce que, depuis, on a cru pouvoir fe paffer de vraifemblance et de ftyle, à la faveur du fpectacle et des décorations ?

Le blâmerons-nous d'avoir été éloquent dans l'histoire, parce que d'autres y ont été rhéteurs ; d'y avoir
eu souvent la sagesse du doute, parce que d'autres l'ont
remplacée par la folie des paradoxes ? la légéreté et la
grâce de ses poësies familières perdront-elles de leur
mérite, parce que des esprits faux et frivoles, en voulant lui ressembler, ont pris le jargon pour de la
gaieté, la déraison pour de la saillie, et l'indécence
pour le bon ton ? la flexibilité de sa diction rapide et
variée, et l'art piquant de ses contrastes ont-ils moins
de prix, parce que la multitude qui croit le copier,
a dénaturé tous les genres et confondu tous les styles ?
enfin lui aurons-nous moins d'obligation d'avoir
mêlé dans son coloris tragique quelques teintes sombres
et fortes du pinceau des Anglais, parce que l'on s'est
efforcé depuis de noircir la scène française d'horreurs
dégoûtantes et d'atrocités froides, de faire parler à
*Melpomène* le langage de la populace, et de dégrader
*Corneille* et *Racine* devant *Shakespeare* ? Ces écarts du
vulgaire, toujours prêt à s'égarer en voulant aller plus
loin que ceux qui le mènent, peuvent-ils balancer
tant de leçons utiles et frappantes, qui perpétueront
dans l'avenir le nom et l'ascendant de *Voltaire* ?

Sans doute il ne faut pas s'attendre à voir renaître
rien de semblable à lui ; car, avec les mêmes talens,
il faudrait encore la même activité pour les mettre en
œuvre, et la même indépendance pour les exercer ;
et comment se flatter de voir une seconde fois la
même réunion de circonstances fortuites et d'attributs
naturels ? Cependant, comme il ne faut jamais
désespérer, ni de la nature, ni de la fortune, supposons
un moment que toutes deux paraissent d'intelligence

pour lui donner un succeffeur et un rival capable
d'égaler tant de travaux et de fuccès ; il reftera toujours à *Voltaire* une gloire particulière qui ne peut
plus être ni partagée ni remplacée ; celle d'avoir
imprimé un grand mouvement à l'efprit humain.

*Defcartes* avait fait une révolution dans la philofophie fpéculative ; *Voltaire* en a fait une bien plus
étendue dans la morale des nations et dans les idées
fociales. L'un a fecoué le joug de l'école qui ne pefait
que fur les favans ; l'autre a brifé le fceptre du fanatifme qui pefait fur l'univers.

Les arts, dont la lumière douce et confolante eft
comme l'aurore qui devance le grand jour de la
raifon, avaient commencé à adoucir les mœurs, en
poliffant les efprits. Telle eft la marche ordinaire de
l'homme ; il jouit avant de réfléchir, et imagine avant
de penfer. Souvenons-nous qu'il n'y a pas plus de
deux cents ans que l'Europe eft fortie de la barbarie,
et ne nous étonnons pas de voir la fociété fi perfectionnée, et l'économie politique encore fi imparfaite.
Cette dernière eft pourtant le but auquel tout doit
tendre ; et la bafe fur laquelle tout doit s'affermir ;
mais c'eft le plus lent ouvrage de l'homme et du temps.
Pour fonder l'empire des arts, il fuffit que la nature
faffe naître des talens ; mais, pour que l'exiftence politique de chaque citoyen foit la meilleure poffible,
il faut que la raifon fe propage de tout côté, que les
lumières deviennent générales, et que la force qui
combat les préjugés et les abus, devienne d'abord
égale et enfuite fupérieure à celle qui les défend.

Il fuffit de confulter un moment l'hiftoire et le cœur
humain, pour voir combien cette lutte doit être longue

et pénible. Mais au milieu de tant d'oppresseurs de toute espèce, dont l'existence est attachée à des abus absurdes et cruels, qui se sentira fait pour les attaquer? Des hommes capables de préférer l'ambition d'éclairer leurs semblables à celle de les asservir, et l'honneur dangereux d'être leurs bienfaiteurs et leurs guides, à la facilité d'être leurs tyrans; des hommes qui aimeront mieux la reconnaissance des peuples que leurs dépouilles, et leurs louanges que leur soumission : et qui donc, j'ose le dire, sera plus susceptible de cette généreuse ambition que ceux qui se sont voués à la culture des lettres? La plupart éloignés, par ce dévouement même, de toutes les places qui flattent la vanité ou qui tentent l'avarice, n'attendent rien des autres qu'un suffrage, et de leur travail que l'honneur. Ils ne peuvent avoir d'intérêt à tromper; car leur gloire est fondée sur la raison. Aussi, depuis ce grand art de l'imprimerie, si favorable aux progrès de l'esprit humain, leur influence a été de plus en plus sensible, et a préparé celle de *Voltaire*.

La dialectique de *Bayle* avait aiguisé le raisonnement, et accoutumé au doute et à la discussion; les agrémens de *Fontenelle* avaient tempéré la sévérité que l'on portait en tous sens dans les matières abstraites; *Montesquieu* surtout avait agité les têtes pensantes; mais tous ces différens effets avaient été plus ou moins circonscrits, et par le nombre des lecteurs, et par la nature des objets. *Voltaire* parla de tout et à tous. Il dut au charme particulier de son style et à la tournure de ses ouvrages, d'être plus lu qu'aucun écrivain ne l'avait jamais été; et la mode se mêlant à tout, et chacun voulant lire *Voltaire*, il rendit l'ignorance honteufe, et le goût de l'inftruction général. Ce fut-là le premier fondement de fa puiffance. L'éloquence et le ridicule en furent les armes. Il émut une nation douce et fenfible par des peintures touchantes, et amufa un peuple frivole et gai par des plaifanteries. Il fit retentir à nos oreilles le mot d'humanité ; et fi quelques déclamateurs en ont fait depuis un mot parafite, il fut le rendre facré.

Cette dureté intolérante, née de l'habitude des querelles, fut adoucie par la morale perfuafive que refpirent fes écrits ; et cette malheureufe importance que la médiocrité cherche à fe donner par l'efprit de parti, tomba devant le ridicule. Il reproduifait fous toutes les formes ces maximes d'indulgence fraternelle et réciproque, devenues le code des honnêtes-gens, ces anathêmes lancés contre l'efpèce de tyrannie qui veut tourmenter les ames et affujettir les opinions, ce mépris mêlé d'horreur pour la baffe hypocrifie qui fe fait un mérite et un revenu de la délation et de la calomnie.

Le perfécuteur fut livré à l'opprobre et l'enthoufiafte à la rifée. La méchanceté puiffante craignit une plume qui écrivait pour le monde entier et qui fixait l'opinion; et alors s'établit une nouvelle magiftrature dont le tribunal était à Fernëy, et dont les oracles, rendus en profe éloquente et en vers charmans, fe fefaient entendre au-delà des mers, dans les capitales, dans les cours, dans les tribunaux, et dans les confeils des rois. Le pouvoir inique, ou prévenu, ou oppreffeur, qui effayait d'échapper à cette juridiction fuprême, fe trouvait de toute part heurté, invefti par cette force qu'exerce la fociété chez un peuple où elle eſt le premier beſoin. Par-tout on rencontrait *Voltaire*, par-tout on entendait ſa voix; et il n'y avait perſonne qui ne dût craindre d'être inſcrit ſur ces tables de juſtice et de vengeance, où la main du génie gravait pour l'immortalité.

Cette autorité extraordinaire devait naturellement être appuyée ſur une conſidération perſonnelle, auſſi rare que les talens qui en étaient la ſource. Les tributs de l'Europe entière apportés chaque jour à Ferney; le marbre taillé par *Pigal*, et chargé de reproduire à la poſtérité, et les traits de *Voltaire*, et l'hommage auſſi libre qu'honorable de l'admiration des gens de lettres; le commerce intime, les préſens, les careſſes, les viſites des ſouverains, le prix qu'ils ſemblaient attacher à ſes louanges, l'empreſſement qu'ils montraient à l'honorer, le concours de toutes les grandeurs, de toutes les réputations, et ce qui eſt plus reſpectable, de tous les opprimés, dans l'aſile d'un vieillard retiré au pied des Alpes; tout contribuait à donner du poids à ſon ſuffrage, tout conſacrait une vieilleſſe qui était l'appui de l'infortune et de l'inno-cence, et une demeure qui en était le refuge.

C'eſt là que vous vîntes, couverts des haillons de l'indigence, et baignés des larmes du déſeſpoir, déplorables enfans de *Calas*, et toi, malheureux *Sirven*, victimes d'un fanatiſme atroce et d'une juriſ-prudence barbare! c'eſt là que vous vîntes embraſſer ſes genoux, lui raconter vos déſaſtres, et implorer ſes ſecours et ſa pitié. Hélas! et qui vous amenait dans la ſolitude champêtre d'un philoſophe chargé d'années? On ne vous avait point dit que ce fût un homme puiſſant par ſes places ou par ſes titres. Vous

Bb 4

ne vîtes autour de lui aucune de ces marques impo-
fantes des fonctions publiques, qui annoncent un
foutien et une fauvegarde à quiconque fuit l'oppreffion; et vous êtes à fes pieds! et vous venez l'invoquer
comme un dieu tutélaire! Peut-être ne connaiffiez-vous
de lui que fon nom et fa renommée; vous aviez feulement entendu dire que la nature l'avait créé fupérieur
aux autres hommes; et vous avez penfé que, fait pour
les éclairer, il l'était auffi pour les fecourir. Sans autre
recommandation que votre malheur, fans autre foutien que votre confcience, vous avez efpéré de trouver
en lui un juge au-deffus de tous les préjugés, un
défenfeur au-deffus de toutes les craintes.

Vous ne vous êtes pas trompés. Jouiffez déjà des
pleurs qu'il mêle à ceux que vous verfez. Reçus dans
fes bras, dans fon fein, vous êtes déformais facrés, et
la perfécution va s'éloigner de vous. Ah! ce moment
lui eft plus doux et plus cher que celui où il voyait
triompher Zaïre et Mérope, et l'agrandit davantage
à nos yeux. Oui; s'il eft beau de voir le génie donnant
aux hommes raffemblés de puiffantes émotions, oh!
qu'il paraît encore plus augufte, quand il s'attendrit
lui-même fur le malheur, et qu'il jure de venger
l'innocence!

Et combien il favait mettre à profit jufqu'à ces
attentats du fanatifme, grâces à lui, devenus fi rares!
comme il fe fervait des derniers crimes pour lui arracher les reftes de fa puiffance! Alors le monftre épou-
vanté fe cachait long-temps dans les ténèbres et le
filence: femblable à la bête farouche et dévorante,
qui, s'élançant de la profondeur des forêts pour enlever
une proie, a porté dans les habitations l'alarme et la

terreur ; bientôt tout eſt en armes pour la pour-
ſuivre et la combattre , mais elle ſe retire ſans bruit
et ſans menaces ; et tranquille dans ſon repaire , elle
attend le moment d'en ſortir encore, pour détruire et
dévorer.

Mais *Voltaire* goûta du moins dans ſa vieilleſſe cette
ſatisfaction conſolante, de voir que l'ennemi qu'il avait
tant combattu était enfin ou déſarmé , ou enchaîné ,
et preſque réduit parmi nous à une entière impuiſ-
ſance. Il oſa s'applaudir de cette victoire ; et pourquoi
lui eût-il été défendu de jouir du bien qu'il avait fait ?
Ce fut pour lui un des avantages d'une longue vie. Il
vit ſuccéder à ceux qui , nourris dans les préjugés ,
avaient repouſſé la vérité , une génération nouvelle
qui ne demandait qu'à le recevoir , et qui croiſſait en
s'inſtruiſant dans ſes écrits ; il vit la lumière pénétrer
par-tout, et des hommes de tous les états, des hommes
ſupérieurs par leur mérite ou par leurs emplois , la
porter dans tous les genres d'adminiſtration. C'eſt
alors qu'il ſe félicita d'avoir long-temps vécu. En
effet, parmi les bienfaiteurs de l'humanité , combien
peu ont eu aſſez de vie pour voir à la fois et toute
leur gloire, et toute leur influence ! Ce n'eſt pas la
deſtinée ordinaire du génie. On ne lui a donné
qu'un inſtant d'exiſtence pour laiſſer une trace éternelle ; et qu'il eſt rare qu'il en aperçoive autour de
lui les premières empreintes, et qu'il emporte dans
la tombe les premiers fruits de ſes bienfaits !

Ce bonheur fut celui de *Voltaire*. Ses yeux furent
témoins de la révolution qui était ſon ouvrage. Il vit
naître dans les eſprits cette activité éclairée qui cherche
dans tous les objets le bien poſſible , et ne ſe repoſe

plus qu'elle ne l'ait trouvé. L'inquiétude naturelle à un peuple ardent et ingénieux, si long-temps confumée dans de triftes et frivoles querelles, fe porta vers tous les moyens d'adoucir et d'améliorer la condition humaine, affez affligée de maux inévitables, pour n'y en pas ajouter de volontaires.

Il ne vit pas, il eft vrai, difparaître entièrement ces reftes honteux de la barbarie, qui déshonorent une nation policée, et qu'il nous a tant reprochés; mais du moins il les vit attaquer de toutes parts, et dut efpérer avec nous leur anéantiffement.

Il ne vit pas abolir cet ufage abfurde et funefte d'entaffer les fépultures des morts dans les demeures des vivans, de faire du lieu faint un amas d'infection et de pourriture, de changer les temples en cimetières, et de placer les autels fur des cadavres; mais il entendit la voix des prélats les plus illuftres, et des tribunaux les plus refpectables, s'élever avec lui contre la force de la coutume qui leur a réfifté jufqu'ici, et qui fans doute, doit céder un jour.

Il ne vit pas une réforme abfolue et régulière retrancher les abus odieux de notre jurifprudence, fimplifier les procédures civiles, adoucir les lois criminelles, fupprimer ces tortures autrefois inventées par les tyráns contre les efclaves, et employées par les fauvages contre leurs captifs, et ces fupplices recherchés, ajoutés à l'horreur de la mort, qui, fous prétexte de venger les lois, violent la première de toutes, l'humanité; mais il vit la fageffe des juges fuppléer, fouvent aux défauts de la légiflation, et tempérer les ordonnances par leurs arrêts.

Il ne vit pas combler ces cachots abominables, qui

rappellent les cruautés tant reprochées aux *Caligula*, aux *Tibére*, ces retraites infectes, où des hommes enferment des hommes, fans fonger que le coupable, quel qu'il foit, ne doit mourir qu'une fois, et qu'enchaîné par la loi vengereffe, il doit refpirer l'air des vivans, jufqu'à ce qu'elle lui ait ôté la vie. Il ne vit pas fermer au milieu de nous ces demeures non moins deftructives et meurtrières, fondées pour être l'afile de l'infirmité et de la maladie, et qui ne font que des gouffres où vont inceffamment s'engloutir des milliers d'hommes, victimes de la contagion qu'ils fe communiquent.

Il ne vit pas remédier aux vices mortels de cette autre inftitution, fi précieufe dans fon origine, deftinée à affurer les premiers fecours à ces malheureux enfans qui n'ont de père que l'Etat; inftitution faite pour l'honorer et l'enrichir, et qui, foit négligence dans les fonctions, foit défaut dans les moyens, éteint dans leur germe les générations naiffantes, et tarit le fang de la patrie; mais au regret qu'il dut fentir de voir des maux fi grands attendre encore les derniers remèdes, combien il fe mêla de confolations! Il verfa des larmes d'attendriffement quand il jeta les yeux fur le tableau de ces calamités expofé dans la chaire de vérité, par de dignes et éloquens miniftres de la parole évangélique, préfenté dans Verfailles à l'ame pure et fenfible d'un jeune roi qui en fut ému, et qui, ne fe bornant pas à une pitié ftérile, donna fur le champ des ordres pour arrêter le cours de ces fléaux que fon règne doit voir finir. Hélas! le bien eft toujours fi difficile, même aux fouverains! L'or, néceffairement prodigué contre les ennemis de la France, ne peut être difpenfé qu'avec tant de réferve, même pour les réformes les plus preffantes !

Tu les achèveras ; fans doute, ô toi , l'héritier du génie de *Colbert* dont tu as été le panégyrifte ! toi que la reconnaiffance publique a dû naturalifer français, lorfque , par des moyens dont le fecret n'a été connu que de toi feul , tu as fu créer tout à coup ces tréfors deftinés à faire régner le pavillon français fur les mers des deux mondes ! C'eft la première fois, depuis les jours de *Sulli* et d'*Henri IV*, qu'on a fu illuftrer la nation fans charger le peuple , et que la gloire n'a point coûté de larmes. C'eft la première fois qu'on a vu l'adminiftration, portant de tout côté la lumière et la réforme , exécuter au milieu de la guerre tout le bien qu'on n'aurait pas ofé efpérer même dans la paix. Ah ! le grand-homme que je célèbre s'applaudirait, fans doute , de voir affocier ton éloge au fien : mais que n'a-t-il pu lire cet édit (*) qu'il avait tant défiré ; cet édit mémorable, émané d'un fouverain qui, fe glorifiant de commander à un peuple libre, fûr de trouver par-tout des enfans dans fes fujets , ne veut point d'efclaves dans fes domaines ! Oh ! comme en voyant remplir l'un des vœux qu'il a le plus fouvent formés , *Voltaire* fe ferait écrié dans fa joie : ,, Je ne ,, m'étais pas trompé quand j'ai regardé ce nouveau ,, règne comme le préfage des plus heureux change- ,, mens ! La vertu du jeune monarque a devancé l'ex- ,, périence ; l'expérience a été fuppléée en lui par cet ,, amour du bien , qui eft l'inftinct des belles ames. ,,

Ainfi fe réalifent tôt ou tard les vœux et les penfées

(*) L'édit portant abolition du droit de main-morte dans les domaines du roi.

du génie ; ainfi croît et s'établit de jour en jour ce
jufte refpect pour l'homme ; refpect qui feul peut
apprendre aux maîtres de fes deftinées à affurer fon
bonheur. Ce fentiment fublime dut être inconnu dans
les fiècles d'ignorance, où tous les droits étant fondés
fur la force et la conquête, il femblait qu'il n'y eût
de condition dans l'humanité que celle de vain-
queur ou de vaincu, de maître ou d'efclave : mais
il devait naître à la voix de la philofophie, et s'affermir par l'étude et le progrès des lettres. La confidération de ceux qui les cultivent a dû s'augmenter
avec le pouvoir des vérités qu'ils ont enfeignées, et
s'eft encore fortifiée du nom et de la gloire de *Voltaire ;*
car fi nul homme n'a tiré des lettres un plus grand
éclat, nul auffi ne leur a donné plus de luftre. Les
écrivains diftingués, les hommes d'un mérite véritable apprirent de lui à mieux fentir leurs droits et
leur dignité, et furent plus que jamais ennoblir leur
exiftence. Ils apprirent à fubftituer aux dédicaces
ferviles, qui avaient été fi long-temps de mode, des
hommages défintéreffés et volontaires, rendus à la
vraie fupériorité, ou des tributs plus nobles encore,
payés à la fimple amitié. En étendant l'ufage de leurs
talens, ils conçurent une ambition plus relevée ; ils
fentirent que le temps était venu pour eux d'être les
interprètes des vérités utiles, plutôt que les modèles
d'une flatterie élégante ; les organes des nations,
plutôt que les adulateurs des princes ; et des philofophes indépendans, plutôt que des complaifans
titrés. Il eft vrai qu'irritée de leur gloire nouvelle, la
haine a employé contre eux de nouvelles armes ;
mais la raifon, qu'il eft difficile d'étouffer quand une

fois elle s'eſt fait entendre, confond à tout moment,
et livre au mépris ces calomniateurs hypocrites, ces
déclamateurs à gages, qui repréſentent les gens de
lettres comme les ennemis des puiſſances, parce
qu'ils ſont les défenſeurs de l'humanité, et comme
les détracteurs de toute autorité légitime, parce qu'ils
aſpirent à l'honneur de l'éclairer.

Si *Voltaire* a été égaré par un ſentiment trop vif
des maux qu'a faits à l'humanité l'abus d'une religion qui doit la protéger ; ſi, en retranchant des
branches empoiſonnées, il n'a pas aſſez reſpecté le
tronc ſacré qui raſſemble tant de nations ſous ſon
ombre immenſe, je laiſſe à l'Arbitre ſuprême, à
celui qui ſeul lit dans les conſciences, à juger ſes
intentions et ſes erreurs, ſes fautes et ſes excuſes,
les torts qu'il eut et le bien qu'il fit ; mais je dis à
ceux qui s'alarment de ces atteintes impuiſſantes :
fiez-vous à la balance dépoſée dans les mains du
temps, qui d'un côté retient et affermit tout ce qu'a
fait le génie ſous les yeux de la raiſon, et ſecoue de
l'autre tout ce que les paſſions humaines ont pu
mêler à ſon ouvrage. Le mal que vous craignez eſt
paſſager, et le bien ſera durable.

*Voltaire* fut du moins un des plus conſtans adorateurs de la Divinité.

Si Dieu n'exiſtait pas, il faudrait l'inventer.

Ce beau vers fut une des penſées de ſa vieilleſſe, et
c'eſt le vers d'un philoſophe. Quand on ira viſiter le
ſéjour qu'il a long-temps embelli et vivifié, on lira
ſon nom ſur le frontiſpice d'un temple ſimple et

ruſtique, élevé par ſon ordre et ſous ſes yeux, au Dieu qu'il avait chanté. Ses vaſſaux qui l'ont perdu, leurs enfans, héritiers de ſes bienfaits, diront au voyageur qui ſe ſera détourné pour voir Ferney: ,, Voilà les maiſons qu'il a bâties, les retraites qu'il ,, a données aux arts utiles, les terres qu'il a rendues ,, à la culture, et dérobées à l'avidité des exacteurs. ,, Cette colonie nombreuſe et floriſſante eſt née ſous ,, ſes auſpices, et a remplacé un déſert. Voilà les ,, bois, les avenues, les ſentiers où nous l'avons vu ,, tant de fois. C'eſt ici que s'arrêta le charriot qui ,, portait la famille déſolée de *Calas*; c'eſt là que ,, tous ces infortunés l'environnèrent en embraſſant ,, ſes genoux. Regardez cet arbre conſacré par la ,, reconnaiſſance, et que le fer n'abattra point; c'eſt ,, celui ſous lequel il était aſſis quand des laboureurs ,, ruinés vinrent implorer ſes ſecours, qu'il leur ,, accorda en pleurant, et qui leur rendirent la vie. ,, Cet autre endroit eſt celui où nous le vîmes pour ,, la dernière fois... ,, Et à ce récit, le voyageur qui aura verſé des larmes en liſant Zaïre, en donnera peut-être de plus douces à la mémoire des bienfaits.

Voilà ce qu'a fait *Voltaire*: quel a été ſon ſort? ces talens chéris à tant de titres, et qui ont été les délices et l'inſtruction de tant de peuples, qu'ont-ils pu pour ſon bonheur? en prenant tant de pouvoir ſur les ames, quel était celui qu'ils exerçaient ſur la ſienne? cette gloire qui rempliſſait le monde, avait-elle rempli ſon cœur? eut-il dans le long cours de cette vie laborieuſe et illuſtre, plus de jours ſereins que de jours orageux? a-t-il obtenu plus de récom-penſes qu'il n'a eſſuyé de perſécutions? enfin, dans la balance de ſes deſtinées, les honneurs amaſſés ſur lui par la renommée l'ont-ils emporté ſur les outrages accumulés par la haine?... Ici un ſentiment de triſteſſe, un trouble involontaire me ſaiſit et m'arrête un moment; il ſuſpend cet enthouſiaſme qui, dans l'éloge d'un grand-homme, entraînait vers lui toutes mes facultés. Cette image que j'aimais à contempler, ſi pure et ſi brillante, ſemble déjà ſe couvrir de nuages et s'envelopper de ténèbres. Ah! viens les diſſiper; lève-toi dans ton éclat, ô Divinité conſolante! fille du temps! ô juſtice! toi que j'ai vu ſortir de la pouſſière de quatre générations enſevelies, et venir, les lauriers dans la main, placer ſur cette tête octogénaire la couronne qu'un moment après a renverſée la faulx de la mort! Prêt à paſſer à travers tant d'orages, j'ai beſoin d'entrevoir de loin ce jour ſi beau que tu fis luire ſur ſa vieilleſſe; et je me ſouviendrai alors que les épreuves du génie ne ſervent pas moins que ſes triomphes, et à l'inſtruction des hommes, et à ſa propre grandeur.

TROISIEME

# TROISIEME PARTIE.

L'AMOUR de la gloire n'appartient qu'aux ames faites pour la mériter. La médiocrité vaine et inquiéte s'agite dans fes prétentions pénibles et trompées ; elle cherche de petits fuccès par de petits moyens; mais la première penfée du grand écrivain eft celle d'exercer fur les efprits l'empire du talent et de la vérité. Cette ardente paffion de la gloire, l'infatigable activité qui en eft la fuite néceffaire, un befoin toujours égal et du travail et de la louange, c'était-là le double ref-fort qui remuait fi puiffamment l'ame de *Voltaire ;* ce fut le mobile et le tourment de fa vie. La nature et la fortune le fervirent comme de concert, et applanirent fa route. L'une l'avait doué de cette rare facilité pour qui l'étude et l'application font des jouiffances et non pas des efforts, et qui ne laiffe fentir que le plaifir, et jamais la fatigue de produire: l'autre lui procura cette précieufe indépendance qui élève l'ame et affranchit le talent, lui permet le choix de fes travaux, et ne met aucune borne à fon effor.

Malheur à toi, qui que tu fois, à qui le ciel a départi à la fois le génie et la pauvreté! celle-ci, par un mélange funefte, altèrera fouvent ce que l'autre a de plus pur, et avilira même ce qu'il a de plus noble. Si elle ne réduit pas ta vieilleffe comme celle d'*Homére* aux affronts de la mendicité, fi elle ne t'arrache pas comme à *Corneille* des ouvrages précipités et des flatteries ferviles également indignes de toi, fi elle ne plie pas la fermeté de ton ame jufqu'à

l'intrigue et la souplesse , du moins elle embarrassera
tes premiers pas dans ses pièges , multipliera devant
toi les barrières et les obstacles , et jettera des nuages
sur tes plus beaux jours , qui en seront long-temps
obscurcis. Dans la culture des arts , l'imagination
inconstante n'a qu'un certain nombre de momens
heureux qu'il faut pouvoir attendre et saisir ; et souvent tu ne pourras ni l'un ni l'autre. Ton ame sera
préoccupée ou asservie , et tes heures ne seront pas
à toi. Tu seras détourné dans des sentiers longs et
pénibles avant de pouvoir tendre au but que tu
cherches , et l'envie , toujours occupée à t'empêcher
d'y parvenir , t'attendra à tous les passages pour
insulter ta marche et la retarder. Tu consumeras ,
dans de tristes et infructueux combats , une partie
des forces destinées pour un meilleur usage ; et lorsqu'enfin , rendu à toi-même , tu verras la carrière
ouverte, tu n'y entreras que fatigué de tant d'assauts ,
et ne pouvant plus donner à la gloire que la moitié
de ton talent et de ta vie.

    Celle de *Voltaire* ne fut point chargée de ce
fardeau , toujours si difficile à secouer ; il put la
dévouer librement, la consacrer toute entière à cette
gloire qu'il idolâtrait, et aux travaux qu'il avait
choisis , si l'on peut appeler travaux les productions
faciles de cette tête agissante et féconde , qui semblait
répandre ses idées comme le soleil répand ses rayons.
On a demandé plus d'une fois si cette facilité extrême
était une marque essentiellement distinctive de la
supériorité : c'en est du moins un des plus beaux
attributs , mais ce n'en est pas un des caractères
indispensables. Je l'ai déjà dit : ne soumettons point

la nature à des procédés uniformes ; elle eſt auſſi
ſublime et auſſi magnifique dans la formation de ces
métaux lentement durcis et élaborés ſous le poids
des rochers et ſous le torrent des âges, que dans la
réproduction ſi prompte et ſi continuelle des ſub-
ſtances animales, et dans l'abondance d'une végéta-
tion rapide. Il eſt des philoſophes, des orateurs, des
poëtes, dont l'éloquence eſt plus travaillée, et dont
la perfection a plus coûté ; mais cette différence,
analogue à celle des caractères, ſerait-elle la meſure
du génie ?

Si *Voltaire* compoſait en un mois une tragédie,
et ſi *Racine* y employait une année, établirai-je ſur
cette diſproportion celle de leur mérite ? non : mais
d'un autre côté, ſi *Voltaire*, qui n'avait pas moins
de goût que *Racine*, a pourtant un ſtyle moins châtié ;
ſi, pouvant balancer les beautés de ſon rival, il offre
plus de défauts, je chercherai ſeulement pourquoi,
de deux écrivains nés avec la même facilité, l'un
s'eſt fait une loi de la reſtreindre, et l'autre s'y eſt
laiſſé emporter ; et je verrai dans l'un le grand poëte
qui n'a voulu faire que des tragédies, et qui de
bonne heure a ceſſé d'en faire ; dans l'autre, l'eſprit
vaſte et hardi, dont l'entrée dans le pays des arts a
été une invaſion, et qui a embraſſé à la fois l'épopée,
le drame, la philoſophie et l'hiſtoire. Le travail que
le premier mettait dans un ouvrage, celui-ci l'éten-
dait ſur tous les genres ; et ſi leur ambition n'a pas
été la même, eſt-ce à nous de nous en plaindre,
nous qui en recueillons les fruits ? *Racine* tranquille
et modéré, pouvait ſe repoſer à loiſir ſur un ouvrage
qui ſe perfectionnait ſous ſes mains ; *Voltaire* impa-

tient et fougueux, voulait achever auſſitôt qu'il avait
conçu, concevait enſemble pluſieurs ouvrages, et
rempliſſait encore les intervalles de l'un à l'autre par
des productions différentes.

Il compoſait avec enthouſiaſme, corrigeait avec
vîteſſe, et revenait auſſi facilement ſur ſes corrections.
Il fallait ſans ceſſe de nouveaux alimens à cette ardeur
dévorante. Les jours, qu'il ſavait étendre et multiplier
par l'uſage qu'il en feſait, lui paraiſſaient toujours
trop courts et trop rapides pour celui qu'il en eût
voulu faire. Le temps qu'il regardait comme le tréſor
du génie, il le diſpenſait avec une économie ſcrupu-
leuſe, et le mettait en œuvre de toutes les manières,
comme l'avarice tourmente ſes richeſſes pour les
augmenter. Chacun de ſes momens devait un tribut
à ſa renommée, et chaque portion de la durée un
titre à ſon immortalité. Il eût voulu qu'il n'y eût
pas une de ſes heures ſtérile pour le monde, ni pour
lui. Jamais le loiſir ne parut néceſſaire à cette tête
robuſte, qui n'avait beſoin que de changer de travaux.
Jamais ſon action ne fut interrompue ni ralentie par
les diſtractions de la ſociété, ni par l'embarras des
affaires, ni dans le tumulte des voyages, ni dans la
diſſipation des cours, ni même au milieu des ſéduc-
tions du plaiſir et parmi les orages des paſſions. Elles
ne furent pas ſans doute étrangères à cette imagination bouillante et impétueuſe ; mais toujours elles
furent ſubordonnées à l'aſcendant de la gloire qui
abſorbait tout. Il ne reſtait de ces tempêtes paſſagères
que l'impreſſion qui ſert à les mieux peindre, comme
l'excellente compagnie où il fut admis dès ſa jeuneſſe,
ſans l'amollir et l'enchaîner par ſes charmes, ne fit

qu'épurer fon goût et lui donner cette politeffe noble qui le diftingua toujours, et qui femblait un des heureux attributs qu'il avait hérités du fiècle de *Louis XIV.*

Je fais que la raifon vulgaire n'a fouvent jeté qu'un regard de pitié fur cette agitation continuelle, élément de tout ce qui eft né pour les grandes chofes ; qu'elle affecte de n'y voir que les faibleffes humiliantes de l'humanité. Elle nous repréfente un homme tel que *Voltaire* inceffamment entraîné par un fantôme impérieux auquel il s'eft foumis, et qui lui a dit, au moment où il lui apparut pour la première fois : Tu ne repoferas plus ; elle nous le montre courant fans relâche fur les traces de ce fpectre qui lui commande, le fuivant dans les villes, dans les campagnes, dans les cours ; le retrouvant dans la folitude, au fond des bois et fur le bord des fontaines ; elle nous retrace, avec une compaffion infultante, les angoiffes d'un homme battu par tous les vents de l'opinion, veillant jour et nuit, l'oreille ouverte au moindre bruit de la renommée, et ne refpirant qu'au gré des caprices d'une multitude aveugle et inconftante ; cette inquiétude que rien ne peut calmer ; cette foif que rien ne peut éteindre ; des fuccès toujours incertains et toujours empoifonnés ; une lutte éternelle contre l'injuftice et la haine ; des fatigues fans terme et une vieilleffe fans repos ; et après cette affligeante peinture, on nous demande avec dédain fi c'eft-là le partage de ces hommes que l'on appelle grands.

Ames communes, de quel droit vous faites-vous les juges des deftinées du génie ? Avez-vous affifté à fes penfées, et vous eft-il permis de vous mettre à fa place ? vous voyez fes épreuves et fes facrifices ;

connaiffez-vous fes befoins et fes dédommagemens ?
favez-vous ce que vaut un jour de véritable gloire,
quel efpace il occupe dans la vie d'un grand homme
et dans le fouvenir de l'Envie, quel poids il a dans
la balance de la poftérité? Tel eft, fi vous l'ignorez,
tel eft le calcul de toute paffion forte : des momens
de jouiffance et des années de tourmens. Cette com-
penfation ne peut pas exifter pour le commun des
hommes ; mais s'il n'y en eût pas eu de faits pour
la connaître, le monde ferait encore dans l'enfance,
et les arts dans le néant.

Oui, je l'avoue, et l'on ne faurait le nier fans
démentir l'expérience; au moment où le talent fupérieur fe préfente aux hommes pour obtenir leurs
fuffrages, il doit s'attendre à une réfiftance égale à
fes prétentions. La févérité des jugemens fera propor-
tionnée à l'opinion qu'il aura donnée de lui; car, fi
on loue avec complaifance quelques beautés dans ce
qui n'eft que médiocre, on recherche avec une curiofité
maligne quelques fautes dans ce qui eft excellent.
D'ailleurs, l'admiration eft un hommage involontaire, et à peine eft-il arraché, qu'on regarde comme
un foulagement tout ce qui peut nous en affranchir.
C'eft-là le foin dont fe charge l'envie, prefque toujours fûre que fa voix fera entendue par le génie et
écoutée par la multitude : elle s'applaudit de ce double
avantage ; il faut bien le lui laiffer ; elle eft toujours
fi malheureufe, même lorfqu'elle jouit ! Quand elle
parviendrait à égarer pour un temps l'opinion publique, elle ne peut ni s'ôter à elle-même le fentiment
de fa baffeffe, ni ôter au talent celui de fa force.
Quand elle infultait avec une joie fi lâche et fi furieufe

aux difgrâces qu'effuya *Voltaire* au théâtre dans fes
premières années ; quand elle voyait d'un œil fi content Amafis applaudi trois mois, èt Brutus abandonné ;
quand les plus beaux-efprits du temps , devenus les
échos de la prévention et de la malignité , confeil-
laient à l'auteur d'Oedipe de renoncer à un art qu'il
devait porter fi loin ; que fefait alors le grand homme
méconnu ? il fefait Zaïre. Zaïre était déchirée dans
vingt libelles ; mais on ne fe laffait pas plus de la voir
que de la cenfurer. La chute d'Adélaïde , injure qui
ne fut expiée que trente ans après , confola les ennemis
de *Voltaire ;* Alzire vint renouveler leurs douleurs.
Ils s'en vengèrent , en réduifant à l'exil l'auteur de
la charmante bagatelle du Mondain. Zulime fut encore
pour eux une confolation. Ils eurent , furtout , le
plaifir fi digne d'eux et fi honteux pour la France ,
d'arrêter les repréfentations de Mahomet ; Mérope les
accabla.

La haine ne fe laffe jamais , il eft vrai ; mais il
vient un temps où la foule qu'elle fait mouvoir d'ordinaire , fe laffe de la croire et de la feconder. L'intérêt
qu'excite à la longue le talent perfécuté , l'emporte
alors fur les clameurs du préjugé et de la calomnie.
On veut être jufte , au moins un moment ; la juftice
devient faveur , la faveur devient enthoufiafme. Un
pareil inftant devait fe rencontrer dans la vie de
*Voltaire.* Il eft appelé au théâtre par les acclamations
publiques , et à la cour par des honneurs , des récompenfes et des titres. Un monarque étranger le difpute
à fon fouverain ; Berlin veut déjà l'enlever à la France ;
et enfin l'on permet à l'académie françaife de compter
parmi fes membres un grand-homme de plus.

Cependant, fi l'envie avait été forcée de fouffrir qu'il obtînt la juftice qui lui était due, elle était loin de confentir qu'il en jouît en paix, et n'y était encore ni réfignée, ni réduite. Elle connaît trop les hommes pour s'oppofer à cette ivreffe paffagère, à ce torrent rapide qu'elle ne fe flatte pas d'arrêter ; et dans ces jours brillans et rares, où le génie femble avoir toute fa puiffance naturelle ; elle fouffre, fe tait et attend. Bientôt, plus il a été élevé, plus elle a de moyens de l'attaquer. Les hommes font fi prompts à s'armer contre tout ce qu'on veut placer au deffus d'eux ! Supportera-t-on volontiers cette prééminence qui femble reconnue et établie ? laiffera-t-on dans la capitale et à la cour un homme qui doit faire ombrage à tant d'autres ? Mais comment l'en écarter ? comment forcer à la fuite celui qui a déjà réfifté à tant de contradictions et de dégoûts ? et d'ailleurs, qui lui oppofer ? *Rouffeau*, long-temps fon antago- nifte, n'était plus ; et nul autre que lui n'ayant alors illuftré ce nom, devenu depuis célèbre dans la profe comme dans la poëfie, *Rouffeau*, affez honoré d'être le lyrique de la France, n'avait pas encore été appelé *grand*. *Piron*, prodiguant les farcafmes et les fatires, *Piron*, qui avait fait moins de bonnes épigrammes, que *Voltaire* n'avait fait de chefs-d'œuvre, affectait en vain une rivalité qui n'était que ridicule, et à laquelle lui-même ne croyait pas.

Mais alors vivait à Paris dans une obfcurité volon- taire, dans une oifiveté que l'on pouvait reprocher à fes goûts, et dans une indigence qu'on pouvait repro- cher à fa patrie, un homme d'un génie brut et de mœurs agreftes, qui, après s'être fait, quoiqu'un peu tard, une réputation acquife par plus d'un fuccès, depuis trente ans s'était laiffé oublier, en oubliant fon talent. Cet homme était *Crébillon*, écrivain mâle et tragique, qui avec plus de verve que de goût, un ftyle énergique et dur, des beautés fortes et une foule de défauts, avait pourtant eu la gloire de remplir l'intervalle entre la mort de *Racine* et la naiffance de *Voltaire*. Mais ce feu fombre et dévorant dont il avait, pour ainfi dire, noirci fes premières compofitions, n'avait depuis jeté de loin en loin que de pâles étincelles, et paraiffait même entièrement confumé : femblable à ces volcans éteints, qui, après quelques explofions fubites et terribles, fe font refroidis et refermés, et fur lefquels le voyageur paffe, en demandant où ils étaient.

A Dieu ne plaife que je veuille accufer les bienfaits fi légitimes et fi noblement répandus fur la vieilleffe pauvre d'un homme de génie. Que les libéralités royales foient venues le chercher dans fa retraite, qu'on ait voulu l'en tirer déjà prefque octogénaire, le produire à la cour, pour laquelle il était fi peu fait, et reffufciter un talent qui n'était plus ; que fes drames, fi imparfaits et la plupart déjà condamnés, aient été confiés aux preffes du Louvre, tandis que toutes celles de l'Europe reproduifaient à l'envi les immortelles tragédies de *Voltaire* ; je foufcris à ces honneurs, peut-être d'autant plus exagérés, qu'ils étaient tardifs. Si le crédit qui les attira fur lui ne fut pas dirigé par des intentions pures, au moins les effets en furent louables ; et fi l'envie méditait le mal, au moins, pour la première fois peut-être, elle commença par faire le bien. Mais bientôt fes fureurs, en éclatant, manifestèrent quelle avait été sa politique. Bientôt l'intérêt qu'avait inspiré le mérite que l'on tirait de l'oubli, se tourna contre celui qu'on voulait détruire, parce qu'il jetait trop d'éclat.

Des voix passionnées, des plumes mercenaires, pour rendre odieux les succès de *Voltaire*, comme usurpés par la cabale, peignaient la vieillesse de *Crébillon*, si long-temps délaissée et ensevelie dans l'ombre. „ C'était-là l'homme de la France, l'*Eschile* „ et le *Sophocle* du siècle, le dieu de la tragédie, le „ seul et digne rival de *Corneille* et de *Racine*; et „ après nos trois tragiques, marchait un *bel esprit*, „ que quelques beautés, le caprice du public et la „ faveur de la cour avaient mis à la mode. „

Voilà ce qu'on répétait dans vingt brochures, avec toute l'amertume et tous les emportemens de la haine. La France demandait à grands cris un Catilina qui allait tout effacer. Paris retentissait des lectures de Catilina, et en pressait la représentation. Au milieu de cette effervescence générale des esprits, *Voltaire* prend une résolution noble et hardie, que le préjugé condamna, la seule pourtant qui convînt à la supériorité méconnue. Il ne veut combattre ses détracteurs et ses adversaires qu'avec les armes du talent. On lui préfère un rival; il offre de se mesurer avec lui corps à corps, en traitant les mêmes sujets; mais ce qui pour les grecs, pour les vrais juges de la gloire, n'était qu'une généreuse émulation, digne des *Euripide* et des *Sophocle*, fut dans nos idées étroites et pusillanimes, une basse jalousie, et aux yeux de l'esprit de parti, un crime atroce. Dès-lors le déchaînement fut au comble.

Quand des ennemis ardens et adroits ont, fous un prétexte fpécieux, échauffé les têtes du vulgaire, alors il n'y a plus ni frein ni mefure. Le mouvement une fois donné fe communique de proche en proche, et acquiert une force irréfiftible. L'homme innocent que la calomnie hypocrite pourfuit au nom de la morale et de la vertu, n'eft plus qu'une victime dévouée à l'anathême ; contre lui toutes les attaques font légitimes, et toutes fes défenfes font coupables. Le menfonge a raifon dans la bouche de fes perfécuteurs, et la vérité a menti dans la fienne. Tous les faits font altérés et tous les principes confondus. Le méchant, fi fatisfait de pouvoir prononcer le mot d'honnêteté, au moment où il en viole toutes les lois ; le plus vil détracteur, flatté de jouer un rôle, tous viennent lancer leurs traits dans la foule. Les libelles, les diffamations, les invectives fe fuccèdent et fe renouvellent. C'eft une forte de vertige qui agit fur tous les efprits, jufqu'à ce qu'enfin cette rage épidémique s'épuife par fes propres excès, comme un incendie s'arrête, faute d'alimens.

Cette époque était le règne de l'injuftice. Elle triompha. Dans la même année, un drame infenfé et barbare, Catilina, eft accueilli avec des tranfports affectés, et la fublime tragédie de Sémiramis ne recueille que le mépris et l'outrage. Nanine, l'ouvrage des Grâces, eft à peine fupportée ; Orefte eft à peine entendu ; Orefte, ce beau monument de l'antique fimplicité, et dix ans après fi juftement applaudi. La haine jouit de tant de victoires. *Voltaire* lui cède enfin et abandonne fa patrie.

Sa renommée lui préparait un afile illuftre ; et

comme l'amitié l'avait autrefois fixé à Cirey, la reconnaiffance l'attirait à Berlin. Sans doute il fallait que la
deftinée rapprochât les deux hommes les plus extraordinaires de leur fiècle. On citera fouvent ce commerce
d'un monarque et d'un homme de lettres, et cette
confiance intime et familière qui peut-être n'avait
jamais eu d'exemple, et qui honorait encore plus, s'il
eft poffible, le fouverain que le poëte; car, quel
prince ofe ainfi defcendre de la majefté, fi ce n'eft
celui qui fe fent au-deffus d'elle? Le féjour de *Voltaire*
à Berlin, les foirées de Potfdam et de Sans-fouci,
occuperont, fans doute, une place brillante dans l'hiftoire des lettres. On rappellera quels nuages paffagers
vinrent obfcurcir cette union fi honorable pour la
royauté et le talent. Sans prétendre juger entre les
deux, j'obferverai feulement deux faits peu communs
dans l'ordre des chofes et des deftinées; l'un, qu'après
l'éclat d'une rupture, ce fut le prince qui revint le
premier; l'autre, qu'après cette liaifon renouée, que
rien n'altéra plus entre le monarque et l'homme de
lettres, ce fut le premier qui fit l'oraifon funèbre de
l'autre.

Une leçon plus importante qui fe préfente ici, c'eft
que pour l'écrivain et le philofophe, une cour, quelle
qu'elle foit, ne faurait valoir la retraite. La retraite appelait *Voltaire* à fon déclin; là il commença à refpirer
pour la première fois; là, après tant de courfes et d'agi-
tations, après les fuccès et les difgrâces, la faveur et
les exils, après avoir habité les palais des rois, et
éprouvé leurs careffes et leurs vengeances, il entendit
la voix de la liberté, qui, des vallées riantes que
baigne le Léman, invitait fa vieilleffe à venir chercher

la tranquillité et la paix ; fi pourtant la paix était faite
pour cette ame dont la fenfibilité toujours fi prompte
fe portait fur tous les objets , et recherchait toutes les
émotions. Mais alors , du moins , l'inftabilité de fa
vie, long-temps errante et troublée , fut fixée fans
retour , jufqu'au moment où fon deftin , le tirant de
fa folitude , le ramena dans Paris pour triompher et
mourir.

A ce long féjour dans les campagnes de Genève,
commence un nouvel ordre de chofes. Les jours de
*Voltaire* vont être plus libres et plus calmes , fes penfées plus hardies et plus vaftes , et la fphère de fes
travaux va s'étendre fous les aufpices de la liberté , fi
chère à tout être qui penfe, de quel prix elle devait
être pour lui ! Qui fait tout ce qu'il a dû , et ce que
nous devons nous-mêmes à cette entière indépendance, l'un des premiers befoins de fon efprit, et l'un
des premiers vœux de fon cœur, mais dont il n'a joui
que dans fon afile des Délices et dans celui de Ferney?

Jufque là il n'avait pu que lutter, avec plus ou
moins de hardieffe et de danger, contre les entraves
arbitraires, les convenances impérieufes, et la vigi-
lance menaçante des délateurs ; mais alors il n'eut
plus à refpecter et à craindre que cette cenfure, la
feule peut-être que l'on dût impofer à l'écrivain,
celle du public honnête et de la poftérité équitable,
qui applaudiffent à l'ufage de la liberté, et qui en
condamnent l'abus. En m'élevant contre l'efclavage
fous lequel une politique mal entendue voudrait
enchaîner les efprits, contre cette tyrannie futile et
importune, qui n'eft faite que pour flétrir le talent,
intimider la raifon , et arrêter les progrès de tous les

deux, je fuis loin d'invoquer la licence et l'oubli de
toutes les lois.

Mais quel avantage eft fans inconvénient, et quel
bien fans mélange? Je connais les jugemens des
hommes; je fais que, par une inconféquence établie,
ils exigent dans l'exercice des qualités les plus fufceptibles d'abus et les plus voifines de l'excès, une
mefure qu'eux-mêmes ne gardent pas dans leurs
opinions : ils voudraient que la fenfibilité qui anime
les ouvrages, n'égarât jamais l'auteur; que l'imagination qui lui fait franchir un efpace immenfe,
ne l'emportât jamais hors des bornes; qu'il fût paf-
fionné pour la gloire, et impaffible aux injuftices; ils
voudraient que l'aftre qui, en échauffant la terre,
pompe et attire tant de vapeurs, nous difpensât des
jours fans nuages, et que les vents qui portent les
vaiffeaux, ne les jetaffent jamais hors de leur route :
ils voudraient, en un mot, que l'éloge des grands-
hommes n'eût jamais befoin d'en être l'apologie. Il
n'entre point de fuperftition dans le culte que je leur
rends. Perfuadé qu'un des premiers avantages de
leur grandeur, eft de pouvoir avouer des fautes, je
ne croirai point celle de M. de *Voltaire* affaiblie par
un femblable aveu : je ne veux point le refufer à
ceux qui peuvent en jouir; et je ne m'arrête qu'à ce
fingulier effet de l'âge et de la retraite, qui redou-
blèrent fon activité laborieufe, lorfqu'il femblait que
le temps eût dû la diminuer, et qui accrurent fes
travaux avec fes ans.

C'eft une remarque qui n'a échappé à perfonne,
que la dernière moitié de fa vie eft celle où il a compofé la plus nombreufe partie de fes ouvrages, et

qu'il n'a jamais travaillé plus qu'à l'époque où les autres hommes se reposent. Il s'offre plusieurs causes de cette espèce de singularité. Dans une vieillesse saine et robuste, la raison est la faculté qui conserve le plus de vigueur; elle s'enrichit des pertes de l'imagination et des progrès de l'expérience. L'esprit d'un vieillard imagine moins, mais il réfléchit plus; l'habitude a plus de pouvoir sur lui, et celle de *Voltaire* était de penser et d'écrire. Pour lui l'occupation était devenue plus nécessaire que jamais, parce que les distractions étaient plus rares. Sa composition était moins difficile, et par la nature des sujets qui demandaient moins d'invention, et par une suite de l'âge où l'on devient moins sévère pour soi-même. Cet âge, au reste, ne lui avait guère ôté que la force qui invente, et le travail qui perfectionne; car, d'ailleurs, si l'on excepte les grands ouvrages d'imagination, qui peut-être, passé un certain temps, ne sont plus permis à l'homme, sa facilité n'avait jamais eu plus d'éclat, son style plus d'agrément et de charme. Toujours prêt à traiter toutes les matières, à saisir tous les événemens, à marquer tous les ridicules et tous les abus, à combattre toute iniquité, sa plume courait avec une rapidité piquante et une négligence aimable, avouée par ce goût qui ne l'abandonna pas jusqu'à son dernier moment.

Chaque jour voyait naître une production nouvelle. Heureux du seul droit de tout dire, il jetait sur tous les objets ce coup d'œil libre et hardi d'un observateur octogénaire, retiré dans une solitude, retranché dans sa gloire et sur le bord de sa tombe. Cette gloire qu'il avait tant aimée, et qu'il aimait alors plus que jamais, dont il était toujours raſſaſié et toujours avide; cette gloire qui protégeait ſa vieilleſſe, était encore le dernier aliment de ſon exiſtence défaillante, le dernier reſſort d'une vie uſée. A meſure qu'il ſentait la vie lui échapper, il embraſſait plus fortement la gloire, comme le ſeul lien qui pût l'y attacher; il ne reſpirait plus que pour elle et par elle, il n'avait plus que ce ſeul ſentiment; et à la vue de la mort qui s'approchait, il ſe hâtait de remplir les momens qu'il pouvait lui dérober, et de les ajouter à ſa renommée.

Mais il n'était plus en ſon pouvoir d'y rien ajouter, et l'envie même ne lui en conteſtait plus ni l'étendue, ni la durée. L'abſence avait commencé à affermir parmi nous l'édifice de ſa réputation, et ſes longues années l'avaient achevé. Vieilli loin de nous, *Voltaire* s'était agrandi à nos yeux. Il ſemble que le génie, quand nous le voyons de près, tienne trop à l'humanité : il faut qu'il y ait une diſtance entre lui et nous, pour ne laiſſer voir que ce qu'il a de divin. Il faut le placer dans l'éloignement, comme la divinité dans les temples : tant il eſt vrai qu'en tout genre les hommes ont beſoin de barrières pour ſentir le reſpect !

Le temps qui mûrit tout, avait enfin mis *Voltaire* à ſa place, et c'était celle du premier des êtres penſans. Le temps avait moiſſonné tout ce qui pouvait prétendre à quelque concurrence, tout ce qui portait un nom fait pour ſervir de ralliement à l'inimitié et à la jalouſie. Il reſtait bien peu de ceux qui, l'ayant vu naître, pouvaient être moins accoutumés à ſon élévation, parce qu'ils avaient été témoins de

ſes

ſes commencemens et de ſes progrès. Tout ce qui,
depuis quarante ans, était entré dans le monde,
l'avait trouvé déjà rempli du nom et des écrits de
*Voltaire*. La ſcène ne retentiſſait que de ſes vers. Les
femmes dont il flattait la ſenſibilité vive et le goût
délicat, la jeuneſſe qu'il inſtruiſait à penſer, les vrais
connaiſſeurs dont la voix avait entraîné tous les ſuf-
frages, qu'à la longue elle maîtriſe toujours, en un
mot, tous les hommes éclairés et juſtes lui rendaient
un hommage dont l'expreſſion était un enthouſiaſme ; car il ne pouvait pas inſpirer un ſentiment
médiocre : à ſon égard l'admiration était un culte,
et la haine était de la rage. Mais les ennemis qu'il
avait encore, étaient d'une eſpèce propre à rehauſſer
ſa gloire, loin de l'altérer. Ce n'étaient plus des
hommes qui euſſent le moindre prétexte de lui rien
diſputer ; c'étaient de vils ſatiriques en proſe plate
et groſſière, et en vers froids et durs, qui n'avaient
d'autre inſtinct que celui de la méchanceté impuiſ-
ſante, d'autre moyen de ſubſiſter que le mal qu'ils
diſaient de lui ; ſon nom ſeul donnait quelque cours
à leurs ſatires éphémères. Ces malheureux vendus à
un parti aſſez mal-adroit pour les encourager, déſa-
voués par le bon ſens, la vérité et le public, oſaient,
pour dernière reſſource, invoquer la religion, en
violant le premier de ſes préceptes ; ils mêlaient la
ſainteté de ce nom à l'horreur de leurs libelles, et
mal couverts du maſque de l'hypocriſie, ne cachaient
pas même la baſſeſſe de leurs motifs, en défendant
une cauſe reſpectable.

O vous qui avez fait revivre l'éloquence des
*Boſſuet* et des *Maſſillon*, c'eſt vous, ô dignes paſteurs !

dont la plume vraiment évangélique nous a montré
là loi éternelle et immuable, telle qu'elle est née
dans le ciel et gravée dans les ames pures. Votre
doctrine est confolante, comme celle du maître dont
vous répétez les leçons; votre zèle éclaire et n'infulte
pas; vous parlez aux cœurs, bien loin de révolter
les efprits ; et vous n'oppofez aux écarts d'une raifon
audacieufe, aux finiftres influences de l'irréligion,
que la vérité et la vertu. (*)

Il eût été à fouhaiter, fans doute, que *Voltaire*
lui-même n'opposât à fes ennemis que le mépris
qu'il leur devait. Elevé affez haut pour ne pas les
apercevoir, il daigna defcendre jufqu'à s'en venger,
et fe compromit en les accablant. L'opprobre de
leur nom, qui ne fouillera point cet éloge, est
attaché à l'immortalité de fes écrits ; et, ce qui
peut donner une idée de leur ignominie, ils fe font
énorgueillis plus d'une fois de lui devoir cette flétrif-
fante renommée. Mais en reconnaiffant que le parti
du filence est, en général, le plus noble et le plus
fage, en regrettant même que *Voltaire*, qui fut
donner à la fatire une forme dramatique, fi piquante
et fi neuve, ne l'ait pas toujours reftreinte dans de
juftes limites ; fera-t-il permis de tempérer par
quelques réflexions la rigueur de cette loi qui prefcrit
ce filence fi rarement gardé, et d'affaiblir les reproches fi fincères que l'on fait aux tranfgreffeurs ?

Cette loi, aujourd'hui établie par l'opinion, n'a-
t-elle été dictée que par un fentiment de vénération
pour le génie, et par la haute idée de ce qu'il fe

(*) Le public inftruit et jufte nommera fans peine les perfonnes
refpectables à qui s'adreffe cet éloge.

doit à lui-même ? les hommes ont-ils en effet pour
lui ce refpect fi épuré et fi religieux ? ne ferait-ce
pas plutôt une fuite de cette efpèce d'oftracifme dont
le principe eft dans leurs cœurs , et de ce plaifir
fecret qu'ils goûtent à entendre médire de ce qu'ils
font forcés d'eftimer ? n'eft-ce pas qu'ils veulent
jouir à la fois des travaux du grand écrivain et des
affauts qu'on lui livre ; qu'ils croient que ce double
fpectacle leur appartient également , et qu'ils regardent la réfiftance comme un attentat à leurs droits ?
ils ne pardonnent pas , s'il faut les en croire , qu'on
réfute ce qui eft méprifable ; mais ne font-ils pas
toujours prêts à accueillir avec complaifance la plus
méprifable cenfure ? Ils ne conçoivent pas cette
fenfibilité de *Racine* , qui avouait le mal que lui
fefait la plus mauvaife critique ; mais qu'eft-ce autre
chofe , après tout, que l'indignation d'un cœur droit
et d'un bon efprit , contre tout ce qui eft faux et
injufte ? Et qu'a donc ce fentiment de fi étrange et
de fi répréhenfible ? Ils s'étonnent que parmi tant de
fuffrages on entende les contradictions , qu'au milieu
de tant de gloire on s'aperçoive des offenfes ; mais
n'eft-ce pas ainfi que l'homme eft fait ? n'eft-il pas
d'ordinaire plus touché de ce qui lui manque que
de ce qu'il obtient ? toutes les jouiffances ne font-
elles pas faciles à troubler ? et quel bonheur, enfin,
n'eft pas aifément altéré par la méchanceté et la
calomnie ?

  Que l'on ait amèrement reproché à *Voltaire* une
fenfibilité trop irritable , ce n'eft qu'un excès de
févérité. Mais cette efpèce d'inquifition fi terrible et
fouvent fi odieufe , que l'on porte fur la vie des

hommes célèbres, et jufque dans les replis de leur
confcience, a chargé fa mémoire d'un reproche plus
grave. Ce même homme que j'ai repréfenté toujours
en butte à l'envie, eft accufé de l'avoir fentie lui-
même. On a prétendu que cette paffion forcenée
pour la gloire, ne pouvait pas être exempte de
jaloufie; qu'attachant un fi grand prix à l'opinion,
il ne pouvait fouffrir rien de ce qui partageait ou
occupait la renommée. Ses jugemens févères ou
paffionnés fur des écrivains illuftres, ont appuyé
cette accufation; mais fa manière de juger ne peut-
elle pas tenir d'un côté à la délicateffe de fon goût,
et de l'autre à fa préférence exclufive pour la poëfie,
et furtout pour la poëfie dramatique, mérite devant
qui tous les autres s'effaçaient à fes yeux?

Quand la paffion l'a emporté jufqu'à l'injuftice,
n'était-ce pas un reffentiment particulier qui l'animait, et n'était-il pas alors irrité plutôt qu'envieux?
Rappelons-nous fon admiration conftante pour
*Racine*, celui de tous les écrivains dont il doit le
plus redouter la comparaifon; le témoignage fi flatteur et fi éclatant qu'il rendit dans l'académie françaife aux talens de *Crébillon*; ce fentiment profond
des beautés fublimes de *Corneille*, exprimé à tout
moment dans ce même Commentaire où il a relevé
tant de défauts. Enfin, fi j'étais forcé de croire que
cet homme qui ne pouvait regarder qu'au-deffous de
lui, a eu le regard de l'envie; que celui à qui l'on
peut appliquer fi juftement ce vers d'une de fes
tragédies,

De qui dans l'univers peut-il être jaloux?

a pourtant été jaloux lui-même ; fi des indices toujours fufpects, des apparences toujours trompeufes,
quand il s'agit de juger le cœur humain, pouvaient
fe changer en démonftration ; je détournerais les
yeux avec confufion et avec douleur de cette trifte
et affligeante vérité : car il y a pour l'homme de bien
une forte de religion à baiffer la vue, pour ne rencontrer ni les faibleffes du génie, ni les fautes de
la vertu.

Mais, parmi ces faibleffes, heureufement il en eft
de bien pardonnables, et qu'on peut avouer fans
peine ; par exemple, celle qu'il eut de prétendre
encore à la force tragique dans un âge à qui elle
n'eft plus poffible, et d'oublier les leçons qu'il donnait à cette vieilleffe, qui *n'eft faite*, difait-il lui-
même dans le Temple du Goût, *que pour le bon
fens*. La fienne, il eft vrai, était faite pour les grâces ;
elle pouvait fe couronner de fleurs : il voulut l'armer du poignard de *Melpomène*. Et quel homme,
après tout, devait aimer le théâtre plus que *Voltaire*,
et plus long-temps ? Sans doute, fa carrière théâtrale,
fi Tancrède l'avait fermée, aurait été fans égale ;
toutes les traces en étaient lumineufes, et la gloire
fans mélange. Rival de *Sophocle* à vingt ans, il voulut
l'être à quatre-vingts, et finir, comme lui, par
remporter la palme dramatique. Plein de cette idée
féduifante, il fouriait avec complaifance à ces nom-
breux enfans de fa vieilleffe, qui n'offraient plus
que les traits prefque effacés d'une belle nature
affaiblie. *Sophocle*, avec deux fcènes, avait pu, *à
cent ans, charmer encore Athènes;* mais *Voltaire* lui-
même, après *Racine*, nous avait accoutumés à être

plus difficiles fur nos plaifirs , et la pénible étendue
de nos cinq actes , ne pouvait pas être embraffée
par une tête octogénaire.

C'eft pourtant , il faut l'avouer , cette ambition
d'occuper encore le théâtre , qui peut-être a préci-
pité fes derniers momens , et qui a fait que le
favori de la gloire a fini par en être la victime. Elle
le tira de fa retraite , malgré les infirmités de l'âge ;
mais auffi elle lui préparait une journée qui valait
feule une vie entière. Il vient , il apporte fur la fcène
fa dernière tragédie , Irène. ... Mais qu'importe alors
Irène ? Il vient , après trente ans d'abfence : c'eft
lui ! c'eft *Voltaire* ! O vous , adorateurs des arts et de
la gloire , vous qui auriez fuivi *le Taffe* au Capitole ,
hélas ! où il n'a point monté ; vous qui avez été
chercher , parmi les ronces d'un champ défert , la
pierre oubliée qui couvre *Racine* ; vous qui avez
laiffé tomber quelques larmes fur le coin de terre
où repofent enfemble *Molière* et *la Fontaine* ; qui
vous êtes profternés aux pieds des ftatues qu'une
reconnaiffance tardive vient enfin de leur décerner ;
venez , c'eft pour vous que ce fpectacle eft fait.
Voyez cette foule qui s'empreffe fous ces portiques ,
ces avenues pleines d'un peuple immenfe ; entendez
ces cris qui annoncent l'approche du char , de ce
char vraiment triomphal qui porte l'objet des adora-
tions publiques. Le voilà ! ... Les acclamations redou-
blent ; tous veulent le contempler , le fuivre , le
toucher , et tous , refpectant la caducité fragile et
tremblante , qui peut fuccomber au milieu de tant
de gloire , le couvrent , le protégent contre leurs
propres tranfports , affurent fa marche et lui ouvrent

la route. Tout retentit du bruit des applaudiſſemens, tout eſt emporté par la même ivreſſe. On porte devant lui les lauriers, les couronnes : il les écarte de ſon front : elles tombent à ſes pieds....

O quel jour pour l'humanité, que celui où les rangs, les titres, les richeſſes, le crédit, le pouvoir, toutes les décorations extérieures, toutes les diſtinctions paſſagères, tout eſt enſemble confondu dans la foule qu'un grand-homme entraîne après lui ! En ce moment, il n'y a plus rien ici, que *Voltaire* et la nation.

Et où donc eſt l'envie ? où ſe cache-t-elle ? où fuit-elle devant toute cette pompe ? a-t-elle encore une voix que l'on diſtingue parmi ces cris et ces tranſports ? Qu'elle ſe conſole pourtant : bientôt elle ſera trop vengée.

Un jour viendra, que ceux qui, témoins dans leur enfance de ce triomphe inoui, n'en auront pu conſerver que des traces confuſes, ſe rappelleront, après de longues années, cet étonnant ſpectacle, et le raconteront à nos neveux. ,, Nous y étions, diront-,, ils, nous l'avons vu. Il était comme porté par tout ,, un peuple. On couronna ſa tête. Il pleurait.... et ,, un moment après, il n'était plus...... ,,

Il n'était plus ! cet éclatant appareil était dreſſé ſur une tombe !.... Que dis-je, une tombe ?.... Voix ſouveraine et inexorable de la poſtérité ! toi, que nulle puiſſance ne peut ni prévenir, ni étouffer, qui révèles au monde entier ce que l'on croit cacher à une nation, et redis dans tous les âges ce qu'on a voulu taire un moment ; le temps n'eſt pas éloigné, où tu raconteras ce que je craindrais de retracer ; tu ne m'imputeras point mon silence, et ce sera même une injure de plus que tu auras à venger.

Et moi, tandis que la haine sesait servir ton nom à la calomnie qui m'outrageait, ô grand-homme ! je n'adressais mes plaintes qu'à ton ombre. Elle était présente à mes yeux quand je lui préparais en silence ces tributs secrets, alors seul objet de mes veilles, seul adoucissement de tant d'amertumes. Je t'appelais sur ce théâtre où t'attendaient les honneurs funèbres que je t'offris au nom et en présence de la nation. La pompe dont tes yeux avaient joui, se renouvela pour tes manes, qui peut-être n'y furent pas insensibles, s'il est vrai que le sentiment de la vraie gloire soit immortel en nous, comme l'esprit qui nous anime. J'ai chanté la tienne sur tous les tons qu'a pu essayer ma faible voix, qui du moins s'est fait entendre ; et ce n'est enfin qu'après m'être acquitté ainsi de tout ce que mon cœur destinait à ta mémoire, que je pouvais pardonner à l'injustice.

*Fin du tome second et dernier de la Correspondance de d'Alembert.*

www.ingramcontent.com/pod-product-compliance
Lightning Source LLC
Chambersburg PA
CBHW050732030726
47505CB00002B/235